BASTEI
LÜBBE
TASCHENBUCH

Weitere Titel der Autorin:

House-of-Trent-Trilogie

Band 1: Der Herzog
Band 2: Der Schurke
Band 3: Der Spion

Über die Autorin:

Jennifer Haymore hat als Kind mit ihrer Familie die Südsee in einem selbstgebauten Segelboot bereist. Diese Monate auf See haben den Grundstein für ihre Abenteuerlust und Erzählfreude gelegt. Als Autorin von aufregenden, sinnlichen Liebesromanen lebt sie beides aus. Mit ihrem Mann und ihren drei Kindern hat sie sich inzwischen in Kalifornien niedergelassen.
Mehr Informationen unter: www.jenniferhaymore.com

Jennifer Haymore

HOUSE OF TRENT
DER SCHURKE

Roman

Aus dem amerikanischen Englisch
von Angela Koonen

BASTEI
LÜBBE
TASCHENBUCH

BASTEI LÜBBE TASCHENBUCH
Band 17499

Dieser Titel ist auch als E-Book erschienen

MIX
Papier aus verantwortungsvollen Quellen
FSC® C014496

Vollständige Taschenbuchausgabe

Deutsche Erstausgabe

Textredaktion: Anita Hirtreiter, München
Titelillustration: Guter Punkt, München | www.guter-punkt.de unter
Verwendung von Motiven von © hotdamnstock;
Thinkstock/Matt_Gibson; Thinkstock/kitipol; Thinkstock/kucele
Umschlaggestaltung: Guter Punkt, München
Satz: Urban SatzKonzept, Düsseldorf
Gesetzt aus der Garamond
Druck und Verarbeitung: GGP Media GmbH, Pößneck
Printed in Germany
ISBN 978-3-404-17499-7

5 4 3 2 1

Sie finden uns im Internet unter www.luebbe.de
Bitte beachten Sie auch: www.lesejury.de

Für meinen Helden
Lawrence

1

Lord Lukas Hawkins war nicht betrunken genug. Noch nicht. Er betrachtete das Glas Ale, das vor ihm stand, und zog den Daumen über die Kondenswassertropfen am Glasrand.

Etwas Stärkeres wäre ihm lieber gewesen. Immerhin tat das Ale allmählich seine Wirkung. Die scharfen Klingen in ihm, die er in nüchternem Zustand gnadenlos zu spüren bekam, wurden stumpf. Den grellen, kopfschmerzverdächtigen Lärm der Schenke nahm er nur noch als erträgliches Brummen wahr.

Nach einem großen Schluck von seinem Ale lehnte er sich zurück, um mit halb gesenkten Lidern entspannt ins Leere zu starren.

Für heute hatte er genug Fragen gestellt. Mit seiner Jagd auf Roger Morton war er nicht weitergekommen, aber das überraschte ihn nicht. Der Verbrecher, der seine Mutter aus dem Witwenhaus auf Ironwood Park entführt hatte, war ein gerissener Mann. Von Cardiff bis Bristol war er ihm immer wieder durch die Lappen gegangen.

Hier würde er Morton nicht finden. Es war sinnlos. Was er jetzt brauchte, waren drei, vier weitere Gläser Ale, dann würde er sich nach einer erfreulichen Gesellschaft für den Abend umsehen und irgendwann ins Bett fallen.

Nur um morgen wieder aufzuwachen und mit der vergeblichen Anstrengung von vorn zu beginnen.

Mit beiden Händen hob er das Glas an den Mund, schloss die Augen und kippte das ganze Zeug auf einmal hinunter.

Beim Senken des Glases hob er die Lider.

Wen haben wir denn da!

Er richtete sich auf, wobei sein Glas mit einem dumpfen Schlag auf dem Tisch aufkam, und krümmte die Lippen zu einem schändlichen Grinsen. Wie es schien, brauchte er nach der erfreulichen Gesellschaft nicht mehr zu suchen.

Eine Erscheinung in Schwarz und Weiß hatte sich ihm gegenüber an den schmalen, aus Planken gezimmerten Tisch gesetzt. Sie war das hübscheste Ding, das er seit sehr langer Zeit gesehen hatte. Braune, golddurchsetzte Augen schauten ihn mit einem unergründlichen Ausdruck an. Unter dem prüden weißen Häubchen, diesem störenden Ding, quollen glänzende goldbraune Haare hervor und rahmten ein herzförmiges rosiges Gesicht ein. Ihre Lippen ... Teufel noch mal, die waren zum Anbeißen. Sie weckten seine Lebensgeister – dunkelrot wie reife Kirschen im Sommer, prall und doch nachgiebig.

Ein Blick auf diese Lippen genügte, um Lukes trägen Körper wiederzubeleben.

»Sieh an«, sagte er in anzüglichem Ton, in dem eine gewisse Durchtriebenheit mitklang. Diesen hatte er mit den Jahren perfektioniert, denn er diente einem doppelten Zweck: Er sagte einer Dame von loser Moral unmissverständlich, was er von ihr wollte, und warnte die unschuldige Jungfrau, damit sie die Flucht ergriff, solange es ihr noch möglich war. »Das wurde aber auch Zeit. Ich habe schon auf Sie gewartet.«

Man musste ihr zugutehalten, dass sie darauf nichts weiter tat, als die Augen ein klein wenig mehr zu öffnen. Es wäre ihm nicht aufgefallen, hätte er sie nicht genau beobachtet. Davon abgesehen bewegte sie sich nicht.

»Ach, tatsächlich?«

Seine Begierde erwachte. Was für eine Stimme! Kräftig und weich wie der feinste Brandy. Sie rief Fantasien von zerwühlten Bettlaken, ungestümem Liebesspiel, erotischem Genuss hervor.

Sein Körper spannte sich an, sein Schwanz drückte gegen den Hosenstoff. Das hübsche Gesicht, ihr ruhiges, unbeeindrucktes Benehmen, die rauchig sinnliche Stimme – damit war er geliefert. Er wollte sie nach oben mitnehmen. Auf der Stelle.

Aber Luke war keiner, der die Dinge überstürzte, schon gar nicht, wenn er so fasziniert von einer Frau war. Er konnte sich zurückhalten und in Geduld üben. Das war zwar nicht viel, aber immerhin.

Den Kopf zur Seite geneigt, blickte er sie an. »Warum hat es so lange gedauert?«

»Nun …« Sie holte tief Luft. Das lenkte seinen Blick auf ihren Busen – ihre vollen Brüste drückten sich gegen das Mieder, als wollten sie heraus. Den Gefallen würde er ihnen gern tun.

»… ich wurde aufgehalten«, sagte sie.

»So? Wodurch? Oder von wem?«

Einer ihrer Mundwinkel hob sich. Sie spielte mit ihm. Gewöhnlich war er es, der mit der Frau spielte. In diesem Fall aber spielten sie miteinander. Das gefiel ihm.

»Durch tadelnswerte Unwissenheit«, antwortete sie.

Tadelnswerte Unwissenheit. Lose Mädchen gebrauchten solche Wörter nicht, schon gar nicht in diesem Ton. Sie klang wie eine gebildete Frau.

Luke lehnte sich bequem zurück und drängte Erregung und Trunkenheit zurück, um sie zu mustern. Ihre Haube hatte er schon bemerkt – als er sie zu Boden fegen und in ihre goldbraunen Haare greifen wollte. Nicht bemerkt hatte er die Perlenohrringe und das feine Seidenkleid, ein weißes mit schwarzen Samtbändern.

Sie war keine Hure. Sie war eine Dame.

Er erstarrte für einen Moment, dann warf er einen raschen Blick um sich. Die Schenke war voll mit Männern und Frauen, die tranken, aßen, sich unterhielten. Es herrschte ausgelassene Stimmung, und die Gerüche von angekohltem Fleisch, Hopfen und Hefe drangen in jeden Winkel. Niemand beachtete ihn und sein Gegenüber, zumindest nicht offenkundig. Aber, Teufel noch mal, eine Dame schlenderte auch nicht kurzerhand in einen Pub und pflanzte sich vor den nächsten Trunkenbold an den Tisch. Diese Frau wusste etwas.

Seine Schlüsse machten sie nicht weniger anziehend. Vielmehr erhöhten sie seine Faszination. Sie war unverfroren, ob Dame oder nicht. Luke mochte seine Frauen gern unverfroren. Diese war furchtlos, geneigt, Risiken einzugehen, im Bett und anderswo.

Er beugte sich nach vorn und stützte die Ellbogen auf den Tisch. Weil dieser so schmal war, brachte ihn das bis auf eine Handbreit an ihr Gesicht heran. »Und jetzt hat Ihre Unwissenheit ein Ende?«, fragte er. »Hat Sie jemand aufgeklärt?«

Sie nickte weise. »In der Tat.«

Vermutlich hatte sie gehört, dass er wegen Roger Morton herumfragte. »Also haben Sie Informationen für mich?«

»Hm.« Sie trommelte mit den Fingern auf dem Tisch, was seinen Blick auf ihre Hand lenkte. Ihre braunen Samthandschuhe umhüllten lange, elegante Finger. »Ich dachte, Sie hätten Informationen für mich.«

»Ach wirklich?« Er zog die Brauen hoch.

Sie ebenfalls und mit der gleichen Überheblichkeit wie er. »Ja.«

Er lachte. Das rare Gefühl der Heiterkeit schäumte in ihm über. Sein Lächeln wurde breiter. Normalerweise benahmen sich Frauen in seiner Gegenwart anders. Entweder rannten sie weinend zu ihrer Mama wie ein getretenes Kätzchen, oder sie zerrten ihn gleich ins Bett wie läufige Löwinnen. Diese Frau war jedoch ein gänzlich anderes Geschöpf.

»Darum möchte ich Ihnen einen Vorschlag machen, Mylord.«

Ah, sie wusste also, wer er war. Oder vielmehr, wer er zu sein vorgab.

»Und ich möchte Ihnen einen Vorschlag machen. Miss ...?«

»Mrs.«

»Mrs.«, wiederholte er, glaubte aber keine Sekunde lang, dass sie verheiratet war. Nein, verheiratete Frauen erkannte er auf den ersten Blick, er konnte sie förmlich riechen. Und diese – sie roch nach Lavendelseife. Und da war noch mehr, etwas Empfindsames, Sinnliches, etwas in ihrem Blick, das an warmes frauliches Fleisch und dunkle träge Nächte denken ließ.

Nein, sie war eindeutig nicht verheiratet.

Also log sie, was ihren gesellschaftlichen Stand betraf ... es sei denn, sie wäre Witwe. Sie war sehr jung, um schon Witwe zu sein. Er musterte sie prüfend und versuchte, hinter diese ruhige Fassade zu blicken, irgendein Indiz zu entdecken, das ihm verriet, was diese Frau vorhatte.

»Mrs. Curtis«, erklärte sie.

»Mrs. Curtis, nun, ich möchte Ihnen einen Vorschlag machen.«

Wieder hob sich einer ihrer Mundwinkel. Ihre Augen funkelten in dem betörendsten Goldbraun.

»Tatsächlich?«

Er zog mit der Fingerspitze ihre Unterlippe nach. Weicher als die Samtbänder an ihrem Kleid. Prall und rot wie eine reife, süße Kirsche. Er wollte eine Kostprobe.

»Kommen Sie mit mir nach oben«, flüsterte er.

Sie reagierte weder auf die Berührung noch auf seine Worte.

Sie hielt ganz still. Zu still. Dann zog sie den Kopf zurück und nickte kaum merklich. »Also gut, Mylord.«

In sachlich nüchterner Manier stand sie auf. Er erhob sich ebenfalls, mehr aus eingefleischter Gewohnheit. Immer aufstehen, wenn eine Dame sich erhebt, hatte seine Gouvernante ihm eingeschärft, sonst wird man dich für einen überaus rüden Gentleman halten.

Zurzeit wurde er allerdings dafür gehalten. Das hinderte ihn jedoch nicht daran aufzustehen.

»Bitte«, Mrs. Curtis deutete zur Tür, »gehen Sie voran.«

»Natürlich.« Er drehte sich vom Tisch weg und streifte mit dem Blick sein leeres Aleglas. Wie seltsam – er hatte vergessen, dem Schankmädchen zu winken, um sich nachschenken zu lassen. Doch das schien jetzt unwichtig.

Ohne ein Wort zu wechseln, schlängelten sie sich zwischen den Gästen durch. Niemand beachtete sie. Sie verließen den großen Schankraum, folgten einem langen Gang und stiegen die Treppe hinauf.

Draußen war es dunkel und herbstlich kalt geworden. Entsprechend kalt war es auf dem schwach beleuchteten Treppenaufgang, und Luke verspürte den Impuls, Mrs. Curtis an sich zu ziehen und zu wärmen. Er war allerdings noch verhältnismäßig nüchtern und begriff, dass der Dame diese Art von Annäherung in der Öffentlichkeit unwillkommen sein könnte.

Andererseits war er von ihr fasziniert und malte sich schon aus, wie überschwänglich sie seine Avancen hinter verschlossener Tür begrüßen würde.

Am Ende der Treppe blieb er stehen, um sich zu orientieren. Es war ein großes Gasthaus, und der obere Gang zweigte in drei Richtungen ab.

Sie blickte ihn an und hob die goldbraunen Augenbrauen. »Ich glaube, es geht dort entlang, Mylord.«

Sie nahm die rechte Abzweigung, und er folgte ihr. Also weiß sie auch, wo sich mein Zimmer befindet, dachte er. Sie fasziniert mich jede Minute mehr.

Vor der letzten Tür machte sie halt. »Hier?«

»Ja, Mrs. Curtis, hier.«

Er zog den Schlüssel aus der Rocktasche und schloss auf, dann ging er hinein.

In dem karg eingerichteten Zimmer war es kalt. Im Gegensatz zu seinem erhabenen Bruder Simon, dem Herzog von Trent, besaß Luke nicht die Mittel, um für sich und seine Entourage ein ganzes Stockwerk anzumieten oder um Diener einzustellen, die rechtzeitig den Kamin anzündeten, damit er es angenehm warm hatte. Außerdem lebte er allein. Das hatte er bisher getan, und so würde es bleiben. Vor allem jetzt, da er wusste, dass er kein Hawkins war.

Er ging einen Schritt zur Seite und ließ sie eintreten. Als sie weiter ins Zimmer hineingehen wollte, hielt er sie mit ausgestrecktem Arm auf und drückte die Tür zu. Dabei wich sie zurück, bis sie mit dem Rücken dagegen stieß.

Nun stützte er sich mit beiden Händen neben ihrem Kopf an die Tür. »So, jetzt sind Sie meine Gefangene«, sagte er leise.

In ihren Augen flackerte etwas auf. War es Erregung oder Angst? Wahrscheinlich Erregung. Wie er sie bisher erlebt hatte, konnte man ihr nicht so leicht Angst einjagen.

Er beugte sich heran und flüsterte ihr ins Ohr: »Das gefällt Ihnen, nicht wahr? Lassen Sie sich gern fesseln, Mrs. Curtis?«

Ihre Reaktion war gering – nur ein winziges Zittern durchlief sie. Das genügte ihm.

Er bewegte den Mund nur eine Haaresbreite vor ihrem hin und her. Ihr warmer Atem flatterte über seine Wange. Davon abgesehen rührte sie sich nicht.

Sein Körper war einen Zoll von ihrem entfernt. Er berührte sie nirgends, spürte aber seine und ihre Hitze zwischen ihnen.

Quälend langsam näherte er sich ihrem Mund und küsste sie zärtlich. Seine Lider sanken herab. Ihre Lippen waren prall und weich und nachgiebig.

Lustvoll und träge zog er den Mund auf ihnen hin und her. Sie bewegte sich nicht, doch ihr Körper gab unter seinem nach, und er stöhnte leise. Sie schmeckte verflucht gut. Süß. Reif. Er nippte an ihren teilnahmslosen Lippen, dann tippte er mit der Zungenspitze einen Mundwinkel an, um sie zu einer Reaktion zu drängen, aber sie blieb reglos.

Verflucht, er wollte diese Frau. Es drängte ihn, sie an sich zu reißen und sich die sündhaften Freuden zu nehmen, die ihr geschmeidiges Fleisch bieten konnte. Doch er wollte nicht nur ihre Einwilligung, sie sollte sich auch rege daran beteiligen.

Er küsste vom Mundwinkel beginnend am Kiefer entlang – so zarte, glatte Haut – bis zum Ohrläppchen.

»Und«, flüsterte er, »sind Sie jetzt bereit, sich meinen Vorschlag anzuhören?«

Federleicht strich er mit den Lippen über ihr Ohrläppchen, biss sanft hinein, wich sodann zurück, um sie anzusehen. Ihr Gesichtsausdruck war unverändert, aber ihre Lider gesenkt. Einige Augenblicke lang schwieg sie.

Während sie sich ihre Antwort zurechtlegte, formulierte er in Gedanken seine. *Ich glaube, Sie haben Informationen für mich, Mrs. Curtis. Und dafür wollen Sie etwas von mir. Doch das können wir auf später verschieben. Hier und jetzt will ich Sie besitzen. Ich will Ihren schönen Körper unter mir haben. Ich will Ihnen das Kleid ausziehen und jedes Fleckchen dieser köstlichen Haut kosten. Sie sollen vor Lust meinen Namen schreien, immer wieder, bis wir beide in seliger Erschöpfung einschlafen. Und dann, wenn wir wieder aufwachen …*

»Nein«, sagte sie und blickte ihn endlich an.

»Nein?«

»Ich möchte Ihren Vorschlag nicht hören, Mylord.«

Diese Stimme! Sie machte aus seinen Nerven empfindliche, bedürftige Wesen, die nach ihrer Berührung lechzten.

»Aber gewiss wollen Sie das.«

»Ganz und gar nicht«, widersprach sie. »Denn im Wesentlichen kenne ich ihn.«

»Und Sie meinen, solch einen Vorschlag werden Sie nicht annehmen?«

»Bestimmt nicht.«

»Warum nicht?«

Demonstrativ schaute sie auf seine Arme, zuerst auf den rechten, dann den linken. Als Nächstes schaute sie ihm ins Gesicht, und ihre Augen wurden lebendig, sie funkelten vor Entschlossenheit. »Weil ich Wichtigeres zu tun habe.«

Er lachte, lange und laut. »Glauben Sie mir, Mrs. Curtis, zu dieser Stunde gibt es nichts Wichtigeres, als was ich Ihnen vorschlagen möchte.«

»Oh doch«, erwiderte sie schlicht, und die weiche Wölbung ihrer Lippen wurde fest.

Er gab ihr zu Gefallen nach. »Was könnte das wohl sein?«

»Das, was ich Ihnen vorzuschlagen habe.«

Er seufzte. »Also gut. Sagen Sie mir, was es ist.«

»Sie sind nach Bristol gekommen, weil sie einen gewissen Roger Morton suchen. Ist das richtig?«

Er blickte sie unverwandt an. Das überraschte ihn nicht. Sie wusste, wer er war und in welchem Zimmer er logierte. Offenbar beobachtete sie ihn, seit er gestern in die Stadt geritten war. Er hatte kein Geheimnis aus dem Zweck seines Aufenthalts gemacht. Er brauchte Hinweise, die ihn zu dem Bastard führten.

»Ja, das ist wahr. Ich suche nach diesem Mann.«

»Ich kann Ihnen helfen, ihn zu finden.«

Er schmunzelte. »Das können Sie?«

»Und ich schlage Ihnen Folgendes vor: Ich gebe Ihnen die nötige Information, wenn Sie mir erlauben mitzukommen.«

»Wenn ich Ihnen erlaube mitzukommen.« Langsam wiederholte er die Forderung. Er ließ sie sich auf der Zunge zergehen, während ihm dazu Bilder durch den Kopf gingen: Er und dieses hübsche Frauenzimmer bei der Jagd auf Morton quer durch England und wie sie die Betten diverser Landgasthäuser ausprobierten; wie er in langen Nächten bei lebhaftem Liebesspiel ihren kurvenreichen Körper erkundete ...

Er musterte ihr Gesicht. Ihre Wangen waren jetzt gerötet, und ihre Miene drückte eiserne Entschlossenheit aus. Diese vibrierte geradezu in ihr. Worum es ihr auch ging, es war ihr immens wichtig.

»Warum sollten Sie mit mir reisen wollen? Allein mit mir?« Letzteres sagte er mit besonderem Nachdruck. Sie sollte bedenken, welchen Schaden ihr Ruf dabei nehmen konnte. Sie war eine Dame, und Damen reisten nun einmal nicht allein mit einem Gentleman, außer sie waren miteinander verheiratet.

»Weil ich diesen Morton ebenfalls finden möchte«, sagte sie mit großer Bestimmtheit.

Er blickte ihr forschend ins Gesicht.

»Und anschließend will ich ihn umbringen.«

Emma war überfordert. Das war ihr bewusst. Doch obwohl ihr Herz raste, blickte sie Lord Lukas Hawkins unverwandt an, da sie nicht gewillt war, sich von ihm einschüchtern zu lassen. Er war nach Bristol gekommen, genau zum rechten Zeitpunkt, um sie zu retten, denn ihre Situation machte sie wahnsinnig, und diese Chance würde sie entschlossen nutzen.

Er bewegte sich keinen Fingerbreit von ihr weg, musterte sie mit seinen durchdringenden, umwerfend blauen Augen. Als sie seinetwegen die Schenke betreten hatte, wusste sie noch nicht, dass er so ... unwiderstehlich war.

Und ... sie hatte sich küssen lassen. Gütiger Himmel.

Lassen Sie sich gern fesseln, Mrs. Curtis? Bei dieser Frage hatte sich ihr Magen zusammengezogen und sich noch nicht wieder davon erholt.

»Sie machen mir nicht den Eindruck einer mordlustigen Frau, Mrs. Curtis.« Er bedachte sie mit einem draufgängerischen Grinsen. »Schließlich stehe ich hier vor Ihnen und fürchte nicht im Geringsten um mein Leben.«

Sie blickte ihn nur weiter an, denn sie wusste genau, sie würde Morton frohen Herzens töten, wenn sich ihr Verdacht als wahr erwies.

»Also gut«, sagte er nach einem Moment. »Ich spiele mit. Warum möchten Sie Morton umbringen?«

»Aus Rache.«

Seine Arme spannten sich an. Es waren starke Arme. Beeindruckend männliche.

»Wofür? Was hat er Schreckliches getan, dass Sie sein Leben beenden möchten?«

Wo sollte sie anfangen? Wenn ihr Verdacht stimmte, hatte Morton ihr Leben in nahezu jeder Hinsicht zerstört. Aber vermutlich war es das Beste, mit seinem übelsten Verbrechen zu beginnen. »Er hat meinen Mann ... ermordet.«

Schweigen. Dann: »Ah.«

Ah? Mehr hatte er dazu nicht zu sagen? Wütend riss sie die Augen auf. Aber in dem Moment nahm er eine Hand von der Tür, legte sie um ihre Wange und strich mit dem Daumen über ihr Jochbein. Es war so lange her, seit ein Mann sie angefasst, sie geküsst hatte. Und die Berührungen und Küsse von einst waren mit denen eines Lukas Hawkins nicht zu vergleichen. Dabei kannte sie ihn erst seit einer Stunde. Und noch nie war sie gefragt worden, ob sie sich gern fesseln ließ.

Himmel. Über all das wollte sie jetzt nicht nachdenken. Sie musste sich auf ihr Ziel konzentrieren.

»Wann?«, fragte er sanft.

»Es ist … lange her.« Schon ein ganzes Leben. »Ein Jahr.«

»Wie lange waren Sie verheiratet? Sie sind sehr jung.«

»Wir waren nur drei Monate verheiratet. Und so jung bin ich nicht mehr. Ich bin dreiundzwanzig.«

Sie blickte in seine funkelnden Augen und fühlte in sich etwas schmelzen, obwohl sie sich sagte, dass Lord Lukas gefährlich war. Schurke, Wüstling, Schuft – wie immer man diese Art Mann bezeichnen wollte, er war der Inbegriff dessen.

Und mit Schurken, Wüstlingen, Schuften kannte sie sich aus. Henry mit seiner aufgeschlossenen Art und seiner Vorliebe fürs Trinken und Spielen – und für Frauen – hatte in diese Kategorie gehört. Nach seinem Tod hatte sie sich geschworen, sich in Zukunft von solchen Männern fernzuhalten.

Und jetzt stand vor ihr Lord Lukas Hawkins, gut aussehend und gefährlich, und strahlte etwas Grobes, Verlockendes aus, bei dem sie sofort mit ihm ins nächste Bett sinken wollte.

Sie hatte sich von ihm küssen lassen.

Auf eine sehr, sehr gefährliche Art.

Sie besann sich auf ihre Entschlossenheit. Ob gefährlich oder nicht, er suchte nach Roger Morton. Und ob gefährlich oder nicht, sie wollte nichts so sehr wie diesen Mann finden.

»Bezaubernde Mrs. Curtis«, sagte Lord Lukas mit dieser samtweichen Stimme, die ihr heiß den Rücken hinunterstrich, »wie heißen Sie mit Vornamen?«

»Emma«, sagte sie. Schließlich gab es keinen Grund, diesen zu verheimlichen.

»Darf ich Sie Emma nennen?«

Sie zögerte. Nur ihr Vater, ihre Schwester und ein oder zwei enge Bekannte nannten sie derzeit so.

Dennoch brachte sie es nicht fertig, Nein zu sagen. Zum Ausgleich fragte sie herausfordernd: »Darf ich Sie dann Lukas nennen?«

»Niemals.« Sein Mund verzog sich zu einem überwältigenden Lächeln. »Aber Sie dürfen mich nennen wie meine Mutter: Luke.«

»Dann also Luke.« Sie stellte fest, dass er zurückgetreten war und sie nicht mehr an der Tür gefangen hielt. Das törichte junge Mädchen in ihr, das sich seinerzeit in Henry Curtis verliebt hatte, fühlte sich, als habe er ihm etwas weggenommen.

Sie faltete die Hände. »Ich hörte, die Herzoginwitwe von Trent sei verschwunden. Das tut mir leid.«

Er nickte nur leicht, aber aus seinem Blick verschwand die Unbeschwertheit. Das Schicksal seiner Mutter, deren Verschwinden schon Monate zurücklag, setzte ihm offenbar zu.

»Glauben Sie, Roger Morton hatte damit zu tun?«

Luke seufzte. Er wandte sich ab und fuhr sich durch seine dunkelblonden Haare, worauf sie wüst – und liebenswert – abstanden. Sie musste an sich halten, um nicht die Hand auszustrecken und sie zu glätten. Stattdessen verhielt sie sich ganz still, den Rücken gegen die Tür gelehnt.

»Morton war eindeutig an dem Verschwinden meiner Mutter beteiligt. In der Nacht, als sie ihr Haus verließ, war er bei ihr. Er blieb es noch mindestens einen Monat lang.«

Sie nickte. »Roger Morton ist ein schlechter Mensch«, sagte sie leise. Er hatte Henry ermordet und das Vermögen ihres Vaters gestohlen. Bestimmt hatte er auch der Herzoginwitwe etwas Furchtbares angetan.

Luke lehnte sich lässig gegen die Fensterlaibung. Die Arme

vor der Brust verschränkt, schaute er sie an. Während sie ihm auch in die Augen sah, ignorierte sie den kleinen Kitzel in ihrer Brust, den sein umwerfender Anblick bei ihr auslöste. Hohe schwarze Lederstiefel umschlossen seine Waden wie eine zweite Haut. Dazu trug er dunkle Hosen, die sich um kräftige Oberschenkel schmiegten, eine grau-schwarz gestreifte, hochgeschlossene Weste, bei welcher der oberste Knopf geöffnet war und ein schlichtes weißes Halstuch enthüllte. Ein schwarzes Jackett mit hohem Kragen und grauseidenem Futter betonte seine breiten Schultern.

»Wenn Roger Morton ein schlechter Mensch ist, dann wäre es nicht sehr ritterlich von mir, Sie bei meiner Suche nach ihm mitzunehmen, meinen Sie nicht?«

Sie zuckte die Achseln.

»Dann wird es Sie freuen zu hören, dass mir noch niemand Ritterlichkeit unterstellt hat.«

»Nun, Gott sei Dank.«

Er lächelte nicht. »Dennoch: Warum sollte ich Ihnen gestatten, sich mir anzuschließen?«

»Weil ich Ihnen helfen kann, ihn zu finden.«

»Wie?«

»Ich habe gewisse Hinweise, die uns zu ihm führen werden.«

»Was für Hinweise?«

»Dokumente.«

»Dokumente welcher Art?«

»Quittungen und Briefe.«

Er kräuselte die Lippen. »Und wie sind Sie in deren Besitz gelangt?«

»Sie stellen zu viele Fragen. Ich werde Ihnen nichts weiter sagen, bevor wir unsere Abmachung getroffen haben.«

»Die Abmachung, nach der Sie Mortons Aufenthaltsort

nennen und ich Sie dann dorthin mitnehme, sodass Sie ihn umbringen können?«

»Ja«, antwortete sie glatt. »Aber erst nachdem Sie erfahren haben, was der Herzogin zugestoßen ist.« *Und nachdem ich herausgefunden habe, wo das Geld meines Vaters geblieben ist.*

»Wie großzügig von Ihnen, dass Sie mir ein paar Augenblicke geben, um den Schurken zu verhören, bevor er einen gewaltsamen Tod erleidet.«

»Das finde ich auch«, sagte sie.

Luke lachte. Sie mochte sein Lachen – es klang tief und sanft. Es regte sie an, mit ihm zu lachen, ihn zumindest anzulächeln. Aber sie tat es nicht. Nein, das war zu riskant.

Vom ersten Moment an, als er seine stechenden blauen Augen öffnete und sie über sein Aleglas hinweg anschaute, hatte sie gewusst, dieser Mann ist gefährlich. Auch wenn er etwas zutiefst Sinnliches in ihr ansprach, Henry war ihr eine Lehre. Sie würde sich nicht noch einmal von einem lasterhaften Mann verführen lassen, der außer ihrem Gesicht und ihren Kurven nichts an ihr fand. Nie wieder, ganz gleich, wie sehr sie sich von ihm angezogen fühlte.

»Also, sind wir uns einig?«, fragte sie.

Er blickte sie an, schätzte sie ab mit seinen funkelnden Augen. Sie fühlte sich entblößt. Als hätte er systematisch jede Naht mit Blicken weggebrannt, damit die Kleidung in Fetzen von ihr abfiel und sie nackt dastand.

Dann lächelte er auf diese wollüstige, wissende Art und löste in ihr ein Flattern aus, das sich aus der Leibesmitte in alle Glieder ausbreitete.

Seine Lippen hatten sich so sündhaft gut angefühlt. Wie gern hätte sie seinen Kuss erwidert! Sie hätte ihn wegstoßen sollen. Aber der Engel und der Teufel in ihr hatten so wütend miteinander gerungen, sie hatte sich überhaupt nicht bewegen können.

»Ja«, sagte er. »Abgemacht.«

Ihre Knie wurden plötzlich weich, sie musste sich zusammenreißen, um nicht hinzusinken. Jetzt erst erkannte sie, wie groß ihre Angst gewesen war, er könnte es ihr verwehren.

Danke. Ich danke Ihnen. Wir werden ihn finden. Wir finden Papas Geld… und vielleicht würde sie ihre Familie retten können.

Langsam kam sie wieder zu Kräften. Sie blickte Luke fest an. »Nur eines noch, Mylord.«

Er zog die Brauen hoch. »Nämlich, Emma?«

Sie schluckte mit staubtrockener Kehle. Noch nie hatte sie sich vor einem Gentleman so freimütig geäußert, nicht einmal vor Henry. Aber gewisse Dinge mussten gesagt werden.

»Wenn Sie meine Hilfe wollen, werde ich nicht…« Sie holte tief Luft. »Ich werde mich nicht auf ein Verhältnis mit Ihnen einlassen.«

Seine Brauen blieben, wo sie waren. »Warum nicht?«

»Ich bin nicht so eine, die … ihre Gunst leichtfertig verschenkt.«

Den Kopf leicht gesenkt, blickte er sie von unten herauf an. »Sie sind mit mir auf mein Zimmer gekommen. Das steht im Widerspruch zu Ihren Worten. Was glauben Sie denn, wie das gedeutet wird? Von mir und den Leuten in der Schenke?«

Dass sie eine Frau von loser Moral war, die ihm jede Gunst gewähren wollte, die er verlangte. Diese Deutung drängte sich wohl jedem auf.

Es war dumm von ihr gewesen, ihm aufs Zimmer zu folgen … aber vielleicht auch wieder nicht so dumm. Es war ihr gleich, was andere von ihr dachten. Sie brauchte niemandem mehr etwas zu beweisen. Er hatte ihr nichts getan – er war keine Gefahr, zumindest nicht im landläufigen Sinn, und das hatte sie instinktiv gespürt. Sie hatte unbedingt erreichen wollen, dass er auf ihren Plan einging. Und unter vier Augen mit ihm zu sprechen schien ihr einen Vorteil zu verschaffen, den sie bei einem Gespräch in der lauten Schenke nicht gehabt hätte.

Und insgeheim hatte sie sich gefragt, wie es wohl sein würde, Schicklichkeit und Pflichtgefühl beiseitezulassen und mit einem ihr unbekannten Mann auf sein Zimmer zu gehen, sich den sinnlichen Freuden hinzugeben, die sein heißer Blick über den viel zu kleinen Tisch hinweg versprochen hatte.

Sie antwortete mit Bedacht. »Es kümmert mich nicht, was andere denken, Mylord. Aber Sie sollen wissen, dass das nicht meine Absicht ist. Ich wollte Ihnen einen geschäftlichen Vorschlag machen. Ich kann nun einmal nichts dafür, dass ich eine Frau bin.«

Er musterte sie von oben bis unten, was bei ihr einen Schauder nach dem anderen auslöste. Sie war froh, dass ihr Halbtrauerkleid viel Haut bedeckte und er nicht sehen konnte, welche Wirkung sein Blick auf sie hatte.

»Nein«, murmelte er. »Sie können nichts dafür, dass Sie eine schöne Frau sind.«

Sie schluckte schwer. »Das ist eine geschäftliche Vereinbarung, mehr nicht. Sie und ich suchen nach demselben Mann, und dabei helfen wir einander.«

»Ich weiß nicht«, überlegte er. »Was, wenn ich während dieser geschäftlichen Partnerschaft weibliche Gesellschaft brauche?«

»Dann werde ich darüber hinwegsehen«, sagte sie sofort. Gleichwohl zog sich bei dem Gedanken, er könnte an eine andere Frau herantreten, in ihrer Brust etwas zusammen.

Sein Blick wurde prüfend. »So? Und wenn ich beschließe, diese weibliche Gesellschaft sollten Sie sein?«

»Ich gehe davon aus, dass Sie sich beherrschen können.«

»Vielleicht«, sagte er. »Aber was, wenn Sie es nicht können?«

Sie lachte, aber es klang ein bisschen schrill und unecht. »Auch ich bin gänzlich in der Lage, mich zu beherrschen. Nicht dass es je etwas zu beherrschen geben wird.«

Er schmunzelte, und sie konnte ihm seine Skepsis nicht vorwerfen. Sie war eine erbärmliche Lügnerin.

»Sie wollen mich, Emma.« Er musterte seine Fingernägel, als würde sich darunter etwas Interessantes befinden. »Denken Sie an meine Worte, es ist nur eine Frage der Zeit, bis Sie mich anbetteln, Sie zu nehmen.«

»Oh, ganz bestimmt nicht, Mylord.«

Schalkhaft lächelnd blickte er sie an. »Wir werden sehen.«

Sie holte tief Luft, erwiderte aber nichts. Ihre Wangen brannten jedoch. Bitte, flehte sie im Stillen, lass ihn nicht sehen, dass ich rot werde.

Doch sein Blick flog über ihr Gesicht, und sein Lächeln wurde breiter.

»Ja«, fuhr er fort. »Ich bin mit Ihrem Vorschlag einverstanden. Sie helfen mir, Roger Morton zu finden, und dürfen sich mir anschließen. Ich werde davon Abstand nehmen, ein ... wie nannten Sie es noch gleich? ... ein Verhältnis mit Ihnen einzugehen.«

Sie nickte sachlich wie ein Kaufmann, der mit einem anderen handelseinig wird.

Er hob eine Hand. »Aber auch ich habe eine Bedingung.«

Sie erschrak. »Welche?«

»Ich kann Sie zum Gipfel der Lust führen, Mrs. Emma Curtis. Falls Sie mich irgendwann während der Dauer unserer Vereinbarung darum bitten sollten ... ich verspreche, ich werde Sie nicht abweisen.«

2

Am nächsten Morgen wurde Emma bei Tagesanbruch wach. Gestern in der Schenke war es spät geworden, aber sie war derart nervös, dass sie kaum hatte schlafen können, und als es langsam hell wurde, sprang sie aus dem Bett, als wäre sie putzmunter, und machte sich ans Packen.

Sie wählte sorgfältig aus, denn mehr als ein Gepäckstück mitzunehmen war unpraktisch und würde Luke vermutlich ärgern. Daher packte sie zwei Garnituren Unterwäsche, ein Nachthemd und ein Kleid zum Wechseln ein, ein altes, aber schönes Tageskleid aus weißem Musselin mit einem Streumuster aus rosa-grünen Rosenknospen und passenden Bändern, die an den Ecken noch nicht ausfransten. Nachdem sie ihre Reisetasche gepackt hatte, zog sie das schwarz-weiße Kleid vom Vorabend an.

Nach dem Tod ihres Ehemanns hatte Papa, der sich weigerte, Henry die Schuld am Verlust seines Vermögens zu geben, darauf bestanden, einen Teil des verbliebenen Geldes für elegante Trauerkleider auszugeben. Diese hatte sie nun das ganze Jahr über abwechselnd getragen, zwei schwarze, triste, ganz und gar deprimierende Exemplare. Inzwischen waren sie abgenutzt und fleckig, ganz zu schweigen davon, dass sie nicht mehr der Mode entsprachen – und da sie im Herbst gekauft worden waren, hatte sie im Sommer darin geschwitzt.

Erst letzten Monat hatten Papa und ihre Schwester Jane ihr ein Halbtrauerkleid geschenkt. Jane hatte an allen Ecken und

Enden gespart, damit sie es sich leisten konnten. Es war schick und wirkte trotz der schwarzen Bänder hell, sodass Emma sich darin wieder lebendig fühlte. Früher besaß sie einen Schrank voll eleganter Kleider, jetzt dagegen nur noch eines, das vor dem Bruder eines Herzogs präsentabel war.

Und Lord Lukas war nicht der Bruder irgendeines Herzogs, sondern des berühmten Herzogs von Trent. Das verblüffte sie noch immer. Der Herzog galt weithin als leuchtendes Vorbild, als aufrechter, überaus rücksichtsvoller Gentleman und war in ganz England geachtet. Kürzlich hatte er jedoch einen enormen Skandal verursacht, indem er eines seiner Hausmädchen ehelichte. Die Wogen der Aufregung hatten sich noch nicht geglättet, und der Klatsch über den Herzog und seine Gattin ging weiter.

Sogar Jane und Emma hatten über den Nachrichtenblättern die Köpfe zusammengesteckt und befunden, es müsse eine Liebesheirat gewesen sein. Anstatt an ihm Anstoß zu nehmen, betrachteten sie ihn mit Anteilnahme und Respekt. In den Augen der Schwestern war der Herzog von Trent das Paradebeispiel eines einflussreichen Mannes, der aufrichtig liebte.

Jane und Emma waren mit der vornehmen Gesellschaft ein wenig in Berührung gekommen. Sie waren erzogen worden als reiche junge Damen und waren mit Töchtern aus dem niederen Adel täglich zur Schule gegangen. Aber ihr Vater war Kaufmann und kein Adliger, und die adligen Mädchen ärgerten sich, weil man Jane und Emma in der Derbyford School aufgenommen hatte, und ließen sie den Standesunterschied stets spüren.

Als also der hoch geachtete und bewunderte Herzog von Trent eine Bürgerliche heiratete, war das für Emma und Jane wie ein Sieg. Ein Sieg für die einfachen Leute. In ihren Augen war er nicht nur ein Vorbild, sondern auch eindeutig ein wirklich guter Mensch.

Seit gestern Abend wusste sie nun, dass sein Bruder ein ganz anderer Mensch war. Gut wäre nicht das erste Adjektiv, das ihr zu ihm einfiele, vielmehr schalkhaft, arrogant, anziehend, gut aussehend, verwegen, um nur fünf zu nennen.

Seufzend wischte sie das Bild beiseite, wie sich seine dunkelblonden Locken über den Ohren kräuselten, und ließ den Verschluss der Reisetasche zuschnappen. Mit der Unterwäsche und dem Kleid war sie randvoll, und da es draußen schon allmählich kühler wurde, nahm sie auch ihren langen Mantel mit, obwohl er durch viele Wäschen von einst Himmelblau zu Hellgrau ausgebleicht und stellenweise abgetragen war.

Ein letztes Mal schaute sie durch ihr Schlafzimmer.

Vor zwei Jahren hatte noch ein weicher Perserteppich auf dem Boden gelegen. Das Bett war ein detailreich und feminin gestaltetes Möbelstück aus weiß lasiertem Holz und lavendelblauen Seidenvorhängen gewesen, passend zu den Gardinen am Fenster. Sie hatte einen Schrank aus Nussbaum und einen dazu passenden Schreibtisch mit Stuhl besessen, an dem sie Briefe geschrieben hatte.

Das alles gab es nicht mehr, es war an den Meistbietenden verkauft worden, auch die gelbe Tagesdecke, die früher auf dem Bett gelegen hatte.

Vielleicht würde sie so etwas eines Tages wieder besitzen. Aber nur, wenn sie Roger Morton fand … und dazu das Geld ihres Vaters.

Sie hob die Reisetasche auf, verließ das Zimmer und ging den langen, leeren Flur entlang. Papa war mit ihnen in dieses große moderne Haus am Stadtrand von Bristol gezogen, als sie drei Jahre alt und Jane noch ein Säugling gewesen war. Davor lebten sie am Hafen, wo ihr Vater eine Werft besaß. Er baute damals viele große Segelschiffe, die die Weltmeere befuhren.

Im unteren Stock angelangt, schlüpfte sie in sein Arbeitszimmer, das mittlerweile hauptsächlich von ihr benutzt wurde. Papa konnte sein Schlafzimmer derzeit kaum noch verlassen – er litt an der Wassersucht, aber nicht nur daran. Niemand konnte ermitteln, was an seiner Kraft zehrte. Emma dagegen war überzeugt, dass ihm zwei Schicksalsschläge das Herz gebrochen hatten. Nachdem Mama gestorben war, hatte er sich mühsam von einem Tag zum anderen geschleppt. Dann wurde Henry ermordet, Roger Morton raubte ihn aus, und seitdem wurde Papa von einer Krankheit aufgezehrt, die bisher noch kein Arzt heilen konnte.

Emma würde ihm Mama nicht zurückbringen können, aber vielleicht sein Geld. Dafür würde sie alles tun, was in ihrer Macht stand.

Vielleicht würde Papa dann wenigstens versuchen, gesund zu werden. Sie hätten das nötige Geld, um die besten Ärzte zu bezahlen. Sie würden das Haus neu möblieren und heizen und die alte Behaglichkeit wiederherstellen können. Sie könnten sich die beste Medizin leisten.

Die Reisetasche stellte sie bei der Zimmertür ab, nahm den Schlüssel aus dem Regal, der zwischen dem *Sommernachtstraum* und *Richard III.* versteckt lag. Es war das einzige Bord, das noch mit Büchern gefüllt war. Die übrigen waren leer.

Sie ging an den Schreibtisch, schloss das kleine Geheimfach in einer der Schubladen auf und nahm Vaters Pistole heraus. Die tödliche Waffe ruhte harmlos in ihrem mit Samt ausgeschlagenen Kasten, so als könnte man damit keinen kaltblütigen Mord begehen. Nach einer sorgfältigen Prüfung ihrer Bestandteile schloss Emma das Fach wieder ab. Sodann ging sie zur Tür, um auch diese abzuschließen.

Vor der Reisetasche ging sie in die Hocke, nahm alles heraus, legte den Pistolenkasten zuunterst hinein, darauf die beiden Papiere, die sie ein Jahr lang bis zum Überdruss studiert hatte –

welche Morton mit Henrys Ermordung und dem Diebstahl des Familienvermögens in Verbindung brachten –, und packte ihre Kleidung obendrauf.

Sobald das geschehen war, ging sie zum Schreibtisch zurück, nahm ein Blatt Pergament, das auf einer Seite noch unbeschrieben war, tauchte die Feder ins Tintenfass und schrieb detaillierte Anweisungen für Jane.

Sie listete Papas Medikamente auf, erinnerte an die täglichen Bewegungsübungen, die einer der Ärzte empfohlen hatte, und zählte die Nahrungsmittel auf, die er nicht essen durfte, und die, die ihm nach Meinung des Arztes guttun würden. Dazu schrieb sie den aktuellen Stand ihrer schrumpfenden Geldmittel auf und empfahl detailliert, wie mit Geldeintreibern umzugehen sei, sollten welche ins Haus kommen.

Sie nannte die besten und billigsten Lebensmittelhändler. Dann erklärte sie in allen Einzelheiten, was im Haushalt und auf den sechs Morgen Land ringsum zu erledigen war.

Zum Schluss schlug sie vor, welche Gegenstände sich noch zu Geld machen ließen, sollte doch einer der Geldeintreiber die Geduld verlieren. Das würde wahrscheinlich nicht geschehen, denn die meisten hatte sie vorerst beschwichtigen können und nach einigen Wochen würde sie ohnehin nach Bristol zurückkehren. Aber sie nannte sie, nur vorsichtshalber, in der Reihenfolge ihrer Verzichtbarkeit:

Papas Bett – er kann meines bekommen.

Die übrigen Bücher. Das fiel ihr sehr schwer. Sie hatte nur die behalten, die ihr besonders am Herzen lagen, und die wegzugeben war, als würde sie einen Teil von sich selbst aufgeben.

Den Schreibtisch im Arbeitszimmer. Der, an dem sie jetzt schrieb, eines der letzten opulenten Möbelstücke, die ihr Vater angeschafft hatte.

Mamas Perlenohrringe und ihr Goldring. Das schmerzte sie

ebenfalls sehr. Vom Schmuck ihrer Mutter hatten sie ohnehin nur diese beiden Stücke behalten. Während sie damals ihren Besitz sichteten, um ihn zu verkaufen, entschied Emma, dass sie und ihre Schwester jede ein Schmuckstück zur Erinnerung behalten sollten. Sie selbst suchte sich die Ohrringe aus, Jane den Ring.

Zuletzt nannte sie ein paar Männer in Bristol, die vielleicht interessiert sein könnten, die genannten Dinge zu erwerben.

Sie legte die Ohrringe ab und legte sie neben das Blatt Pergament. Ein paar Augenblicke lang betrachtete sie die fast makellosen Perlen. Wie schön sie auf der schwarzen Schreibtischplatte schimmerten!

Seufzend stand sie auf und stieg noch einmal die Treppe hinauf, um in Janes Zimmer zu schlüpfen, das einst hübsch und behaglich, nun aber genauso kahl und unwohnlich war wie das ihre.

Jane regte sich bereits. Sie stand ebenfalls gern früh auf und war mit ihren zwanzig Jahren eine tüchtige, kluge junge Frau. Emma konnte Papa unbesorgt Janes tatkräftiger Fürsorge überlassen, da hegte sie keinerlei Zweifel.

Jane setzte sich auf und rieb sich die Augen. »Emma, ist etwas nicht ...« Sie stockte, da ihr Blick auf die Reisetasche fiel, die Emma entschlossen in der Hand hielt. Dann sah sie ihre Schwester an und riss alarmiert die Augen auf.

»Wohin willst du?«, fragte sie.

»Ich gehe zu Lord Lukas. Wir reisen heute Morgen noch ab.«

»Em!«, keuchte Jane entsetzt.

»Das ist die einzige Möglichkeit, Roger Morton aufzuspüren. Lord Lukas ist darauf ebenso erpicht wie ich, aber nicht nur das, er hat auch die Unterstützung des Herzogs von Trent – all die Mittel, die man braucht, um diesen Bastard der Justiz zu übergeben.«

Jane zuckte zusammen, wie immer, wenn Emma Schimpfwörter gebrauchte. Stirnrunzelnd stieg sie in ihrem knöchellangen weißen Nachthemd aus dem Bett. »Aber du darfst nicht mit ihm allein reisen. Nimm Marta mit.«

Marta war ihr Hausmädchen, das einzige. Früher hatten sie mal ein Dutzend Diener gehabt, einen Butler, eine Haushälterin, Zimmermädchen, eine Köchin und Küchenmädchen …

»Auf keinen Fall. Du wirst sie brauchen. Du kannst nicht den Haushalt erledigen und dich auch noch um Papa kümmern.«

»Bist du irre?«

»Du vielleicht?«

Die Schwestern starrten einander herausfordernd an. Aber Jane wusste, wann sie bei Emma auf Granit biss.

Sie senkte den Blick. »Die Leute werden reden. Ist dir klar, was das für deinen Ruf bedeutet?«

Emma verzog die Mundwinkel. »Welcher Ruf? Ich bin eine verarmte Witwe ohne Zukunftsaussichten. Es ist nicht so, als ob jetzt noch ein Gentleman Gefallen an mir finden könnte. Mein Ruf ist bedeutungslos, und ich gebe ihn gern auf, wenn ich dafür die Chance bekomme, das wiederzubeschaffen, was rechtmäßig uns gehört.«

Jane seufzte. »Mir wäre nur lieber, du würdest dir das gründlich überlegen.«

»Das habe ich getan. Es gibt keine andere Möglichkeit.« Sie ging einen Schritt auf ihre Schwester zu. »Jane, hast du dir denn dagegen überlegt, was passieren würde, wenn Papa sein Vermögen zurückbekäme? Wie gut ihm das tun würde?«

»Natürlich. Aber ich würde nicht wollen, dass du dich um seinetwillen opferst. Gibt es denn keine Lösung, die für euch beide vorteilhaft ist?«

»Dies ist die Lösung«, sagte Emma. »Mach dir um mich keine Sorgen. Lord Lukas ist ein Gentleman.« Zu dem letzten Wort musste sie sich zwingen, ungeachtet seiner Abstammung. Und dann spielte sie den entscheidenden Trumpf aus. »Vergiss nicht, er ist der Bruder des Herzogs von Trent.«

Jane seufzte wehmütig wie jedes junge Mädchen in England, wenn dieser Name fiel.

»Du hast recht, das habe ich ganz vergessen.« Sie hob den Kopf. »Dann wird ihm wohl bewusst sein, wie heikel die Situation für dich ist, und er wird alles Nötige tun, um deinen Ruf im Hinblick auf die skandalösen Umstände der Reise zu schützen.«

Lassen Sie sich gern fesseln, Mrs. Curtis?

Emma durchlief ein Schauder.

»Das wird er«, log sie. »Er wird ganz diskret sein, dessen bin ich mir sicher.«

Jane zog die Brauen zusammen. »Oh Em, mir gefällt das trotzdem nicht.«

»Wir haben keine andere Möglichkeit«, versicherte Emma noch einmal.

»Ich wünschte, mir käme doch noch eine andere Idee.«

»Die gibt es nicht. Wir haben uns schon alle drei den Kopf darüber zerbrochen.«

»Wirst du dich von Papa verabschieden?«

»Das sollte ich besser nicht tun.«

Einen Moment lang standen die Schwestern schweigend da, dann sagte Jane: »Du hast recht. Das solltest du nicht. Er würde dich nur zwingen wollen zu bleiben, und ich kenne dich. Du würdest ihm die Stirn bieten und ...«

»Und in seiner Verfassung wäre das ein zu herber Schlag für ihn«, schloss Emma.

»Das darfst du ihm nicht antun.«

»Das meine ich auch.«

Janes braune Augen schimmerten feucht vor Sorge und Angst. »Aber was soll ich ihm sagen?«, wisperte sie.

Emma schloss die Augen und ging im Geiste alle möglichen Ausreden durch. Sie sei mit Miss Delacorte, ihrer alten Schulfreundin, zu einer Tante gereist. Ihre Großmutter habe sie nach Leeds gebeten, weil sie krank sei und Emma sehen wolle. Sie fürchte, es sei etwas Ansteckendes und …

»Ich werde ihm die Wahrheit sagen«, beschloss Jane. »Etwas anderes fällt mir nicht ein.«

»Nein«, sagte Emma leise. »Sag ihm, ich bin nach Schottland gefahren, zu einer Freundin, die Hilfe braucht.« In einem ihrer seltenen Momente freundschaftlichen Beisammenseins hatte Henry gesagt, die geschickteste Lüge sei die, die möglichst dicht an der Wahrheit liegt. »Sag ihm, ich bin in ein paar Wochen wieder zurück.«

»Er wird wissen wollen, wie du da hinreist.«

Emma schürzte die Lippen. »Sag ihm … sag ihm, mit einer Verwandten des Herzogs von Trent. Und wenn er weiter nachhakt, musst du lügen.«

Jane schwieg. Sie schaute ernst, aber resigniert – sie wirkte ungemein reif für ihre zwanzig Jahre. Dieses Frühjahr hätte ihre zweite Ballsaison werden sollen. Letztes Jahr war sie in die Gesellschaft eingeführt worden und hatte fünf Heiratsanträge bekommen, sogar einen von einem Baron. Sie hatte alle abgelehnt.

Nun waren sie verarmt, und sie hatte Emma gestanden, sie würde jeden der fünf gern annehmen, wenn sie die Gelegenheit dazu erhielte. Aber damit war es natürlich vorbei. Die Schwestern wurden beide nicht mehr beachtet.

»Danke, Jane.« Emma setzte die Tasche ab und umarmte ihre Schwester zum Abschied. »Pass auf ihn auf.«

»Das werde ich tun.«

»Ich finde eine Möglichkeit, Papas Geld wiederzubeschaffen«, versprach Emma. »Jedenfalls werde ich es versuchen ...«

»Das weiß ich«, sagte Jane. »Wenn du dich einmal entschlossen hast, kann dich nichts mehr aufhalten.«

Luke blinzelte heftig. Es fühlte sich an, als hätte er Sand in den Augen. Und ihm war, als hätte er nur eine halbe Stunde geschlafen. Dem Lichteinfall am Fenster nach zu urteilen, musste es jedoch Mittag sein. Oder früher Nachmittag.

Eine leise Bewegung zog seine Aufmerksamkeit an. Blinzelnd entdeckte er eine Frau in Schwarz-Weiß, die er nur allmählich scharf sah. Sie saß in der Ecke auf dem einzigen Stuhl des Zimmers, einem grazilen, ungepolsterten Gestell, und betrachtete ihn mit dem Ausdruck großer Geduld.

»Sie haben etwas an«, stellte er fest. Seine Stimme klang wie ein Reibeisen. »Das ist inakzeptabel.«

Sie wich seinem Blick nicht aus, zog aber die Brauen hoch. »Viele Leute ziehen es vor, um diese Tageszeit bekleidet zu sein. Ich gehöre dazu.«

Er schloss die schmerzenden Augen und ließ den Kopf ins Kissen sinken, ein müdes Lächeln in den Mundwinkeln.

Gestern Abend hatte er ihre Gesellschaft genossen, wenn sie sich auch steif gemacht hatte, als er sie küsste. Der Kuss hatte trotzdem süß geschmeckt. Dann hatte sie ihm ihren Vorschlag unterbreitet, und er hatte nicht widerstehen können, obwohl sie sich ausbedang, dass es zwischen ihnen kein »Verhältnis« geben werde.

Bei der Erinnerung lachte er leise in sich hinein.

Er würde ihr Zeit lassen. Ihm lag nichts daran, sich einer

Frau aufzuzwingen. Aber er würde ihren Widerstand zermürben. Denn selbst hier in diesem unbequemen Gasthausbett wollte er sie nackt bei sich liegen haben.

Es schien, als bliebe ihm noch viel Zeit, um sie zum Einknicken zu bringen. Schließlich reisten sie zusammen, darauf hatte sie bestanden.

Er öffnete die Augen. Ihr Blick war noch immer mit dem Ausdruck äußerster Gleichmut auf ihn gerichtet, und das reizte ihn, ihre Bastionen sofort zum Einsturz zu bringen, Stein um Stein.

»Guten Morgen, Emma«, murmelte er.

»Guten Morgen, Mylord.«

»Luke.«

Sie nickte huldvoll. »Luke. Ist Ihnen das wirklich lieber? Sie werden doch eher an die höfliche Anrede gewöhnt sein.«

Diese leise, rauchige Stimme. Er konnte nicht verhindern, dass er hart wurde.

Statt zu antworten, brummte er nur. Und ob er sich lieber mit Luke anreden ließ! Das war sein echter Name, den er von seiner Mutter bekommen hatte. Alles andere war eine Lüge. Und während er seinen Frauen sonst erlaubte, ihn anzureden, wie es ihnen gerade gefiel, wollte er von Emma bei seinem richtigen Namen genannt werden. Auch wenn er ihr nicht verraten würde, warum.

»Ich denke, es wird mir gefallen, Sie Luke zu nennen. Den Sohn eines Herzogs beim Vornamen anzureden – das ist schamlos. Ich werde jedes Mal das Gefühl haben, etwas ganz Unartiges zu tun.«

»Ausgezeichnet«, sagte Luke. »Sie bei etwas Schamlosem und Unartigem zu erleben, finde ich äußerst reizvoll.«

Leise lachend schüttelte sie den Kopf. Er reckte sich und schwang die Beine über die Bettkante. Dass er lediglich ein

Hemd trug, schien sie nicht zu stören. Offenbar war der Anblick nichts Neues für sie.

Der Gedanke konnte seine Laune nicht heben.

Emma war voller Gegensätze. Mal stoisch, mal neckisch, mal kokett, mal steif. Er fragte sich, was wirklich in dem hübschen Köpfchen vorging.

Er zog sich die Hose an, die vor dem Bett auf dem Boden gelegen hatte, stand auf und reckte sich noch mal, dann zog er an der Klingelschnur, um sich Wasser bringen zu lassen.

Er wandte sich Emma zu, die, außer dass das weiße Häubchen fehlte, genauso aussah wie am Abend zuvor. Ihr Kleid hatte keine einzige Knitterfalte. Kurz fragte er sich, ob sie die ganze Nacht stocksteif dagesessen hatte. Dann runzelte er die Stirn. Er erinnerte sich vage, dass sie gegangen war, bevor er sich ausgezogen hatte und erschöpft ins Bett gefallen war.

Er hatte geschlafen wie ein Toter, völlig traumlos, Gott sei Dank.

»Wie spät ist es?«

»Kurz nach Mittag«, sagte sie.

Seufzend rieb er sich die Stirn, um die drohenden Kopfschmerzen zu vertreiben.

»Kann ich Ihnen etwas bringen? Etwas zu essen oder zu trinken vielleicht?«

»Nein.« Er hatte nach einem Diener geläutet. Es lag nicht in seiner Absicht, eine Dame wie Emma Curtis für sich das Dienstmädchen spielen zu lassen. »Danke«, fügte er verzögert hinzu.

Er ließ die Hand sinken und warf ihr einen Blick zu. »Da sitzen Sie wohl schon weiß Gott wie lange und warten darauf, dass ich aufwache. Ich nehme an, Sie haben einen Plan, der sich nun durch mich verzögert?«

Oh ja, sie sah aus wie eine Frau mit einem Plan, ruhig und

gewappnet. Wogegen er benebelt war und den halben Tag verschlafen hatte.

Sie kniff die Lippen zusammen. Diese köstlichen vollen Lippen. Er wollte eine zweite Kostprobe.

»Nun«, antwortete sie gedehnt, »es war mir nicht unangenehm, Ihnen beim Schlafen zuzusehen, das muss ich zugeben. Sie sehen dabei wirklich unschuldig und jungenhaft aus.«

Er unschuldig? Jungenhaft? Er schnaubte.

Sie ignorierte das. »Allerdings habe ich mir überlegt, wie wir vorgehen sollten«, sagte sie in nüchternem Geschäftston. »Ich meine, wir sollten zunächst die Dokumente analysieren, die uns zu Morton führen können.«

Er nickte.

»Und dann sollten wir aufbrechen.«

»Möchten Sie mir auch sagen, wohin?«

»Nach Schottland.«

Er zog die Brauen hoch. »Ah. Vielleicht sollte ich mir die Dokumente sofort ansehen.«

»Natürlich.« Sie stand auf, kniete sich vor die abgeschabte Reisetasche, die neben dem Stuhl stand, und hob einen kleinen Stapel sorgfältig gefalteter Kleidungsstücke heraus. Dabei begriff er, dass das alles war, was sie mitzunehmen gedachte. Sie konnte nicht mehr als ein Kleid bei sich haben. Er selbst schleppte mehr als das Doppelte mit sich herum.

Vom Grund der Tasche zog sie eine Briefmappe hervor, legte sie auf den kleinen runden Tisch und packte ihre Kleidung wieder ein.

Derweil klopfte ein Diener an die Tür, und Luke ging öffnen. Er bestellte Wasser zum Waschen und ein leichtes Mittagessen für zwei Personen, dann wandte er sich Emma zu, die geduldig wartend an ihrem Platz saß, die Hände im Schoß gefaltet.

Er ging die zwei Schritte auf sie zu – das Zimmer war wirklich verflucht klein – und streckte die Hand aus. »Lassen Sie mal sehen.«

Sie nahm ein Blatt Pergament aus der Mappe und reichte es ihm.

Er überflog es. »Das scheint mir ein Überweisungsbeleg der Bank von England zu sein.«

»Genau das ist es. Jedoch ist das nicht die Unterschrift meines Vaters, sondern eine Fälschung.«

»Sie glauben, Roger Morton hat die Unterschrift Ihres Vaters gefälscht? Hat ihm das Geld gestohlen und ist abgehauen?«

»Ja. Und bevor er Bristol verließ, brachte er meinen Mann um. Henry war irgendwie in die Sache verwickelt – auf welche Weise, weiß ich nicht genau. Er muss Mortons Absicht gekannt haben und …« Ihre Stimme wurde immer leiser, bis sie verstummte.

Er schaute sie über den Rand des zerknitterten Blattes an und bemerkte die Röte auf ihren Wangen. Wie abscheulich musste es sein zu entdecken, dass der eigene Ehemann mit einem Komplizen zusammen das Familienvermögen gestohlen hatte.

»Wie viel hat Morton gestohlen?«, fragte er leise.

»Alles.«

Er atmete langsam aus und schaute auf den Beleg. Die Summe betrug über fünftausend Pfund. »Gab es mehr als das?«

»Ja.« Ihr Ton war knapp. »Einiges.«

»Wissen Sie, wie der Rest entwendet wurde?«

Sie schüttelte den Kopf. »Nein. Als ich die persönlichen Sachen meines Mannes durchsah, war dies das einzige Papier, das mir seltsam vorkam. Zuerst habe ich mich über den hohen Geldbetrag, der abgehoben wurde, gewundert. Dann ging ich mit dem Beleg zu meinem Vater, und er wusste nichts davon.«

»Warum sollte Ihr Mann den Beleg in seinem Besitz gehabt haben?«

»Er kannte Morton. Sie hatten irgendwie miteinander zu tun.« Er betrachtete ihren grazilen blassen Hals, als sie den Kopf wegdrehte. Dabei trommelte sie mit den Fingern auf ihrem Knie. »Ich ging zu der Adresse des Empfängers, die auf dem Beleg angegeben ist. Die Vermieterin war sehr hilfsbereit. Sie erzählte mir, ein Mann namens Roger Morton logierte dort gelegentlich, sei aber seit einiger Zeit nicht mehr dort gewesen – nicht seit«, sie atmete einmal tief durch, »seit dem Tag, als mein Mann umgebracht wurde.«

Plötzlich sah sie verletzlich aus. Einsam. Ein ungewohnter Impuls drängte ihn, sie in die Arme zu nehmen, sie zu halten und ihr zu sagen, dass alles gut werden würde.

Aber das konnte er schlecht tun. Wie auch? Er wüsste nicht mal, ob sich das Versprechen halten ließ.

Emma tat einen bebenden Atemzug und fuhr fort. »Die Vermieterin hat mich in Mortons Zimmer gelassen, damit ich es durchsuchen konnte. Da habe ich einen ungeöffneten Brief gefunden.« Sie deutete auf ihre auf dem Tisch liegende Mappe. »Als ich sie später danach fragte, sagte sie, er sei am achtzehnten September letzten Jahres mit der Post gekommen.«

Sie gab ihm das Blatt Papier, und dabei sah er, dass ihre Indizien sich auf diese zwei Dokumente beschränkten – den Bankbeleg über die Geldlieferung an eine Adresse, wo Morton logiert hatte, und diesen Brief.

Er faltete ihn auseinander und las.

Sie haben lange genug gebraucht. Ihre Beschäftigung mit Curtis macht Ihnen keine Ehre. Beenden Sie Ihr Geschäft mit ihm – der Mann vergeudet Ihre Zeit ebenso wie meine. Wenn ich nicht die volle Summe zurückbekomme, die Sie mir zum ersten Oktober schulden, werden weitere Maßnahmen erforderlich sein. Stellen Sie meine Geduld nicht auf die Probe.

Bitte bedenken Sie, dass ich die Herbstmonate auf meinem Wohnsitz in Schottland verbringe. Schicken Sie das Geld direkt zu mir nach Duddingston Parish bei Edinburgh.

C. Macmillan

Luke las den Brief zwei Mal, dann blickte er Emma an. Heute war der siebte Oktober. Die im Brief gesetzte Frist lag ein ganzes Jahr zurück.

Hinter Emma hing das Häubchen an seinen Bändern von dem einzigen Wandhaken des Zimmers. Ihre prachtvollen Haare glänzten im Sonnenschein, der die verschiedenen Töne von Bronze, Mahagoni und Gold zum Schimmern brachte. Doch es war im Nacken zu einem strengen Knoten gesteckt. Nicht mal eine Strähne kräuselte sich über den Ohren, ganz im Gegensatz zum vergangenen Abend.

Ihre Körperhaltung war ebenso straff. Sie bewegte lediglich die Finger, die unaufhörlich auf den Oberschenkel tippten. Er wollte sie schlaff und empfänglich in seinen Armen ... in seinem Bett. Er wollte ihr die Haarnadeln herausziehen und diese üppige goldbraune Pracht über die Schultern fallen sehen. Er wollte die Haken und Ösen ertasten, die ihren Leib einschnürten, und ebenfalls lösen.

Und vielleicht, wenn er diesen Bastard Morton für sie fand, würde er das sogar tun können.

»Wann wurde Ihr Mann getötet?«, fragte er ruhig.

»Letztes Jahr am siebzehnten September.«

Also war der Brief an dem Tag gebracht worden, nachdem Morton sein schmutziges Geschäft mit Curtis abgewickelt hatte. Der Brief war nicht geöffnet worden, demnach hatte Morton Bristol da schon verlassen.

»Nachdem ich das gelesen habe, verstehe ich, warum Sie

Morton verdächtigen. Das deutet zweifellos auf ihn als den Mörder hin. Und dieser Macmillan scheint sein Komplize gewesen zu sein.«

»Ja.« Ihr Blick war entschieden und unergründlich. Er fragte sich, ob sie um Curtis trauerte. Sie kam ihm eher wütend als untröstlich vor.

»Wie wurde er getötet?«

Sie blickte auf ihre gefalteten Hände. »Im Avon ertränkt. Zuerst dachten wir uns nichts dabei, als er am Morgen nicht zu Hause war. Es war nicht das erste Mal, dass er über Nacht wegblieb, und ...«

»Er blieb über Nacht weg?«

»Nun ... ja.«

»Wo hielt er sich dann auf?«

Sie atmete erregt, was seinen Blick auf ihren Busen lenkte.

Teufel noch mal, Luke, konzentriere dich auf das Wesentliche!

»Das weiß ich nicht. Ich dachte, vielleicht in einer der Schenken am Fluss. Oder in einer Spielhölle ...«

»Wie lange waren Sie verheiratet?« Ihm war entfallen, was sie am Abend dazu gesagt hatte. Er wusste nur noch, dass es eine kurze Zeitspanne gewesen war.

»Drei Monate.«

Er zog die Brauen zusammen. Welcher jungvermählte Mann ließ seine Frau – vor allem ein so schönes Geschöpf wie Emma – über Nacht allein, um sich in schmutzigen Schenken oder ehrlosen Spielhöllen herumzutreiben?

Er schaute auf ihre rosa Wangen, den blassen Teint, die sündhaften Lippen und stieß einen lautlosen Pfiff aus. »Wie haben Sie von seinem Tod erfahren?«

»Am folgenden Abend war ich sehr besorgt. So lange war er noch nie weggeblieben. Meine Schwester und ich wandten uns an die Polizei, und die begann nach ihm zu suchen. Zeugen sagten aus, er sei betrunken gewesen, sie hätten gesehen, wie er einen Pub verließ und mit einem anderen Mann zum Flussufer ging. Später fand man seinen durchnässten Mantel und in der Nähe ein schmutziges Taschentuch mit den Initialen R.M. Ich dachte, der Fund des Taschentuchs sei ein Zufall, bis ich entdeckte, dass Roger Morton beteiligt war.«

Emma verstummte, da zwei Diener das Essen und das Waschwasser brachten. Auf dem kleinen Tisch war nicht Platz für alles, darum wies Luke ihnen verschiedene Stellen auf dem Bett und dem Boden an.

Sie schaute nicht hin, während er sich so gut wie möglich wusch, ohne sein Hemd auszuziehen. Dann rückte er den Tisch ans Bett und stellte das Tablett darauf. Er bedeutete ihr, sich ihm gegenüberzusetzen, und nahm selbst auf der Bettkante Platz. Sie blickte noch immer händeringend in den Schoß und atmete aufgeregt.

»Kommen Sie, Emma«, sagte er sanft. »Essen Sie.«

Zum ersten Mal seit etlichen Minuten blickte sie ihn an. Dann nickte sie und rückte mit dem Stuhl an den Tisch, sodass sie miteinander speisen konnten.

Das Mittagessen bestand aus einfacher ländlicher Kost, schmeckte aber ausgezeichnet. Es gab Schmorbraten mit Soße, deren Duft das Zimmer erfüllte, dazu Taubenpastete, gebratenes Gemüse und einen Apfelkuchen sowie ein leichtes Ale, um alles hinunterzuspülen. Luke teilte die Portionen gerecht auf die zwei Teller auf und griff erst zur Gabel, als sie ihre in die Hand genommen hatte und sich den ersten Bissen zurechtlegte.

»Entschuldigen Sie«, sagte er leise.

Sie blickte überrascht auf. »Was denn?«

Er zuckte die Achseln. »Weil ich Sie zwinge, das alles zu erzählen. Ich sehe, wie schmerzlich das für Sie ist.«

»Ja. Nun«, sagte sie mit gesenktem Blick und fand ihr Essen gerade sehr faszinierend. Sie aßen schweigend weiter. Dann sagte sie: »Erzählen Sie mir von der Herzogin. Was ist da passiert?«

»Ah, meine Mutter. Auch so ein trostloses Thema.«

Sie verzog den Mund. »Ich bitte um Verzeihung.«

»Dazu besteht kein Grund.« Wieder herrschte Schweigen, während er einen appetitlichen Bissen Taubenpastete aß. »Was ist Ihnen denn über meine Mutter zu Ohren gekommen?«

»Nicht sehr viel. Nur dass sie dieses Frühjahr verschwand. Und kürzlich hörte ich, der Herzog und seine Familie befürchten allmählich das Schlimmste.«

Finster starrte Luke auf seinen Teller. »Nun, all das ist wahr. Und unglücklicherweise wissen wir nach all den Monaten noch immer nicht viel. Unsere einzige Spur ist Roger Morton.«

Sie beugte sich ein wenig nach vorn. »Wie haben Sie erfahren, dass er damit zu tun hat?«

»Als meine Mutter von Ironwood Park verschwand, nahm sie ihre zwei Bediensteten mit. Die Zofe – sie ist inzwischen tot.« Er sah noch immer den nackten Leichnam auf dem Seziertisch liegen, so kalt, steif und bleich. Er und sein Bruder hatten den Anatom mitten in der Vorlesung gestört, just als er Binnie aufschneiden wollte.

»Das tut mir leid«, sagte Emma.

Er schaute nur düster, da er nicht wusste, wie er darauf reagieren sollte. »Wir haben Monate gebraucht, um ihren Diener zu finden. Dieser gab schließlich an, ein gewisser Roger Morton habe meine Mutter von Ironwood Park nach Wales mitgenommen, in ein Haus in Cardiff. Dort hat sie nach mehreren Wochen die beiden Diener entlassen. Mehr wissen wir nicht.«

Emma zog die Brauen zusammen. »Hatte Morton eine … Liaison mit Ihrer Mutter?«

»Nein.« Er zuckte die Achseln. »Sicher weiß ich es nicht. Aber wie ihr Diener es beschrieb, beugte Morton sich ihren Wünschen. Als wäre er auch nur ein Diener. So geht meine Mutter sonst nicht mit ihren Liebhabern um.«

Emma riss die Augen auf.

»Ja, sie hatte viele Liebhaber«, sagte er trocken. »Aber ich muss sie ein wenig in Schutz nehmen. Ich habe nur ein halbes Dutzend von ihnen gesehen, obwohl es mehr waren. Sie war um Diskretion bemüht. Mit geringem Erfolg, aber immerhin.«

»Du meine Güte.« Sie schien ratlos, was sie dazu sagen sollte. Wieder aßen sie ein paar Minuten schweigend. Dann fragte Emma: »Haben Sie in Cardiff nach ihnen gesucht?«

»Ja, aber da waren Morton und meine Mutter längst weg. Niemand konnte mir sagen, ob sie zusammen oder getrennt abgereist sind. In einem Pub stieß ich auf einen Mann, der jemanden dieses Namens kannte, und er beschrieb sein Aussehen genauso wie der Diener meiner Mutter – dunkle Haare, dunkle Augen, unauffällige Gesichtszüge. Er sagte, Morton habe in Bristol gelebt und sich in den Schenken, Spielhöllen und Freudenhäusern herumgetrieben und ich würde ihn dort wahrscheinlich finden.«

»Also kamen Sie hierher.«

Er nahm sich ein Stück Apfelkuchen und machte sich darüber her. »Ganz recht.«

»Und nun … auf nach Schottland?«, fragte sie.

»Auf nach Schottland«, bestätigte er. »Ich will diesen Macmillan finden und sehen, ob er mir etwas über Mortons Aufenthaltsort verraten kann.« Edinburgh war verdammt weit weg, fast vierhundert Meilen. Das würde eine lange, anstrengende Reise werden. Aber er war dazu bereit. Es blieb ihm auch nichts anderes übrig. Dieser C. Macmillan war derzeit seine einzige Spur.

Den Blick auf ihren Teller gesenkt, stach Emma ihre Gabel in ein gebackenes Apfelstück. »Ich wollte schon nach Edinburgh, seit ich den Brief an mich genommen habe – ich wusste nur nie, wie ich das bewerkstelligen sollte.«

Richtig. Eine Frau allein. Ihr Mann tot. Das Geld der Familie gestohlen. Für jemanden wie sie war es nahezu unmöglich, solch eine Reise allein zu machen.

Dennoch schien es seltsam, dass sie sich an Luke wandte – einen alleinstehenden Mann, den sie überhaupt nicht kannte.

»Haben Sie keine Familie? Keinen Verwandten, der Ihnen helfen könnte?«

»Nein. Mein Vater ist krank, und meine Schwester muss zu Hause bleiben und sich um ihn kümmern. Davon abgesehen haben wir nur noch eine Großmutter, die in Leeds lebt.«

»Dienerschaft?«

»Nur noch ein Hausmädchen. Sie ist daheim auch unentbehrlich.« Sie schaute bedrückt zu ihm auf. »Jane wird ihre Hilfe brauchen.«

»Sie wissen, warum ich das frage, nicht wahr? Die Reise mit mir wird Ihren Ruf zerstören.«

Sie lächelte verkniffen. »Aber Sie sagten doch, solche Überlegungen kümmern Sie nicht.«

»Mich nicht.« Er zuckte die Achseln. »Aber Sie vielleicht.« Er blickte ihr ruhig in die Augen. »Ich habe schon einmal den Ruf einer jungen Frau ruiniert. Das war höchst unerfreulich.«

»Für Sie oder die junge Frau?«

»Für die junge Frau. Ich selbst bin ungeschoren davongekommen.«

Emma schürzte die Lippen. »Dessen bin ich mir sicher. Nun dann fühle ich mich geehrt, dass Sie sich so besorgt zeigen, Mylord …«

»Luke.«

»Luke. Aber mein Ruf ist wirklich meine Angelegenheit, nicht Ihre.«

»Natürlich«, sagte er sanft. Mit einem unbeschwerten Grinsen gab er ihr zu verstehen, dass das Thema für ihn erledigt sei. Doch im Grunde war er verwirrt und aufgewühlt. Um sie besorgt.

Eigentlich sollte ihm ihr Ruf gleichgültig sein. Er hatte sich noch nie damit belastet, was die Gesellschaft von den Damen hielt, mit denen er verkehrte, und es gab keinen Grund, jetzt damit anzufangen.

Wie auch immer, er freute sich schon darauf, Emmas Bastionen zu Fall zu bringen … und sie betteln zu sehen.

3

Das soll ein Scherz sein, dachte Emma.

Sie stand vor dem Gasthaus und starrte auf den offenen Zweispänner. Als Luke gegangen war, um ihnen ein Fahrzeug zu besorgen, das sie nach Schottland bringen würde, hatte sie an eine Kalesche oder Kutsche gedacht, aber bestimmt nicht an eine zweirädrige Karriole.

Beim Hinausgehen hatte er ihr befohlen, in dem Gästezimmer zu warten. Sie war versucht gewesen zu widersprechen – sie wusste schließlich, wo man in Bristol etwas am günstigsten bekam. Andererseits sah sie ein, dass es klug war, in der Stadt nicht mit ihm gesehen zu werden. Sie kannte hier zu viele Leute.

Jedenfalls schien es, als wäre Lord Lukas mehr um ihren Ruf besorgt, als er zugeben wollte. Bei diesem Gedanken verspürte sie ein leichtes, angenehmes Kribbeln im Bauch, und eine seltsame Wärme strahlte in ihr auf, die sie noch nie empfunden hatte.

Die Zügel in der Hand, schaute er sie von der Sitzbank herab an. Sein schwarzer Mantel schmiegte sich in einer Weise um seine Schultern, die ihren Atem beschleunigte. Er sah verwegen und stattlich aus. Wie ein Lebemann. Ein Dandy, der die Blicke der Damen auf sich ziehen wollte – und dem das gelang, wenn man nach den zwei tuschelnden, kichernden jungen Frauen gehen konnte, die ihn von der anderen Straßenseite aus beobachteten.

Er machte den Eindruck eines sorgenfreien Londoner Gentlemans, nicht eines Mannes, der zu einer anstrengenden Vierhundert-Meilen-Reise in den Norden aufbrach, um seine verschollene Mutter zu finden.

Seine blauen Augen funkelten in der Mittagssonne, und er grinste sie mutwillig an. »Was halten Sie davon?«

Hinter ihm fuhren ansprechendere Transportmittel vorbei. Durch die Straße zog der für Bristol typische Geruch von Meerwasser, als könnte der Regen ihn nie ganz wegwaschen. Vor dem Gasthaus herrschte ein lebhaftes Kommen und Gehen, und die Leute trugen ihre Mäntel hochgeschlossen wie Emma den ihren.

Da sie Luke keine Antwort gab, stieg er ab und band die Pferde an, dann kam er zu ihr.

»Ich habe sie zu einem exzellenten Preis bekommen.« Während er sie beim Ellbogen nahm und sie zum Einstieg des zerbrechlich wirkenden Wagens lenkte, sagte er: »Das ist eine Reisekarriole. Sehen Sie – man hat einen Kutschkasten angebaut, wo sonst der Page stehen soll.«

»Hätten Sie nicht eine Kalesche vorgezogen?«, fragte sie, um einen neutralen Ton bemüht.

Darauf zog er großspurig die Brauen hoch. »Nein. Dann müsste ich einen Kutscher anstellen.«

Er war der Bruder eines Herzogs. Da musste er doch über die Mittel verfügen, um einen Kutscher zu bezahlen, oder? Sie schaute ihn stirnrunzelnd an.

»Ich ziehe es vor, selbst zu fahren, Emma. Wenn ich schon nicht auf meinem Pferd durch England reiten soll, dann will ich wenigstens selbst den Wagen lenken.«

Sie verkniff sich ein neuerliches Stirnrunzeln. Ihr war durchaus bewusst, dass ihre Anwesenheit für ihn eine Unannehmlichkeit darstellte und dass er allein auf einem Pferd in die Stadt geritten war. Er hätte überhaupt keinen Wagen besorgen müssen, wenn sie nicht verlangt hätte, ihn zu begleiten.

Tief Luft holend sagte sie: »Ich verstehe. Aber ... sie wirkt so ... zerbrechlich. Ich habe meine Zweifel, ob wir damit bis Schottland kommen werden.«

Sie sah es schon vor sich, wie sie auf der Landstraße gegen einen Stein stießen und das Ding zu Bruch ging. Der Kutschkasten zersplittert, überall Blut und gebrochene Knochen.

Sie warf einen Blick auf die beiden Tiere – ein schlanker, geschmeidiger Schimmel und ein stämmiger Rappe. Ein ungleiches Paar, wie sie noch keins gesehen hatte.

Luke drückte sanft ihren Ellbogen und sah sie an. »Haben Sie Angst?«, fragte er leise. »Ich glaube nicht, dass das eine Reise für Ängstliche sein wird.«

»Ich fürchte mich nicht vor der Reise«, sagte sie und straffte demonstrativ die Schultern. »Ich fürchte mich vor diesem Wagen. Wollen Sie uns umbringen?«

»Nicht Sie«, sagte er.

Was sollte das nun heißen? Sie wusste nicht, wie sie darauf reagieren sollte, darum blieb sie bei der Sache. »Und das Wetter schlägt um. Was, wenn es regnet?«

»Er hat ein Verdeck.«

Sie bedachte ihn mit einem finsteren Blick und musste an sich halten, um nicht allzu wütend mit den Zähnen zu knirschen. »Ja. Ich sehe es.« Es war ein winziges Ding, das weniger Schutz bot als ein Regenschirm.

Er zog die Brauen hoch und blickte sie belustigt an.

Sie deutete zur Rückenlehne des Wagens, an dem das Verdeck zusammengefaltet war. »Das wird uns vielleicht bei Nieselregen für zehn Minuten trocken halten. Wenn wir einen Tag lang durch strömenden Regen fahren müssen, was dann? Wir werden bis auf die Haut durchnässt sein, eine Lungenentzündung bekommen und«, sie schnippte mit den Fingern, »im Handumdrehen tot sein.«

Er lachte leise. »Bei strömendem Regen, schlage ich vor, machen wir es uns im nächsten Gasthaus bequem, wo wir es warm und trocken haben. Im Bett zum Beispiel.«

Emma schoss ihm einen Seitenblick zu, aber sie musste sich wohl oder übel fügen. In der Not durfte man nicht wählerisch sein. Sie jedenfalls hatte nicht die Mittel, um ein komfortableres Gefährt zu beschaffen.

»Also gut«, sagte sie seufzend. »Dann bete ich, dass Sie uns nicht zuschanden fahren.«

Zwei Stunden später hatten sie Bristol verlassen und fuhren unter einem kalten, wässrig blauen Himmel auf der Bristol Road nach Norden. Heute würden sie nicht mehr weit kommen, da es bereits Nachmittag war und es um diese Jahreszeit früh dunkel wurde.

Nachdem Emma einen der zwei Bände von Patersons Reiseführer konsultiert hatte, der zwischen ihnen auf dem Sitz lag, hatte sie entschieden, dass sie in einem Gasthaus namens Cambridge Inn in der Nähe von Slimbridge Halt machen sollten.

Luke hatte zugestimmt. »Morgen werden wir auf dieser Route nach Worcester weiterfahren und sollten am Abend dort ankommen. Wir bleiben eine Nacht länger dort, bevor wir weiterfahren.«

»Warum?«, fragte sie verwundert. Da sie nun endlich unterwegs waren, war ihr jede weitere Verzögerung zuwider. Am liebsten wäre ihr, sie könnte sie beide mit einem Blinzeln nach Edinburgh versetzen.

»Ich muss mich dort um eine Angelegenheit kümmern. Glauben Sie mir, ich bin ebenso wie Sie darauf erpicht, Morton zu finden, aber ich muss das erledigen.«

Und das war alles, was er dazu äußerte. Emma faltete die

Hände im Schoß und schwieg. Sie war höchst neugierig, auch wenn es sie praktisch nichts anging, was er in Worcester zu tun hatte.

Sie lehnte sich zurück und betrachtete ihn von der Seite. Innerhalb des Bruchteils einer Sekunde wechselte er von unbeschwert und entspannt zu entschlossen und gebieterisch. Seine Augen, die eben noch heiter funkelten, blickten im nächsten Moment finster brütend.

Er war ein komplizierter Mensch. Er verwirrte sie, versetzte sie in Unruhe. Er war ganz anders als erwartet. Doch ihre Erwartungen waren nicht fair gewesen, wie ihr jetzt klar wurde. Er war der Bruder des Herzogs von Trent, aber mitnichten der Inbegriff seines herausragenden Rufes. Wahrscheinlich war nicht einmal der Herzog selbst der Inbegriff seines Rufes.

Letzten Endes war sie froh, dass Luke anders war als sein Bruder. Denn dann hätte er ihr nicht gestattet mitzukommen.

Und ... er war unvorstellbar faszinierend.

Als er sie nun anblickte, fingen seine blauen Augen einen Strahl der tief stehenden Sonne ein. In ihr zog sich etwas zusammen. Er sah umwerfend gut aus – ein Umstand, den sie vorausgesehen hatte. Was sie nicht vorausgesehen hatte, war die starke Wirkung auf sie.

»Sie starren mich an«, bemerkte er sanft.

»Verzeihung.« Ruckartig drehte sie den Kopf weg und schaute über die Pferde hinweg nach vorn. »Macht Sie das verlegen?«

Er lachte, und kurz klang eine heißblütige Freude darin auf. »Nein, Emma«, sagte er mit heiserer Stimme. »Starren Sie nur, so viel Sie wollen.«

»Gut.« Sie fand sich störrisch und gereizt. Außerdem wurde es merklich kälter. Der Wind drang nicht nur durch Mantel, Kleid und Unterwäsche, sondern auch durch die Decke auf ihrem Schoß. Im Lauf der Reise würde es sicher noch schneien – und dann würde er noch sehen, wie wenig ihnen das alberne Verdeck nützte.

Zitternd zog sie die Wolldecke fester um ihre Beine. Sie wünschte, sie hätte einen dickeren Mantel mitgenommen – sie hatte nicht damit gerechnet, in einem offenen Wagen zu fahren.

Vielleicht sollte sie im Zusammenhang mit diesem Mann auf Erwartungen generell verzichten.

Lassen Sie sich gern fesseln, Mrs. Curtis?

Erneut schauderte sie.

»Ist Ihnen kalt?«, fragte er.

»Nein«, log sie.

»Aha.« Nach einem kurzen prüfenden Blick kam der Befehl. »Ziehen Sie sich die Decke bis über die Schultern.«

Sie sträubte sich gegen seinen selbstherrlichen Ton, tat aber wie geheißen und steckte die Decke hinter ihren Schultern fest.

»Besser?«

»Ja«, gestand sie.

Im nächsten Moment lenkte er die Pferde um eine scharfe Biegung, und Emma hielt sich fest, als gälte es ihr Leben. Bei jeder Kurve fühlte es sich an, als würden sie gleich mit der Karriole in den Graben stürzen.

»Oh, sie fährt sich gar nicht so schlecht«, meinte er sichtlich erheitert.

Sie schaute ihn böse an. »Die Karriole wurde für die glatten Londoner Straßen gebaut, nicht um auf dem Land über Stock und Stein zu fahren.«

»Ach, ich sehe, Sie waren noch nie in London.«

»Ich war sehr wohl schon in London«, schnaubte sie. »Zwei Mal zur Ballsaison.«

»Haben Sie dabei Ihren Gatten kennengelernt?«

»O ja. Allerdings nicht bei einem Ball und auch erst in meiner zweiten Saison.«

»Wie lange hat er um Sie geworben?«

»Fast ein Jahr lang. Am Ende der Ballsaison kehrte ich mit meinem Vater und Jane nach Bristol zurück. Henry und ich begannen, uns Briefe zu schreiben.«

»Ich verstehe. Woher stammte er?«, fragte Luke sachlich, jedoch mit einem Hauch Schärfe. Oder bildete sie sich das ein? Warum sollte er aber wegen ihres ermordeten Gatten etwas anderes als Neugier empfinden?

»Aus London.«

»Es gab also einen Briefwechsel. Wie hat dieser zu einer Heirat geführt?«

»Im Lauf des Winters hat er in einem Brief an meinen Vater um meine Hand angehalten.«

»Und Ihr Vater hat zugestimmt. Sie ebenfalls.«

Das war ihr peinlich. Was für ein naives, dummes Ding sie doch gewesen war. So angetan von dem gut aussehenden, schneidigen Henry Curtis. Er hatte auch eine Karriole besessen, die aber noch kleiner und gefährlicher gewesen war. Bei den Fahrten darin war sie sich unbekümmert und ausgelassen, geradezu schamlos vorgekommen. Gleich bei ihrer ersten Fahrt durch den Hyde Park hatte er sie hinter einer Ulme geküsst. Sie war so aufgeregt und atemlos gewesen, dass sie beinahe ohnmächtig geworden war.

Dieses junge Mädchen war sie nicht mehr.

»Wir haben beide Ja gesagt. Per Brief. Zuerst mein Vater und dann ich.«

Sie war sich ganz sicher gewesen, in ihn verliebt zu sein. Jetzt zweifelte sie daran. Eher war sie in seine Aufmerksamkeit verliebt gewesen, die er ihr schenkte. Und in die Art, wie er sie zum Lachen brachte. Wie er sich in ihr Zimmer stahl an einem warmen Londoner Sommerabend und ihr mit seinen Küssen den Atem raubte.

Er hatte sie mehr fasziniert als die jungen Aristokraten, mit denen sie bei Abendgesellschaften getanzt hatte. Henry war kein Adliger gewesen, sondern ein begüterter Gentleman. Seine Eltern und Geschwister lebten in Yorkshire, so hatte er erzählt. Als sie ihnen nach seinem Tod geschrieben hatte, waren ihre Briefe ungeöffnet zurückgekommen.

»Warum haben Sie ihn geheiratet?«, fragte Luke. »Haben Sie ihn geliebt?«

Sie versteifte sich. »Das ist eine recht persönliche Frage, meinen Sie nicht?«

»Ja. Also?«

Den Blick stur nach vorn gerichtet, erörterte sie im Stillen, ob sie darauf antworten sollte.

Ihre Überlegungen liefen sämtlich darauf hinaus, dass er sie mitgenommen hatte und sie ihm etwas schuldig war. »Ich habe ihn geliebt«, antwortete sie kurz angebunden, um dann lieber noch hinzuzufügen: »In gewisser Hinsicht.«

»Ich verstehe«, sagte er mit einem ernsten Seitenblick. »Und hat er Sie geliebt?«

Jetzt sperrte sie sich doch ganz entschieden. Wenn sie schon die letzte Frage als sehr persönlich empfunden hatte, dann überschritt diese zweifellos die Grenzen des Anstands.

Die Karriole rumpelte über eine Wegfurche, weshalb Emma sich an die Sitzkante klammerte.

Eine ganze Weile gab sie keine Antwort. Er drängte sie nicht.

Schließlich sagte sie sehr leise und bedrückt: »Ich glaube, nicht.«

Eine Woche nach der Hochzeit begann sie sich Gedanken zu machen. Einen Monat nach der Hochzeit bekam sie Angst. Da wurde nämlich jeden Tag deutlicher, dass Henry an ihr als

Frau kein Interesse hatte, nicht einmal an ihr als Mensch. Er hatte sie wegen des Geldes geheiratet. Denn sie war eine Erbin mit einer großzügigen Mitgift gewesen.

Es war ihm überhaupt nicht um sie gegangen.

Nein, er hatte sie nicht geliebt. Er hatte sie verführt, mit allen Mitteln um sie geworben, doch sobald er die Mitgift in den Händen hielt und seine Zukunft durch das Versprechen auf mehr gesichert war, zeigte er sein wahres Gesicht.

In einem fort hatte er ihr gesagt, wie hübsch und süß sie sei, und ihr ins Ohr geflüstert, er wolle nichts so sehr, wie sie in sein Bett mitzunehmen. Aber vielleicht hatte er sie die ganze Zeit über gar nicht leiden können, vielleicht sogar vor Widerwillen gezittert.

Das Geld war nun weg. Und das war ihre Schuld. Hätte sie Henry nicht geheiratet, hätte er nicht mit Roger Morton zu tun bekommen, und Papas Vermögen wäre jetzt unangetastet.

Gerade wurde sie von Schuldgefühlen geplagt, wieder einmal, sie war daran schon gewöhnt. Sie hatte eine törichte Wahl getroffen, und ihre Familie musste teuer dafür bezahlen.

Luke schien sie nicht gehört zu haben. Er lenkte konzentriert die Pferde über Bodenhöcker und durch Kurven.

Sie war froh darüber. Sie wollte kein Mitleid von ihm. Er sollte ihr nur helfen, diesen Morton zu finden, damit Papa sein Geld zurückbekam und wieder Freude am Leben fand und damit Jane einen Mann heiraten konnte, der genauso gut und ehrlich war wie sie.

Bei einem Blick zur Seite sah sie Lukes finsteren Gesichtsausdruck. »Was ist los?«, fragte sie.

Er antwortete nicht gleich, sondern schaute weiter geradeaus. »Eines der Pferde scheint mir zu lahmen«, sagte er dann.

Sie musterte die Tiere. »Welches?«

»Der Schimmel.«

Noch einmal beobachtete sie die graue Stute. »Ich kann nichts erkennen.«

Er hielt an. »Ich sehe mal nach. Bleiben Sie sitzen.« Ohne sie anzublicken, drückte er ihr die Zügel in die Hand.

In ihre Decke gehüllt hielt sie die Pferde, während er ausstieg und die Stute untersuchte. Er strich durch das schlammbespritzte Fell und tastete sie nach einer Verletzung ab. Dann ließ er sie unter gutem Zureden die Hufe anheben, um sie sorgfältig zu mustern. Schließlich kehrte er zurück. Emma hielt den Blick auf den Schimmel gerichtet. »Konnten Sie etwas feststellen?«

»Nein. Es scheint alles in Ordnung zu sein. Ich habe es mir wohl eingebildet.«

»Nun, haben wir ein Auge auf sie«, sagte Emma.

»Ja.«

Luke ließ die Pferde traben, so als wollte er den Schimmel ein wenig schonen. Er hatte gelogen. Die Stute lahmte gar nicht.

Er hatte nur mal für ein Weilchen aussteigen müssen, hatte etwas Abstand gebraucht, denn wie es sich verhielt, war das Ausmaß seines Zorns der Situation nicht angemessen.

Er kannte Emma Curtis kaum. Doch er wollte verdammt sein, wenn er diesem Henry nicht seinen toten, stinkenden Hals umdrehen würde.

Er griff fester um die Zügel und atmete tief und langsam, um sich zu beruhigen.

Der Kerl hatte ihr schwer geschadet. Seinetwegen fror sie jämmerlich, weil sie sich keinen anständigen Mantel leisten konnte. Und sie wirkte verletzlich und einsam.

Trauernde Frauen hatte Luke schon gesehen, Frauen, die Schmerz und Traurigkeit vor sich hertrugen, wenn sie die Straße entlanggingen. Bei keiner hatte er so empfunden wie jetzt.

Meistens hatte er sie ignoriert, obwohl ihm seine Selbstsucht dabei grässlich bewusst gewesen war.

Was Emma betraf, wollte er vor allem, dass es ihr besser ging. Er wollte ihr helfen, wusste aber nicht, wie er das anstellen sollte.

Mach einfach mit dem weiter, was du gerade tust.

Das war eine Möglichkeit. Morton finden, sie von der närrischen Idee, ihn zu töten, abbringen und dafür sorgen, dass der Mann für seine Verbrechen gehängt wurde.

Das würde ihr freilich kein körperliches Wohlergehen schaffen. Dadurch würde sie sich nicht geliebt fühlen, es würde sie nicht von ihrer wahren Stärke und Schönheit überzeugen.

Doch das wollte er für sie tun. Sie sollte sich wie die schönste, meist geliebte Frau der Welt fühlen. Er wollte derjenige sein, der sie liebte.

Wo zum Teufel kamen diese Gedanken her? Grundgütiger!

Er bemerkte seine weißen Atemwolken. Es war empfindlich kalt geworden. Und sie hatte recht – wenn sie sich weiter in der Kälte aufhielten, würden sie sich den Tod holen. Zumindest Emma in ihrer dünnen Kleidung.

Als Allererstes würde er für sie einen Mantel kaufen.

»Ich glaube, wir sind fast da«, sagte sie, nachdem sie einen Schlagbaum passiert hatten.

»Gut«, brummte er und merkte dann erst, dass er wütend klang. Er holte tief Luft und fügte in moderaterem Ton hinzu: »Ich bekomme allmählich Hunger.«

»Ich hätte daran denken und uns Proviant geben lassen sollen.«

»Nein, sicher nicht. Wir werden im Cambridge Inn zur passenden Zeit zu Abend essen.«

»Dann sorge ich morgen für Proviant.«

»Wie Sie möchten. Es ist aber nicht Ihre Pflicht, für mein leibliches Wohl zu sorgen, wissen Sie.«

Sie blies den Atem aus und erzeugte eine leichte Nebelwolke, die über eine aus ihrer Haube gerutschte Locke strich. Er schloss die Faust um die Zügel und widerstand dem Drang, ihr die Strähne hinters Ohr zu streichen.

»Sie haben schon den Wagen besorgt und das Fahren übernommen«, stellte sie heraus. »Also kann ich gut und gerne für den Proviant sorgen, nicht wahr?«

»Meinetwegen«, lenkte er ein. »Wenn Sie es so wollen. Aber ich lebe schon seit vielen Jahren, ohne dass sich jemand um mein Essen kümmert.«

Sie schaute ihn schräg an. »Leben Sie allein? Nicht bei Ihrer Familie?«

»Allein in London. Ich besitze dort ein Haus. Auf dem Land habe ich keines – das haben leider meine Brüder bekommen.«

»Also genießen Sie nicht oft die Gesellschaft des Herzogs?«

»Manchmal, wenn ich mich mit einem Übermaß an Geduld und Selbstbeherrschung gesegnet fühle, nehme ich es auf mich, meine Familie auf Ironwood Park zu besuchen. Ich würde nicht behaupten, ich fahre eigens wegen Trent hin, eher wegen meiner Schwester und meiner Mutter. Hin und wieder wegen meiner anderen drei Brüder.«

»Ironwood Park ist der Sitz Ihres Bruders, nicht wahr? Haben Sie Ihre Kindheit dort verbracht?«

»Ja, das ist sein Landsitz. Wir sind alle sechs dort aufgewachsen.«

»Gefällt es Ihnen?«

Luke zuckte die Achseln. »In mancher Hinsicht. Aber ich kann nie lange bleiben. Es ist ein enorm großes Haus mit viel Land ringsherum, kam mir aber immer wie ein Gefängnis vor.«

»Sind Sie nicht der Erbe Ihres Bruders? Ironwood Park könnte eines Tages Ihnen gehören.«

Er lachte leise. »Das bezweifle ich doch stark. Meine Schwägerin erwartet bereits Nachwuchs. Sie wird Trent garantiert ein Dutzend stramme Söhne schenken.«

»Ärgert Sie das? Dass Sie die Stellung des Erben einbüßen, meine ich.«

»Zum Teufel, nein.« Er warf ihr einen argwöhnischen Blick zu. »Ärgert Sie das vielleicht, Emma?«

War sie etwa deshalb so sehr an ihm interessiert? Strebte sie die Position an seiner Seite an, damit sie eines Tages Herzogin werden konnte? Das hatten schon einige Frauen bei ihm versucht. Das war eine ganz üble Art der Täuschung, und als er ihnen auf die Schliche gekommen war, hatte er recht unfreundlich reagiert.

Aber sie schaute ihn verwundert an. »Warum sollte mir das wichtig sein?«

»Überlegen Sie doch mal.«

Das tat sie und blickte ihn dabei stirnrunzelnd an. Schließlich riss sie entsetzt die Augen auf. »Wenn Sie glauben, ich hätte Hintergedanken und einen listigen Plan, um die nächste Herzogin von Trent zu werden, dann kennen Sie mich aber schlecht.«

Seine Lippen zuckten. »Sind Sie sicher?«

»Selbstverständlich!« Sie schauderte angewidert. »Gütiger Himmel.«

Ihre Reaktion beruhigte ihn. »Da bin ich aber erleichtert.«

Sie drehte den Kopf weg und schaute für einige Augenblicke über die vorbeiziehende Landschaft, ehe sie sich ihm wieder zuwandte. »Ich bin neugierig auf das Haus, in dem Sie groß geworden sind – aber nicht etwa, weil ich eines Tages darin die Herrin sein wollte, das versichere ich Ihnen.«

»Ich nehme es zur Kenntnis«, sagte er mit einem leichten Lächeln.

»Es liegt in den Cotswolds, nicht wahr?«

»So ist es.«

»Dann werden wir daran vorbeikommen. Es kann nicht weit weg sein. Sollen wir einen Abstecher dorthin machen?«

»Es liegt sogar auf unserem Weg«, sagte er. »Aber nein, wir werden Ironwood Park keinen Besuch abstatten.«

Sie ließ ein wenig den Kopf hängen. »Oh. Verstehe. Ich hätte das nicht aufbringen sollen.«

»Warum dieser Ton?«

»Welcher Ton?«

»Es ist derselbe, mit dem Sie mir verraten haben, dass Ihr Mann Sie nicht geliebt hat.«

Sie hob den Kopf und straffte die Schultern. *Gut.* Diese Emma war ihm lieber als die niedergeschlagene.

»Ich weiß nicht, was Sie meinen«, erwiderte sie überheblich.

»O doch, das wissen Sie.«

Sie zog die Decke enger um sich. Eingepackt wie ein Weihnachtsgeschenk war sie, und er hätte es gern ausgepackt. Das üppigste, herrlichste Geschenk überhaupt. Zu schade! Sie hatte unmissverständlich klargemacht, dass es nicht für ihn bestimmt war.

Noch nicht jedenfalls.

»Der hatte nichts zu bedeuten. Außer dass ich verstehe, warum Sie mich nicht zu Ihrer Familie mitnehmen wollen.«

»Wie bitte?« Er begriff und sandte einen verärgerten Blick zum Himmel. »Zum Teufel noch mal, Sie wissen ja nicht, was Sie da reden.«

Sie saß da, starr wie eine der Statuen in der Marmorhalle auf Ironwood Park, und er seufzte. »Hören Sie zu, mein Bruder und ich sind selten einer Meinung. Ich würde Sie nicht unseren

Streitigkeiten aussetzen wollen. Das ist alles. Das hat nichts mit Ihnen oder seinen Ansichten über Sie zu tun. Es ist mir außerdem völlig gleichgültig, was Trent von Ihnen hält.« Er zog die Brauen zusammen und merkte, dass er immer finsterer blickte. »Eigentlich doch nicht. Wenn er sich herausnähme, über Sie ...« Er unterbrach sich und schüttelte den Kopf.

Sie starrte reglos geradeaus. Sie fuhren an einem Wäldchen vorbei, das Laub leuchtete prächtig rot, orange und gelbbraun. Der Wind hatte aufgefrischt und wirbelte die Blätter von den Zweigen und über die Straße.

Schließlich sagte sie: »Sie sind ein seltsamer Mensch, Lord Luke.«

»Nur Luke.«

»In Ordnung, Luke«, murmelte sie. Dann blickte sie ihn mit großen, sanften Augen an und lächelte freundlich. »Aber ... ich danke Ihnen.«

»Wofür?«

»Für ...« Sie zögerte, dann lachte sie. Der tiefe, kehlige Klang wärmte ihn bis ins Mark. »Nun, ich nehme an, weil Sie so böse gucken, wenn Sie denken, Ihr Bruder könnte mich verurteilen. Das macht mich ... froh.«

»Ich wäre wahrhaftig nicht erfreut.« Das war stark untertrieben. Er griff nach ihren Fingern, die unter der Decke nervös auf dem Oberschenkel trommelten, und hielt sie fest.

Ihre Hand entspannte sich unter seiner Berührung. So blieb er, bis sie Slimbridge erreichten.

Das Cambridge Inn war ein rechteckiger Bau aus weiß getünchten Ziegelsteinen mit einer Fensterreihe im Erdgeschoss und einer Tür mit je einem Schiebefenster an den Seiten. Der Wirt war ein stämmiger Mann in den Dreißigern, der für die

Arbeit in der Landwirtschaft geeigneter erschien als für die eingeschränkten Aufgaben hinter der Theke.

Luke trug sie beide als Mr. und Mrs. Charles Hawkins ins Gästebuch ein. Emma verlor darüber kein Wort, bis sie in ihrem Zimmer waren und der Diener, der ihr Gepäck heraufgetragen hatte, die Tür hinter sich schloss und sie allein ließ.

Das Zimmer bot mehr Platz als das in Bristol, war fast doppelt so groß und mit einem runden Tisch, zwei bequemen Stühlen und einem Bett mit zwei Nachttischen ausgestattet.

Emma betrachtete das Bett, kam zu dem Schluss, dass es groß genug für zwei war, und blickte dann Luke auffordernd an. Dieser grinste nur spöttisch.

Sie verschränkte die Arme vor der Brust. Wo würde sie also schlafen? Vermutlich sollte sie ihn zwingen, auf dem Boden zu liegen, und das Bett für sich beanspruchen. »Was haben Sie sich dabei gedacht?«

»Mein zweiter Vorname ist Charles.«

»Sie wissen genau, was ich meine.«

Er zuckte die Achseln. »Wenn ich zwei Zimmer genommen hätte, was würden die Leute dann denken? Dass ich den Verdacht zerstreuen will, ich reiste mit meiner Mätresse.«

»Sie hätten behaupten können, wir seien Bruder und Schwester.«

»Ach richtig«, sagte er mit schneidender Ironie, »wir sehen uns ja ungemein ähnlich.«

Nein, sie sahen grundverschieden aus. Man müsste schon über große Einbildungskraft verfügen, wollte man sie für Geschwister halten. Er mit seinen blonden Haaren und dem schmalen, scharf geschnittenen Gesicht, sie mit ihren dunklen Haaren und dem runden, weichen Gesicht. Dennoch wäre es möglich.

Sie seufzte. Das hätten sie vorher besprechen müssen, sich auf ein passendes Auftreten einigen sollen.

Sie wandte sich ab, zog ihren Mantel aus und legte ihn über einen Stuhl. Als sie sich wieder herumdrehte, beugte er sich gerade über seinen Koffer und nahm eine saubere Weste, einen Rock und ein schlichtes weißes Halstuch heraus. Nachdem er den Koffer geschlossen hatte, knöpfte er die schwarzen Stoffknöpfe seines langen Mantels auf. Er sah schön aus, die Haare windzerzaust, die Augen dunkelblau wie eine Sturmwand, das Gesicht rauer durch die nachmittäglichen Bartstoppeln. Fast konnte sie sich vorstellen, wie es sich anfühlte, durch diese Haare zu streichen, oder wie es kratzte, wenn er sie am Hals entlang küsste ...

»Ich gehe nach unten.«

»Wie bitte?« Jäh aus ihrem Tagtraum gerissen, kämpfte sie gegen das Erröten. »Warum?« Hatte er in der Karriole etwas liegen lassen?

Er wich ihrem Blick aus. »Ich werde mein Abendessen im Pub einnehmen.«

Einen Moment lang starrte sie ihn an, verblüfft über sein verändertes Benehmen. Dann zog sie die Brauen hoch. »Ich dachte, Sie hätten dem Diener gesagt, dass wir auf dem Zimmer speisen.«

»Hab es mir anders überlegt.«

Emma fasste sich nach außen hin, aber innerlich war sie aufgewühlt. »Oh. Nun gut.«

Geschäftig konzentriert zog er sich die Weste und den Rock über, dann band er sich vor dem kleinen Spiegel an der Wand geschickt das Halstuch. Sie sah ihm schweigend dabei zu.

Sowie er fertig war, wandte er sich zur Tür, und die Hand schon an der Klinke, sagte er: »Schließen Sie hinter mir ab.«

Sie starrte ihn bloß weiter an. Ohne ein Wort öffnete er die Tür und zog sie hinter sich zu.

Stille.

Dann hörte sie ihn durch die Tür sprechen. »Emma, schließen Sie ab!«

Seufzend ging sie hin und drehte den Schlüssel im Schloss. Mehr sagte er nicht. Sie hörte seine Schritte im Flur leiser werden.

Sie drehte sich zum Zimmer um und sah einem einsamen Abend entgegen, den sie wohl mit der fesselnden Lektüre von Patersons Reiseführer verbringen würde.

4

Nach Mitternacht begab sich Luke aufs Zimmer. Er hatte den ganzen Abend bei einem Glas Ale am Tisch gesessen, das sich wie von Zauberhand immer wieder füllte. Als er die Treppe hinaufstieg, überlegte er, wer ihm sein Ale gebracht hatte, konnte sich aber beim besten Willen an kein Schankmädchen erinnern.

Aber da musste doch ein Schankmädchen gewesen sein. Warum zum Teufel konnte er sich an keines erinnern?

Er zerbrach sich noch immer den Kopf, als er sich vor dem Zimmer wiederfand, das er mit Emma teilte. *Die schöne Emma.*

Er suchte in seinen Taschen und fand den Schlüssel nicht. Er drückte auf die Klinke. Abgeschlossen. Er lächelte. Ein braves Mädchen war sie, seine Emma.

So ein Mist. Wo hatte er den Schlüssel gelassen?

Er rüttelte an der Klinke, als könnte der Schlüssel dadurch erscheinen. Es nützte nichts.

Doch er hörte, wie sich hinter der Tür jemand regte, dann ein Klicken im Schloss. Die Tür ging auf, und vor ihm stand Emma, ziemlich derangiert. Zum Anbeißen.

Ihre Haare, diese prächtigen Haare! Zu einem dicken Zopf geflochten, der ihr nach vorn über die Schulter hing. Das Ende kitzelte ihre herrliche Brust über dem Nachthemd. Er streckte die Hand aus, um die weiche Rundung zu berühren, aber sie trat einen Schritt zurück.

»Mylord.« Ihr Ton war eisig. »Ich hoffe, das Abendessen hat Ihnen geschmeckt.«

So betrunken er war, den Ton einer verärgerten Frau erkannte er sofort.

Er versuchte, sich zu besinnen, warum sie verärgert sein könnte. Doch, jetzt erinnerte er sich an eine Hübsche, die an seinen Tisch gekommen war. Er hatte sie angestarrt, gedacht, dass sie ein bisschen wie Emma aussah mit ihren dunklen Haaren und den großzügigen Kurven und dass sie ihm vor zwei Tagen noch sehr reizvoll erschienen wäre. Das war, bevor er Emma Curtis kennengelernt hatte. Heute Abend fand er die Frau aber gar nicht mehr ansprechend. Er hatte sie weggeschickt, ein wenig verdutzt, denn das sah ihm gar nicht ähnlich.

»Ausgezeichnet«, sagte er. »Jetzt wo Sie wieder bei mir sind.«

Im Hinterkopf registrierte er die Sinnlosigkeit dieser Bemerkung.

Emma trat zur Seite, damit er eintreten konnte. Das tat er denn auch. Sie schloss hinter ihm die Tür. Er drehte sich zu ihr um und stellte fest, dass sie ihn argwöhnisch betrachtete. Die Lampe auf dem Tisch war auf kleine Flamme gedreht, sodass er zwar ihr Gesicht, aber keine mimischen Details erkennen konnte. Auch nicht die schwarzen Wimpern und den Farbton ihrer Lippen. All die Merkmale, die er sich tagsüber während der Fahrt eingeprägt hatte.

Sein Blick blieb an der Spitze ihres Nachthemds hängen, alle Säume waren damit verziert, das sah er jetzt. Er sah auch, wie unschuldig und jungfräulich sie in dem fließenden weißen Gewand erschien.

Sie ist keine Jungfrau, wandte eine innere Stimme nüchtern ein. Aber sie könnte glatt eine sein, nach dem, wie dieser Bastard Curtis sie behandelt hatte. Sie war noch nie richtig geliebt worden. Alle Frauen sollten richtig geliebt werden. Besonders diese eine.

Teufel auch, er liebte die Frauen. Besonders diese eine.

»Warum starren Sie mich so an?«, fragte sie.

»Weil ich betrunken bin und nicht aufhören kann, Ihre Schönheit zu bewundern«, antwortete er ehrlich.

Wurden ihre rosigen Wangen gerade ein bisschen dunkler, oder bildete er sich das ein? Er trat einen Schritt näher, um sie an der Tür festzusetzen wie gestern Abend – war das gestern gewesen? Er konnte sich nicht erinnern. Und um sie zu küssen ... sie schmeckte so ... verteufelt gut. Doch sie schlüpfte unter seinem Arm durch und entkam.

»Ich habe mir ein Bett gemacht, Mylord.« Sie deutete auf den Boden, wo sie eines der Kissen und eine Decke hingelegt hatte, ordentlich gefaltet, wie es sich gehörte.

Oh nein, so nicht!

»Auf keinen Fall schlafen Sie auf dem Boden.«

Sie verschränkte die Arme. »Auf keinen Fall schlafe ich mit Ihnen.«

Er erinnerte sich schwach an eine gewisse Abmachung. »Noch nicht bereit zu einem Verhältnis?«

»Nein.«

»Aber bald?«, fragte er hoffnungsvoll.

»Nein.«

Er seufzte theatralisch. »Tja, schade«, murmelte er.

Er nestelte an seinen Mantelknöpfen herum und bekam sie schließlich durch die Knopflöcher geschoben. Dann zog er sich bis aufs Hemd aus, ließ seine Kleidung auf dem Boden liegen und sank ins Bett.

Das Bett war bequem, aber reichlich kalt.

Wo war Emma?

»Emma?«, rief er.

Keine Antwort.

Mühsam stemmte er sich auf einen Ellbogen und blickte

panisch durchs Zimmer. Wo war sie denn abgeblieben? »Emma, wo bist du?«

Ihr Kopf tauchte vor ihm aus dem Nichts auf. Er blinzelte. Dann begriff er, woher sie erschienen war. Sie hatte auf dem Boden gelegen und sich aufgesetzt.

»Ich bin hier«, informierte sie ihn sanft.

»Warum nicht im Bett?«

»Ich sagte doch ...«

»Ich brauche dich hier, Emma. Kein Verhältnis.« Er lachte selbstironisch. »Ich bin sowieso zu betrunken für Verhältnisse. Nur schlafen. Schlaf bei mir, Emma. Es ist so kalt.«

Einen Moment lang starrte sie ihm mit diesem unergründlichen Gesichtsausdruck an, den sie scheinbar so gern aufsetzte. Dann erhob sie sich seufzend, sodass ihr hübsches weißes Nachthemd sie bis zu den Knöcheln bedeckte. Das Mondlicht fiel durch die Gazegardinen hinter ihr und schuf eine Gloriole. Sie sah aus wie ein Engel.

Sie war ein Engel. In dem Moment war er sich ganz sicher.

Sie bückte sich, um die Decke aufzuheben, und legte sie über ihn. Er schauderte.

Sie holte ihr Kissen, ging damit um das Bett herum und blickte ihn fest an. »Kein Verhältnis?«

»Keins«, sagte er so beruhigend wie möglich. Er hatte vergessen, was mit Verhältnis gemeint war, aber Teufel auch, er wollte endlich die Wärme ihres herrlichen Körpers spüren.

Sie zögerte kurz, dann schlüpfte sie neben ihn unter die Decke. Ohne gegen ihn zu stoßen, drehte sie ihm den Rücken zu. Sie lag auf der Bettkante. Er bräuchte sie nur anzutippen, und sie fiele aus dem Bett.

Er griff um sie herum und zog sie an sich, wobei er spürte, wie sie sich in seinen Armen steif machte. »Schsch«, machte er an ihrem warmen, zarten Nacken. Er atmete tief ein. Sie roch so gut. Nach Lavendel und nackter Haut und Frau. »Schsch«, machte er noch einmal, wobei er über ihre Hüfte strich wie bei einem scheuen Pferd. »Schlaf nur, mein Engel, schlaf ein.«

Augenblicke später war er eingeschlafen, die Arme um den warmen, weichen, herrlichen Leib von Emma Curtis gelegt.

Emma erwachte allein im Bett. Luke war nicht im Zimmer. Wo war der Mann jetzt wieder hin?

Sie stand auf und schaute aus dem Fenster. Es war ein schöner Tag mit milchig blauem Himmel. Doch als sie die Hand an die Scheibe drückte, fühlte sie sich eisig an. Sie prüfte die Klinke und fand die Tür abgeschlossen. Diesmal hatte er den Schlüssel mitgenommen. Murrend wusch sie sich und zog sich ihr weißes Musselinkleid an, wobei sie ständig zur Tür schaute. Gott sei Dank kam Luke nicht hereingeschlendert, um sie halb nackt anzutreffen.

Nachdem sie vollständig bekleidet war, setzte sie sich auf den Stuhl neben dem Kleiderschrank in der Ecke, löste ihren Zopf und kämmte sich. Dabei musste sie an die vergangene Nacht denken.

Sein Benehmen ... Sie schluckte schwer. »Mein Engel« hatte er zu ihr gesagt. In ihrem ganzen Leben hatte sie noch niemand so genannt. »Du Teufel«, ja, das hatte sie schon oft zu hören bekommen. Hauptsächlich von ihrer Mutter und den verschiedenen Gouvernanten, die zeitweilig bei ihnen gelebt hatten. Sie war mit Begriffen wie »halsstarriger Wildfang« und »sturer Fratz« beschrieben worden. Sie erinnerte sich, wie eine mal leise zu ihrer Mutter sagte: »Es ist hoffnungslos, Ma'am. Aus der macht niemand eine Dame.«

Doch diese Gouvernante hatte sich geirrt. Emma war mit Jane zusammen zur Schule gegangen, und sie waren beide zu einer Dame geworden – wenngleich Jane das bewundernswertere Exemplar abgab.

Inzwischen hatte sie die Hoffnung aufgegeben, je wieder eine zu sein. Aber den brennenden Wunsch von früher verspürte sie auch nicht mehr – die Zeit, da sie in der Gesellschaft Anklang finden wollte, war mit dem Verschwinden des väterlichen Vermögens zu Ende gegangen. Jetzt wollte sie nur noch eines: für ihre Familie sorgen und in Papas und Janes Augen ihren Fehler wiedergutmachen.

Letzte Nacht jedoch hatte Lord Lukas Hawkins »mein Engel« zu ihr gesagt.

Nun, eines ist sicher, dachte sie trübselig. Er ist sternhagelvoll gewesen.

Aber es hatte ihr gefallen, in seinen Armen einzuschlafen.

Nein, »gefallen« war nicht das richtige Wort. Sie hatte es geliebt und gehasst und sich dabei gequält. Noch lange nachdem er eingeschlafen war, hatte sie wach gelegen, am ganzen Leib starr und aufgeregt – hellwach und angespannt und ... erregt. Sogar im Schlaf hatte er sie mit starken Armen festgehalten. Er roch nach Seife und weichem Whisky.

Die Erregung hatte sich wie ein Schwelbrand in ihr ausgebreitet. Einerseits hatte sie sich verzweifelt gewünscht, er möge die Abmachung vergessen und sich Freiheiten herausnehmen. Hätte sie ihn dann abgewehrt?

Die Vernunft in ihr – dieses stolze, vorsichtige Wesen – schrie Ja. Ihr Körper dagegen sagte entschieden Nein.

Sie verstand ihn nicht, diesen Mann, und sie kannte ihn auch gar nicht. Und zweifellos hatte er einige von Henrys unappetitlichen Eigenschaften. Trotzdem begehrte sie ihn.

Es hatte eine Stunde gedauert, bis ihr Körper sich beruhigt hatte und sie entspannt in seinen schweren Armen einschlafen konnte. Doch schließlich war es so weit gewesen, und dann hatte sie von ihm geträumt, von seinen blauen Augen und seinem Kuss, bei dem sich seine Arme in Fesseln verwandelten, sodass sie sich nicht mehr rühren konnte, selbst wenn sie gewollt hätte. Er lächelte sie schalkhaft an und sagte mit rauer Stimme: »Gefällt dir das, Emma? Lässt du dich gern fesseln?« Und dann legte er sich auf sie. Er war schwer und stark und so warm.

Leise stöhnend war sie mitten in der Nacht aufgewacht, mit einem ausklingenden Orgasmus.

Danach hatte sie wieder eine Weile wach gelegen, steif vor Angst, er könnte etwas bemerkt haben, doch er hatte sich nicht geregt. Schließlich hatte sie sich entspannen können, war an ihn herangerückt und in der angenehmen Wärme in einen tiefen, traumlosen Schlaf gefallen.

Wie es schien, war sie noch törichter, als sie gedacht hatte. Sie wäre vielleicht ein Mal bereit, sich zu verzeihen, dass sie sich von einem unmoralischen Lebemann hatte verführen lassen. Aber zwei Mal? Nein. Nur ein absolutes Dummchen würde diesen Fehler zwei Mal begehen.

Offenbar war er lange vor ihr aufgestanden und hinausgegangen, ohne sie zu wecken. Seltsam, denn eigentlich war sie der Frühaufsteher von ihnen beiden, und außerdem hatte er am Abend wahrscheinlich ein ganzes Fass Ale getrunken.

Dennoch: Sie musste zugeben, so gut hatte sie lange nicht mehr geschlafen. Kein Wunder, dass sie später als sonst aufgewacht war.

Sie hatte sich die Haare auf dem Kopf geflochten und steckte sie gerade fest, als sie den Schlüssel im Schloss hörte und Luke die Tür öffnete. Er trug ein großes Paket unter dem Arm.

Eine Hand am Hinterkopf um die unfertige Frisur gelegt, drehte sie sich zu ihm um. »Was ist das?«

»Ihnen auch einen guten Morgen«, sagte er milde.

»Guten Morgen«, grüßte sie liebenswürdig. »Ich bin froh, dass es Ihnen besser geht.«

Er bedachte sie mit einem schmunzelnden Blick und legte das Paket aufs Bett. »Wann ging es mir denn schlecht?«

»Gestern Nacht.«

»Ach das.« Er sah ihr ruhig in die Augen. »Es ging mir nicht schlecht, mir war bloß kalt. Aber Sie haben mich bestens gewärmt.«

Ratlos, was sie darauf erwidern sollte, schob sie eine Haarnadel in die Frisur. Er erinnerte sich also. Sie war froh, dass er nicht so betrunken gewesen war und jetzt nichts mehr davon wusste. *Sie haben mich auch bestens gewärmt, Mylord. Ich war heiß. Stand in Flammen. Am ganzen Leib ... Sie haben mich so heißgemacht, dass ich im Schlaf gekommen bin.*

Ironisch lächelnd drehte sie sich wieder zum Spiegel hin.

Er kam zu ihr und legte eine Hand auf ihre Schulter. Seine Berührung brannte sich durch den Musselin, und sie erstarrte, den Blick im Spiegel auf ihn gerichtet. »Habe ich Sie erschreckt?«

Sie dachte darüber nach, dann antwortete sie so aufrichtig wie möglich. »Ja. Aber ... vielleicht nicht so, wie Sie denken.«

Er holte tief Luft und drückte ein wenig ihre Schulter. »Was immer passiert, was immer ich sage, ich würde Ihnen niemals wehtun, Emma. Nun ja«, räumte er verwegen grinsend ein, »außer Sie bitten mich darum.«

Was würde er dann tun ...? Oh Himmel. Tief in ihr wurde das Feuer der Begierde neu entfacht.

Er begegnete ihrem Blick im Spiegel und hielt ihn fest, sie sah die Leidenschaft in seinen blauen Augen schimmern, dann wandte er sich ab. Er ging zum Bett und löste die Schnüre von dem braunen Packpapier. »So. Den probieren Sie an.«

Nachdem sie die letzte Haarnadel festgesteckt hatte, drehte sie sich neugierig um. »Was denn?«

Er riss das Papier auf, und heraus fielen etliche Ellen schwarzer pelzbesetzter Seide.

Luke hielt es hoch, damit sie es sehen konnte.

Es war ein Kapuzenumhang aus schwarzer Seide und einem Futter aus Wolltuch, abgesetzt mit dem weichsten Pelz, den sie je gesehen hatte. Es war ein weißer mit schwarzen Tupfen. Hermelin, dachte sie. Und dazu gab es einen passenden Muff.

Sprachlos betrachtete sie den Umhang und den Muff. In ihren Augen brannten Tränen. »Oh Luke.« Sie schluckte mühsam. »Ich ... Sie ... Nein. Das ist zu viel.«

»Ganz und gar nicht. Ich habe versprochen, auf Sie aufzupassen. Gestern waren Sie ganz ausgekühlt – Sie hätten sich den Tod holen können. Damit wird das nicht mehr passieren.«

»Ich darf solch ein Geschenk nicht annehmen.«

»Das ist kein Geschenk, sondern eine Notwendigkeit. Ich kann Sie wohl kaum erfrieren lassen.«

Für einen Moment schauten sie einander an, dann trat er zu ihr. »Stehen Sie auf.«

Sie tat es, und er legte ihr den Umhang um die Schultern. Er war exquisit: schwer und zugleich ganz weich und warm. Luke schob ihr den Muff über eine Hand, und gehorsam schob sie auch die andere hinein.

»Ich habe noch nie etwas so Weiches gefühlt.«

»Ist er warm genug, was meinen Sie?«

»Oh ja.«

Zufrieden schaute er sie an. Dann nahm er ihn ihr ab und legte ihn wieder aufs Bett. »Wollen wir frühstücken? Heute haben wir eine lange Fahrt vor uns.«

Sie verspürte den Impuls, ihm um den Hals zu fallen, ihn zu

küssen und ihm für diese aufmerksame Geste zu danken. Stattdessen sagte sie nur: »Ja, frühstücken wir.«

Es war später Vormittag, bis sie das Cambridge Inn verließen, und es wurde ein langer Tag. Zweimal wechselten sie die Pferde, und jetzt fuhren sie hinter zwei gut zusammenpassenden Braunen, die beide einen weißen Fleck auf der Stirn hatten. Luke und Emma waren einhellig der Meinung, dass sie Geschwister sein mussten, vielleicht sogar Zwillinge.

Nachdem sie den ganzen Tag lang freundschaftlich geplaudert hatten, hielten sie zu einem späten Mittagessen am Ufer des Severn an, wo sie eine schöne Aussicht auf die Malvern Hills hatten. Da Luke in der Nähe aufgewachsen war, kannte er die Gegend und nannte ihr beim Essen die Namen der landschaftlichen Besonderheiten.

Trotz ihres unbeschwerten Zusammenseins fühlte sich Luke in seiner Haut immer unwohler. Was würde heute Nacht passieren? Würde er sie wieder bitten, sich zu ihm zu legen? Er wollte es. Aber er wollte mehr ... etwas, worauf er zu verzichten versprochen hatte.

Tatsache war, je länger er neben Emma saß, je mehr er sich mit ihr unterhielt und sie kennenlernte, desto mehr bewunderte er sie. Ihr kurvenreicher, verführerischer Körper löste schändliche Fantasien in ihm aus, aber ihr scharfer, wacher Verstand reizte ihn fast noch mehr. Und da war noch etwas anderes, das er nicht beschreiben konnte. Es hatte damit zu tun, dass sie zusammenpassten. Wie zwei Hälften eines zerbrochenen Eis, bei denen die Zacken sich exakt zusammenfügten.

Ein verrückter Gedanke, wirklich. Er kannte sie erst seit zwei Tagen. Doch wann hatte er schon mal Gelegenheit, stundenlang neben jemandem zu sitzen, ohne etwas anderes tun zu müssen, als in die vorbeiziehende Landschaft zu schauen? Und zu plaudern.

Und trotz des Umstands, dass er sie wollte ... dringend wollte ... je besser er sie kennenlernte, desto klarer wurde ihm, dass sie wirklich eine Dame war, noch dazu eine äußerst unschuldige, wenngleich sie für kurze Zeit verheiratet gewesen war. Sie hatte ein schwieriges, bedrückendes Jahr hinter sich, war aber noch immer völlig naiv.

Sosehr er sich körperlich nach ihr sehnte, hatte er mittlerweile ein schlechtes Gewissen, weil er so lüstern gewesen war. Er hätte sie nicht gleich am ersten Abend küssen dürfen. Er hatte ihre Absichten völlig missdeutet, sie für erfahren gehalten.

Er wollte ihr ihre Unschuld lassen. Sosehr der Teufel in ihm auch verlangte, sie in seine dunkle Welt hineinzuziehen, sie restlos zu verführen und zu verderben, sah er allmählich, dass er dagegen ankämpfen musste.

Es war jetzt später Nachmittag, und während sie auf Worcester zufuhren, dachte er darüber nach, wie gut er Emma zu verstehen meinte. Gewiss besser als jede andere Frau bisher. Gewöhnlich saß er nicht mit einer plaudernd auf einer Bank. Wenn er mit einer Frau zusammen war, dann hatte er Dringenderes zu tun, und Reden gehörte nicht dazu.

Es überraschte ihn, wie sehr er die Gespräche mit Emma genoss. Er hörte gern zu, wenn sie ihre Überlegungen anstellte, wo und was sie noch unternehmen sollten. Er ließ sie gern aus ihrem Leben erzählen – welche Streiche sie ihren Gouvernanten und ihrer Mutter und später in der Schule gespielt hatte; Begebenheiten mit ihrer Schwester Jane, die sie sehr bewunderte; und von ihrem Vater, der wegen eines zehrenden Herzleidens bettlägerig war.

Er vermied es, auf Dinge zu sprechen zu kommen, die mit ihrem Mann und Roger Morton zu tun hatten – denn am Vortag erst hatte er festgestellt, dass das ihnen beiden nicht guttat. Emma wurde davon bedrückt und er unbeschreiblich wütend. Edinburgh war noch weit, und ihnen blieb noch viel Zeit, bis diese beiden Themen angeschnitten werden mussten.

Sie versuchte auch, ihn auszufragen, und schien besonders auf Trent neugierig zu sein.

Wie sollte es anders sein, dachte er sarkastisch. War nicht jeder auf Trent neugierig?

»Erzählen Sie mir von Ihrem Bruder«, bat sie, als sie auf eine Anhöhe fuhren und in der Ferne hinter Baumwipfeln die Turmspitzen der Kathedrale von Worcester zu sehen waren.

»Ich habe vier Brüder«, erinnerte er sie. »Welchen meinen Sie?«

Immerhin besaß sie den Anstand zu erröten. »Nun, beginnen wir doch mit dem Herzog.«

Er seufzte. »Was möchten Sie wissen?«

»Wie ist er? Ist er so ähnlich wie Sie?«

»Überhaupt nicht.« Er blickte auf die Straße und verkniff sich seinen Hohn.

Sie drehte den Kopf zu ihm. »Nun gut. Sie sind fast gleich alt, nicht wahr?«

»Ja. Wir sind nur knapp zwei Jahre auseinander.«

»Beschreiben Sie ihn mir.«

Er war es gewohnt, dass die Leute ihn nach Trent fragten, aber Emmas Interesse ärgerte ihn. »Sie wissen, dass er verheiratet ist, oder?«

Teufel noch mal, das hatte schnippisch geklungen. Er verwandelte sich in eine gottverdammte Schreckschraube.

»Natürlich«, antwortete sie freundlich. »Seine Heirat war zwei Monate lang überall Gesprächsthema.«

»Richtig«, pflichtete er brummig bei.

Sie zog die Brauen zusammen und musterte ihn forschend. »Mögen Sie ihn nicht?«

Ob er Trent nicht mochte? Teufel noch mal. Das war komplizierter, als sie sich überhaupt vorstellen konnte, und er hatte wirklich keine Antwort darauf.

Er überlegte sich gut, was er darauf sagte. »Trent ist mein Bruder. Aber gewöhnlich gehen unsere Ansichten auseinander. Bei jeder Frage.«

»Ich verstehe«, sagte sie sanft. Darüber schien sie eine Weile nachzudenken. Dann fragte sie: »Kennen Sie die Herzogin?«

Zuerst glaubte er, sie meinte seine Mutter, und er war schon im Begriff, sich laut über die Frage zu wundern. Aber nein, sie meinte natürlich Sarah.

Auf sie würde man ihn in Zukunft noch häufig ansprechen. Ein schwieriges Thema. Wie sollte er es erklären, dass er eine Frau fast sein Leben lang kannte und sie liebevoll als Mitglied der Familie betrachtet hatte, obwohl sie zur Dienerschaft gehört hatte? Und wie sollte er erklären, dass sie plötzlich die Rolle seiner Schwägerin innehatte?

»Ja«, sagte er. »Ich kenne sie seit meiner Kindheit. Ihr Vater ist der Gärtner auf Ironwood Park.«

»Was halten Sie von ihr?«

Er zog die Brauen hoch. »Sie ist kein rücksichtsloser Emporkömmling, falls Sie das meinen.«

»Nein, das dachte ich nie«, erwiderte sie sanft, »ganz gleich, was die Skandalblätter dazu schrieben. Wäre sie von derlei Ehrgeiz getrieben, hätte der Herzog das Spiel sicherlich durchschaut.«

Ein bitterer Schmerz quoll in ihm auf, und er begriff recht schnell, was er da fühlte: Eifersucht. Jeder traute Trent nur das Beste zu, sogar Emma.

Er pfiff durch die Zähne. Sie hatten Worcester erreicht und bogen gerade in die High Street ein mit der Kathedrale zur Linken, einem normannischen Bauwerk mit Vierungsturm und Turmspitzen.

»Ich mag Sarah«, sagte er. »Ich habe sie immer gemocht. Sie passt zu Trent, was immer die Gesellschaft über sie denkt.« Sarah war vielleicht der einzige Mensch auf der Welt, der Trent den Stecken aus dem Hintern ziehen konnte.

Sie nickte, offensichtlich zufrieden mit seiner Antwort. »Erzählen Sie mir von Ihren anderen Brüdern. Und eine Schwester haben Sie auch, stimmt das?«

Er blickte sie an. Sie glaubte, sie stelle ihm einfache Fragen, aber in Wirklichkeit waren die Verhältnisse mehr als kompliziert.

Er begann vorsichtig, mit einem Bruder, der mit ihm blutsverwandt war, mit dem er groß geworden war und der denselben Nachnamen hatte wie er. »Samson – Sam ist der älteste. Er ist mein Halbbruder mütterlicherseits.«

»Ich wusste nicht, dass Sie noch einen älteren Bruder haben.«

»Ja. Er entstammt einer Liaison meiner Mutter mit ... jemandem, bevor sie den Herzog von Trent ehelichte. Sie hat nie erzählt, wer der Vater ist.«

»Wie ist er?«

»Sam ist ...« Er runzelte die Stirn. Wie sollte er Sam beschreiben? Er war ein schweigsamer, grober Mann, und es hatte etwas Zermürbendes, wie er mit seinen dunklen Augen jedes Detail seiner Umgebung erfasste, während er sich selten die Mühe machte, seine Meinung zu äußern. »Verschlossen. Er hat viel durchgemacht. Es war sicher keine Freude, in einem Haus aufzuwachsen, wo ihn jeder als den Bastard der Familie kannte. Der Herzog beachtete ihn gar nicht.«

Er hatte ihn ignoriert, aber hatte er Sam so sehr gehasst wie ihn? Luke glaubte das nicht.

Emma runzelte die Stirn. »Das klingt in der Tat nach einem schweren Leben. Das hört sich sogar schrecklich an.«

»Das war es sicherlich«, sagte Luke. »Als Erwachsener hatte er es auch nicht leichter. Er diente als Lieutenant im Heer, und vor ein paar Jahren wurde er im Gefecht verwundet und wäre fast gestorben. Er hat zwei Mal geheiratet und beide Frauen verloren – die erste im Kindbett zusammen mit dem neugeborenen Sohn und die zweite im Krieg auf dem Kontinent.«

Emma zog ihren Mantel enger um sich und schaute ihn mit feuchten Augen an. »Oh, das ist entsetzlich. Der arme Mann.«

Luke nickte. Sam verlangte nie Mitgefühl, und Luke äußerte keines, aber dennoch: Es schmerzte ihn, wenn er daran dachte, was Sam schon durchgestanden hatte.

Ein Weilchen fuhren sie schweigend weiter. Dann fragte sie: »Und die anderen? Und Ihre Schwester?«

»Esme.«

»Wie alt ist sie?«

»Neunzehn.«

»Wie ist sie?«

»Still.«

Lukes Antworten waren inzwischen recht einsilbig geworden, wie ihm gerade auffiel. Wenn er über seine Familie sprechen sollte, krampfte sich in seiner Brust etwas zusammen. Jedes Wort musste er sich abringen. Doch Emma verdiente mehr als das. Er holte tief Luft und gab sich Mühe.

»Esme ist ein stiller Mensch. Unter Leuten tut sie sich schwer. Trotzdem scheinen meine Mutter und Trent sie gern in heikle gesellschaftliche Situationen zu drängen. Sie schreibt laufend in ihr Tagebuch. Darin steht vermutlich, was sie wirklich denkt.«

»Mit fünf älteren Brüdern aufzuwachsen ist sicher schwer.«

Luke grinste schief. »Zweifellos. Und eine zügellose Mutter tut da noch ein Übriges.«

Sie bogen in die Broad Street ein, und endlich konnte er vor dem Crown and Unicorn Inn anhalten, dankbar, erst mal weiterer Antworten enthoben zu sein.

Er mietete ein Zimmer und führte Emma die Treppe hinauf, gefolgt von zwei Dienern, die das Gepäck trugen.

»Also wenn das nicht mein guter Freund Hawkins ist«, rief jemand vom Treppenabsatz.

Luke erkannte Rupert Smallshaw, einen seiner Zechkumpane aus London.

Verflucht noch eins.

Er setzte ein Lächeln auf. »Small, was für eine Überraschung!«

Small verdrehte die Augen. »Ich weiß. Ein gottverlassenes Nest hier, was? Wo sich Fuchs und Hase Gute Nacht sagen.«

Small war ein echter Stadtmensch. Er verabscheute es, London zu verlassen, wo man so leicht den ausschweifenden Vergnügungen nachgehen konnte, denen er täglich frönte.

Luke kam auf dem Treppenabsatz an, vollkommen gewahr, dass Emma noch auf der Stufe hinter ihm stand.

Jetzt brauchte er eine anständige Ausrede, wieso er Emma bei sich hatte und mit ihr nur ein einzelnes Zimmer bezog, aber sein Verstand ließ ihn im Stich. Es war für sie praktisch unmöglich, aus dieser Situation mit unbeschädigtem Ruf herauszukommen.

»Was tust du so weit von der Stadt entfernt?«, fragte er Small und überlegte fieberhaft. Da ihm nicht das Geringste einfiel, geriet er in Panik.

Nur die Ruhe, Mann. Sie wusste vorher, was passieren kann, und du auch.

Small zuckte die Achseln und schaute ihn mit dem Ausdruck äußerster Langeweile an. »Bin nach Bromyard geritten, um meinen Ahnenhaufen mal wieder zu sehen.«

Luke zog die Brauen hoch. »Das sieht dir gar nicht ähnlich.«

»Ich weiß. Vielleicht werde ich doch noch solide, wie?«

Und dann leuchteten Smalls Augen auf. Er hatte Emma entdeckt. Seine braunen Augen prüften sie von Kopf bis Fuß und verweilten dabei an ihrem üppigen Busen.

Luke biss die Zähne zusammen und stellte sich vor sie, so gut es ging.

»Vielleicht bis später«, sagte er zu Small.

Small kräuselte die Lippen. »Aber klar.« Und sein Blick glitt betont zu Emma. »Ich habe mich schon gewundert, wieso du nicht auf Ironwood Park übernachtest, sondern in diesem Nest absteigst. Aber jetzt ...« Er zögerte, da er offenbar erwartete, vorgestellt zu werden.

»Small, das ist Mrs. Curtis.« Sofort ärgerte sich Luke über seine Gedankenlosigkeit. Warum hatte er dem Mann ihren wirklichen Namen genannt?

»Mrs. Curtis, wie nett.« Small machte eine galante Verbeugung. »Sie sind also der Grund, weshalb Lord Luke sich genötigt sieht, Worcester zu besuchen. Ich kann ihm wahrhaftig keinen Vorwurf machen. Sie sind seit Langem das hübscheste Stück Musselin, das mir unter die Augen gekommen ist.« Sein Lächeln wurde lasziv. »Lassen Sie mich wissen, falls Sie noch einen unterbringen können, meine Beste.« Er zwinkerte ihr derb zu. »Vielleicht, wenn Sie mit seiner Lordschaft fertig sind?«

Luke schlug zu. Ehe er wusste, wie ihm selbst geschah, schoss ihm ein Schmerz durch die geballte Rechte in den Arm, und Small fiel taumelnd auf die Knie.

»Luke!«, rief Emma aus. »Du lieber Himmel.«

Sie fasste ihn an der Schulter und zog ihn zurück, da er Anstalten machte, Small noch eine zu verpassen.

»Luke!«

Er hielt inne und drehte den Kopf. Emma schien unversehrt zu sein, aber ihre Augen waren so groß wie nie. »Aufhören!«, keuchte sie.

Er blickte zu Small hinab, der sich auf einen Ellbogen gestützt das Kinn rieb und Luke erstaunt anglotzte. »Was zum Teufel soll das, Hawkins?«

»Ich ... du ... das ... nie wieder ...«, brachte Luke halb knurrend, halb mit brechender Stimme hervor. Er konnte weder sprechen noch denken.

»Kommen Sie«, sagte Emma an seinem Ohr. »Gehen wir ins Zimmer.«

Sie führte ihn den Korridor entlang. Er taumelte neben ihr her, gab kaum acht, wohin sie gingen, sondern blickte immer wieder hasserfüllt zu Small zurück. Er wollte die Hände um seinen Hals legen und das nichtsnutzige Leben aus ihm rausquetschen.

Aber warum? Wenn es um Ausschweifungen ging, waren sie einander absolut ebenbürtig. Sie hatten schon häufiger Frauen geteilt. Small hatte nichts Ungewöhnliches von sich gegeben.

Aber das hatte er an Emma gerichtet.

Vor der Tür hielten sie an. Sie mussten warten, da die Diener, von denen einer den Schlüssel hatte, bei Small zurückgeblieben waren, um ihm aufzuhelfen.

Luke atmete tief durch, um sich zu beruhigen. Emma schaute ihn von der Seite an. »Haben Sie sich gefasst?«

»Und Sie?«, fragte er mürrisch.

Sie lächelte streng. »Mir geht es gut. Das würde sich allerdings ändern, wenn Ihretwegen die Polizei käme.«

Einer der Diener kam und schloss die Tür auf. Emma schob

Luke sanft ins Zimmer, dann folgte sie dem Diener, der den großen Koffer hineintrug. Nachdem das Gepäck abgestellt und die Diener gegangen waren, sank Luke in einen Sessel, stützte die Ellbogen auf die Knie und fuhr sich über Stirn und Haare.

Emma kniete sich vor ihn, nahm seine rechte Hand, betrachtete sie kurz und rieb ihm dann sanft die Knöchel. »Sie haben ihn hart geschlagen.«

»Tut höllisch weh«, murmelte er.

»Ihm wahrscheinlich mehr als Ihnen.«

»Hoffentlich.«

Plötzlich zog sie seine Hand an den Mund, schloss die Augen und drückte die Lippen auf seine Knöchel. Dann strahlte sie ihn an. »Sie haben meine Ehre verteidigt. Das hat noch niemand für mich getan. Ich danke Ihnen.«

Er blickte sie finster an. Warum hatte das noch niemand getan?

»Sind Sie böse mit mir?«, wisperte sie.

»Nein.« Er rieb sich übers Gesicht und zwang sich, freundlicher zu blicken. Da sie seine Rechte noch in Beschlag hielt, strich er ihr mit der Linken eine Strähne hinters Ohr. »Nein, Emma, mit Ihnen nicht.«

Darauf schenkte sie ihm ein breites Lächeln.

Luke starrte sie an, während sich in seinen Eingeweiden etwas zusammenzog. Diese Frau auf Knien vor ihm mit diesem strahlenden Lächeln, das war das Schönste, was er je gesehen hatte.

5

Liebste Jane,
ich hoffe, bei Euch steht alles zum Besten. Bitte sende alle Korrespondenz an das Cameron's Hotel in Edinburgh. Wir sind zwar noch nicht in Schottland, werden aber dort absteigen.

Zurzeit sind wir in Worcester. Die Reise ist ereignislos verlaufen, und Lord L. . . verhält sich wie der Gentleman, für den wir ihn hielten. Er beeindruckt mich mehr als gedacht

Du lieber Himmel, warum habe ich das geschrieben? Emma seufzte und überflog noch einmal ihre Worte. Es durchzustreichen hätte keinen Sinn. Sie müsste den Brief neu beginnen, und ein zweites Blatt Papier hatte sie nicht. Die Unterlippe zwischen die Zähne gezogen, fuhr sie fort:

und hat eine sehr interessante Vergangenheit und verfolgt ebenso interessante Absichten.

Sie kicherte. *Interessante Absichten, oh ja!* Absichten der wüstesten Art, das stand fest. Aber hoffentlich würde sie Jane damit beruhigen, die dabei sicherlich nicht an solche Absichten dachte. Sie schrieb weiter.

Die Fahrt durch die Cotswolds war so hübsch. Wir haben die ganze herbstliche Pracht auf dem Land gesehen. Ich hoffe, das Wetter bleibt so schön wie bisher.

Sie hielt inne und überlegte, ob sie Jane von der Karriole erzählen sollte. Nein, entschied sie, auf keinen Fall. Ihre Schwester machte sich schon Sorgen genug.

Wir sind einen Tag länger in Worcester geblieben, weil Lord L... hier etwas zu erledigen hatte.

Er hatte sich jeglicher Erklärung enthalten und auch ihren Versuchen widerstanden, ihm Näheres zu entlocken. Er hatte ihr nur versichert, es habe nichts mit Ironwood Park oder Trent oder anderen Familienmitgliedern zu tun, die dort lebten.

Ihre Neugier konnte sie dennoch kaum zügeln. Warum hielt ein Adliger wie Luke es für nötig, sich in einem Städtchen wie Worcester um eine Angelegenheit zu kümmern? Und dazu musste er sogar von Worcester wegreiten, wie er gesagt hatte. Alle möglichen Szenen spielten sich in ihrer Fantasie ab, aber auf eine kam sie immer wieder zurück: Es musste mit einer Frau zu tun haben. Und vielleicht sogar mit einem unehelichen Kind.

Das wäre sinnvoll – in einem Dorf in der Nähe seines einstigen Zuhauses, aber doch ein Stück weit entfernt, sodass er ab und zu einen Besuch abstatten konnte, wenn er mal in der Gegend war. Das wäre im Hinblick auf seinen schurkischen Ruf eine einleuchtende Erklärung.

Der Gedanke, er könnte zu einer Frau gehen, bedrückte sie allerdings. Obwohl sie natürlich kein Recht hatte, ihm gegenüber besitzergreifend zu sein. Aber immerhin hatte sie schon drei Nächte mit ihm zusammen verbracht, zwei davon in seinen Armen.

In der vergangenen Nacht war es anders gewesen. Er war nüchtern geblieben, da sie ihn gebeten hatte – nein, angefleht, wenn sie ehrlich war –, nicht zum Abendessen in den Schankraum hinunterzugehen. Erstens wollte sie ihn nicht wieder betrunken erleben, und zweitens sollte er möglichst nicht noch einmal diesem schrecklichen Mr. Small über den Weg laufen.

So hatten sie nebeneinander geschlafen, er jedoch unruhig, also nicht sehr gut. Irgendwann in der Morgendämmerung war er keuchend aus dem Schlaf hochgefahren und hatte sie damit geweckt. Er saß senkrecht im Bett mit einem Schweißfilm auf der Stirn, wie sie schließlich verwundert sah. Das war doch seltsam, denn nachts war es kalt im Zimmer.

»Was haben Sie?«, murmelte sie schlaftrunken. »Haben Sie schlecht geträumt?«

Sichtlich erschüttert drehte er sich zu ihr. »Es ist nichts«, krächzte er. »Schlafen Sie weiter.«

Er stand auf und setzte sich an den Tisch, stützte den Kopf in die Hände, während sie nachdenklich dalag. Sie hätte ihn gern getröstet, wusste aber nicht, wie. Schließlich schlüpfte sie aus dem Bett und ging zu ihm. Er hob erschrocken den Kopf, als sie ihn an der Schulter berührte.

»Kommen Sie nicht wieder ins Bett?«

»Ich kann nicht.«

»Warum?«

Er drehte den Kopf weg und schloss die Augen. »Weil ich Ihnen etwas versprochen habe. Und wenn ich jetzt zu Ihnen ins Bett steige, kann ich mein Versprechen nicht halten.« Darauf blickte er sie düster an und strich mit einem Fingerknöchel über ihre Wange. Dann über ihr Kinn. Und schließlich ganz langsam mit der Fingerspitze über ihre Unterlippe, und ein glühender Schauder durchlief sie. »Ich habe schon so oft ein Versprechen nicht gehalten, Emma. Aber dieses Mal will ich es tun.«

Verwirrt, erregt, noch immer nicht ganz wach, nachdem er sie durch seinen Albtraum aus dem Schlaf gerissen hatte, nickte sie. »Also gut«, murmelte sie. »Bitte ... sobald Sie sich imstande fühlen.«

»Das werde ich.«

So war sie in ihre Betthälfte zurückgekehrt und schneller eingeschlafen, als sie für möglich gehalten hätte, da er am Tisch sitzen blieb und den Kopf weiter in die Hände stützte.

Seufzend blickte Emma auf den Brief an ihre Schwester, tauchte die Feder ein und schrieb weiter.

Morgen werden wir die Reise nach Edinburgh fortsetzen. Wir hoffen in fünf oder sechs Tagen dort anzukommen, wenn das Wetter hält. Ich hoffe es inständig. Ich bin sehr darauf erpicht, mit R.M. zu einer Lösung zu gelangen.

Ich werde Dich und Papa in meine Gebete einschließen. Ich denke ständig an Euch. Bitte schreib mir, wenn Du kannst. Ich hoffe sehr, in Edinburgh schon Post von Dir vorzufinden.

Deine dich liebende Schwester
Emma

Emma faltete das Blatt zusammen, zog sich ihren alten Mantel über und schloss die abgegriffenen Posamentenknöpfe. Bei einem kurzen Blick zu dem seidenen Umhang, der am Haken neben der Tür hing, musste sie lächeln, wie immer, wenn sie Lukes Geschenk betrachtete. Aber vermutlich war es noch zu warm, um ihn zu tragen.

Sie steckte den Brief samt ein paar Münzen in ihr Retikül, dann verließ sie das Zimmer und schloss hinter sich ab.

Eilig lief sie die Treppe hinunter. Unten begegnete sie einem jungen Dienstmädchen und fragte, wann und wo die Postkutsche nach Bristol abfahre.

»Gegen halb acht vor dem Star and Garter, Ma'am.«

Gut, dann würde ihr Brief an Jane heute Abend schon unterwegs sein. »Wo ist das Star and Garter?«

»Nicht weit weg. Ich werde den Brief gern für Sie abgeben, wenn Sie möchten«, erklärte das Mädchen strahlend.

»Nein, vielen Dank. Da es nicht weit ist, gehe ich selbst. Ein bisschen frische Luft wird mir guttun.« Das war die Wahrheit. Sie hatte den ganzen Tag auf dem Zimmer verbracht.

»Natürlich, Ma'am.« Das Mädchen beschrieb ihr den Weg, und Emma trat auf die belebte Straße.

»Mrs. Curtis!«

Die Stimme kam ihr bekannt vor. Mit Grauen in der Brust drehte sie sich um und stellte fest, dass Small nach ihr aus dem Gasthaus getreten war. Er war doch ein rechter Geck – schwarze ölglänzende Haare und ebenso glänzende schwarze Schuhe, dazu eine enge lederbraune Hose, ein rotvioletter Samtrock und ein geschnitzter Gehstock.

Sie stand kerzengerade mit erhobenem Haupt und versuchte, ihn von oben herab anzusehen, obwohl er größer war als sie.

»Mr. Small.«

Er kicherte. »Mein Name ist Small*shaw*, meine Liebe. Small ist nur ein Spitzname.«

»Ich bitte um Verzeihung«, sagte sie daraufhin eisig. Mit nicht geringer Befriedigung bemerkte sie an der rechten Seite seines Kinns einen hässlichen grünen Bluterguss.

»Darf ich Sie ein Stück begleiten?«

»Nein danke.«

Sie drehte sich um und ließ ihn stehen, doch der verwünschte Kerl lief neben ihr her. Sie ging schneller, und er tat es ebenfalls.

»Nun erzählen Sie doch mal, wie Sie seine Lordschaft kennengelernt haben.«

Sie schnaubte spöttisch und blickte stur geradeaus, als bräuchte sie ihre ganze Aufmerksamkeit für das tückische Terrain der Straße. »Wohl kaum.«

»Nein, wirklich, ich bin ungemein neugierig. Wissen Sie, Hawkins und ich sind eng befreundet. Sehr eng.«

Sie tat, als wäre er Luft für sie.

»Er hat noch nie eine Frau derart vor mir abgeschirmt. Im Gegenteil: Er war immer äußerst großzügig, wenn ich auch etwas von dem Kuchen abhaben wollte. Und nun schlägt er mir ins Gesicht, wenn ich es nur andeute. Sie können sich sicherlich vorstellen, wie gern ich dieses Rätsel lösen möchte.«

Emma hielt abrupt an und blickte äußerst abweisend zu diesem Mann auf – zu einem runden Gesicht mit engelhaften Zügen unter lauter öligen Löckchen.

»Bitte, Mr. Smallshaw, bitte lassen Sie mich in Frieden.«

»Ach, kommen Sie. Ich will doch nur ein bisschen mit Ihnen plaudern, Mrs. Curtis. Ich bin ganz harmlos, wirklich.«

Sein schmeichelnder Ton und sein entwaffnendes Grinsen stießen sie ab. Tatsächlich konnte sie überhaupt nichts an ihm leiden.

»Wie dem auch sei«, erwiderte sie. »Mir ist es lieber, wenn Sie mich allein lassen.«

Er zog die Brauen hoch, kniff die Lippen zusammen, und schon war es mit seiner Freundlichkeit vorbei. Ganz wie sie erwartet hatte. »Eine Abfuhr von einem leichten Mädchen, das ist für einen Mann wie mich dann doch eine Seltenheit.«

»Für einen Mann wie Sie?«, wiederholte sie spitz. »Soll heißen, für einen Mann ohne Skrupel und Moral?«

»Ach so«, erwiderte er sarkastisch. »Und was glauben Sie, bitte schön, mit welcher Sorte Mann Sie schlafen? Unterlassen Sie es doch bitte, sich so selbstherrlich vor mir aufzubauen, Madam, und zu behaupten, mir mangelte es an Skrupeln und Moral.«

Schnaubend machte er auf dem Absatz kehrt und strebte mit großen Schritten dem Crown and Unicorn zu, wobei er den Spazierstock in das Kopfsteinpflaster stach und sich nicht herabließ, noch einmal zu ihr zurückzublicken.

Sie setzte ihren Weg zum Star and Garter fort und gab mit dem Gefühl, dass sich über ihr ein Unwetter zusammenbraute, ihren Brief in die Post.

Sie wusste, dass Luke ein Schurke war. Und sie hatte leider zur Kenntnis nehmen müssen, dass er sich zu Taten und finsteren Vergnügungen hatte hinreißen lassen, die sie sich gar nicht vorstellen konnte.

Doch all diese Frauen – und Männer –, die ihn betrunken und offenbar unbekümmert erlebt hatten ... hatten die auch gesehen, wie er zitternd und schweißgebadet aus einem Albtraum hochfuhr? Hatten die die Furcht in seinen Augen gesehen, wenn er über seine Familie sprach? Hatte er die »mein Engel« genannt? Hatte er die im Schlaf in den Armen gehalten, als wollte er sie nie wieder loslassen?

Durchaus möglich, räumte sie ein. Und bei dem Gedanken wurde ihr flau.

Aber nicht realistisch, dachte sie dann. Sie erinnerte sich an die erste Nacht in Bristol – sein anmaßendes Benehmen, sein respektloses, unverhohlen lüsternes Verhalten. Das alles gehörte zu Luke. Aber auch anderes. Man konnte sich überraschend gut mit ihm unterhalten. Er war zärtlich, mitfühlend und rücksichtsvoll. Sogar beschützerisch. Und er besaß ein Ehrgefühl, das er sich nicht eingestehen wollte.

Und dennoch kannte sie ihn kaum. Sie war sich sicher, dass er Geheimnisse hatte, Geheimnisse, die ihn quälten und die er glaubte niemandem offenbaren zu dürfen.

Gleichwohl war er ein Schurke. Henry war auch einer gewesen – aber Luke war doch ganz anders als Henry. Das hatte er bereits bewiesen, obwohl er launisch war und Geheimnisse hatte.

Aber er hatte einmal ein junges Mädchen entehrt und gesagt, welch verheerende Folgen es für die Arme gehabt hatte, während er selbst ungeschoren davongekommen war.

Emma könnte die Nächste sein. Trotz allem, was ihr Herz und ihr Körper sagten, sie durfte das nicht vergessen.

Es dauerte fünf Tage, bis sie in Edinburgh ankamen. Fünf beschwerliche Tage in der Karriole, die Emma alle Kraft kosteten. Wenn sie sich am Abend in einem Gasthaus einquartierten, konnte sie gerade noch eine schnelle Mahlzeit einnehmen, dann fiel sie ins Bett und ließ sich vom Schlaf übermannen.

Luke war von seiner geheimnisvollen »Angelegenheit« in Worcester lächelnd und zu Scherzen aufgelegt zurückgekommen. Den ganzen Abend über warf er ihr feurige Blicke zu, bis er seufzend verkündete, er gehe nun in den Schankraum hinunter. Danach ließ er sie jeden Abend allein und kam erst zurück, als sie schon schlief. Dann legte er sich neben sie, und irgendwann in der Nacht wachte sie in seinen Armen auf, vergrub das Gesicht an seinem Hemd und schlief beruhigt weiter.

Ob er sich wohl die weibliche Gesellschaft beschaffte, wie er es am ersten Abend ausgedrückt hatte? Wie versprochen gab sie sich Mühe, darüber hinwegzusehen, aber es fiel ihr schwer.

Wenn er fort war, empfand sie eine sonderbare Leere. Es drängte sie, ihn festzuhalten, ihn nicht mehr gehen zu lassen, ihn keine andere Frau mehr anrühren zu lassen.

Sie wollte nicht, dass er andere Frauen anrührte. Die Vorstellung allein schmerzte sie von Tag zu Tag mehr, bis sie es nicht mehr ertragen konnte.

Am letzten Tag ihrer Reise nach Edinburgh machten sie unterwegs Rast, um an der Straße, auf der sie am Abend in die Stadt gelangen würden, mit Blick auf die Pentland Hills ein leichtes Mittagsmahl einzunehmen. Vor ihnen lag eine Wiese in dem frischesten Grün, gesprenkelt mit dunkleren Büschen und Bäumen, und die Hügel erstreckten sich rundlich glatt bis zum Horizont. In der Nähe plätscherte ein Bach, wo die Pferde saufen und Emma und Luke sich den Staub von Händen und Gesicht waschen konnten.

Während sie die Pferde grasen ließen, breiteten sie für sich eine Decke aus und holten den Proviant aus der Karriole. Sie setzte sich ihm gegenüber, und so verzehrten sie in angenehmem Schweigen gekochte Eier, gepökeltes Rindfleisch, altbackenes Brot und Hartkäse.

Ab und zu betrachtete sie ihn verstohlen mit halb gesenkten Lidern, doch er schien eifrig damit beschäftigt zu essen. Noch immer brannte jener Schmerz in ihr, sodass sie es keine Sekunde länger aushielt.

»Luke?«

Er blickte auf, und seine blauen Augen waren klar und hell wie der Tag, nicht dunkel und blutunterlaufen wie in der Nacht, wenn er betrunken war. Sie seufzte.

»Hm?«, fragte er mit vollem Mund.

»Warum tun Sie das?«

Seine Miene wurde nichtssagend. Nachdem er geschluckt hatte, fragte er: »Was?«

»Abends unser Zimmer verlassen. Trinken … und … und was immer Sie dann tun.« Sie schluckte schwer.

»Spielen?«, ergänzte er hilfsbereit.

Sie verschränkte die Arme und unterdrückte ein Schaudern. Ihr war noch kalt von der Fahrt, und wenn sie daran dachte, wie ähnlich Henry und Luke sich in ihren Gewohnheiten waren, fror sie noch mehr. »Sie spielen?«

»Ich habe eine Schwäche für diesen Zeitvertreib«, sagte er nachdenklich. Er biss von seinem Ei ab.

»Oh, ich weiß, wie das ist.« Ihre Verbitterung klang durch. »Ich habe gesehen, wie schnell ein Mann Geld am Spieltisch verlieren kann.«

»Ah. Durch unseren Freund Henry Curtis, möchte ich wetten.«

»Die Wette haben Sie gewonnen«, sagte sie trocken.

Stirnrunzelnd blickte er auf sein halbes Ei. »Die Wahrheit ist, ich habe nicht mehr gespielt seit dem vergangenen Sommer.« Er seufzte. »Meine letzte Wette war ganz besonders blöd.«

»Möchten Sie mir davon erzählen?«

»Es war eine hirnlose Wette unter Gentlemen. Hab nicht mal ein anständiges Kartenspiel dabei gewonnen.«

Sie nahm sich einen Bissen von dem Rindfleisch. »Erzählen Sie doch.«

Er senkte den Blick, und als er wieder aufsah, wirkte er sehr jung, fast so wie im Schlaf. Aber jetzt kam noch eine schuldbewusste Miene dazu. »Ich habe gewettet, dass Lord Rutger sieben bis zehn Tage brauchen wird, um Mrs. Wickerly in sein Bett zu locken.«

Sie schüttelte den Kopf. *Hirnlos, in der Tat.* »Wie lange hat er tatsächlich gebraucht?«

»Fünf Tage.« Er hob die Hand und zeigte mit Daumen und Zeigefinger einen Zoll Abstand an. »So nah dran.«

»Und sind Sie die Wette nüchtern eingegangen?«

Er lachte schallend. »Natürlich nicht. Ich kann mich nicht mal erinnern. Ich weiß nur noch, dass ich eine Woche später in meinen Club geschleppt und mir das Wettbuch unter die Nase gehalten wurde, wo ich eigenhändig unterzeichnet hatte. Leider.«

»Betrunkene Wetten sind die schlimmsten.«

Er wurde sofort ernst. »Woher wollen Sie das wissen?«

»Ich war nur drei Monate lang verheiratet, aber es waren ereignisreiche drei Monate. Henry hat eines Abends betrunken gewettet und fünfhundert Guineen verloren.«

Luke zog die Brauen hoch. »Worum ging es?«

Sie schaute auf ihren Teller und drehte ein Ei zwischen den Fingern. »Dass ich innerhalb von drei Monaten in anderen Umständen bin.«

Luke holte scharf Luft.

»Natürlich konnten sie nicht nachprüfen, ob er gewonnen oder verloren hatte. Das ging erst einige Wochen nach seinem Tod. Ein Mann kam zu mir mit der Wette, die auf einem Blatt Papier schriftlich festgehalten und von Henry unterzeichnet war, und verlangte, ich solle entweder den Gewinn auszahlen oder beweisen, dass ich ein Kind erwarte.« Sie hob das Ei an den Mund und biss ab.

»Und da waren Sie schon nicht mehr in der Lage, ihn auszuzahlen.«

»Ganz recht.«

An Lukes Kiefer zuckte ein Muskel, und er sah weg. »Ich kann verstehen, warum Sie das Spielen verabscheuen.«

»Das tue ich.« Emmas Magen zog sich zusammen. Er sah zu, wie sie das Ei ablegte, dann stellte er sich ihrem Blick. »Sie haben also nicht gespielt«, sagte sie. »Was haben Sie stattdessen getan, Luke? Wohin gehen Sie?«

»Ich gehe nach unten in die Schankstube. Ich trinke Ale.«

Sie konnte ihn nicht weiter ansehen und senkte den Blick auf ihr angebissenes Ei. »Gehen Sie ... zu Frauen?« Sie brachte die Worte kaum hervor.

»Nein.« Das kam ohne Zögern – und löste eine so enorme Erleichterung aus, dass sie ihren Seufzer nicht mehr unterdrücken konnte.

Einen Moment lang blieb er ganz still, dann fragte er mit mildem Spott: »Wieso fragen Sie?«

»Es gefällt mir nicht, mit Ihnen im selben Bett zu schlafen, wenn sie vorher bei einer anderen gewesen sind.«

»Eifersüchtig?«, fragte er sanft.

»Überhaupt nicht.« Was glatt gelogen war. Das wusste sie und er wahrscheinlich auch. »Ich habe nur nicht die geringste Lust, von einem Mann für bestimmte Zwecke benutzt und dann weggeworfen zu werden. Das ... werde ich kein zweites Mal dulden.«

Er blickte sie an, aber seine Miene verriet nicht das Geringste. Dann sagte er ganz ruhig: »Wenn Henry Curtis noch am Leben wäre, würde ich ihm alle Glieder einzeln ausreißen.«

Sie schüttelte missbilligend den Kopf.

»Emma«, sagte er heftig, »solange wir beide im selben Bett schlafen, ob wir nun ein Verhältnis haben oder nicht, werde ich keine andere Frau anrühren.« Er lächelte angespannt. »Wir wissen beide, mein Wort ist nicht viel wert. Aber ich sage Ihnen, ich sitze da und trinke Ale, mehr nicht.«

»Das klingt nach einem sehr einsamen Abend.«

Er zuckte die Achseln.

Sie glaubte ihm und war trotzdem verwirrt. »Warum tun Sie das dann?«, drängte sie weiter. »Warum gehen Sie jeden Abend?«

»Sie wissen, warum.«

»Nein, ich weiß es nicht.«

»Ich sagte es bereits, nach meinem ... nachdem ich Sie mitten in der Nacht geweckt hatte.«

Sie schüttelte verwirrt den Kopf und seufzte.

»Ich gehe, weil ich versprochen habe, Sie nicht anzurühren.«

»Aber Sie halten mich jede Nacht in den Armen.«

Er lachte leise und sarkastisch. »Nicht, wie ich es will.«

Sie schloss die Augen, weil sie ein heißer Schauder durchlief. Er war still, doch sie spürte seinen begehrlichen Blick.

»Sie sind ein Schurke, Luke. Das habe ich in den ersten zehn Sekunden erkannt.«

Er lachte wieder, aber mit einer Spur Verachtung.

»Ich habe mir geschworen, mich nie wieder von einem Schurken einwickeln zu lassen. Denn ... nun, Henry war einer ... und ... dabei ist nichts Gutes herausgekommen. Überhaupt nichts. Und an dem Abend, als ich Sie in der Schenke sah, wusste ich, diesen Schwur muss ich mir immer vor Augen halten. Denn Sie waren ihm offensichtlich ähnlich.«

Ihr Herz klopfte heftig, und sie klang abgehackt und atemlos.

Er neigte den Kopf zur Seite. »Was wollen Sie mir damit sagen? Denn ich weiß das alles, Emma. Ich weiß, warum Sie mit einem Mann wie mir nicht intim werden wollen. Ich mache Ihnen daraus keinen Vorwurf. Deshalb halte ich mich ja eben an unsere Abmachung.«

»Ich mag es nicht, wenn Sie abends weggehen.« Der Satz sprudelte aus ihr heraus.

Er machte den Mund auf, blickte sie an, dann zuckte er die Achseln und wandte sich seinem Teller zu. »Sie können nicht anders, ich kann nicht anders«, bemerkte er dann in zynischem Ton.

»Luke«, stöhnte sie.

Sofort sah er sie an, und sie hätte sich von seinem Blick nicht lösen können, selbst wenn sie gewollt hätte. Seine Lippen krümmten sich zu diesem lüsternen Lächeln, mit dem er sie am ersten Abend traktiert hatte. »Erinnern Sie sich: Nur eines kann die Abmachung aufheben, nämlich wenn Sie mich darum bitten. Sind Sie im Begriff, das zu tun? Wollen Sie mich darum bitten?«

Einerseits wollte sie es. Sie wünschte sich, er möge mit ihr ins Bett gehen, jeden Abend, und nie wieder in einen Schankraum gehen, sich nie wieder betrinken, nie wieder eine andere Frau ansehen, nie wieder spielen.

Er schob das Essen beiseite und rückte näher an sie heran, umfasste ihre Wange und strich mit dem Daumen über das Jochbein. »Ich will dich, Emma. Schon seit dem ersten Abend. Jede Nacht habe ich ein brennendes Verlangen nach dir. Und jede Nacht verzichte ich. Jede Nacht leide ich. Willst du mich bitten? Willst du mich von meinem Leiden erlösen?«

Ihre Kehle war trocken. Sie kniff die Augen zu, weil sie seinen lodernden Blick nicht mehr ertrug. Bald würde das blaue Feuer sie verzehren. »Ich ... ich weiß nicht.«

»Tu es nicht«, flüsterte er, und sein Atem strich über ihre Lippen. Sanft streifte er mit dem Mund darüber und sagte: »Ich bin nicht gut genug für dich. Engel sollten sich nicht mit Teufeln einlassen.«

»Ich bin kein Engel«, flüsterte sie, »und Sie sind kein Teufel.« Sie war selbst überrascht von ihrer Äußerung, aber tief im Herzen wusste sie, dass es wahr war. Und tief im Herzen wusste sie ohne jeden Zweifel, dass sie ihn auch wollte.

Er zog sich zurück und gab sich distanziert. »An Ihrer Stelle wäre ich mir da nicht so sicher.«

6

Luke war noch nicht in Edinburgh gewesen, aber die Stadt gefiel ihm. Er grinste über Emmas Begeisterung, mit der sie auf die Schönheiten ringsum aufmerksam machte – die Burg, die Kathedrale, das Schloss.

Sie gelangten schließlich zum Cameron's Hotel, einem eleganten Bau mit Portikus und einer Marmorhalle mit vergoldeten Möbeln und Kristallkronleuchtern.

Er war die Landgasthäuser entschieden leid. Der verwöhnte Herzogssohn in ihm sehnte sich nach einer mit Leinen ausgekleideten Badewanne und einem Abendessen mit mindestens fünf Gängen, einem samtbezogenen Sofa und einem riesigen Bett mit seidenen Vorhängen.

Am Empfang hatte man Emma einen Brief ausgehändigt, und sie hielt ihn in der Hand, als sie das Zimmer betraten. Keiner von ihnen sprach ein Wort, ehe die Diener sie allein gelassen hatten.

Natürlich war Opulenz auch für Emma nichts Neues. Ihr Vater war immerhin so reich gewesen, dass er sich schließlich zur Ruhe setzen und die goldenen Jahre seines Lebens mit Müßiggang verbringen konnte wie ein Gentleman.

Luke knöpfte sich den Mantel auf und legte ihn über einen Stuhl. Sie band sich die Haube ab und hängte sie auf, dann ließ sie sich in einen der vergoldeten Lehnsessel sinken, um ihren Brief zu öffnen.

Allein mit Emma. Erneut. Gab es eine süßere Qual?

Eindeutig nicht, dachte er wehmütig und beobachtete, wie sie begierig ihren Brief las. Nach ein paar Augenblicken sah sie auf.

»Von Jane?«, fragte er.

»Ja.«

»Wie geht es Ihrem Vater?«

Sie seufzte. »Unverändert. Aber er scheint immer mehr das Interesse an der Welt zu verlieren.«

»Das tut mir leid.« Er zögerte. »Meinen Sie, das könnte sich ändern, wenn er sein Vermögen zurückbekommt?«

»Ich hoffe es. Er hat es so sehr geliebt. Ich denke …« Sie holte tief Luft, dann sprach sie weiter. »Ich denke, das war das Einzige, was er nach dem Tod meiner Mutter wirklich geliebt hat. Er war so stolz darauf, welche Türen es uns geöffnet hatte. Und als er es verloren hatte, schien es, als könnte er sich an nichts mehr freuen.«

Er bot ihr einen Apfel aus der Schale an, die auf der Anrichte stand. Sie faltete den Brief zusammen, legte ihn auf den Tisch, nahm sich einen Apfel und biss herzhaft hinein.

Nein, es gab eindeutig keine süßere Qual, als mit ihr allein zu sein, befand Luke, der beobachtete, wie sie sich Saft von den Lippen leckte.

Während er ihr beim Essen zusah, regte sich sein Schwanz – daran hatte er sich gewöhnen müssen, seit er mit ihr reiste. Er war daran gewöhnt, aber das machte es nicht weniger qualvoll.

Sie wollte nicht, dass er nach unten ging und sich betrank, aber was blieb ihm denn anderes übrig? Bei ihr zu bleiben war viel gefährlicher.

Unschuldig, ohne sich ihrer Reize im Geringsten bewusst zu sein, sah sie zu ihm auf. Er hätte nie geglaubt, dass eine verheiratete Frau so unschuldig sein könnte, doch da hatte er sich geirrt. Äußerlich erschien Emma beherrscht und ruhig, und sie war sicherlich kein Dummchen, aber von geradezu kindlicher Arglosigkeit.

Er wechselte das Standbein und drehte sich halb weg, um mit einem kleinen Handgriff den Druck am Hosenschlitz zu mindern.

»Sind Sie bereit für den morgigen Besuch?«, fragte sie.

»Selbstverständlich. Und Sie?«

Sie zögerte, dann sagte sie leise: »So bereit wie schon seit einem Jahr. Aber in gewisser Hinsicht möchte ich das überhaupt nicht tun.«

Er setzte sich in den Sessel neben sie und nahm sich auch einen Apfel. Es war eine glänzend rote Sorte, und als er hineinbiss, lief ihm ein süßer Saft über die Zunge. Überrascht betrachtete er ihn und drehte ihn in der Hand.

»Gut, nicht wahr?«

»Sehr gut.«

Nachdem er ihn halb gegessen hatte, sagte er: »Wissen Sie, vielleicht finden wir gar nichts heraus. Macmillan könnte verreist sein. Oder er existiert gar nicht ...«

»Ich weiß«, seufzte sie.

»Und wenn doch, kann er uns eventuell gar nichts sagen, das uns weiterhilft.«

»Er ist unsere einzige Spur«, sagte sie. »Und ich glaube fest daran, dass er uns zu Morton führen wird.«

»Dann hoffen wir es. Um Ihrer Familie willen.«

»Und um der Ihren willen.«

Er lehnte den Kopf zurück und schaute an die Decke, die mit übertriebenen Stuckrosetten verziert war. »Die meiste Zeit denke ich, sie ist tot.«

Sie hielt inne. Dann kam ein leises »Oh Luke«.

»Sie wird seit April vermisst, Em. Seit April. Wie viele Monate sind das?«

»Sechs«, antwortete sie leise.

»Sechs Monate«, sagte er matt. »Sechs Monate ohne ein Wort von ihr. Wie kann sie da noch am Leben sein?«

Er stöhnte. Monatelang hatte er nach ihr gesucht, war jeder kleinen Spur gefolgt. Letztendlich hatte er nichts erreicht. Er hatte noch immer keine Ahnung, wo seine Mutter sein könnte. Sosehr er sich einen entscheidenden Hinweis wünschte, so wenig glaubte er, den von Macmillan zu bekommen.

Emma griff nach seiner Hand und schlang ihre schlanken Finger darum. Sie brauchte gar nichts zu sagen. Der Druck ihrer Hand war ihm Trost genug.

Ein paar Minuten lang saßen sie Hand in Hand da. Luke aß seinen Apfel auf und legte das Kerngehäuse neben sich auf den Tisch. Schließlich fragte sie leise: »War sie eine gute Mutter?«

»Ja.« Er starrte an die Stuckrosetten und rief die Erinnerungen wach. Damals, als der Herzog noch lebte und ihm das Leben zur Hölle machte, war sie der einzige Mensch auf der Welt gewesen, der für ihn Verständnis hatte. Der einzige, der ihm zeigte, dass er etwas wert war.

»Aber in den vergangenen Jahren habe ich sie kaum gesehen«, fuhr er fort. »Zuerst war ich in Eton« – er hatte ihr bei ihren Plaudereien unterwegs einmal seine Schulgeschichten erzählt – »und dann für kurze Zeit in Cambridge, danach in London. Ich habe sie dann und wann mal für eine Woche besucht, aber selten.«

»Dennoch ist sie deine Mutter, und sie fehlt dir.«

»Ja. Vermisst du deine Mutter auch?«

»Ja.«

»War sie wie du?«

Sie warf ihm einen gequälten Blick zu. »Das würde ich nicht sagen. Sie war sehr ernst und rechtschaffen. Sie bestand darauf, dass Jane und ich uns immer Mühe gaben, perfekt zu sein.« Sie seufzte. »Ich konnte sie nie zufriedenstellen. An dem Tag, als sie starb, tadelte sie mich wegen eines kleinen Risses in meiner Ärmelspitze. Ich war so eingenommen von meiner Angst und meiner Trauer, weil sie doch auf dem Sterbebett lag, dass ich ihn gar nicht bemerkt hatte.«

»Woran ist sie gestorben?«

»An Schwindsucht.«

Er seufzte schwer. »Das tut mir leid.«

»Ich habe mich sehr bemüht, sie zufrieden zu machen«, fuhr Emma fort, »aber sie hat stets mehr verlangt. Es kam der Tag, wo ich mich auf mich selbst besinnen musste, um auf meine kleinen Leistungen stolz zu sein.«

»Wie steht es mit deiner Schwester?«

Ihr Lächeln wurde weich. »Ja, Gott sei Dank habe ich Jane.«

»Und dein Vater? War der auch so fordernd?«

»Nein, nicht so sehr.« Sie biss ein letztes Mal von dem Apfel ab und legte das Kerngehäuse neben seines. »Er gab sich kaum mit uns ab. Er wünschte sich Söhne, bekam aber zwei Töchter. Uns gegenüber war er die meiste Zeit gleichgültig.«

»Und jetzt, da eure Mutter tot ist? Hat sich da etwas geändert?«

»Manches zum Besseren, anderes zum Schlechteren. Jedenfalls ist er nicht mehr so gleichgültig. Er hasst mich jetzt ein bisschen.«

Luke richtete sich auf. »Warum das denn?«

»Weil ich an seiner Verarmung schuld bin. Ich kann es ihm kaum verdenken, nicht wahr? Ich habe sie verschuldet.«

»Um Himmels willen, Em. Du warst arglos. Du konntest nicht ahnen, dass dein Mann vorhatte, deine Familie zu ruinieren.«

»Ja. Ich weiß. Aber ich hätte nicht so vertrauensselig sein dürfen.« Sie seufzte schwer, dann glitt ihr Blick zu ihm, und er sah die goldenen Sprenkel ihrer Iris im Lampenschein leuchten. Draußen war es fast dunkel. Die Tage wurden kürzer.

»Wirst du heute hierbleiben?«, fragte sie leise.

Er schaute sie mit zusammengekniffenen Augen an. Dann, ohne ihre Hand loszulassen, stand er auf und zog sie mit sich hoch. Langsam, jede Berührung, jedes Gleiten des Musselins am Wollstoff seines Rocks genießend, zog er sie an sich.

Er legte die Arme um sie, die Rechte an ihr Kreuz gedrückt, dicht über der Wölbung ihres Hinterns.

Sie sah zu ihm auf, die Wangen gerötet, die Lippen leicht geöffnet.

So schauten sie einander still an. Dann bewegte sie zaghaft die Arme an seinen Seiten auf und ab.

Nur eine kleine Kostprobe. Nur eine, dann würde er gehen.

Er zog die Fingerspitzen an ihrer Wirbelsäule entlang, spürte die Höcker der stoffbezogenen Knöpfe, legte die Hand um ihren Hinterkopf und senkte den Mund auf ihren.

Ihr Geschmack drang in seinen Mund, tausendmal süßer, verführerischer, köstlicher als in seiner Erinnerung, und sein Schwanz schwoll an. Begierde wirbelte in seinem Unterleib und wand sich an seinem Rückgrat hinauf.

Er zog sie enger an sich, schob die Finger in ihre üppigen Haare und zog die Nadeln heraus, um sie eine nach der anderen auf den Boden fallen zu lassen.

Ihre Lippen waren weich und nass, und diesmal erwiderte sie den Kuss. Sie öffnete den Mund, strich zögernd mit den Lippen über seine. Seine Lust wuchs sprunghaft.

Spielerisch drängte er sie, seine Zunge einzulassen. Er wollte tiefer hinein, wollte mehr von ihr schmecken, sie einatmen, sich einverleiben.

Sie keuchte leise und fachte damit seine Begierde an. Wie sie die Lippen bewegte, ihn damit streichelte, das machte ihn verrückt vor Verlangen.

Und dann stieß sie mit der Zunge an seine Unterlippe, ganz zaghaft.

Er straffte die Arme. Ihr Haar fiel über seine Hand wie ein schwerer weicher Vorhang. Er kratzte mit den Zähnen über ihre Lippen, wischte mit der Zunge darüber. Er konnte nicht genug von ihr kriegen. Er würde nie genug von ihr bekommen.

Für ihn war Lust etwas Gieriges, Forderndes, das er gewöhnlich im Griff hatte. Bei Emma jedoch war die Lust stärker als seine Beherrschung. Und gerade jetzt verlangte sie, er solle Emma auf die Knie stoßen, sich die Hose aufknöpfen und ihr seinen Schwanz in den Mund schieben.

Im nächsten Moment meldete sich sein Gewissen und wirkte wie ein Eimer eisiges Wasser. Stöhnend ließ er die Hände sinken und trat einen Schritt von ihr weg. Er riss sich los, aber ihm war, als risse er sich dabei die Haut ab. Es brannte. Es schmerzte. Es tat verflucht weh.

Er atmete schwer. Sie ebenfalls – und sie war schöner denn je mit den offenen Haaren, die wellig um ihr herzförmiges Gesicht hingen, und wie sie ihn ansah in ihrer Verwirrung.

»Nein«, flüsterte er scharf. »Nein.« Als müsste er sich selbst überzeugen.

Er konnte sie nicht länger ansehen. Er riss sich von ihrem Anblick los. »Verdammt. Scheiße. Verflucht noch eins. Zum Teufel …«

»Hör auf, Luke.« Ihre tiefe, rauchige Stimme klang überraschend stark und widersprach der Verwirrung, die sich eben noch in ihrem Gesicht abgezeichnet hatte. »Es ist in Ordnung.«

Er fuhr zu ihr herum. Ruhig, gefasst sah sie aus, aber in ihren Augen glomm noch eine Emotion, die er nicht benennen konnte.

In Ordnung? Was war daran in Ordnung? Was war überhaupt an der ganzen Sache in Ordnung?

Himmel noch mal!

»Ich gehe«, krächzte er. »Ich muss hier raus.«

Er drehte sich um und griff im Hinausgehen nach seinem Mantel.

Taumelig lief er die Treppe hinunter und in den opulenten Speiseraum. Mit einem »Schankraum« gaben die sich hier nicht ab. Das Hotel war ein versnobter Kasten, der ihn an Ironwood Park erinnerte, und die Gäste schauten ihn ganz wie sein Bruder von oben herab an.

Er machte kehrt und ging hinaus auf die Straße. Ein Windstoß fuhr ihm in den Mantel, und die Kälte drang ihm bis in die Knochen.

Zügig schritt er die Straße entlang, die kalte Abendluft brannte ihm in der Luftröhre.

Da hatte er ja heute einen schönen Schlamassel angerichtet, zuerst beim Lunch auf der Wiese, dann eben im Hotelzimmer. Wenn sie ihm das nicht verzieh, konnte er es ihr kaum verdenken.

Er strich sich durch die Haare und bemerkte, dass er seinen Hut vergessen hatte.

In Bristol hatte er beschlossen, sie zu verführen. Er hatte sie so weit bringen wollen, dass sie ihn anbettelte, damit sie ihm bei seinen schändlichen Spielen zu Willen war. Einerseits wollte er das noch immer, und sogar tausendmal dringender als zu Anfang.

Andererseits ... verdammt. Dafür achtete er sie nun zu sehr. Er bewunderte sie. Teufel auch, er mochte sie sogar. Sie war seit sehr langer Zeit der erste Mensch, den er wirklich bewunderte.

Frauen hatte er bisher meist ausgenutzt, hatte sie behandelt wie Spielzeuge, die man achtlos liegen ließ, sobald man keine Lust mehr darauf verspürte. Aber das wollte er Emma nicht antun.

Es ließen sich viele Gründe anführen, warum sie sich von ihm fernhalten sollte. Letztendlich liefen die alle darauf hinaus, dass er nicht gut für sie war – für niemanden genau genommen. Und er war verdammt noch mal zu feige, um ihr reinen Wein einzuschenken.

Allmählich ging er langsamer und blieb dann stehen, um in den gelbbraunen Lichtfleck zu starren, den die Gaslaterne aufs Pflaster warf, eine Farbe, die ihn an Emmas Augen erinnerte.

Vielleicht war das die Lösung: Er musste ihr ja nicht alles erzählen, nur irgendwie die Kraft finden, ihr eines zu sagen. Das eine, das sie ganz sicher von ihm forttreiben würde.

Er kam nicht wieder. Erst am frühen Morgen, als Emma tief und fest schlief. Sie spürte, wie er sie in seine Arme zog, und wusste zuerst nicht, ob sie nur träumte. Aber dann roch sie den Whisky.

In der Nacht zuvor war es auch Whisky gewesen. Das sollte sie nicht überraschen, schließlich waren sie in Schottland.

Behutsam, um ihn nicht zu wecken, schlüpfte sie unter der Decke hervor und blieb mit baumelnden Beinen auf der Bettkante sitzen.

»Guten Morgen, Emma.« Seine Stimme klang wunderbar rau vom Schlaf.

Sie sah über die Schulter. »Guten Morgen.«

Er schob den Arm aus der Decke und fasste ihre Hand. Sie blickte darauf nieder.

»Bist du mir böse?«

Ja. Nein.

»Ich weiß nicht.« Sein Kuss gestern hatte ihr weiche Knie beschert und sie schwindlig gemacht. Aber dann war er gegangen, hatte sie in diesem Zustand allein gelassen, und in den Stunden danach war sie zur Vernunft gekommen.

So war Luke nun einmal. Wollüstig, verführerisch, wechselhaft und verwirrend. Als sie ihn gestern Abend hinausgehen sah, war in ihr etwas zerbrochen.

Nun versuchte sie, sich zu stählen, einen undurchdringlichen Schild um sich zu errichten, damit er ihr nicht wehtun konnte. Denn Henry hatte ihr weiß Gott schon genug wehgetan. Das reichte für ein ganzes Leben. Doch leider konnte Luke ihren stählernen Schutzschild schneller zum Schmelzen bringen, als sie ihn erneuern konnte.

Sie hörte Luke laut ausatmen und spürte Bewegung auf der Matratze, dann saß er neben ihr, stark und männlich, und da passierte es wieder: Sie schmolz dahin. Und sie ahnte – nein, sie wusste, dass sie nichts lieber täte, als ihm zu geben, was er wollte, was immer es war.

Seine Hand lag noch immer auf ihrer und umschloss ihre viel kleineren Finger.

»Emma ...« Er stockte und schüttelte den Kopf. Sacht hob er zwei Finger an und spielte mit dem Spitzensaum ihres langen Ärmels.

Sie drehte den Kopf zu ihm. Wie immer hatte er sein Hemd an – sie hatte ihn noch nie ohne gesehen – und seine Unterhose. Ein Zipfel der Bettdecke lag über seinem Schoß. Seine welligen dunkelblonden Haare fielen ihm auf die Schultern, seine blauen Augen, sein halb offenes Hemd, das ein wenig blasse Haut zeigte – er war schön wie ein Adonis. Wie eine lebendig gewordene Marmorstatue.

Oh Himmel, wie sehr sie ihn begehrte!

Sie schaute weg.

»Ich hätte das gestern Abend nicht tun sollen«, sagte er.

Sie hob das Kinn und schoss ihm einen trotzigen Blick zu. »Was? Mich küssen oder mich danach stehen lassen?«

»Dich küssen.«

»Dir ist aber aufgefallen, dass ich mich nicht beschwert habe?«

»Ja, durchaus. Aber du hättest es besser getan.«

Sie schüttelte stur den Kopf. »Ich weigere mich, mir diesen Unsinn anzuhören. Komm mir nicht wieder mit Engeln und Teufeln. Ich bin kein Engel. Du hast selbst gesehen, dass ich keiner bin. Das ist nur eine alberne Ausrede. Das muss einen anderen Grund haben.«

»Du hast mich eben nicht gebeten«, sagte er leise. »Ich habe versprochen, ich rühre dich erst an, wenn du mich darum bittest.« Er drückte ihre Hand.

»Auch so eine dumme Ausrede«, sagte sie. »Wenn ich es täte, würde das nichts ändern. Du hättest trotzdem noch Angst. Du würdest trotzdem noch weglaufen und deine Angst in Whisky oder Ale ertränken.«

Er versteifte sich. »Du weißt nicht, wovon du sprichst.«

»Ach nein?«

Einen Moment lang herrschte Schweigen. Dann drehte er sich zu ihr, und seine feurigen blauen Augen hielten ihren Blick gefangen. »Es war mir ernst, als ich sagte, dass ich dich zum Gipfel der Lust führen kann. Und dass ich es tue, wenn du mich darum bittest. Aber jetzt, und ich schwöre, das ist keine Ausrede, jetzt weiß ich ohne jeden Zweifel, dass du für einen wie mich zu gut bist. Das habe ich zu Anfang nicht begriffen, aber jetzt weiß ich es.«

»Du machst mich noch verrückt«, war alles, was sie sagen konnte. Denn niemand in der Englisch sprechenden Welt würde behaupten, sie sei zu gut für einen Lord Lukas Hawkins. In Wirklichkeit stand sie weit unter ihm. Er war der Sohn einer der vornehmsten Familien des Reiches, stand mit beiden Beinen fest auf der höchsten Sprosse der Gesellschaftsleiter.

Von dort blickte man auf den neu erworbenen Reichtum ihrer eigenen Familie – den sie nicht einmal mehr hatten – herab. Ihre Familie hatte um alles kämpfen müssen – von der Aufnahme in die Eliteschule in Hampshire bis zur Teilnahme an der Ballsaison in London –, hatte hochnäsige Blicke und herabsetzende Bemerkungen ertragen müssen.

Sie rückte von ihm weg und stand auf, um sich anzukleiden. Sie mussten sich auf den Weg machen. Heute war ein wichtiger Tag.

Doch er hielt sie auf. Er trat hinter sie, nahm sie bei den Schultern und drehte sie herum. »Hör mir zu, Em. Ich versuche, mich zu rechtfertigen. Hab Geduld mit mir. Es ist nicht einfach.«

Sie wurde still und schaute ihm ins Gesicht, auf sein unrasiertes Kinn, seine gerade aristokratische Nase, in seine leidenschaftlichen blauen Augen. Sein Blick war so intensiv, dass ihr heiß wurde.

Sie sagte nichts. Sie wartete, schaute ihn nur an. Auf ihn wirkte sie vermutlich ruhig und gelassen, aber in Wirklichkeit war sie aufgewühlt.

»Du verdienst Güte«, sagte er schließlich.

Sie schnaubte. *Güte?*

»Du verdienst Zärtlichkeit und Schutz.«

»Du lieber Himmel, Luke ...«

Er legte einen Finger an ihre Lippen.

Sie hatte sagen wollen, dass er ihr in der vergangenen Woche mehr Zärtlichkeit und Fürsorge entgegengebracht hatte, als ihr in ihrem ganzen Leben zuteilgeworden war.

»Das alles kann ich dir nicht geben«, sagte er.

»Doch, du ...«

Jetzt hielt er ihr mit der ganzen Hand den Mund zu, und mit dem freien Arm griff er um ihre Taille und drückte sie an sich, sodass sie nicht von ihm wegkonnte, ob sie das wollte oder nicht.

»Jetzt rede ich.«

Sie biss die Zähne aufeinander und hielt den Mund, um ihn reden zu lassen, auch wenn es ein paar Augenblicke dauerte, bis er damit anfing.

»Du bist eine Schönheit und eine Dame, und du verdienst jemanden, der dir all das bietet und noch mehr. Du bist klug und bestimmt, du könntest im Leben alles erreichen, was du dir in den Kopf setzt. Du bist eine Frau, die Beständigkeit verdient.« Er zuckte die Achseln. »Aber du bist auch sehr naiv.«

Sie setzte zum Widerspruch an, doch er drückte ihr nur fester den Mund zu.

»Du begreifst nicht, was für ein Mann ich bin.«

Und ob. Sie begriff mehr, als er glaubte.

»Ich bin keiner, der einer Frau jemals Beständigkeit bietet. Ich kann dir nichts von dem geben, was du brauchst. Und«, er holte tief Luft, »meine Vorlieben im Schlafgemach stimmen nicht mit deinen überein.«

Woher wollte er denn wissen, welche Vorlieben sie hatte? Sie wusste es ja selbst kaum.

Langsam, behutsam zog sie seine Hand von ihrem Mund weg. Sowie sie die Lippen bewegen konnte, platzte sie mit der Frage heraus: »Und welches sind Ihre Vorlieben, Mylord?«

Mit zusammengekniffenen Augen blickte er sie an. Sein Arm lag wie eine Stahlklammer an ihrem Rücken und ließ ihr nicht den geringsten Spielraum.

»Möchtest du Details hören?«

»Ja.«

Er neigte den Kopf zur Seite und schaute ihr in die Augen,

als wollte er in ihr Innerstes dringen und sehen, was dort verborgen lag.

Dann senkte er den Blick. »Ach, Em. Willst du mich wirklich zwingen, darüber zu reden?«

»Ich will es wissen.« Mit aller Entschiedenheit drückte sie die flache Hand an seine Brust. »Ich will das große, schmerzhafte Geheimnis kennen, das du für dich behältst und das dich so quält.«

Er stieß ein bitteres Lachen aus. »Ein großes, schmerzhaftes Geheimnis? Und du glaubst, davon habe ich nur eins?«

»Fang mit einem an«, wisperte sie.

Er zögerte, dann nickte er, wollte sie aber kaum ansehen. Diesen gehetzten Blick hatte sie noch nie an ihm gesehen, und es griff ihr ans Herz.

»Ich habe mit Frauen Dinge getan, über die du entsetzt wärst.«

Sie blieb standhaft. »Was für Dinge?«

Er senkte den Kopf und den Blick, aber sein Arm blieb unverrückbar um ihre Taille gelegt.

»Ich habe es mit zweien gleichzeitig getrieben. Ich habe sie mit anderen Männern geteilt. Ich habe bei Orgien mitgemacht.«

Sie atmete gefasst aus. So viel hatte sie schon aus ihrer Begegnung mit dem schrecklichen Smallshaw erfahren. Das war also keine Überraschung mehr.

Doch Luke war mit seiner Aufzählung noch nicht fertig.

»Ich war … ich war grausam zu ihnen.« Seine Stimme schwankte. »Ich will zu dir nicht grausam sein.«

»Ich habe dich noch keinen Augenblick grausam erlebt, Luke.«

»Aber«, er schüttelte düster den Kopf, »so bin ich.«

»Meinst du damit das Hausmädchen, das du entehrt hast?«

»Mary hieß sie. Das war nur eine von ihnen.«

Sie schaute ihn an und wartete.

»Sie war erst achtzehn, ich zwei Jahre älter und hatte in Cambridge gerade alles hingeworfen. Ich kam nach Hause, stritt mit meinem Bruder, wie gewöhnlich, und war rastlos und schlecht gelaunt. Ich hatte mir gerade überlegt, nach London zu gehen, als mir Mary auffiel.« Jetzt blickte er Emma in die Augen und sagte leise: »Sie war süß und unschuldig, wie ein Engel. So wie du, Em.«

Darauf machte sie ein finsteres Gesicht.

»Ich habe sie mit aller Gründlichkeit verführt. Ich machte ein Spiel daraus, sie in jedem Raum des Hauses zu nehmen. Es war sehr spaßig. Sehr bald wurden wir dabei erwischt. Hätte man mich vorher darauf angesprochen, hätte ich das vorhergesagt und es wäre mir egal gewesen. Die Auswirkungen für Mary interessierten mich nicht. Natürlich sagte Trent, wie er nun einmal ist, ich soll mich wie ein Gentleman verhalten und um ihre Hand anhalten. Ich habe mich geweigert.«

Emma holte scharf Luft, schaute aber nicht weg.

»Ich habe mich von ihr abgewandt und bin aus Ironwood Park weggegangen. Ich habe sie ihrem Schicksal überlassen.«

»Was ist aus ihr geworden?«

»Sie wurde entlassen. Was dann kam ... weiß ich nicht.«

Emma fragte sich, warum ihre Bestürzung nicht so groß war, wie man erwarten konnte. Eifersucht und Zorn wühlten sie auf. Teils verabscheute sie ihn um Marys willen. Gleichzeitig begehrte sie ihn noch genauso sehr wie vorher.

Was war bloß mit ihr los?

Nach langem Schweigen sagte er: »Siehst du nun, warum du vor meinesgleichen fliehen solltest? Ich habe mich mehr als einmal so verhalten und werde es höchstwahrscheinlich wieder tun. Ich habe das Böse in mir, Emma. Der Gefahr darfst du dich nicht aussetzen.«

Langsam schüttelte sie den Kopf. »Du erkennst deine Fehler. Und du bedauerst, was du Mary angetan hast. Das höre ich dir an.«

»Wer sich um mich sorgt, bereut es am Ende immer«, hielt er ihr entgegen. »Ich kränke jeden unausweichlich. Und bei Frauen bin ich am schlimmsten.« Er schloss die Augen. »Ich verführe sie, treibe meine lüsternen Spiele mit ihnen und lasse sie sitzen.«

Wie er sie jeden Abend sitzen ließ. Das schien eine Angewohnheit von ihm zu sein.

»Möchtest du das, Luke? Mich verführen? Deine lüsternen Spiele mit mir treiben?«

Er zögerte, dann verfinsterte sich seine Miene. »Ja.«

»Wie? Erzähl es mir.«

Er wollte sich wegdrehen, aber schneller, als sie für möglich gehalten hätte, vor allem angesichts ihres aufgewühlten Zustands, schlang sie die Arme um ihn.

Ungestüm sah er sie an, und sie drückte sich mit dem ganzen Körper gegen ihn, fühlte seine harten männlichen Formen. Leidenschaft entflammte unter ihrer Haut, Sehnsucht, Begierde ...

So viele Regungen huschten über sein Gesicht, sie konnte sie kaum erfassen: Schmerz, Scham, Verlangen und noch mehr. Aber dann wurde er still, sein Blick klar. Seine Augen leuchteten wie Saphire.

»Ich würde dich fesseln«, sagte er mit rauer Stimme. »Auf den Knien. Auf dem Bauch mit gespreizten Beinen, damit ich alles von dir sehe.«

Emma stockte der Atem.

»Ich würde dir die Augen verbinden, damit du nicht siehst, was ich mit dir mache.« Er leckte sich über die Oberlippe. »Damit du ungeahnte Empfindungen an unerwarteten Stellen erlebst. Ich würde dir zeigen, wie du dich selbst befriedigen kannst, und dir dabei zusehen.«

Er hielt inne. Emma rührte sich nicht. Sie konnte noch immer kaum atmen.

Ganz ruhig fuhr er fort. »Am meisten will ich, dass du die Beherrschung verlierst, die du so entschlossen aufrechterhältst. Ich will dich zum Schreien bringen. Ich will, dass du um Erlösung bettelst. Schluchzt.«

Wie von weit her hörte Emma die Geräusche der Außenwelt. Draußen rumpelte eine Kutsche über das Kopfsteinpflaster. In einem Hotelzimmer weinte ein Säugling. Eine Tür schlug zu.

»Ich bin ein schlechter Mensch, Emma«, sagte er leise. »Schlecht und lasterhaft.«

In ihr löste sich etwas, und endlich konnte sie tief durchatmen. Dann sah sie ihn gelassen an. »Du bist nicht schlecht, Luke. Jeder hat solche Gelüste. Wir sind Menschen.«

Ihr vehementer Ton überraschte ihn. Er fuhr zusammen, als hätte sie ihn geschlagen. Sein funkelnder Blick wurde matt, und er sah weg. »Wenn dich nicht beeindruckt, wie schlecht meine verdorbenen Fantasien sind, dann bedenke, was ich dir hinterher antun werde.«

Sie sitzen lassen. Sie verderben und einsam zurücklassen. Oder jedenfalls dachte er, er könne nicht anders handeln, weil das Böse in ihm es so wollte.

Und wenn er sich nun irrte?

Oh Himmel, sie würde ein enormes Risiko eingehen. Aber sie wollte ihn so sehr, dass sie dazu bereit war. »Und wenn ich dir nun sage, ich will nicht daran denken, was hinterher ist? Dass es mich nicht interessiert, ob du hinterher gehst? Dass ich eine erwachsene Frau bin, die selbst für sich entscheiden kann und die sich für dich entscheidet?« Sie drängte sich an ihn. »Ich will in der Gegenwart leben, Luke. Ich will aufhören, mir wegen der Zukunft Sorgen zu machen.«

Er hatte ihr staunend zugehört, jetzt kniff er die Augen zusammen und drückte sich an sie. »Du meinst also, jeder hat dunkle Begierden? Dann erzähl mir von deinen.«

Sie versteifte sich. »Das ist unfair. Ich bin völlig unerfahren, hatte keine Gelegenheit zu …«

»Aber du sehnst dich nach etwas. Wonach? Hast du es von deinem Mann bekommen?«

Ihr wurde eng in der Brust. »Nein«, hauchte sie.

Luke strich ihr mit einem Fingerknöchel über die Wange. »Was ist es? Wonach hast du dich gesehnt, wenn du auf dem Rücken lagst und deine eheliche Pflicht erfüllt hast?«

Ihr Atem ging heftig. Angst flatterte in ihrer Brust. Es gab gewisse Dinge, die man niemandem offenbarte.

»Sag es mir, Emma. Sag mir, was du dir gewünscht hast.«

»Es waren nur drei Monate«, wisperte sie. »Ich war so unwissend … in fleischlichen Dingen. Hatte nur vage Vorstellungen.«

»Aber du hattest sie.«

»Ja.«

»Welche?«

»Luke«, hauchte sie, »ich habe mit niemandem darüber gesprochen. Noch nie. Ich kann doch nicht …«

Sie hatte sich selbst kaum eingestanden, was sie sich wünschte. Und wenn, dann hatte sie es gleich in den dunkelsten Winkel ihrer Seele verbannt.

»Sag es mir.« Sein Befehlston war wieder da. Ihre Knie wurden weich. Sie holte zitternd Luft.

»Ich wollte …« Sie stockte, leckte sich über die Lippen und versuchte es erneut. »Ich wollte, dass er mal etwas anderes macht.«

»Etwas anderes, als auf dir zu liegen?«

»J-ja.« Sie konnte ihn nicht ansehen. Es war ihr peinlich, aber da ging noch etwas anderes in ihr vor. Etwas Herrliches entfaltete sich in ihrem Unterleib und trieb ihr die Hitze ins Gesicht – nein, nicht nur ins Gesicht, überallhin. Sie fühlte sich innen und außen heiß.

Das war das äußerste Tabu. Das waren Gedanken, bei denen zu verweilen sie sich nie erlaubt hatte.

»Wie zum Beispiel?«

»Einmal ... habe ich Pferde auf der Weide beobachtet ... und ... und ... ich habe mir vorgestellt, wie es wäre, wenn ich auf allen vieren ...«

Luke holte scharf Luft. Dieses Geräusch bestärkte sie eigentümlicherweise.

»Ich wollte auch mal oben sein«, gestand sie dann, und die Worte kamen ihr leichter über die Lippen. »Ich wollte mit dem Gesicht zur Wand stehen oder mich über die Bettkante legen, während du ... während *er*«, korrigierte sie hastig und fühlte ihre Wangen brennen, »mich nimmt. Ich ... ich wünschte mir, er würde es sündhaft mit mir treiben, mich fesseln und mir sagen, was er mit mir machen wird. Ich wollte ihm gefällig sein.« Ein Hauch Verzweiflung klang in dem letzten Satz an.

»Verdammt«, murmelte Luke, und dann küsste er sie. Seine Lippen waren stark und weich, seine Zunge stieß in ihren Mund. Mit einem leichten Keuchen schlang sie die Arme um ihn und gab nach, ließ ihn hinein und fühlte seine Zunge durch ihren Mund streichen, als gehörte er ihm.

Ihre Knie gaben nach, aber er hielt sie fest an sich gedrückt.

Am Bauch spürte sie genau, wie erregt er war. Und von der Stelle, wo der harte Wulst gegen sie drückte, ging ein Flattern durch ihren Körper.

Er saugte an ihrer Unterlippe, leckte über die andere. Seine

Küsse wurden langsamer, die Dringlichkeit milderte sich zu Neugier. Sie schob die Hände seinen Rücken hinauf und spürte den harten Wölbungen der Muskeln nach.

Er umfasste ihr Kinn, drehte ihren Kopf, wie er ihn haben wollte, bedeckte ihre Haut mit trägen, weichen Küssen, als müsse er jede noch so kleine Stelle von ihr schmecken. Seine Lippen bewegten sich an ihrer Wange hinauf, dann drückten sie sich auf ihr geschlossenes Lid.

»Emma«, wisperte er stöhnend. »Oh Emma.«

Er hielt inne, ließ ihr Kinn los und griff um ihren Rücken. Er drückte sie an sich, und sie schmiegte das Gesicht an seine Brust, wo sie den schnellen Schlag seines Herzens hörte und seine heftigen Atemzüge spürte.

Dann klopfte es an der Tür. Langsam, zögerlich löste er sich von ihr.

»Ja?«, rief er.

»Verzeihen Sie, Sir«, sagte eine sanfte Frauenstimme. »Ich bringe das Waschwasser und das Frühstück, das Sie bestellt haben.«

Er zog fragend die Brauen hoch, und Emma nickte. Sie hatte in der Tat am Abend vorher gebeten, man möge es ihnen um acht Uhr aufs Zimmer bringen.

»Kommen Sie herein, bitte«, sagte Luke.

Drei Zimmermädchen in schwarzen Kleidern mit weißen Schürzen traten mit vollen Tabletts und einem Krug mit dampfendem Wasser ein.

Während sie alles abstellten und den Tisch deckten, musterte Emma Lukes Gesicht. Er hatte sich nicht von ihr wegbewegt und wirkte erschüttert.

Sie schluckte den Kloß hinunter, der sich in ihrem Hals gebildet hatte, und sah die Zimmermädchen an, die ihre Aufgaben erledigt hatten und mit gesenktem Blick auf weitere Anweisungen warteten. »Danke, das ist alles«, sagte Emma. Die Mädchen knicksten und gingen hinaus.

Mit neuer Entschlossenheit straffte sie die Schultern und wandte sich Luke zu. »Wir sollten frühstücken und uns ankleiden. Dann ... müssen wir Macmillan finden.«

7

Die Fahrt nach Duddingston Parish dauerte eine halbe Stunde. Als sie Wester Duddingston durchquerten, fuhr Luke langsamer und ließ die Pferde im Schritt gehen. Emma sah, dass er eine Frau mittleren Alters beobachtete, die hinter der Kirche hervorkam und unter dem Gewicht von zwei schwer gefüllten Körben schwankte, die sie über die Unterarme gehängt hatte.

»Da bin ich richtig.« Luke hielt an und gab Emma die Zügel. »Bleib hier. Ich bin gleich zurück.«

Sie konnte sich nicht denken, was er vorhatte, und sah zu, wie er auf die Frau zuschlenderte. Emma war zu weit entfernt und schnappte nur ein paar Brocken des Gesprächs auf, hörte aber, dass die Frau sehr schnell redete, und sah ihre aufgeregten Bewegungen. Offenbar war sie ziemlich eingenommen von Lukes stattlicher Haltung. Und vielleicht auch von dem Umstand, dass er Engländer war und ganz eindeutig zum Adel gehörte.

»Meinen Sie etwa Colin Macmillan? Oh ja«, sagte die Frau und schnatterte in gedämpftem Ton weiter, als ginge es um ein großes Geheimnis. Zweifellos erzählte sie Luke alles, was sie über den Mann gehört hatte.

Emma fand es aufregend, Luke dabei zu beobachten, das musste sie zugeben. Selbst jetzt, nachdem sie einige Tage lang fast jeden Augenblick mit ihm verbracht hatte. Darüber dachte sie nach, während sie ihm zusah. Zuerst war es vielleicht nur Lust gewesen, da sie sich nun einmal von Natur aus unklugerweise zu Schurken hingezogen fühlte, und sie hatte versucht, sie zu unterdrücken. Aber mittlerweile war die Lust zu etwas Mächtigem angewachsen, das ihre Selbstbeherrschung ins Wanken brachte, und dennoch war da noch mehr als nur Lust. Viel mehr.

»Ach ja, Sir«, hörte sie die Frau sagen. »Das ist nicht weit. Über den Hügel da und dann durch den Judenhain.«

Luke hob die beiden Körbe auf, die die Frau abgestellt hatte, als sie sich von ihm ansprechen ließ. »Darf ich Ihnen damit behilflich sein? Wohin wollen Sie denn?«

Emma schüttelte lächelnd den Kopf. Und dieser Mann behauptete, er sei kein Gentleman.

Die Frau wehrte ab, wandte ein, es sei zu weit und er solle sich ihretwegen nicht bemühen. Luke drängte sie sanft, bis sie zum anderen Ende der Straße zeigte, auf der sie ins Dorf gelangt waren.

Mit den zwei schweren Körben beladen ging Luke an der Karriole vorbei und zwinkerte Emma zu. Sie grinste ihn an, dann lächelte sie der Frau zu, die respektvoll knickste, bevor sie Luke nacheilte.

Kurze Zeit später kam Luke zurück. »Nun, sie hat mir ein bisschen über Macmillan erzählt«, sagte er, als er einstieg und Emma die Zügel abnahm.

»Erzähl doch.«

»Er scheint in der Industrie seine Finger im Spiel zu haben und an vielen Stellen mitzumischen. Er besitzt viel Land an der Küste und einige Salzwerke. Er ist Miteigentümer der Duddingston Coal Works, und die meisten Arbeiter von Wester Duddingston stehen bei ihm in Lohn und Brot. Und er hat hier in der Nähe auch eine Seifenfabrik.«

»Du meine Güte, ein rühriger Mann«, murmelte Emma.

»Ja.« Luke runzelte die Stirn. »Ich bin neugierig, warum

solch ein Mann sich mit jemandem wie Roger Morton zusammentun sollte.«

»Nun, ich könnte mir denken, wie wir das herausfinden.«

»Indem wir ihn fragen«, sagte Luke.

»Ganz recht.«

Zehn Minuten später fuhren sie durch das schmiedeeiserne Tor eines Anwesens auf ein Herrenhaus zu, bei dem Emma an zu Hause denken musste. Dieses war jedoch älter, die moderne Gestaltung wurde Lügen gestraft von runden Türmen mit Zinnen und Schießscharten.

Luke zügelte die Pferde und schaute zum Haus. »Es ist noch ein wenig früh für einen Höflichkeitsbesuch.«

»Es soll ja auch keiner sein«, erwiderte Emma.

Ein Stallbursche kam angelaufen und nahm Luke die Zügel ab. Dieser sprang geübt von der Sitzbank und begab sich auf die andere Seite, um Emma beim Aussteigen zu helfen.

»Bereit?«, fragte er leise.

Sie nickte seufzend. »Das bin ich.«

Er lächelte sie an und führte sie am Arm auf den gewaltigen Eingang zu. Als sie sich näherten, öffnete ihnen der Butler bereits die Tür. Er war alt und hager und stand kerzengerade mit unbewegter Miene da.

»Sir. Madam.«

Luke begegnete ihm mit dem Ausdruck tödlicher Langeweile. »Lord Lukas Hawkins und Mrs. Henry Anderson. Wir möchten Mr. Macmillan sprechen.«

Emma hörte es mit Erleichterung. Sie hatte ihn gebeten, ihren Mädchennamen zu nennen, damit Macmillan nicht misstrauisch würde, sobald er begriff, wer vor der Tür stand.

»Haben Sie eine Karte, Sir?«, fragte der Butler naserümpfend, und Emma fiel auf, dass er nicht den geringsten schottischen Akzent hatte.

Luke rollte mit den Augen. »Nein. Keine Karte.«

»Nun, Sir, ich werde sehen, ob Mr. Macmillan zu Hause ist. Bitte entschuldigen Sie mich.«

Der Butler zog sich zurück, und die Tür schloss sich dröhnend.

Emma schaute Luke an. »Was, wenn er uns abweist?«

Luke zuckte die Achseln und antwortete gleichmütig: »Mein Name verschafft mir in den meisten Häusern dieser Art Einlass.« Er zog verächtlich die Brauen hoch. »Natürlich nicht meinetwegen, sondern weil ich mit dem Herzog von Trent verwandt bin.«

»Oh.«

»Trent kennt jeder. Oder weiß zumindest von ihm. Und jeder will sich bei ihm einschmeicheln.«

»Benutzt du deinen Namen oft um solcher Vorteile willen?«, fragte sie ohne den geringsten Groll. Sie war ehrlich neugierig, denn das hatte sie ihn noch nicht tun sehen.

»Nein«, antwortete er ausdruckslos. »Das ist mir zuwider. Ich habe es diesmal deinetwegen getan. Und meiner Mutter wegen.«

Sie wollte ihn am Arm berühren, zog die Hand jedoch hastig zurück, da die Tür wieder geöffnet wurde.

»Mr. Macmillan war im Begriff, das Haus zu verlassen, ist aber bereit, Sie noch zu empfangen«, verkündete der Butler herablassend. »Wenn Sie mir bitte folgen wollen.«

Sie betraten eine hohe weiße Marmorhalle mit einem goldenen Kronleuchter und einigen vergoldeten Möbelstücken entlang der Wand.

Mit hallenden Schritten durchquerten sie den weitläufigen Raum. Luke schauderte und flüsterte: »Genau wie Ironwood Park.«

Das überraschte sie. Sie hatte sich das Heim seiner Kindheit groß und beeindruckend, aber nicht kalt und nüchtern vorgestellt. Doch jetzt war nicht der Moment, um ihn darauf anzusprechen.

Sie folgten dem Butler durch einen Türbogen und eine hölzerne Wendeltreppe hinauf. Auf dem Treppenabsatz öffnete er eine enorme Holztür mit reichem Schnitzwerk und kündigte sie an. »Mrs. Anderson und Lord Lukas Hawkins, Sir.«

Er trat beiseite und ließ sie hinein.

Vor ihnen lag ein eleganter Salon mit dunklen Möbeln, Marmortischen und vergoldeten Wandleuchtern, ähnlich dem Salon, in dem ihr Vater seine Gäste empfangen hatte – damals, als noch Besucher in ihr Haus kamen.

In der Mitte stand Macmillan. Er war ebenso hager wie sein Butler, allerdings älter und mit vollem Haar ergraut. Freundlich lächelnd streckte er ihnen beide Hände entgegen, als wären sie alte Freunde, die er seit Tagen erwartete.

»Einen guten Morgen«, begrüßte er Emma herzlich. Er rollte das R nach schottischer Art, aber davon abgesehen klang er ganz, als hätte er viele Jahre in England verbracht. »Sie müssen Mrs. Anderson sein.«

»Es freut mich, Sie kennenzulernen«, murmelte sie leicht verwirrt. Sie hatte einen unfreundlichen Mann erwartet, doch sein Ton entsprach ganz und gar nicht dem in seinem Brief an Morton.

»Und, Lord Lukas, wie schön, endlich einmal Ihre Bekanntschaft zu machen. Ich hatte die Ehre, Ihren Bruder, den Herzog, letztes Frühjahr in London kennenzulernen.«

Luke warf Emma einen Blick zu. Trotz seiner spöttischen Miene wirkte er doch einen Moment lang gequält, und sie begriff, wie sehr er es verabscheuen musste, wenn man ihn als Anhängsel des Herzogs behandelte anstatt als eigenständige Persönlichkeit.

»Ganz meinerseits«, erwiderte Luke höflich. Aber an seinem Kiefer zuckte ein Muskel, und sie konnte praktisch hören, wie er mit den Zähnen knirschte.

»Ich war erfreut zu hören, dass er kürzlich geheiratet hat. Vor ein paar Wochen habe ich ihn in einem Brief dazu beglückwünscht. Wissen Sie, ob er ihn bekommen hat?«

»Bedaure«, antwortete Luke kurz angebunden, »darüber bin ich nicht im Bilde.«

Macmillan bekam Lukes Stimmungswechsel nicht mit. »Ich habe ihn in dem Brief auch darüber in Kenntnis gesetzt, in welch bescheidenem Maße man im Parlament den Kaufleuten unter uns, die ihr Salz bei den letzten Winterstürmen auf See verloren haben, Erleichterung verschafft.«

»Hmhm.« Lukes Miene verfinsterte sich.

»Ich hoffe, Sie werden Ihrem Bruder übermitteln, dass das ein Anfang, aber bei Weitem nicht genug ist, wenn Großbritannien, und Schottland im Besonderen, Wachstum im Salzhandel erfahren soll.«

»Mr. Macmillan«, brummte Luke, »ich bin nicht der Botenjunge meines Bruders. Sagen Sie ihm das selbst.«

Herrje. Emma trat vor, als Macmillan die Augen aufriss. »Mr. Macmillan, vielen Dank, dass Sie uns heute empfangen, obwohl Ihre Zeit so knapp ist.«

Macmillan richtete seinen nunmehr misstrauischen Blick auf sie.

»Wir hatten gehofft, Sie könnten uns in einer sehr wichtigen Angelegenheit helfen.«

Macmillan musterte sie einen Moment lang, und in seinem abschätzenden Blick entdeckte sie einen Anflug des Charakters, der sich in dem Brief an Morton gezeigt hatte. Aber dann lächelte er und wies mit großer Geste zu der Gruppe von Sofas und Sesseln, die eine Hälfte des Salons einnahmen. »Bitte, setzen Sie sich, dann werden wir darüber sprechen. Darf ich Ihnen eine Erfrischung anbieten?«

»Vielen Dank«, sagte Emma. Während Macmillan dem an der Tür bereitstehenden Diener Anweisungen erteilte, nutzte sie die Gelegenheit und berührte den mürrischen Luke am Arm. *Hinsetzen*, hauchte sie fast lautlos, und er nickte.

Sie nahm auf einem weinrot-gold gestreiften Sofa Platz. Luke setzte sich neben sie, ein bisschen näher, als es für zwei Bekannte angemessen war, aber inzwischen waren sie viel mehr als das. Außerdem kümmerte es sie nicht im Geringsten, was Macmillan davon hielt.

Und gleich darauf sah sie, wie sein urteilender Blick die Nähe zwischen Luke und ihr aufnahm, als er mit dem Diener fertig war und sich seinen Besuchern zuwandte.

Er setzte sich in einen Sessel gegenüber und legte die Unterarme auf die quastenbesetzten Seitenlehnen. Höflich neigte er den Kopf. »Nun ja, wie kann ich Ihnen behilflich sein?«

Emma schaute Luke an. Seine verspannte Kinnpartie verriet ihr, dass er noch verärgert war. Es sah ganz so aus, als würde sie das Reden übernehmen müssen, also wappnete sie sich.

»Wir suchen nach jemandem, der uns zum Verschwinden der Herzoginwitwe von Trent Auskunft geben könnte.«

Macmillan zog die Brauen zusammen. Sicherlich wusste er wie jeder im Land, dass die Witwe seit dem Frühjahr unauffindbar war.

Luke rührte sich mit spürbarem Unbehagen. Sie hätte ihm gern eine Hand auf den Arm gelegt, aber derlei beruhigende Gesten mussten warten, da sie sich in Gegenwart eines fremden Mannes befanden, der sie beide aufmerksam beobachtete.

»Ich hab davon gehört«, sagte Macmillan zu Luke. »Eine bedauerliche Sache, das.«

»Ja«, sagte Luke zähneknirschend. »Bedauerlich.«

»Wir wissen bereits, dass ein gewisser Roger Morton mit dem Verschwinden der Herzogin zu tun hatte«, sagte Emma. »Wir haben Grund zu vermuten, dass Sie diesen Mann kennen. Dass Sie sogar wissen, wo wir ihn finden können.«

Als Mortons Name fiel, wurde Macmillan ganz still. Er schaute zwischen Luke und Emma hin und her, und seine Finger verspannten sich auf den Armlehnen.

»Ja, ich kenne den Mann. Wie kommen Sie darauf, dass er mit dem Verschwinden der Herzogin zu tun haben könnte?«

Emma schaute Luke wieder an. Da er offenbar nicht antworten wollte, sagte sie: »Es gab viele Augenzeugen, die sie zusammen gesehen haben. Insbesondere konnte die Familie einen Diener der Herzogin ausfindig machen, der angab, die Herzogin habe ihr Haus mit Mr. Morton verlassen und sei mit ihm nach Wales gefahren, wo er ein Haus für sie beschaffte und wo sie den Sommer über mehrere Wochen lang lebten.«

Macmillan starrte sie an, dann schüttelte er den Kopf und brummte: »Sieht Morton ähnlich, dass er sich auf so etwas einlässt.«

Emma zögerte, dann entschied sie, ihn noch nicht nach Mortons Verbindung mit Henry zu fragen. Die mit der Herzogin schien erst einmal genug zu sein.

»Wären Sie so freundlich, uns zu sagen, in welcher Beziehung Sie zu Mr. Morton stehen, Sir?«

»Ja, natürlich. Er hat mehrere Jahre in einem meiner Londoner Büros für mich gearbeitet. Er war ambitioniert und sehr intelligent, hat einige ausgezeichnete Investitionen getätigt, und vor fünf Jahren hat er gekündigt und mir mitgeteilt, er werde sich selbst an einem vermutlich profitablen Unternehmen beteiligen.«

»Aber Sie haben seitdem mit ihm in Kontakt gestanden?«

»In der Tat. Ich habe ihn im Auge behalten, sozusagen. Ich

war an seinem Fortkommen interessiert, wie bei allen Männern mit Ehrgeiz und Talent.«

Luke blickte ihn neugierig abschätzend an. »Fanden Sie, er sei ein aufrichtiger, ehrbarer Mann?«

Macmillan gab ein leises freudloses Lachen von sich. »Aufrichtig und ehrbar? Das mag in Ihrer Welt etwas anderes bedeuten als in meiner, Mylord.«

Luke schaute sich demonstrativ um. »Hm. Soweit ich sehe, Mr. Macmillan, sind wir in derselben Welt ansässig.«

»Zugegeben.« Macmillans Ton war wohlwollend. »Was ich jedoch sagen will, ist dies: Um zu Erfolg und Reichtum zu gelangen, muss man nicht nur bereit sein, Tag und Nacht dafür zu arbeiten, sondern man muss auch dafür kämpfen. Mitunter auch auf eine Weise, die nicht unbedingt Bewunderung verdient.«

»Ich verstehe«, sagte Luke. Emma war sich nicht sicher, ob er wirklich verstand, sie jedenfalls tat es. Es gab etwas sehr Wesentliches – das schwerer wog als Geld –, das Leute wie Luke von Leuten wie ihr und Macmillan trennte.

Zwei Diener kamen mit Tabletts herein und brachten Kuchen sowie eine Teekanne und Tassen.

Als der Tee eingeschenkt war und Emma ihre Tasse in der Hand hielt, sagte Macmillan: »Trotzdem hatte ich nie Grund zu der Vermutung, Morton sei in ungünstige oder gar gesetzwidrige Geschäfte verwickelt.«

»Wann haben Sie zuletzt von ihm gehört?«, fragte Luke.

»Ungefähr vor einem Jahr. Im vorletzten Frühling erzählte er mir von einem neuen Projekt, in das er investieren wolle, einer Brauerei bei Bristol. Er bat mich um ein Darlehen für ihn und seinen Partner.«

Vor zwei Jahren – damals war sie in London gewesen und hatte Henry kennengelernt.

»Und Sie haben ihm das Geld gegeben?«

»Ich habe es ihm geliehen. Wie gesagt, er war ein tüchtiger Mann. Ich habe die Informationen, die er mir über das Geschäft sandte, gründlich geprüft und hielt die Anlage für lohnend. Sein Partner war jedoch ein Dummkopf ...«

»Wie war sein Name?«, hauchte Emma.

»Curtis. Sowieso Curtis.« Macmillan überlegte. »Harry?«

»Henry«, korrigierte sie leise.

Henry war von Anfang an mit Roger Morton im Bunde gewesen. Hastig blinzelnd starrte Emma in ihre halb volle Teetasse.

Luke ergriff ihre Hand, um ihre Finger ruhig zu halten, mit denen sie hektisch auf dem Oberschenkel trommelte. Sie wurde still. Als sie aufblickte, betrachtete Macmillan interessiert ihre vereinten Hände.

»Sprechen Sie weiter«, sagte Luke barsch. »Was wurde aus dem Darlehen und aus Mortons und Curtis' Brauerei?«

Emma erinnerte sich – Henry »borgte« sich damals mehrere tausend Pfund von Papa, um in die Brauerei zu investieren. Das Geld sah Papa nicht wieder.

Sie selbst war nur ein Bauernopfer in einem groß angelegten Plan gewesen, ihrem Vater das Vermögen zu stehlen.

Macmillan schüttelte den Kopf. »Es kommt vor, dass Männer mit wenig Geld, die plötzlich zu Vermögen kommen, den Verstand verlieren und dann ein ausschweifendes, lasterhaftes Leben führen. Als ich Morton schrieb und die versprochene Rückzahlung verlangte, teilte mir der Bursche mit, Curtis habe angefangen zu trinken und zu spielen, das Geld rinne ihnen durch die Finger, weil der Mann ein Dummkopf sei. Er bat um einen Aufschub.«

Macmillan wurde ernst, sein Blick dunkel, und Emma wusste plötzlich, warum er es so weit gebracht hatte: Er konnte Dummköpfe nicht ertragen.

»Ich habe ihm noch einen Brief geschickt, in dem ich ihm drohte, denn er hatte gegen unsere Abmachung verstoßen, die ganz legal und anständig war. Ich schrieb, er solle diesen Curtis loswerden und allein weitermachen. Ich habe ihn gewarnt, wenn er mir das Geld nicht zur gesetzten Frist zurückzahlt, würde ich die Behörden einschalten.«

»Ich nehme an, er zahlte rechtzeitig?«, fragte Luke.

»Oh ja. Vollständig und eine Woche vor der Fälligkeit.«

»Was wurde aus Curtis? Hat Morton das erwähnt?«

»Nein. Der Name ist nicht mehr gefallen. Ich nahm an, er habe meinen Rat beherzigt und sich den Kerl vom Hals geschafft.«

Wie es schien, hatte Morton genau das getan. Indem er ihn im Avon ertränkte.

»Wissen Sie, wo Morton jetzt ist?«, fragte Emma mit schmerzender Kehle.

»Er hat eine Wohnung in Bristol.«

»Dort lebt er schon lange nicht mehr«, erwiderte Luke schroff. »Was meinen Sie, wohin er gezogen sein könnte? Nach London?«

»Zweifellos.«

»Aber wo in London?«, fragte Emma entmutigt. Die Stadt war enorm groß, und es wimmelte von Menschen. Da war ein einzelner Mann wie eine Nadel im Heuhaufen.

»Er hat dort mal am Hafen gewohnt.« Macmillan zuckte die Achseln. »Aber seitdem dürfte sich sein Schicksal gewandelt haben.«

Sie neigte sich vor. »Können Sie uns irgendeinen Hinweis geben, der uns hilft, ihn zu finden, Mr. Macmillan? Hat er Familie? Wissen Sie, wo seine Verwandten leben?«

»Ach ja.« Macmillan tippte sich ans Kinn. »Seine Familie. Er hat eine verheiratete Schwester, wie ich mich entsinne.

Wir wurden einmal miteinander bekannt gemacht, ganz zufällig.«

»Können Sie uns sagen, wo sie lebt?«, fragte Luke.

»Wie sieht sie aus?«, wollte Emma wissen.

»Bedaure, Mylord, daran kann ich mich wirklich nicht erinnern. Ich bin ihr damals vor einer Kirche in Soho begegnet. Sie kamen gerade aus dem Gottesdienst – Morton und seine Schwester, und ebenso ihr Gatte, ein Ire mit roten Haaren und ebenso rotem Gesicht, der aussah, als wäre er frisch aus Irland eingereist. Aber wie sie aussah …« Macmillan runzelte die Stirn. »Sie hatte dunkle Haare wie ihr Bruder, war mittelgroß und auch gebaut wie er. Sie sahen einander ziemlich ähnlich – ich erinnere mich, eine Bemerkung dazu gemacht zu haben. Ich dachte, sie seien Zwillinge, und äußerte das, aber sie verneinten und sagten, sie lägen mehr als ein Jahr auseinander, wobei die Schwester die Ältere war.«

»Erinnern Sie sich, wie der Ehemann hieß?«, fragte Luke.

»O'Binn? O'Brien? So ähnlich vielleicht. Jedenfalls mit O am Anfang.«

»Das hilft uns weiter«, seufzte Emma. »Haben Sie vielen Dank.«

Luke schaute sie an. »Wie es aussieht, fahren wir wieder nach Süden.«

»Ja, nach London.«

Macmillan neigte den Kopf zur Seite. »Wenn Sie mir die Frage gestatten, Mrs. Anderson, in welcher Beziehung stehen Sie zur Herzoginwitwe von Trent? Sie scheinen sehr an Mortons Verbleib interessiert zu sein.«

Sie setzte zu einer Antwort an, stockte aber, da ihr etwas Finsteres, Hässliches zusetzte. Sie wollte nicht eingestehen, dass sie mit Henry verheiratet gewesen war. Sie wollte mit diesem Bastard nie wieder in irgendeiner Weise in Verbindung gebracht werden. Ihr kam der vage Gedanke, ob es wohl möglich wäre, wieder ihren Mädchennamen anzunehmen.

»Sie ist eine enge Freundin unserer Familie«, erklärte Luke zu ihrer Rettung. »Eine sehr enge. Meine Mutter hatte gern viele Kinder um sich und ist für Mrs. Anderson praktisch zu einer Mutter geworden. Selbstverständlich nimmt sie regen Anteil. Unsere Mutter ist uns allen wichtig.«

Luke klang pompös und blasiert, hatte aber auch einen warnenden Unterton, der Macmillan sofort zu Zurückhaltung veranlasste.

»Natürlich«, sagte er mitfühlend. »Nun ja, ich wünsche Ihnen alles Gute. Ich hoffe, Sie finden Morton und durch ihn Ihre teure Mutter.«

»Das hoffe ich auch, Mr. Macmillan«, sagte Emma leise. »Das hoffe ich auch.«

An dem Abend, ihrem letzten in Edinburgh, speisten Luke und Emma in ihrem großzügigen Hotelzimmer.

Das Essen war hervorragend, und man hatte ihnen Diener heraufgeschickt, die es servierten. Nach dem ersten Gang, der aus kalter Gurkensuppe bestand, genossen sie einen Salat, dann schottische Speisen wie Gerstenmehlkuchen, gefüllten Schafsmagen und junge Ente mit Salbeifüllung in Bratensoße. Zum Dessert gab es Obst mit süßer Schlagsahne sowie Käse und Konfekt.

Nachdem sie angenehm satt waren, schaute Luke zu seinem Weinglas – nein, es war noch fast voll. Das war also nicht der Grund für seine Zufriedenheit. Es war die Frau, die ihm gegenübersaß.

Während des Essens hatten sie sich kaum miteinander unterhalten, doch das war ihm gerade recht. Es gefiel ihm, dass sie miteinander schweigen konnten, ohne sich genötigt zu fühlen, über Alltäglichkeiten zu reden.

Emma nahm einen Bissen Pfirsich mit Sahne und seufzte. »Himmlisch!« Sie grinste ihn an. »Viel besser als Schafsmagen.«

»Der hat dir nicht geschmeckt?«

»Nicht besonders. Aber jetzt kann ich wenigstens sagen, ich habe ihn gekostet.«

Er lachte leise. »Das stimmt.«

Ein paar Augenblicke aßen sie schweigend weiter. Dann: »Luke?«

»Hm?«

Sie sah ihn fest an und rührte in ihrer Schlagsahne. »Warum verbringst du nicht gern Zeit mit deinem Bruder?«

Das zog ihm den Magen zusammen. Der Friede, den er glaubte gefunden zu haben, war dahin.

Der war wohl eine Illusion gewesen.

Plötzlich müde, rieb er sich die Nasenwurzel. »Willst du wirklich jetzt darüber reden?«

Einen Moment lang betrachtete sie ihn, dann sah sie weg. »Nein. Nicht, wenn es dich verärgert.«

»Ach, Emma.« Er schüttelte den Kopf, während ihn ein Gefühl der Hoffnungslosigkeit durchlief. Es schien, als ob ihn dieser Tage jedes Thema verärgerte.

Er legte den Löffel hin und lehnte sich zurück in das weiche Polster. »Es ist nicht so, dass mir seine Gesellschaft missfällt«, sagte er ruhig. »Es missfällt mir aber, mit ihm verglichen und für ungenügend befunden zu werden. Es missfällt mir, für ungenügend befunden zu werden, noch ehe ein Vergleich angestellt wurde. Es missfällt mir, dass ich ihm gegenüber immer als unterlegen galt und immer gelten werde.«

Sie schaute ihn verblüfft an, dann zog sie die Brauen zusammen. »Aber das ist nicht wahr.«

»Versuch du mal, dich neben einem Bruder zu behaupten, der ein leuchtendes Vorbild ist. Wenn du mit ihm wetteiferst, kannst du nur verlieren, in jeder Hinsicht.«

»Luke«, sagte sie in einem Ton, als hätte sie vor, ihn zu tadeln.

Seine Lider wurden so schwer, dass er kaum die Augen offen halten kaum. Er war mit einem Mal todmüde. »Ich will nicht darüber reden. Ich will nicht über Trent reden. Denn jedes Mal, wenn sein Name fällt, stehe ich wieder in seinem Schatten.« Mühsam öffnete er die Augen. »Ich bin dabei, aus seinem Schatten herauszutreten, Em. Ich möchte ein eigenes Leben führen, nach meinen eigenen Vorstellungen, frei und selbstständig sein. Aber sobald er erwähnt wird, sobald jemand mich erinnert, wie makellos er ist, wird mir klar, dass ich es gar nicht erst zu versuchen brauche.«

Nickend schob Emma ihren Teller weg. »Bist du mit Essen fertig?«

Er blickte sie mit großen Augen an, konsterniert durch den abrupten Themawechsel. »Ja.«

Sie stand auf und läutete, damit das Geschirr abgeräumt würde. Das Personal des Hotels war offenbar von großem Ehrgeiz beflügelt, denn innerhalb von zwei Minuten war der Tisch abgeräumt, und statt des schmutzigen Geschirrs stand eine Vase mit blühendem Heidekraut da.

Die beiden Dienerinnen knicksten, verließen das Zimmer und schlossen leise die Tür hinter sich.

Luke blieb sitzen und sah Emma den Riegel vorlegen. Seine Lippen zuckten. »Du sperrst mich ein?«

Sie drehte sich zu ihm um und faltete steif die Hände. »Ich sagte doch schon, ich mag es nicht, wenn du nach unten gehst und trinkst. Wie gestern Abend.«

»Wie gestern Abend«, wiederholte er leise, den Blick auf

ihre Lippen gerichtet und mit den Gedanken bei dem Kuss, der ihn so wild gemacht hatte, dass er sich kaum noch zurückhalten konnte. Er war fast nicht imstande gewesen, aus dem Zimmer zu gehen. Wie sehr er diese Lippen liebte! Er liebte ihre Farbe – solch ein dunkles Rot. Er liebte die Form – prall und glatt. Er liebte ihren Geschmack …

Er liebte …

»Und vorgestern Abend«, sagte sie.

Er hob den Blick zu ihren Augen.

»Und an dem davor.«

»Du brauchst mich nicht daran zu erinnern«, sagte er trocken. »So betrunken war ich nicht. Ich erinnere mich an jede einzelne Nacht.«

Sie lehnte sich an die Tür und verschränkte die Arme, bevor sie ihn wieder ansah. »Eines sollst du wissen, Lord Lukas Hawkins.«

Amüsiert über die Anrede zog er die Brauen hoch. »Und das wäre?«

»Es wird dir nicht gefallen. Ich werde nämlich die Person erwähnen müssen, über die du nicht gerne sprichst.«

Er biss die Zähne zusammen. Verflucht noch eins. Trent. Schon wieder. Schon wieder brachte sie das Gespräch auf diesen verdammten Heiligen, doch es war nicht anders zu erwarten gewesen.

»Ich kenne ihn nicht«, sagte sie, »aber ich habe nur Gutes über ihn gehört.«

»Selbstverständlich.« Er wollte wohlwollend klingen, was allerdings gründlich misslang. »Du bewunderst ihn. Sobald du ihn nur einmal gesehen hast, wirst du ihn anbeten. Jeder tut das.«

»Aber ich kenne dich, Luke.« Ihr Ton wurde sanfter. »Und du bist es, den ich bewundere. Dich bete ich an. Ich vergleiche dich überhaupt nicht mit anderen, schließlich mag ich dich so, wie du bist.«

»Gut.« Von allen Menschen auf der Welt wollte er am wenigsten von Emma mit Trent verglichen werden. Denn dann würde sie ihn genauso ungenügend finden wie jeder andere.

Er hoffte, sie würde seinem Bruder nie begegnen.

»Es ist spät geworden«, sagte sie leise. »Wir müssen morgen früh aufbrechen, wenn du in fünf Tagen in London ankommen willst.«

Sie nahm ihr Nachthemd aus der Schublade und schlüpfte hinter den Wandschirm neben dem Bett.

Stoff raschelte, während sie sich umzog, und er schloss die Augen und dachte an die vergangene Nacht. Dann an den Morgen, als sie ihm ihre Wünsche offenbart hatte.

Er wollte sie ihr erfüllen und noch mehr. Er wollte sie in Lust baden. Sie zum Gipfel der Lust bringen, der bei Curtis nicht mal in Blickweite gekommen war.

Er stand neben dem Bett, als sie hinter dem Wandschirm hervortrat, in dem unschuldigen weißen Nachthemd, das ihn in den vergangenen Nächten an den Rand des Wahnsinns getrieben hatte.

Sie hatte gesagt, sie wolle in der Gegenwart leben. So lebte er selbst die meiste Zeit. Erst seit er sie kannte, war er zurückhaltend geworden. Er wollte ihr nicht wehtun. Doch das Verlangen nach ihr war stärker als seine Vernunft.

Sie flocht sich die Haare zu einem dicken Zopf. Das musste er rückgängig machen.

Sie war neben dem Wandschirm stehen geblieben, und er streckte die Hand nach ihr aus. »Komm her«, verlangte er schroff.

Sie näherte sich und nahm seine Hand. Er zog sie zu sich heran. »Dreh dich um«, brummte er.

Sie gehorchte, und er löste die Schleife am Ende des Zopfes und legte das Band auf den Tisch. Langsam entwirrte er die Flechten und schwelgte in dem Gefühl der glatten, dicken Wellen, die er so selten in ihrer ganzen goldbraunen Pracht zu sehen bekam.

Er drückte ihr einen Kuss auf den Scheitel. »Ich werde heute nicht nach unten gehen.«

Sie seufzte erleichtert.

»Ich möchte nämlich bei dir bleiben. Möchtest du das auch?«

»Ja.« Sie sagte es leise, aber bestimmt. Ohne das geringste Zögern.

Er schloss die Augen. Sein Schwanz war längst hart, sein Körper heiß und fordernd und ungeduldig. »Sag mir, wenn ich etwas tue, was du nicht willst. Was dir nicht gefällt. Was du erniedrigend oder unannehmbar oder zu schlimm oder lasterhaft …«

Sie fuhr zu ihm herum und blickte ihn an. »Hör auf, Luke.«

»Nein. Du musst mich anhören. Wenn ich zu …« Wie sollte er es nennen? Barbarisch? Animalisch? Wild? »Sag nur, ich soll aufhören. Versprich mir, dass du das tust, Emma.«

Er durfte die Grenzen dieser Frau nicht überschreiten.

Sie sah zu ihm auf. »Ich habe das gewollt … habe dich gewollt … seit dem ersten Abend. Das weißt du, oder?«

An jenem Abend hatte er sie falsch eingeschätzt. Er hatte nur ihre Schönheit gesehen und daran gedacht, wie viel Vergnügen ihr Körper ihm schenken würde.

Jetzt fand er sie noch schöner. Wie sie ihn ansah – voller Vertrauen, Sehnsucht, Begierde –, weckte in ihm ein Verlangen, das viel tiefer reichte als an jenem Abend. Doch er hatte Angst, dieser Blick könnte sich ändern und nur noch Argwohn und Abscheu ausdrücken. Wenn das passierte, er wusste nicht, ob er es ertragen könnte.

»Da hast du mich doch noch gar nicht gekannt«, wandte er ein.

»Ich kenne dich jetzt und will dich nur noch mehr.«

Er küsste sie. Den einen Arm um ihre Taille gelegt, zog er sie an sich. Den anderen schob er unter ihre wunderbar weichen Haare und hielt sie am Hinterkopf fest, um sich über ihren Mund herzumachen.

Er knabberte an ihren Lippen und stieß die Zunge in ihren süßen Mund, womit er vorwegnahm, was er bald mit seinem Schwanz tun würde. Er drückte sich gegen sie, um diesem etwas Erleichterung zu verschaffen. Doch dafür gab es nur ein Mittel.

Er bewegte die Lippen zum Rand ihres Mundes. »Du schmeckst so gut, Emma.« Stöhnend liebkoste er ihre Ohrmuschel. »So gut«, flüsterte er.

Unter der Hand, die er an ihr Kreuz gedrückt hielt, spürte er ihr Erschaudern. Diese Hand schob er jetzt nach unten, bis er um die feste Rundung ihres Hinterns greifen konnte.

Er ließ ihren Hinterkopf los, um beide Hände um ihre Pobacken zu legen, und küsste ihr Kinn, ihre Wangen, ihre Nase, während er sich an sie presste.

Sie keuchte. Wie sehr er diesen himmlischen Laut an ihr liebte! »Du bist ein Engel«, murmelte er.

Ihr Nachthemd in die Hände raffend, zog er es hoch, bis er die nackte Haut ihres Hinterns spürte, und drückte ihn.

Sie schmiegte den Po in seine Hände, dann schlang sie die Arme um seinen Hals und zog ihn zu sich heran, um ihn zu küssen. Es war ein köstlicher Kuss, bei dem ihre Zungenspitze zaghaft zwischen seine Lippen schnellte.

»Em«, murmelte er zwischen Küssen. »Oh Emma.«

Nachdem er ihren Hintern fest gedrückt hatte, streichelte er ihn jetzt sanft. Aber schon im nächsten Moment ließ er das Nachthemd los und löste die Bänder am Ausschnitt.

»Zieh es aus.« Seine Stimme zitterte. Seine Finger zitterten. Er hatte sich kaum noch unter Kontrolle.

Gütiger Himmel. Er war völlig unbeherrscht, ein wildes, unbezähmbares Tier. Er kämpfte gegen diese niedrigen Triebe, versuchte – vergeblich – ein guter Mensch zu sein, ein solider Mensch, wie sein Bruder. Er würde nie wie sein Bruder werden.

Er würde ihr wehtun. Er würde Emma wehtun wie jeder anderen Frau bisher.

Er ließ die Hände sinken. *Nein.* Das war falsch. Wie jede Entscheidung, die er in seinem verfluchten Leben getroffen hatte.

8

Emma sah die aufsteigende Unruhe in seinen blauen Augen. Sie sah die Angst und die Scham.

Diesen schönen Mann, der sich so quälte, verstand sie noch immer nicht ganz, aber nach heute Morgen doch ein wenig besser.

Wie konnte sie ihm seine Selbstzerfleischung ausreden? Wie ließ er sich überzeugen, dass seine Wünsche nicht böse waren? Dass sie all diese Dinge mit ihm ausprobieren wollte und jeden Gedanken an die Folgen zum Teufel wünschte?

Sie küsste ihn fordernd und dachte an den Mantel, den er ihr geschenkt, und an die vielen kleinen Aufmerksamkeiten, die er ihr erwiesen hatte. »Schließ die Tür ab, Emma«, hatte er ihr am zweiten Abend befohlen. Vorher hatte er verlangt, dass sie im Gasthaus blieb, damit sie nicht mit ihm zusammen gesehen würde. Er hatte Smallshaw niedergeschlagen, weil der Kerl ihre Ehre beleidigt hatte.

Und heute hatte er einer Frau zwei schwere Körbe die Dorfstraße entlanggetragen. Er hatte Emmas Hand gehalten, als Macmillan den wahren Charakter ihres Gatten darlegte.

Er ist kein schlechter Mensch.

Sie wollte ihn so sehr. Sie wollte bei ihm liegen und hinterher nackt in seinen Armen schlafen. Er sollte sie ans Bett fesseln, ihr die Augen verbinden und mit ihr machen, was er wollte. Sie wollte ihr Nachthemd ausziehen, sich vor ihm entblößen, und er sollte es mit ihr treiben, wie immer es ihm gefiel.

Sie sehnte sich danach. Sie sehnte sich mit Haut und Haaren danach. Ihr Herz und ihre Seele sehnten sich danach. Warum wollte er ihr nicht glauben?

Er trat einen Schritt zurück und schob ihre Arme von sich.

»Nein«, stöhnte sie. »Hör nicht auf. Bitte.«

Er sah sie an, sein innerer Aufruhr zeigte sich ungezügelt in seinem Gesicht.

»Du bist zu gut für ...«

Sie schnitt ihm das Wort ab und fiel vor ihm auf die Knie. »Bitte, Luke. Bitte geh mit mir ins Bett. Ich bitte dich. Ich brauche dich heute Nacht. Ich sterbe, wenn ich dich nicht haben kann. Bitte.«

Langsam, erschrocken, mit wild klopfendem Herzen hob sie den Kopf. Er schaute sie an, die Hände an den Seiten zu Fäusten geballt.

In seiner Miene hatte sich etwas geändert. Sie war weicher geworden.

»Bitte«, wisperte sie. Sie schaute ihn an und legte ihre ganze Hoffnung und Sehnsucht und Begierde in diesen Blick.

Bitte, Luke, wende dich nicht von mir ab. Geh nicht nach unten. Betrink dich nicht, nur um die Angst vor dem, was du mir antun könntest, zu betäuben ...

»Ich will heute Nacht dein sein«, wisperte sie. »Ganz und gar. Mehr habe ich nie gewollt. Nie.«

Er ließ sich zu ihr auf den Boden nieder. Sein aufgewühlter Blick war ruhig geworden, aber scharf. Er war entschlossen, angespannt.

Heiß.

»Du wirst das bereuen.«

»Nein.«

»Du wirst mich am Ende dafür hassen.«

»Niemals.« Davon war sie zutiefst überzeugt.

Er stand auf und zog sie mit hoch. Als er ihr Nachthemd anhob, streckte sie die Arme nach oben, und er zog es mit ruckhaften Bewegungen über ihren Kopf und warf es beiseite. »Steh still«, befahl er in einem Ton, der keinen Widerspruch duldete, dann trat er zurück, um sie zu betrachten.

Sein Blick glitt an ihr entlang. Heiß und hungrig wanderte er hinauf und hinunter und hinterließ eine brennende Spur der Begierde.

»Du bist so schön«, sagte er rau. »So verdammt schön.«

Wenn er sie so ansah, fühlte sie sich tatsächlich schön und begehrenswert und ungeheuer weiblich.

»Geh zum Bett«, befahl er.

Sofort tappte sie rückwärts, bis sie mit dem Hintern an das Bettzeug stieß. Dann schob sie sich hinauf und setzte sich auf den Matratzenrand.

»Leg dich hin.« Sein scharfer Blick blieb auf sie geheftet.

Sie beobachtete ihn, während sie gehorchte, spürte seinen leidenschaftlichen Hunger.

Er kam zum Bett und betrachtete sie schweigend. Sie schauderte. Das hatte sie nicht erwartet, splitternackt vor ihm zu liegen und sich anstarren zu lassen. Sie fühlte sich völlig entblößt. Dann umfasste er ihre Wange und zwang sie, ihn anzusehen. Sein Blick wurde weich, und plötzlich war er nicht mehr der lüsterne Schurke wie am ersten Abend, sondern der vielschichtige Luke, der ihr inzwischen so sehr am Herzen lag.

»Weißt du, wie schön du bist, Emma? Das war mein erster Gedanke, als ich dich sah. Du warst das hübscheste Ding, das ich seit sehr langer Zeit gesehen hatte.«

Seine Stimme klang rau. Und es lag eine Ehrlichkeit darin, die sie noch bei keinem Menschen gehört hatte. Sein Ton entzündete ein tiefes, fast schmerzhaftes Gefühl in ihr, das sie noch nie empfunden hatte.

»Komm her. Rutsch näher an die Kante, damit ich dich berühren kann.«

Auf dem Rücken liegend schob sie sich zum Bettrand hin, wobei er unter sie griff und ihr half. Wieder ließ er den Blick über ihren Körper wandern, mit besitzergreifender Miene, eine Hand schützend um ihr Knie gelegt.

Sie hatte sich dafür entschieden. Sie hatte sich ihm geöffnet, sich seinem heißen Blick überlassen ... und was immer er noch mit ihr vorhatte. Am meisten schockierte sie, dass sie sich wünschte, er möge ihren Körper kosten. Er sah sie an, als wäre sie ein verführerischer Leckerbissen, und sie wollte ihm das köstlichste Mahl bieten, das er je geschmeckt hatte.

Seine Fingerspitzen strichen über ihren Hüftknochen, dass sie erbebte. Niemand hatte sie je so angefasst. Obwohl sie verheiratet gewesen war, gab es so viele unberührte Stellen an ihr.

»Ich will jede noch so kleine Körperstelle von dir spüren«, murmelte er. »Dich überall küssen.«

»Bitte.« Mehr bekam sie durch den Kloß in ihrem Hals nicht heraus.

Sie bettelte. Immer wieder. Genau wie er es vorhergesagt hatte.

Er zog die Fingerspitzen über ihre Hüfte zum Oberschenkel hinab, über ihr Knie und das Schienbein bis zum Fuß. Er hob erst einen, dann den anderen Fuß an und küsste sie auf den Spann, strich mit der flachen Hand an ihrer Wade hinauf und über das Schienbein, um das Bein anzuwinkeln. Dann strich er mit den Lippen an der Wadenseite entlang, zart und kitzelnd, liebkoste mit der Zungenspitze ihre Haut. Schließlich hob er den Kopf und sah sie mit zusammengekniffenen Augen an.

»Weißt du, wie sehr ich dich will?«

Sie sah ihn an und fragte sich, ob er denn wusste, wie sehr sie ihn wollte. Sie schüttelte den Kopf.

Er lachte leise. Er küsste an der Seite ihres Beins hinauf,

dann über den Oberschenkel. Sein Mund war samtweich. Das Gefühl so fremd, aber so schön, dass sie bei jedem Druck seiner Lippen leicht stöhnte.

Er küsste ihren Hüftknochen, bewegte sich tiefer zu dem Dreieck krauser Härchen am Scheitelpunkt ihrer Oberschenkel. Erwartungsvoll spannte sie sich an, und er schaute zu ihr hoch mit hungrigem Blick, sodass sein heißer Atem ihr sensibilisiertes Fleisch traf.

»Willst du das, Emma? Willst du, dass ich dich da küsse?«

Ein Schauder durchlief sie. Vor langer Zeit hatte sie bemerkt, dass es schön war, sich dort zu berühren. Manchmal rieb sie sich mit den Fingern zwischen den schlüpfrigen Hautfalten und stellte sich vor, ein Mann würde sie dort küssen.

Sie hätte nie gedacht, dass es eines Tages wirklich passieren könnte.

»Emma?«

Sie nickte atemlos.

Seine Lippen krümmten sich zu dem schändlichen, erregenden, gelassenen Grinsen, mit dem er sie an dem ersten Abend und seitdem so viele Male angesehen hatte. Das Grinsen, bei dem sie innerlich schmolz und am ganzen Körper heiß wurde.

Mit einer geschmeidigen Bewegung warf er sich aufs Bett, wobei sie halb wahrnahm, dass er noch vollständig bekleidet war. Doch ihr blieb keine Zeit, dem Gedanken mehr Raum zu geben, weil er ihre Beine auseinanderschob und sich dazwischen legte, um sie mit einem lüsternen Schimmer in den Augen zu betrachten.

Sie war … übermannt. Einerseits fühlte sie sich scheu. Sie war dazu erzogen worden, einem Mann nicht mal das Fußgelenk zu zeigen, und jetzt konnte Luke nicht nur beide auf einmal sehen, sondern auch ihre Waden, ihre Knie, ihre Oberschenkel und ihr Geschlecht.

Aber andererseits triumphierte sie. Sie schwelgte in der Leidenschaft seines Blicks, in seinem Begehren. Alles, was er tat, jede seiner Bewegungen, geschah um ihretwillen. Er hatte sie schön genannt, und zum ersten Mal in ihrem Leben glaubte sie es.

Er begann sie zu küssen. Angefangen bei einer Stelle an der Innenseite der Oberschenkel, die ungeahnt empfindlich war, bewegte er sich aufwärts, biss sie sanft und linderte das Brennen mit zarten Küssen.

Sie legte sich zurück ins Kissen, und ihre Lider sanken herab. Von ihren Oberschenkeln stiegen Empfindungen zu ihrer Mitte auf, erhitzten sie, verschmolzen zu einem festen Feuerball irgendwo unter ihrem Nabel.

Er leckte beide Leisten entlang, und sie stöhnte leise. »Bitte, Luke.«

»Bitte? Worum bittest du mich, Em?« Seine Stimme kam gedämpft zwischen ihren Beinen hervor.

»Ich … weiß nicht.« Sie wusste es wirklich nicht. Sie fühlte sich am Rand irgendeines Abgrunds, und sie wollte nach seiner Hand greifen und mit ihm zusammen springen.

»Soll ich dich küssen?« Er küsste sie auf den Oberschenkel, so nah bei ihrem Geschlecht, das schon vor Begierde pochte.

»Ja«, keuchte sie.

»Dich lecken?« Er tat es mit flacher Zunge und fachte das Feuer in ihr weiter an.

»Ja!«

»Wo, Em? Wo soll ich dich lecken?«

»Ich … weiß nicht …«, antwortete sie frustriert.

Er legte die Hand auf ihren Oberschenkel. Heiß und trocken fühlte sie sich an, und ihre Haut war so empfindlich, dass sie zusammenzuckte.

»Ich denke, du weißt es«, erwiderte er und sah mit hochgezogenen Brauen zu ihr. »Woher soll ich wissen, was dir Vergnügen macht, wenn du es mir nicht sagst?«

Er spielte mit ihr. Und sie hatte nicht gelogen, eigentlich – sie wusste nicht genau, wo sie seinen Mund haben wollte. Aber ungefähr – und diese Stelle war nass und pulsierte und wartete auf … auf … etwas.

Auf ihn, flüsterte dieser Ort der Macht in ihr. *Sie wartet auf ihn. Sag es ihm.*

»Hier«, wisperte sie. Sie berührte die Stelle zwischen ihren Beinen, schob die Fingerspitzen zwischen die Falten und versuchte, nicht in Peinlichkeit zu versinken. Sie war so feucht wie noch nie, und wenn sie gedacht hatte, die Innenseite ihrer Oberschenkel und die Kniekehlen seien empfindlich, dann war das nichts im Vergleich zu dieser Stelle.

Natürlich war sie empfindlich, natürlich war sie feucht. Lukas Hawkins, der faszinierendste, schönste Mann überhaupt bedachte sie mit Zärtlichkeiten.

Luke holte Luft, den Blick auf ihre Finger geheftet, die er gespannt beobachtete. Sie ließ sie fester durch ihre feuchte Scham gleiten. »Luke.« Ihre Stimme klang noch rauchiger als sonst.

Er leckte sich über die Unterlippe, was einen glänzenden Schimmer hinterließ, und senkte den Kopf, um ihr einen züchtigen Kuss auf die Hand zu geben. Dann nahm er sie beiseite, hielt sie fest und schob mit der anderen ihre Beine weiter auseinander. Er betrachtete sie genüsslich.

»Du hast eine hübsche Scham, Emma.«

Oh Himmel, er starrte sie an. Sie hatte sich noch nie so empfindlich und bloß gefühlt. Als wäre sie ein einziger nackter Nerv.

»Hast du sie dir mal angesehen?«

Sie zappelte mit den Hüften, wollte die Beine schließen, aber er hielt sie fest ans Bett gedrückt.

»Nun? Hast du dir je mit einem Handspiegel deine Scham angesehen?«

Sie fühlte sich gedemütigt und zugleich erregt und wäre am liebsten im Erdboden versunken.

»Sag es mir«, verlangte er wieder in diesem herrischen Ton.

Hatte er das im Sinn gehabt, als er von seinen Vorlieben im Schlafgemach sprach? Soweit sie wusste, ging es bei fleischlichen Beziehungen schlicht um die körperliche Vereinigung zwischen Mann und Frau. Ihr war neu, dass man dabei miteinander reden konnte. Luke machte daraus eine erotische Plauderei, und sie wusste gar nicht, wie sie sich dabei fühlen sollte.

Verwundbar.

Das Wort kam ihr sofort in den Sinn. Das Gefühl der Verwundbarkeit, das eine Frau in dieser Welt ständig beschlich, war ihr immer unangenehm gewesen. Sie hatte immer dagegen angekämpft, versucht, stark zu sein, sich nach dem Tod ihrer Mutter um alles zu kümmern.

Diese Art Verwundbarkeit jedoch, die sie bei Luke erlebte ... reichte in ihrer Intimität so viel tiefer als jede andere. Emma fühlte sich wehrlos gegen ihn und seine Berührung, seinen Mund, seine durchdringenden Blicke.

Und dennoch wollte sie mehr.

Sie war es leid, permanent beherrscht zu erscheinen, sich um ihren Vater zu kümmern, sich um ihre Schwester Gedanken zu machen, einen Haushalt zu führen, Schulden abzutragen, sich den Kopf zu zerbrechen, wie sie ihre Familie retten, wie sie Roger Morton finden und das Geld ihres Vaters wiederbeschaffen könnte.

Auf diesem Bett, in diesem Augenblick war sie frei von Verpflichtung, spürte nicht die niederdrückende Belastung des vergangenen Jahres. Hier und jetzt hatte Lukas Hawkins den

Befehl über sie, sie hatte sich seiner Gewalt ergeben. Voll und ganz.

Und es gefiel ihr.

»Emma?« Jetzt klang er streng. »Antworte mir. Hast du dich je angesehen?«

»Nein«, wisperte sie.

Er seufzte. Erleichtert? Sie wusste es nicht. »Sie ist rosa, dunkelrosa, fast rot. Nimm ein weißes und ein rotes Blütenblatt und lege sie übereinander, dann hast du deine Farbe.«

Langsam ließ er ihre Hand los, dann berührte er sie, bewegte die Finger durch ihre feuchte Scham, wie sie es selbst gerade getan hatte.

Bebend fühlte sie die Kanten seiner Fingernägel sacht darüber kratzen. »Du bist so feucht«, sagte er rau. »So bereit, so empfänglich, Emma.«

Was er sagte, wie er sie berührte ... ihr schwirrte der Kopf. Ihre Umgebung verblasste. Da gab es nur noch Luke und seine Berührung, nur noch die Empfindungen ihres angespannten, bebenden Körpers.

Seine Finger kreisten um eine so empfindsame Stelle, dass sie zuckend die Hüften anhob. Sogleich drückte er sie mit der freien Hand auf die Matratze und umkreiste weiter die winzige Stelle. »Weißt du, was das ist?«

»N-nein.« Keuchend rang sie nach Atem. Was er da tat, fühlte sich allmählich an wie eine verlockende Folter. Würde das je aufhören?

»Das ist deine Klitoris, Em. Dort, wo du am meisten Lust verspürst.«

»Oh.« Dann bog sie sich ihm entgegen, damit er es weiter tat.

Das tat er. Er ließ den Finger kreisen, strich über ihre Klitoris, bis die Empfindungen so stark und so mächtig waren, dass sie davon überwältigt wurde. Ihr Blickfeld verdunkelte sich an den Rändern. Niemand ... kein Mensch könnte dieser Art von Angriff widerstehen. Es schmerzte und fühlte sich gut an und war frustrierend. Sie stand noch immer am Rand jenes Abgrunds, und es schien, als hätte sie schon immer dagestanden. Der Drang zu springen wuchs in ihr bei jeder Umkreisung seines Fingers.

Und schließlich bewegte er den Finger nach unten, ließ ihn in ihrem Eingang kreisen, um ihn dann hineinzuschieben.

Ein halb ersticktes Stöhnen entfuhr ihr. Sie spürte ihn überall. Von innen und von außen. Die Stöße seines Fingers reizten auch ihre Klitoris ... und während er ihn in ihr hin und her bewegte und genüsslich über die Innenwände strich, verwandelte sich die empfindliche Qual in eine leise Vibration, die ihren ganzen Körper erfasste und erneut den Feuerball der Begierde in ihrer Mitte entfachte.

Er zog den Finger heraus und schob dann zwei hinein. Sie spürte, wie er sie spreizte. Ihre Sinne waren so geschärft, sie spürte jede Bewegung.

»Jetzt«, hörte sie ihn wie von weit her sagen und bemerkte eine gewisse männliche Befriedigung in seiner Stimme. »Jetzt bist du so weit.«

Was hieß das?

Aber dann ... während er die Finger weiterhin in sie hineinstieß, senkte er den Mund über ihre Klitoris und glitt mit der Zungenspitze darüber.

Der Effekt war verheerend auf wunderbarste Weise. Emma fuhr zusammen und schrie auf, tastete nach einem Halt und fand seinen Kopf. Sie schob die Finger in seine seidigen Haare und hielt ihn fest.

Ihr war, als hätte ihr Körper ein Eigenleben entwickelt, er machte Bewegungen, über die sie keine Gewalt hatte, ihr

Becken hob sich seinem Mund und seinen Fingern entgegen. Oh Himmel, er war so tief in ihr. Sie fühlte sich vollkommen ausgefüllt.

Er leckte sie, küsste sie, saugte an dieser allerempfindsamsten Stelle.

Sie hörte sich betteln und keuchen. Sie hatte sich nicht mehr unter Kontrolle. Ihre Finger krümmten sich in seinem Haar ohne ihr Zutun. Der Feuerball in ihr schwoll an. Ihre Zehen schoben sich über den Rand des Abgrunds.

Sein heißer Atem strich über sie, er keuchte und stöhnte genießerisch. Er sagte Dinge, die sie nur teilweise verstand, sodass sie nicht wusste, ob er ihr befahl, etwas zu tun. Aber sie hätte dem ohnehin nicht nachkommen können. Sie war am ganzen Körper angespannt und steif.

Seine Stöße wurden kräftiger. Emma bog den Rücken durch. Ihr Körper hieß ihn willkommen, wollte mehr, wollte es tiefer, härter. Luke schien ihn zu verstehen und trieb die Finger heftig in sie hinein. Sein Atem wisperte über ihre Klitoris, dann schlossen sich seine Lippen darum, und er saugte. Stark.

Sie sprang nicht in den Abgrund, sie stürzte sich kopfüber hinein. Ihr Körper zuckte unkontrolliert, doch das nahm sie kaum wahr. Da war nur das süße Pulsieren in ihr, als der Feuerball in ihr nach allen Seiten auseinanderfloss. Sie fiel nicht, sie schwebte, jeder Teil ihres Körpers wogte vor Lust.

Langsam ließen die Wogen nach, strichen nur noch träge unter ihrer Haut entlang. Seine Finger ruhten, seit sich ihr Körper rhythmisch um sie schloss. Sein Mund hatte ebenfalls stillgehalten, und nun drückte er sich sanft gegen sie.

Die Erlösung lockerte ihre Muskeln, bis sie schlaff dalag, als hätte sie keine Knochen im Leib. Ihr Blick war verschwommen.

Ganz langsam zog er die Finger heraus, und ihr Geschlecht zog sich unter der Berührung empfindlich zusammen.

Sie strengte die Augen an, um ihn scharf zu sehen. Er betrachtete sie, die Lippen feucht von ihrer Nässe. Ihr heftig klopfendes Herz setzte für einen Schlag aus, als sie das sah.

Wie er sie anschaute … so erstaunt.

»Verdammt, Emma«, flüsterte er heiser. Ohne den Blick abzuwenden, kroch er über sie aufs Bett und, als er auf Augenhöhe war, legte er sich neben sie, drehte sie auf die Seite und zog sie an seinen noch bekleideten Körper.

»Was?«, fragte sie besorgt und unsicher. »Habe ich etwas falsch gemacht?«

»Falsch?« Er sah sie groß an. »Teufel, nein!« Er küsste sie sanft auf den Mund. »Es ist nur … ich glaube, ich habe noch nie eine Frau so heftig kommen lassen.«

»Oh.« Ihre Wangen wurden heiß. Ihre Lider sanken flatternd herab, als er sie küsste und ihre Lippen dabei öffnete.

»Siehst du, wie gut du schmeckst, Em?«, hauchte er.

Sie konnte nicht antworten. Sie schlang die Arme um ihn, küsste ihn fester, meinte, ihm irgendwie danken zu müssen für das soeben Erlebte.

Sie drückte sich an ihn, fühlte seine feste Erektion durch den Hosenstoff und rieb das Becken daran.

Wenn es das war, was er wollte, würde sie es ihm geben. Im Augenblick würde sie ihm alles geben.

»Sag mir, was du willst«, wisperte sie an seinem Mund.

»Von Wollen kann keine Rede mehr sein. Ich brauche dich. Ich brauche dich so sehr, es bringt mich fast um.«

»Dann nimm mich, Luke.«

Küssend umfasste er ihren Hinterkopf, rückte sich ein wenig zurecht und fummelte an seinem Hosenschlitz herum. Ohne den Kuss zu unterbrechen – von seinen Lippen würde sie nie genug bekommen –, half sie ihm, indem sie sein Hemd herauszog, und strich unter dem Leinen über seine Brust.

Doch er nahm ihre Hand weg und schob sie zusammen mit der anderen an seinen Hosenschlitz. »Knöpf die Hose auf!«

Flinker als gedacht wurde sie mit den Knöpfen fertig und öffnete den Schlitz. Seine Erektion wölbte sich hinter der Unterhose, und sie löste das Band, das sie auf seinen Hüften hielt. Dann, während er den Unterleib anhob, zog sie sie herunter und riss die Augen auf, als seine Erektion herausfederte.

Er war länger als Henrys, und dicker.

Ihr Blick schnellte zu ihm hoch. Schmunzelnd verfolgte er ihr Mienenspiel. Das brachte sie zum Lächeln, und sie fuhr fort, ihn zu entkleiden.

Nachdem sie die beiden Hosen über die Wölbung seines Hinterns hinabgestreift hatte, trat er sie sich von den Beinen, dann drehte er Emma auf den Rücken und legte sich auf sie, sein Geschlecht an ihren Bauch gedrückt. Mit einer Bewegung der Hüften glitt es sanft über sie.

»Spürst du das? Gleich wird er in dir sein.«

»Ja. Ich fühle es.« Sie sah ihm in die Augen. Sein Blick war so heiß, so erregend, sie wollte ihn jetzt in sich haben, sofort.

Stattdessen rückte er jedoch ein Stück tiefer, sein Geschlecht streifte über ihre empfindliche Scham und lag dann an ihrem Schenkel. Er küsste sie zwischen die Brüste, ließ dann die Zunge eine Rundung hinaufgleiten und um die Brustwarze wirbeln, wobei diese sich hart aufrichtete, als flehte sie geradezu um derlei Aufmerksamkeit.

Er gewährte sie ihr. Die Hände um die Brüste geschlossen, küsste und saugte er daran und brachte Emma zum Stöhnen. Es war wie bei seinen Küssen an den Oberschenkeln, aber intensiver. Es war, als ob von ihren Brüsten Pfeile der Lust zu dem Ziel tief in ihrem Unterleib sausten, wo die Hitze rasch zu einem brennenden Verlangen anschwoll.

»Bitte, Luke«, keuchte sie, fuhr mit den Fingern durch seine

Haare, und wusste nicht, ob sie ihn wegstoßen oder an sich ziehen sollte.

»Du hast die schönsten Brüste, die ich je gesehen habe«, sagte er und schaute sie kurz an, bevor er wieder den Kopf beugte und eine Brustwarze in den Mund nahm. Er leckte, ließ die Zunge über die höckerige Haut wirbeln, und Emma zog ihn an sich und wölbte sich ihm entgegen.

Er trug noch sein Hemd. Sie wollte es ihm ausziehen, aber ... Oh, jetzt nahm er die andere Brustwarze in den Mund und strich zugleich mit den Fingern über die feuchte andere, dann zwickte er fest hinein.

Emma schrie auf, bog zuckend den Rücken durch. Dieser Pfeil hatte ins Schwarze getroffen, stach sie an einer tiefen, lustvollen Stelle, die sie nicht beschreiben konnte.

Den Mund sanft auf ihrer Brustwarze, zog er die Hand langsam zu ihrer Hüfte hinunter und zwischen ihre Beine.

»Du bist so feucht«, murmelte er. »Ist das alles für mich?«

»Ja, alles.«

»Gut.«

Er gab ihre Brüste frei und rückte zu ihr nach oben, stützte die Arme neben ihr auf und schaute sie an. »Bist du bereit?«, flüsterte er.

»Ja.«

Auf einen Arm gestützt und ein wenig zur Seite geneigt, griff er zwischen sie, um seinen Schaft an ihren Eingang zu bringen. Ein paar Mal wischte er mit dem breiten Kopf über ihre Klitoris, sodass sie unter ihm schauderte.

Sie schlang die Arme um ihn, und er wurde still. Den Blick auf ihre Augen gerichtet, brachte er sich in Position. Ganz langsam schob er sich in sie hinein.

»Oh Luke«, wisperte sie. »Oh Luke.« Sie schluchzte fast, obwohl sie nicht verstand, warum. Sie hob das Becken an, um mehr von ihm aufzunehmen, ihn schneller tiefer hineinzulassen.

Doch er blieb bei dieser Langsamkeit, und das würde sie noch verrückt machen. Dann hielt er sogar ganz an. »Willst du mehr?«, fragte er rau.

»Ja. Ja, bitte.«

Sein Lächeln war animalisch, aber sie sah es nur für einen Moment, dann drängte er in sie hinein. Sie hob den Unterleib von der Matratze, fast schrie sie. Die Empfindungen waren so stark. Er war so groß. Sie fühlte sich ganz klein und schwach, so wunderbar hilflos.

»So?«, brummte er. Obwohl er auf die Unterarme gestützt auf ihr lag, ruhte seine Brust schwer auf ihrer, und sie spürte die Hitze durch sein Hemd. Es gefiel ihr, wie er sie in die Matratze drückte, sie unter ihm gefangen hielt.

Sein Mund bewegte sich zu ihrer Ohrmuschel. »So, Emma?«, wiederholte er.

»Ja. Genau so.«

»Ist das nicht zu hart?« Und zum ersten Mal seit einer Weile hörte sie einen Anflug von Unsicherheit in seiner Stimme.

»Ich will es härter«, sagte sie.

Einen Moment lang war er still, aber sie spürte das Zittern, das ihre Antwort in ihm auslöste.

Und dann zog er sich ruckartig zurück. Mit einer Hüftbewegung versuchte sie, es zu verhindern, sie wollte ihn nicht hergeben. Doch als der pralle Kopf an ihrem Eingang lag, stieß er ihn hinein und füllte sie vollständig aus.

»Oh«, stöhnte sie. Sie zitterte. Er war so hart, so groß, so stark, so ungeheuer männlich.

Er tat es noch mal. Und noch mal. Immer wieder stieß er in sie hinein, so kräftig, dass sie dachte, sie könnte zerbrechen. Aber auf die köstlichste Art, die man sich denken konnte.

Sie schlang die Beine um seinen Rücken, raffte Hemdstoff in die Fäuste und konnte sich nur festhalten, als er ihren Körper in einen einzigen empfindlichen Nerv verwandelte – einen, den er immer wieder mit mächtigen Stößen seines heißen, harten, schweren Geschlechts liebkoste.

Auf Emmas Brust bildeten sich Schweißperlen. Ihr Körper brannte innen und außen. Sie wimmerte, gab Laute von sich, die sie nur halb wahrnahm. Lukes Atem ging heftig und rau, sein Körper war angespannt, seine Muskeln so hart wie Stahl. Er umfing sie, sein Geruch – nach Salz, Rauch und Seife – drang in ihre Haut ein und wurde ein Teil von ihr.

Keinen Moment ließ er nach, sondern behielt seine anstrengende Geschwindigkeit bei, bis beide vom Schweiß glitschig waren und jeder Stoß Emma den Atem als scharfes Keuchen aus dem Leib trieb.

Sie waren sengend heiß. So heiß. Die Fäuste in sein Hemd gekrallt, hielt sie den Unterleib angehoben und fing seine Stöße auf.

Und dann wurde Luke langsamer, stützte sich auf einen Arm, um ihr Bein weiter heraufzuziehen. Sie winkelte auch das andere stärker an und legte es auf seinen Rücken.

»So ist es richtig, Em. Gut.«

Er probierte ein paar Stöße. Durch ihre verschobene Haltung hatte sich sein Winkel in ihr geändert. Und das … oh! Ein so mächtiges Lustgefühl durchströmte sie, dass sie wimmernd die Augen schloss.

Allmählich änderte Luke seinen Rhythmus, drang bei jedem Stoß kräftiger und tiefer ein, sodass sie den vorherigen an Intensität gleichkamen.

Und zum zweiten Mal geriet Emma außer Kontrolle. Sie löste sich auf. Jener einzelne Nerv, zu dem sie geworden war, zersprang wie Glas, stechend und scharf, schnitt sie ohne Schmerz, aber mit der quälendsten Lust, die sie je empfunden hatte. Sie schrie auf und bäumte sich zuckend auf.

»Verdammt!«, raunte Luke heiser. Dann fühlte sie seine Finger in ihrem Haar. Er schlang sich die Strähnen um die Hand und zog bis an die Schmerzgrenze. Sie zuckte noch immer am ganzen Körper, ihr Geschlecht zog sich um seines zusammen. Aber mit einem tiefen Stöhnen, den Kopf in ihre Haare versenkend, zog er ihn heraus, und sie fühlte den warmen Samen auf ihren Bauch strömen.

So lag er eine Weile da, schwer, heiß, glitschig von Schweiß, ehe er sich von ihr rollte. Sie warf einen Blick zur Seite und sah ihn wie verblüfft an die Decke starren. Als er ihren Blick spürte, drehte er den Kopf und betrachtete sie mit einer gewissen Vorsicht.

Langsam krümmte sie die Lippen zu einem Lächeln. Sie fühlte sich wunderbar und restlos glücklich. Genau so hatte sie es sich früher insgeheim gewünscht, wenn sie mit Henry im Bett lag. Sie hatte es hart und schweißnass, wild und animalisch haben wollen. Von Luke hatte sie das bekommen ... und noch mehr.

Sobald er sie lächeln sah, schien er sich zu entspannen, und das Blau seiner Augen hellte sich auf.

»Ich wollte dich fragen, ob es dir gut geht«, sagte er leise. »Aber nach deinem Gesichtsausdruck zu urteilen ist es wohl so.«

Ihr Lächeln wurde breiter – sofern das noch möglich war. »Ja, es geht mir gut.«

Er drehte sie auf die Seite, schob einen Arm unter ihr durch und zog sie an sich.

Sein Samen glänzte noch auf ihrem Bauch und erinnerte sie an die lüsternen Dinge, die er mit ihr getrieben hatte. Sie war auch noch feucht zwischen den Beinen und ein bisschen wund.

Vermutlich gehörte es sich, sich jetzt zu säubern und das Nachthemd wieder anzuziehen. Aber sie wollte weder das eine noch das andere tun. Sie wollte ihren nackten, trägen Leib an Luke schmiegen und einschlafen, so verschwitzt und mit seinem Geruch und Samen an ihr und mit dem Gefühl seiner Berührung.

Sie schaute zu seinem Stoppelkinn hoch. »Kannst du schlafen?«

Er lachte leise. »Wahrscheinlich.«

»Hm.«

Ein Weilchen lagen sie still da, und eine träge, schwere Schläfrigkeit befiel Emma.

»Luke?«

»Hm?«

»Es war … wunderschön.«

Und dann schlief sie ein.

9

Luke fuhr mitten in der Nacht aus dem Schlaf hoch. Aber diesmal nicht wegen eines Albtraums. Er hielt die Augen geschlossen und erinnerte sich, wie Emmas Lippen sich in seinem Traum um seinen Schwanz geschlossen hatten.

Er war steinhart.

Emma regte sich neben ihm. Sie lag abgewandt, und ihre entzückende Rückseite streifte sein schmachtendes Fleisch.

Die Begierde überkam ihn mit brutaler Gewalt. Er wollte sie. Er wollte in ihr sein.

Er strich über ihren Hintern. Sie schob sich näher heran. Mann, sie war so verflucht empfänglich. Sogar im Schlaf.

Das war äußerst aufregend, beinahe verwirrend.

Sachte griff er zwischen ihre Pobacken, streichelte sie zuerst sanft, dann mit mehr Druck, aber langsam gleitend. Sie war noch feucht von ihrer letzten Vereinigung und wurde unter seiner Berührung noch feuchter. Ihr Atem ging schneller, und sie summte ein wenig, während sie sich an seiner Hand rieb.

Alles an dieser Frau war schön.

Er hob mit einer Hand ihr Bein an, mit der anderen lenkte er seinen Schwanz in sie hinein.

Sie stöhnte leise, als er eindrang.

Er schob den Mund an ihren Hinterkopf und fragte: »Tue ich dir weh?«

»Luke«, stöhnte sie. Er hielt inne, und sie wippte auffordernd mit den Hüften. »Weiter.«

»Schsch, Em, halt still. Ich gebe dir, was du brauchst.«

Sie gehorchte, und er bewegte sich langsam rein und raus. Sie war sengend heiß. Ein feuchtes, eng sitzendes Futteral, bei dem er die Zähne aufeinanderbiss und zischend den Atem einsog.

Er legte den Arm um ihre Taille und drückte sie an sich. Ihr Körper schmiegte sich perfekt an seinen und sein Bauch um ihren runden Hintern, wenn er tief in sie hineinstieß.

Er schob die Nase in ihre Haare, sog den herrlichen lavendelgetönten Frauengeruch ein. Seine Lider sanken herab, und er drückte die Lippen an ihren Hinterkopf.

In Emma zu sein war unvergleichlich. Ihr auf diese Weise nah zu sein. Etwas so Schönes hatte er noch nicht gefühlt.

Jetzt wimmerte sie leise. Teufel, wie er die Töne liebte, die sie von sich gab! Er liebte es, dass sie laut wurde, dass sie ihm ihre Erregung zeigte.

So verflucht empfänglich war sie!

Er fühlte sie enger werden, so eng. Sie machte ihn verrückt. Es war himmlisch.

»Emma«, murmelte er in ihren Haaren und gab bei jedem Stoß ein heiseres Wort von sich, »mein Liebling, mein Engel.«

Ihr Stöhnen dehnte sich, wurde länger, deutlicher. Er legte den Arm um ihren Oberkörper und schwelgte in dem Gefühl der schweren, weichen Brüste an seinem Unterarm.

Er würde bald kommen. Spiralen der Lust wanden sich um seine Wirbelsäule, zogen von seinem Schwanz durch den ganzen Körper, dass er sich überall anspannte. Teufel, wie erregt er war! Das würde ihn fertigmachen. Er schloss die Augen und drückte Mund und Nase in den dichten Schleier ihrer Haare, fand den Nacken mit der Zungenspitze und gab ihr leichte feuchte Küsse darauf.

Sie bewegte sich jetzt wogend, ihre Muskeln wurden stramm, das spürte er am Bauch und am Arm.

Mann, würde sie etwa kommen? Schon wieder? Er hatte so wenig dafür getan …

Und sie kam. Mit einem rauen Keuchen, den Körper steif, schloss sie sich um ihn und drückte ihn rhythmisch pulsierend, dass er fast verrückt wurde. Er wollte in ihr kommen. Er musste. Er wollte sich tief in sie ergießen. Aber das durfte er ihr nicht antun.

Er biss die Zähne zusammen und zwang sich, es ihr zuliebe zurückzuhalten. Sein Arm blieb um sie gelegt. Er knabberte an ihrem Hals, flüsterte anfeuernde Worte: »Ja, Em, so ist es gut, komm für mich, das fühlt sich so gut an, ja, jaaa …«

Ganz langsam entspannten sich ihre Muskeln, sie wurde in seinem Arm schlaff. Die Kontraktionen ihres Geschlechts verebbten. Er hatte seinen Rhythmus beibehalten, aber jetzt beschleunigte er, stieß hart und schnell. Sie war offen, empfänglich, nahm alles, was er zu geben hatte.

Ihre Hand schloss sich um seinen Unterarm, was eine schlichte, bedeutsame Geste war. Eine Geste der Einheit, der Zustimmung. Ihm bedeutete das sehr viel. Ungestüm stieß er in sie hinein. Die Erregung wuchs und ballte sich zusammen, und dann riss er ihn heraus und zog sie hart an sich.

Als es vorbei war, blieb er so. Er mochte es, wie sich ihre Pobacken an seinen Schwanz drückten. Sie war so weich und verletzlich, aber auch stark und mutig.

Beim Einschlafen dachte er, dass er vielleicht doch dazu in der Lage war, jemanden zu lieben.

Am nächsten Tag konnten sie früh aufbrechen, aber über den Pentland Hills hatten sich dunkle Wolken zusammengezogen. Luke trieb die Pferde an, weil er hoffte, dem schlechten Wetter noch zu entkommen, doch gegen Mittag fing es an zu regnen.

Anfangs nieselte es nur, zwei Stunden später ging ein Platzregen nieder. Die Straße wurde schlammig. Luke musste beträchtlich langsamer fahren und lenkte den Wagen um Pfützen und aufgeweichte Wegstellen herum.

Als er am Morgen in die Karriole gestiegen war, hatte er gezögert und sie prüfend betrachtet. Sie hatte schon bessere Tage gesehen. Beim Zwischenhalt in Bristol war sie bereits abgenutzt gewesen. Nun war sie auch noch zerkratzt und schlammverkrustet, das Polster an wenigstens drei Stellen geplatzt. Doch das waren alles nur Äußerlichkeiten. Jeden Tag vor der Abfahrt prüfte er Deichsel, Achse, Rahmen und Räder gründlich, und alles schien gebrauchstüchtig zu sein. Wenn auch äußerlich schäbig, hatte sie sich als robustes Reisegefährt erwiesen.

Er schaute Emma an. Sie hatte recht gehabt – obwohl sie das Verdeck bei den ersten Regentropfen aufgespannt hatten, waren sie schon durchnässt. Hoffentlich bekam der Kutschkasten keinen Sprung, sonst würden auch ihre übrigen Sachen nass werden.

Klumpen ganz feuchter dunkelbrauner Haare hingen unter ihrer Haube heraus, und sie wischte sich das Wasser mit dem Handrücken aus dem Gesicht. Da sie seinen Blick bemerkte, drehte sie den Kopf zu ihm.

Halb hatte er wegen dieser unangenehmen Wendung der Umstände mit einer zornigen oder mürrischen Miene gerechnet, doch sie grinste ihn an.

»Nass«, sagte sie laut, um das Prasseln auf dem Verdeck zu übertönen.

»Ganz außerordentlich«, pflichtete er bei und seufzte. »Wir sollten die Fahrt beim nächsten Gasthof für heute beenden. Die Straßen sind zu aufgeweicht.« In einem Schlammloch stecken bleiben, das war das Letzte, was er wollte.

»Ja. Das ist sicher eine gute Idee. Die armen Pferde.«

Diese waren heute Morgen noch in guter Verfassung gewesen, aber jetzt sahen sie verdreckt und jämmerlich aus.

So hatte er das nicht geplant – sie hatten gerade die Grenze überquert, und er hatte noch dreißig Meilen fahren wollen. »Weißt du, wo ein Gasthaus ist?«

Sie schüttelte den Kopf. »Und ich wage es nicht, den Reiseführer hervorzuholen. Nicht, dass wir ihn noch ruinieren und dann nie nach London finden.«

Er lachte. Das war natürlich Unsinn. Fast jede Straße führte nach London, und selbst wenn sie auf eine andere gerieten, so gab es immer ein Dorf oder einen Bauernhof, wo sie nach dem Weg fragen konnten.

Während der Reise hatte er bemerkt, dass Emma nicht gern fremde Leute um Auskunft bat. Lieber suchte sie sich die Route allein.

»Also gut«, sagte er milde und fuhr weiter. Bald gelangten sie in die kleine belebte Stadt Berwick-upon-Tweed. Luke hielt die Pferde an, sowie er den ersten Menschen sah, einen Mann in einem geölten Mantel, und fragte ihn nach dem nächsten Gasthaus. Der Mann wies ihm den Weg zum Kings's Arms, das nur zwei Minuten entfernt lag.

Als er anfuhr, schaute er zu Emma. »Siehst du, das war doch gar nicht so schlimm, oder?«

Sie brummte nur, und er lachte. »Schmollen Sie etwa, Mrs. Curtis?«

Sie bedachte ihn mit einem sehr nüchternen Blick. »Ich schmolle nicht, Lord Lukas. Wir hätten das Gasthaus gewiss auch von allein gefunden.« Sie zeigte nach vorn. »Schau, da ist es schon.«

Und so hielt er vor dem Haus an. Sie verrichteten die Aufgaben, an die sie sich im Lauf der Reise gewöhnt hatten – Emma gab Anweisungen für das Gepäck, Luke für die Pferde.

Eine Nacht gedachten sie in Berwick zu bleiben. Doch da wussten sie noch nicht, dass es fünf Tage lang ununterbrochen regnen würde.

Fünf kalte, nasse, lange Tage.

Fünf herrliche Tage in einem kleinen Gasthaus in einem Städtchen, in dem Luke nichts tun konnte, außer sich mit Emma zu beschäftigen ... im Bett.

Am dritten Morgen wachte sie auf, zog sich das Nachthemd an und tappte zum Fenster, die Arme vor der Brust verschränkt und ein wenig frierend.

Luke schaute ihr nach, den Blick auf ihren Hintern gerichtet, der durch den dünnen Stoff zu sehen war.

Sie schaute durch den Vorhangspalt nach draußen und seufzte herzhaft. »Es gießt in Strömen, und der Himmel hat eine durchgehend düstere Farbe.«

»Grau?«, schlug er vor.

Sie seufzte wieder. »Ja, grau.« Sie drehte sich zu ihm um. »Was werden wir tun?«

Er lächelte lüstern. »Ich wüsste da einiges.«

»Du meinst nicht, wir sollten weiterfahren?«

Er wurde ernst. »Nein. Das wäre zu gefährlich.« Für die Pferde, den Wagen und für ihre Gesundheit. Sosehr er Morton und seine Mutter aufspüren wollte, Emma durfte nicht schon wieder durchnässt werden. Das wollte er nicht riskieren.

Seit wann war Emma Curtis' Wohlbefinden sein oberstes Anliegen? Das fragte er sich halb bewusst, als sie zum Bett zurückkam und sich auf den Rand setzte.

Er legte eine Hand auf ihren Oberschenkel. Nachdem er sich so lange hatte zurückhalten müssen, konnte er jetzt kaum die Finger von ihr lassen.

»Komm wieder ins Bett«, sagte er.

»Mir ist …« Sie zog die Unterlippe zwischen die Zähne. »Mir ist danach, etwas zu unternehmen. Um endlich Morton zu finden.«

»Wir können nichts tun, nicht hier und jetzt.«

Sie zog die Brauen zusammen. »Was meinst du, wie lange es noch regnen wird?«

Er zuckte die Achseln und zog sie aufs Bett. Sie ließ es sich von ihm bequem machen, dann sagte er: »Ich habe sechs Monate gewartet, du hast ein Jahr gewartet. Sosehr ich die beiden finden möchte, so weiß ich inzwischen auch, dass es auf ein paar verregnete Tage nicht ankommt.«

Sie seufzte und drehte sich zu ihm. »Du hast recht.«

Er strich mit den Fingerspitzen am Rand ihres Gesichts entlang und schob ihr die Haare hinters Ohr. »Bist du noch immer erpicht, ihn zu töten?«

»Morton?« Ihr Mund wurde hart, und etwas Dunkles ging durch ihren Blick. »Ja. Vielleicht noch mehr als vorher.«

»Meinst du das wirklich ernst?«, fragte er sanft. »Würdest du ihm eine Pistole an den Kopf halten und abdrücken?«

»J …«

Er legte einen Finger an ihre Lippen. »Das wäre Mord, Emma. Bist du wirklich dazu fähig oder spricht nur der Zorn aus dir?«

Ihr Atem glitt über seinen Finger, als sie heftig ausatmete und die Augen zumachte. Er sah ihr an, wie sie sich vorstellte, sie würde tatsächlich einen Mann erschießen, denn sie schauderte. »Er hat meine Familie vernichtet.«

»Ja.«

»Ich will ihn leiden sehen. Er soll dafür bezahlen. Aber …« Sie machte die Augen auf, ihr goldener Blick matt im trüben Grau des schlechten Wetters. »Ich weiß nicht, ob ich es wirklich tun könnte.«

Er legte einen Arm über ihren Bauch. »Ich will nicht, dass du dein Leben aufs Spiel setzt.«

»Was meinst du damit?«

»Er ist gefährlich. Er hat gemordet und gestohlen. Ich werde nicht zusehen, wie du dich wegen dieses Kerls in Gefahr bringst.«

»Ich ...«

Er griff um ihre Taille und hielt sie schützend fest. »Ich werde dich kein Risiko eingehen lassen, Em.« In dem Moment wusste er, er würde Morton ohne Zögern selbst umbringen, wenn er Emma bedrohte.

Sie seufzte. Für ein paar Augenblicke lagen sie schweigend da, und er streichelte ihre Hüfte.

»Kannst du schlafen?«, murmelte sie schließlich.

Er riss sich aus der wohligen Erregung, die das Streicheln ihm bescherte, schaute sie blinzelnd an, dann lachte er. »Schlafen? Meinst du wirklich, das hätte ich im Sinn?«

Ihr Gesichtsausdruck wurde ruhig. »Nun ja ... ich weiß nicht so recht ...«

»Du kannst dir sicher sein, wenn ich dich ein paar Stunden nicht gehabt habe, denke ich an nichts anderes, als dich wieder zu besitzen.«

»Das ist Unsinn«, murmelte sie. »Jetzt ist das für uns noch neu, aber es wird nicht immer so bleiben.«

»Warum nicht?«, fragte er. Er konnte sich nicht mal vorstellen, dieser Frau überdrüssig zu werden.

»Das ist der Lauf der Dinge.«

»Woher willst du das wissen?«

Sie lächelte schief. »Eigentlich weiß ich es nicht. Aber ich vermute, es ist so. Besonders bei Männern wie dir.«

»Männern wie mir?«

»Bei Wüstlingen, Schuften, Schurken.« Die Worte kamen

mit dieser rauchigen Stimme, die ihn so erregte. Das war auch etwas an ihr, von dem er ganz sicher nie genug bekommen würde.

»Dafür hältst du mich? Für einen Schurken?«

»Und ob! Ich habe gewusst, dass du einer bist, sowie ich dich mit deinem Glas Ale an dem Tisch sitzen sah.«

»Aber jetzt kennst du mich besser. Hat sich deine Meinung über mich geändert?«

»In vielerlei Hinsicht ja, aber nicht in dieser. Inzwischen halte ich dich erst recht für einen Schurken.«

»Wenn mich nicht alles täuscht, gefällt dir das an mir.«

Sie lachte leise. Wie immer sprach sein Körper darauf an.

»Das könnte durchaus sein.« Sie schoss ihm einen funkelnden Blick zu. »Mylord.«

»Warum?«, wollte er wissen.

Ein Hauch Rosa überzog ihre Wangen. »Du weißt, warum.«

»Vielleicht. Aber ich möchte es von dir hören.«

Sie leckte sich über die Lippen, und das sah so erregend aus, dass ihm der Atem stockte. »Also gut«, lenkte sie mit belegter Stimme ein. Sie schwieg jedoch noch einen Moment, ehe sie antwortete. »Ein Schurke ist in meinen Augen jemand, der sich nimmt, was er will, ohne Rücksicht auf die Menschen, denen er schadet.«

»Ja, so sind sie«, bestätigte er sanft. Das wusste er aus erster Hand.

Sie drückte einen Finger an seine Lippen.

»Aber inzwischen weiß ich, es gibt verschiedene Arten von Schurken. Die, welche sich wie Schurken verhalten. Andere, die vorgeben, Schurken zu sein, aber im Herzen Gentlemen sind ...«

Er zog ungläubig die Brauen hoch. »Du glaubst, ich sei einer davon?«

»Überhaupt nicht.« Sie lächelte verführerisch. »Du gehörst zur dritten Sorte.«

»Oh. Und welche wäre das?«

»Das sind die wahren Schurken. Die nach ihren eigenen Gesetzen leben und sich nicht einschüchtern lassen.«

Das sagte sie ungeheuer stolz, so als wäre das die Art Mann, die sie überaus bewunderte.

»Männer, die ihrem Herzen folgen und Wagnisse eingehen.« Sie berührte ihn an der Wange.

Er nahm ihr Handgelenk, zog es zu sich und hielt es fest. »Und solch einer bin ich?«

»Ja.«

»Bleib hier«, befahl er, schlüpfte aus dem Bett und fand sein Halstuch über der Stuhllehne unter seinen Hosen hängen. Damit kam er zum Bett zurück.

Unschuldig und neckisch schaute sie ihn an, aber ihr Ton strafte sie Lügen. »Was haben Sie denn wohl damit vor, Mylord?«

Er grinste. »Hm. Ich meine, du wirst zu frech. Und weißt du, was ich mit einer Frau mache, die zu frech wird?«

»Neiiin ...«, antwortete sie gedehnt, den Blick auf das harmlos scheinende Halstuch geheftet, das von seinem ausgestreckten Finger baumelte.

Er kniete sich neben ihr aufs Bett, beugte sich an ihr Ohr und flüsterte: »Ich zeige ihr, wo ihr Platz ist.«

»Mein Platz? Wo ist mein Platz, Mylord?«

»Unter mir«, knurrte er. Damit schlang er das Halstuch um ihr Handgelenk, knotete es aber nicht zu.

»Lassen Sie sich gern fesseln, Mrs. Curtis?«, fragte er in demselben Ton wie an dem ersten Abend in Bristol.

Ihr Blick huschte von ihrem Handgelenk zu seinem Gesicht. »Ich ... ich weiß nicht«, wisperte sie. »Ich wurde noch nie gefesselt.«

»Aber du möchtest es gern, nicht wahr?«

»Ich …« Sie schluckte. Er musterte sie, versuchte, ihre Miene zu deuten. Unsicherheit oder Vorfreude? Er konnte es nicht entscheiden. Er wollte aber sicher sein. »… weiß es nicht«, schloss sie.

Er küsste sie und ließ dabei das Halstuch locker über ihre Handgelenke gleiten.

»Du wirst mir sagen, wenn du Angst bekommst. Du wirst mir sagen, wenn es wehtut. Du wirst mir sofort sagen, wenn ich aufhören soll.«

»Das soll ich?«, hauchte sie.

»Ja.«

»Aber ich will, dass du weit gehst«, sagte sie schüchtern zu ihm aufblickend.

Nach den vergangenen drei Tagen mit ihr glaubte er das sogar. Diese Spur Angst schwebte noch immer am Rande seines Bewusstseins – jene Sorge, er könnte alles zwischen ihnen verderben. Aber jedes Mal, wenn sie sich liebten, brachte ihre Begeisterung und Empfänglichkeit die Angst zum Schrumpfen.

Er liebkoste ihre Ohrmuschel. »Ich werde dich hart nehmen, Em. Bist du bereit zu schreien?«

Er spürte, wie sie bei seinem Versprechen erschauderte. Und er kostete es aus.

Sie antwortete nicht. Aber das hatte er auch nicht erwartet. Er strich mit den Lippen über ihr Ohr, am Kiefer entlang und den seidigen Hals hinunter. Sie schmeckte so verflucht gut. Bei ihr konnte er alles vergessen.

Kniend richtete er sich auf und band ihre Handgelenke vor ihr zusammen, mit einem festen Knoten, obwohl er wusste, es würde Druckstellen auf ihrer schönen, weichen Haut hinterlassen. Genau die wollte er später sehen können. Sie sollte von ihm gezeichnet sein.

»So.« Er schaute ihr ins Gesicht. Sie hatte die Augen geschlossen. »Behalte die Hände da, Em. Beweg dich erst, wenn ich es dir sage.«

Sie holte zitternd Luft, aber sie gehorchte.

»Gut«, murmelte er beifällig. Sie war gehorsam, heiß, empfänglich.

In seinem Schwanz pulsierte die Begierde.

Er riss ihr das Nachthemd hoch und griff ihr ohne Umschweife zwischen die Beine. Sie war bereits feucht. Er stöhnte.

Mit der anderen Hand packte er ihre Handgelenke und streckte ihre Arme über dem Kopf aus, zog ihr Nachthemd bis über ihre Brüste hoch. Sie lockten ihn, so voll und weich, mit steifen rosa Brustwarzen, die nach seinem Mund bettelten.

Während er ihre Arme über dem Kopf festhielt, streichelte er sie zwischen den Beinen und saugte nacheinander an ihren süßen, festen Brustwarzen. Leckte, knabberte, saugte. So zart, so schön waren sie. Bei ihren Brüsten konnte er sich verlieren.

Mit halbem Ohr hörte er sie keuchen. »Luke, bitte, Luke.«

Er liebkoste weiter ihr weiches Fleisch und schob den Daumen in ihre enge Scheide. Sie keuchte erregt und stieß ihm das Becken entgegen.

»Schsch«, befahl er. »Lieg still. Fühle es, Em. Mehr sollst du nicht tun. Nur fühlen.«

Leise wimmernd entspannte sie sich. Er leckte die Außenseite einer Brust, rieb die Lippen über die feste rosa Spitze, stieß dabei den Daumen rein und raus, genoss die feuchte, heiße Enge.

Doch sein Körper stellte Forderungen, und zwar jeden Moment drängender. Er zog die Hand von ihrem Geschlecht weg und drückte es noch einmal leicht.

»Dreh dich auf den Bauch«, befahl er barsch.

Sie tat es ohne Widerspruch. Dass sie im Bett immer sofort

gehorchte, überraschte ihn. Wenn sie nicht nackt waren, war sie anders – selbstbewusst und bestimmt. Aber andererseits war er auch anders, wenn sie nackt waren. Und ihre Verwandlung gefiel ihm. Sie passte bestens zu seinen Vorlieben.

Er schaute auf sie nieder und schluckte. Da lag sie wehrlos vor ihm, die Hände über dem Kopf ausgestreckt, mit weißem Leinen zusammengebunden. Die Haare in seidigen Wellen auf dem Kopfkissen ausgebreitet. Den Kopf zur Seite gedreht, sah sie zu ihm, ganz vertrauensvoll.

Was hatte er getan, um solch einen Blick zu verdienen?

Wie sie sich ihm darbot, war ein kostbares Geschenk, und wertlos wie er war, konnte er nicht verstehen, warum sie es tat. Dafür wusste er aber genau, dass er ihr auch ein Geschenk machen wollte: größtmögliche Lust.

Ihr Rücken war glatt, bis auf die zwei Grübchen über ihrer Gesäßspalte, und er drückte auf jedes einen Kuss.

Erneut hob er den Kopf, um sie zu bewundern. Sie hatte so üppige Kurven. Ihre Brüste waren groß und fest, ihre Taille schmal, ihr Hintern rund und prall, ihre Beine lang und gut proportioniert.

»Du bist perfekt«, murmelte er.

»Luke«, seufzte sie. Er blickte zu ihrem Gesicht, als sie kaum hörbar erwiderte: »Du auch.«

Er schloss die Augen. Wenn sie das sagte, konnte er es beinahe glauben. Beinahe.

Er zog die Fingerspitzen an ihrer Wirbelsäule entlang und sah zu, wie sie eine Gänsehaut bekam, dann legte er die Hand auf ihren Hintern.

»Geh auf die Knie und stütz dich auf die Unterarme«, befahl er.

Nachdem sie das getan hatte, betrachtete er sie. Er griff an sein Glied und zog ein paar Mal daran, um sich ein wenig Erleichterung zu verschaffen, während er sie von hinten betrachtete. Sie wartete. War bereit für ihn. Ein Blick nach vorn zeigte, dass sie ihn leidenschaftlich ansah. Sie leckte sich über die Lippen.

Schluss mit dem Vorspiel. Für alle beide. Er brauchte sie sofort.

Er brachte sich in Position, lenkte seinen Schwanz an ihren Eingang. Auch dabei gab es kein Vorspiel. Er stieß ihn so hart hinein, dass sie den Rücken durchbog.

Oh ja. Sie war auf den Knien, mit gefesselten Händen, den Kopf gesenkt. So sah er sie gern.

Er packte sie bei den Hüften. Ihre Haut war weich und warm. Die Rundung ihrer Taille war genau richtig für seine Hände.

Er stieß in sie hinein, ihr Körper liebkoste ihn durch das seidige Gleiten.

»Das ist so gut«, sagte er. »Du bist so eng und erregend.« Als sie leise stöhnte, fügte er hinzu: »Ja, so ist es gut, lass mich hören, wie erregt du bist.«

Bald begann sie, sich aufzubäumen und den Rücken durchzubiegen, während ihr Körper bei jedem seiner Stöße gegen ihn klatschte. Das verräterische Zucken ihrer Muskeln kündigte an, dass sie gleich kommen würde.

»Ja«, feuerte er sie an. »Du wirst enger.« Er biss die Zähne aufeinander, so intensiv war es für ihn. Er musste an sich halten, um nicht in ihr zu kommen. »Du wirst mich wahnsinnig machen, Em.« Er packte sie fester an den Hüften, um ihre Bewegungen zu lenken.

Ihr Atem ging heftig, und dabei stöhnte sie laut: »Ah! Ah! Ah!« Sie bog den Rücken durch, dann streckte sie ihn, die Stirn an die Matratze gedrückt. Ihr Becken neigte sich, sodass er noch tiefer eindringen konnte.

Und dann warf sie den Kopf in den Nacken und kam.

Herrliche Vibrationen der Lust überschwemmten seinen Schwanz.

Verdammt, verflucht, dachte er. Warte, warte, verdammt. Er wollte so lange in ihr bleiben, wie ihr Höhepunkt dauerte, aber oh Mann, er war selbst kurz davor.

Sobald ihr Beben nachließ, stieß er hart in sie hinein. Die Finger in das weiche Fleisch ihrer Hüften gedrückt, trieb er seinen Schwanz in die enge Umklammerung ihres Geschlechts.

Einmal, zweimal, dreimal. Und dann zog er ihn heraus, schlang einen Arm um sie, während er sich auf den anderen stützte, und ergoss sich über ihrer Gesäßspalte.

Als sein Beben nachließ, ließ er sich neben sie fallen und zog sie an sich.

Mit zittrigen Fingern band er ihre Handgelenke los, warf das Halstuch beiseite und rieb sanft über die Druckstellen.

»Hmmm«, machte sie.

»Heißt das, Sie lassen sich gern fesseln, Mrs. Curtis? Das habe ich Sie nämlich schon mehrmals gefragt und keine Antwort erhalten.«

»Hmmm«, wiederholte sie. Und nach einigen Augenblicken sagte sie mit heißer Stimme: »Ja, Luke, ich lasse mich gern fesseln. Sehr, sehr gern.«

10

Im Lauf der nächsten Tage machte Luke häufig Gebrauch von seinem Halstuch. Und von ihren Strümpfen. Und von den zwei Ellen Baumwollseil, das er an einem Stand auf dem Markt des Städtchens gekauft hatte.

Emma ließ sich wirklich gern fesseln, wie er entdeckte. Und er genoss es, das zu tun. Er band sie an den Händen, an den Füßen zusammen, fesselte sie an einen Stuhl und ging seinen Gelüsten nach, befestigte ihre gespreizten Beine an den Bettpfosten zu seinem und ihrem Vergnügen. Er wünschte, es gäbe mehr Möbel, um damit zu experimentieren, aber nun ja, das war nur ein schlichtes Landgasthaus.

Und sie schrie seinen Namen. Sie schrie in Ekstase. Sie kam so häufig, dass er nicht mehr mitzählte. Und kein einziges Mal bat sie ihn aufzuhören. Er war sich ziemlich sicher, dass ihr nicht einmal der Gedanke kam, auch nicht als er ihr Arme und Beine mit komplizierten Knoten fesselte und sie sich überhaupt nicht mehr rühren konnte.

Die gefesselte Emma war ein unwiderstehlicher erotischer Anblick. Er flößte ihm Ehrfurcht ein. Manche Frauen verabscheuten Fesselspiele. Mehr als eine hatte ihn hinterher beschimpft. Einige schienen es zu genießen, aber bisher noch keine in dem Ausmaß wie Emma. Sie schien darin zu schwelgen. Ihre Haut wurde so empfindsam, dass sie die leichteste Berührung zum Schaudern brachte und der zarteste Stoß zum Kommen.

Noch nie war er so befriedigt gewesen. Noch nie hatte er sich ausgeglichener gefühlt. Die scharfen Klingen in ihm, die ihn unablässig zu schneiden schienen, waren nur noch dumpf zu spüren.

Und doch bekam er in ihrer letzten Nacht in Berwick-upon-Tweed wieder einen Albtraum.

Er war nach einer weiteren Runde lebhaftem Spaß im Bett eingeschlafen. Dann kam der Albtraum.

Luke rannte, so schnell er konnte. Zweige und Kies knackten und knirschten unter seinen Füßen. Er befand sich in der Nähe des Baches auf Ironwood Park und wollte in den Wald fliehen, wo er sich im Unterholz leicht verstecken konnte.

Aber es war sinnlos. Starke Hände packten ihn und hielten ihn zurück. Und er blickte in das wutverzerrte Gesicht seines Vaters. Er roch den Sherry in seinem Atem und verzog den Mund. Ihn ekelte dieser Geruch.

»Du wagst es, vor mir wegzulaufen?«, knurrte Papa.

Luke gab keine Antwort. Er hatte zu große Angst.

Der Herzog kam ihm noch näher, seine scharfen grünen Augen schienen ihm in die Seele zu dringen. »Sieh dich an. Du wirst nie deine wahre Hässlichkeit verbergen, Lukas, deine bösartige Natur. Also gib dir keine Mühe. Du wirst nie so sein wie dein Bruder. Du wirst nie etwas von mir erben, denn du bist es nicht wert. Hörst du? Du wirst es nie wert sein, niemals.«

Warum?, wollte Luke immer fragen. Warum hasst du mich so sehr? Was habe ich getan?

Aber er wusste, was er getan hatte. Es gab ihn. Seine bloße Existenz stieß seinen Vater ab.

Der Herzog seufzte, und Luke zuckte zusammen. Er wusste, was jetzt käme. »Dreh dich um. Wenn du dich weigerst, dir das Böse selbst auszutreiben, muss ich es aus dir rausprügeln.«

»Nicht, Papa«, wimmerte Luke, aber seine Stimme war so schwach verglichen mit der dröhnenden, übermächtigen Stimme seines Vaters.

Der Herzog stieß ihn zu Boden, riss ihm das Hemd aus der Hose und hob die Reitgerte. Luke krümmte sich zu einer Kugel zusammen, doch die Gerte pfiff durch die Luft und riss ihm die Haut auf ...

Luke fuhr hoch. Keuchend beugte er sich nach vorn über die Knie. Sein Rücken brannte von dem Hieb. Blutete er? Er verdrehte sich und tastete sich ab.

Nach und nach begriff er, wo er war. Er trug sein Hemd, und es war feucht von Schweiß, nicht von Blut. Und Emma regte sich neben ihm.

»Was ist?«, murmelte sie. »Was hast du, Luke? Ist dir nicht gut?«

Teufel noch mal, er zitterte. Er zitterte vor Angst vor einem Mann, der seit zwanzig Jahren tot war.

Er kann dir nichts mehr tun.

Doch die Beteuerung stieß auf taube Ohren, wie immer.

»Luke?«

»Ja«, sagte er mit zittriger Stimme. Er konnte das Zittern nicht unterbinden. Wieso nicht, verflucht noch eins? »Ja.«

Jetzt war sie richtig wach. Sie richtete sich auf und legte ihm eine Hand auf die Schulter. Er versuchte, ihre Hand zu ertragen. Seine Haut fühlte sich wund an. Als wäre ihm der Rücken zerfetzt worden. Und das, obwohl er wusste, dass er nur geträumt hatte. Er war unverletzt. *Unverletzt.*

»Du zitterst.«

»Es geht mir gut«, brummte er. Natürlich war das gelogen.

»Nein, das stimmt nicht«, widersprach sie ruhig. Beruhigend. Aber auch mit einer Spur ... Mitleid. Das konnte er jetzt nicht vertragen. Er hatte ihr gegenüber viel von sich preisgegeben, viel mehr als irgendeinem anderen Menschen. Aber es gab eine Grenze, und die war nun erreicht.

Er stieg aus dem Bett und versuchte, sich zu erinnern, wo er Hose und Rock gelassen hatte, tastete im Dunkeln umher, bis er sie fand.

»Was hast du vor?« Nun klang sie alarmiert.

»Ich brauche frische Luft.«

»Luke, es ist mitten in der Nacht. Es ist ...«

»Nein!« Er mühte sich mit den Hosenbeinen ab. »Ich muss mich ein bisschen bewegen. Ich bin bald wieder da. Später.«

»Luke, lauf nicht weg. Bleib bei mir.«

Seine Hose war nicht richtig zugeknöpft, aber er bekam in dem Zimmer keine Luft mehr. Er musste ins Freie. Er nahm seinen Mantel vom Haken, schloss die Tür auf, trat auf den Gang. Mit seinen zitternden Händen fummelte er den Schlüssel wieder ins Schloss, aber schließlich schloss er ab. Er wusste, Emma hasste es, eingesperrt zu werden, wenn er allerdings schon nichts anderes tun konnte, würde er wenigstens dafür sorgen, dass ihr nichts zustieß – so nutzlos es auch sein mochte.

Dann sank er gegen die Tür und schloss die Faust um den Schlüssel. Hier auf dem dunklen Korridor konnte er schon etwas besser atmen.

Er fuhr sich heftig durch die Haare. Das Zittern hörte nicht auf.

Das war alles eine Illusion, begriff er. Was er mit Emma tat. Das war eine kleine, neckische Kostprobe vom Himmel, aber nicht real. Früher oder später würde er wieder vor seinen Dämonen davonrennen, nur um gepackt zu werden, an seine Mängel erinnert und geprügelt zu werden.

Und er hatte Emma in seine Welt des Wahnsinns hineingezogen. Die Enttäuschung war vorherbestimmt, er würde ihr letztendlich wehtun. Unausweichlich. Er kränkte alle Menschen, denen er am Herzen lag. Wie seine Mutter. Und Trent.

Auf wackligen Beinen stieg er die Treppe hinunter. Er wünschte, die Schankstube hätte noch geöffnet, aber es war zu spät – oder noch zu früh vermutlich. Alles war still. Heute Nacht würde es keinen Tropfen für ihn geben, der die scharfen Klingen abstumpfte.

Er ging den Korridor entlang und nach draußen auf die neblige Straße. Eine dünne Schneedecke machte die Straße weiß. Der Winter stand kurz bevor.

Wenigstens hatte es aufgehört zu regnen.

Emma konnte nicht schlafen, nachdem Luke gegangen war. Sie lag stundenlang wach und starrte an die Decke. Sie fragte sich, was er geträumt haben konnte. Er wollte es ihr nicht sagen. Sollte sie versuchen, es ihm irgendwie zu entlocken? Oder sollte sie es gut sein lassen?

Es gut sein lassen, beschloss sie. Luke hatte ihr manches Geheimnis anvertraut, aber erst, als er von sich aus dazu bereit gewesen war. Vielleicht würde er ihr auch irgendwann von seinen Albträumen erzählen.

Doch sie wollte es so dringend wissen. Um ihm zu helfen. Sie hasste es, sich hilflos zu fühlen. Sie schloss die Augen und versuchte zu schlafen, aber vergeblich. Als die Dämmerung alles mit einem trostlosen Grau überzog, starrte sie noch immer an die Decke, auf den langen Riss, der immer klarer, tiefer, länger wurde, je weiter die Sonne aufstieg.

Bis Luke zurückkam, hatte Emma gebadet und sich angekleidet und schaute aus dem Fenster. Als sie die Tür aufgehen hörte, drehte sie sich um, um ihn eintreten zu sehen.

Er zögerte auf der Schwelle. »Hast du weitergeschlafen?«

»Nein.«

Er zog die Brauen zusammen. »Das tut mir leid.«

»Das ist nicht deine Schuld.«

Damit erntete sie ein bitteres Lachen. »Oh doch.«

Sie schenkte ihm ein leichtes Lächeln. »Das ist nicht schlimm. Ich werde heute Nacht schlafen.«

Immerzu versicherte sie ihm, es sei nicht schlimm. Aber stimmte das? Im Augenblick war sie selbst nicht überzeugt.

Er kam zu ihr, legte die Arme um sie, zog sie an sich. Sie erwiderte die Umarmung und drückte die Lippen über dem Kragen an seinen Hals. Seine Haut war kalt. Er war draußen gewesen. Sie atmete tief seinen salzigen Geruch ein, den sie so mochte.

»Em«, sagte er sanft. Mehr nicht.

Eine Minute lang standen sie so da, dann löste er sich von ihr. »Es hat in der Nacht geschneit.«

»Ich habe es gesehen. Wenigstens regnet es nicht.«

»Die Straßen werden glatt sein, aber wir sollten versuchen, ein paar Meilen zurückzulegen.«

»Ja.« Ihre Tage in dem Gasthaus waren wunderbar gewesen – Luke hatte ihr erotische Freuden gezeigt, von denen sie insgeheim geträumt hatte, und noch viel mehr, das sie sich nicht hätte ausdenken können. Er war hart und zärtlich zugleich, liebevoll und aufmerksam, ein Schurke, der ihr einen Höhepunkt nach dem anderen bescherte.

Jeden Moment ihrer Zweisamkeit hatte sie geliebt, doch diese heißen Stunden hatten sie dem schlechten Wetter zu verdanken. Roger Morton zu finden war nach wie vor das Wichtigste. Sie mussten schleunigst nach London fahren und ihn aufspüren, und dann würden sie hoffentlich alles erfahren.

Und dann?

Sie versuchte, nicht daran zu denken. Sie hatte noch die Pistole in ihrer Reisetasche liegen. Trotz des Regens war sie trocken geblieben, der Kutschkasten hatte das nasse Wetter unbeschadet überstanden.

Luke hatte die Waffe noch nicht bemerkt. Zum Glück. Nach ihrem Gespräch von gestern Abend war klar, dass er sie ihr wegnähme, sollte er sie entdecken.

Eine Stunde später hatten sie gefrühstückt und setzten ihre Reise fort – auf einer schlammigen Straße voller Schlaglöcher mit Schneematsch am Rand.

Luke war stiller als sonst. Emma wusste, warum – sein Albtraum war der Grund. Aber sie war nicht geneigt, das Thema anzuschneiden, nachdem sie den Morgen über nachgedacht hatte.

Sie fuhren langsam, viel langsamer als sonst. Emma sah wohl, wie schlecht die Straßen waren, aber nachdem die Pferde stundenlang im Schritt gegangen waren, wurde sie zappelig.

»Können wir nicht mal schneller fahren?«, bettelte sie.

Luke schaute weiter auf die Straße. »Nein.«

Sie seufzte, als er um eine Schlammpfütze herumsteuerte, und dachte daran, für wie rücksichtslos sie ihn anfangs gehalten hatte, weil er diese Karriole gekauft hatte. Dabei war er von Beginn an vorsichtig und gewissenhaft gefahren.

»Bei der Geschwindigkeit sind wir erst im Januar in London.«

Er zuckte die Achseln. »Besser im Januar lebendig in London als im Oktober tot in Northumberland.«

Nun, dagegen ließ sich schwerlich etwas sagen. Sie lehnte sich zurück und schaute in die Landschaft, während sie eine Anhöhe hinauffuhren. Der Wald war dicht, reichte auf beiden Seiten bis an die Straße. Ahornbäume mit rotgoldenem Laub und grüne Kiefern. Herbstlaub in den prächtigsten Farben bedeckte den Boden, und an Schattenstellen unter Bäumen und am erhöhten Straßenrand lugte der Schnee hervor, der in der Nacht gefallen war.

Sie erreichten die Hügelkuppe. Dort fiel die Straße steil ab und beschrieb eine scharfe Kehre unter den Ästen eines ungewöhnlich großen und dicht belaubten Ahornbaums, dessen rotgoldene Blätter sich hartnäckig an den Zweigen hielten. Unmittelbar zur Rechten sah Emma einen Teich mit verschneitem schilfbewachsenem Ufer.

Der Ahornbaum beschattete die Straße, und dort war eine dünne Schicht Schnee liegen geblieben. Der Boden vor ihnen erschien eben, aber nach dem Schaukeln des Wagens zu urteilen, war das eine Illusion.

Plötzlich gab es einen wilden Ruck, es knackte laut, und Emma sah sich durch die Luft geschleudert. Unwillkürlich streckte sie schützend die Arme aus, dann schoss ihr ein scharfer Schmerz ins Fußgelenk und das Bein hinauf, und sie stürzte mit dem Gesicht voran in eisiges Wasser, mit einer Hand sank sie im Morast ein.

Für einen Moment war alles vollkommen still. Totenstill.

Dann spürte sie einen furchtbaren Druck auf ihrem Knöchel, und zwei Arme griffen um sie und hoben sie aus dem Wasser.

»Emma!« Die Stimme war laut. Voller Angst. Ganz nah.

Sie wurde auf ein weiches Laubbett gelegt.

»Emma, kannst du mich hören? Sprich mit mir, bitte.« Sie wurde ein wenig geschüttelt, und darauf lächelte sie.

Langsam schlug sie die Augen auf. Luke beugte sich mit entsetzter Miene über sie. Sowie er sah, dass sie ihn anschaute, drückte er sie an seine Brust. »Mein Gott«, hauchte er. »Dem Himmel sei Dank. Ich dachte ... ich dachte ... ich hätte dich verloren.«

Verwirrt schüttelte sie den Kopf. Und dann spürte sie ihren

Körper wieder, die Nässe, die durch ihre Kleider gedrungen war, den brennenden Schmerz im Fußgelenk. Und sie hatte das Gefühl, als läge etwas Kaltes, Feuchtes auf ihrem Gesicht.

Neugierig griff sie sich an die Wange. Da klebte ein schlammiges Blatt. Sie warf es von sich. Luke hielt sie noch im Arm, küsste sie aufs Haar und stammelte Entschuldigungen.

»Was … was ist passiert?«, fragte sie schließlich, als sie die Stimme wiedergefunden hatte.

»Wir sind in ein Schlammloch geraten und auf deiner Seite stecken geblieben. Die Achse ist gebrochen. Schau.«

Luke half ihr, sich aufzusetzen, dann drehte er sich zur Straße. Sie folgte seinem Blick. Den Pferden war offenbar nichts passiert – sie standen friedlich da und fraßen von den Kräutern am Böschungsrand. Aber die Karriole – ihre Karriole – war ein Trümmerhaufen. Ein Rad lag gleich neben Emmas Bein. »Oh nein«, hauchte sie.

»Du wurdest hinausgeschleudert und bist im Teich gelandet«, seine Stimme schwankte, »mit dem Kopf voran. Und dann lagst du so still da, da dachte ich, du hättest dir den Kopf angeschlagen und … ich dachte, du wärst …«

»Mir geht es gut«, versicherte sie. Allmählich arbeitete ihr Verstand wieder, trotz der eisigen Kälte. Sie untersuchte sich rasch und fand sich unverletzt bis auf den schmerzenden Fuß.

»Und du? Bist du unverletzt?«, fragte sie ihn, eine Hand an seiner Wange.

»Ja. Ich bin abgesprungen und auf den Füßen gelandet. Ich habe keinen verdammten Kratzer abbekommen.« Er verzog den Mund zu einem bitteren Lächeln. »Wie immer.«

Sie schnalzte mit der Zunge. »Lass das. Wärst du jetzt wirklich lieber verletzt?«

»Wenn du dadurch unversehrt geblieben wärst, dann ja«, sagte er ohne Zögern.

»Mir ist weiter nichts passiert.«

Er atmete erleichtert aus. »Geht es dir wirklich gut?«

»Ja.« Sie zögerte. »Aber ich glaube, mit meinem Knöchel stimmt etwas nicht.«

Er wandte sich ihren Füßen zu. »Welcher ist es?«

»Der rechte.«

Behutsam zog er ihr den nassen Schuh aus. Jede Berührung tat entsetzlich weh. Dann tastete er sanft ihren Fuß ab. »Hier?«

»Ja.«

»Das Rad ist dir auf den Fuß gefallen. Ich musste es wegheben, bevor ich dich aus dem Wasser ziehen konnte. Das hat ihn zumindest gequetscht.«

Er blickte sie fest an. »Du bist durchnässt und ausgekühlt. Du musst dir etwas Trockenes anziehen. Dann müssen wir einen Arzt aufsuchen.«

»Hier draußen? Ich glaube, vorher sollten wir uns fragen, wie wir von hier wegkommen.«

Luke griff unter sie und machte Anstalten, sie hochzuheben wie ein Kind. »Luke! Ich bin zu schwer. Ich kann laufen.«

»Nein.« Er drückte sie fester an sich und erhob sich mit erstaunlich wenig Anstrengung. Sie legte die Arme um seinen Hals, und so stieg er die Böschung hinauf auf die Straße. Langsam drehte er sich nach allen Seiten. »Hier kannst du nirgendwo sitzen. Kannst du für kurze Zeit auf einem Bein stehen?«

»Natürlich.«

Ganz sanft ließ er sie herunter, und obwohl ihr Herz noch von dem Schreck klopfte und obwohl ihr Fuß schmerzte, spürte sie im Unterleib ein Kribbeln.

Er wohl auch. Denn sowie sie mit dem Fuß den Boden berührte, blickte er sie erregt an. »Ich habe gerade starkes Verlangen nach dir.«

Dann nimm mich, wollte sie sagen. Hier mitten auf der Straße. Sie schauderte vor Erregung, doch leider sah er es als Zeichen, dass sie fror, und nachdem er sich vergewissert hatte, dass sie sicher stand, ging er zur Karriole.

Sie schaute auf den steinigen nassen Boden und begriff, dass es vermutlich höchst unbequem wäre, sich hier zu lieben. Manchmal siegte eben doch die Vernunft.

Sie sah Luke im Kutschkasten wühlen und trockene Kleidung herausziehen. Er kehrte mit einem Unterhemd und einem Unterrock zurück. »Damit beginnen wir. Steh still.«

Das tat sie, während er ihr den tropfnassen schweren Seidenmantel abnahm. Fast weinte sie, als sie sah, wie schmutzig er geworden war. »Meinst du, er ist ruiniert?«

»Nein«, sagte er sanft. Er verbot ihr, sich zu bewegen, und trat hinter sie, um ihr das Kleid aufzuknöpfen – das weiße aus Musselin. Das war ebenfalls schlammig und nass.

Das Kleid fiel, dann der Unterrock, und halb nackt mitten auf einer Landstraße in Northumberland begann sie heftig zu zittern. Ihr war noch nie so kalt gewesen.

Luke sah es – sie hätte es gar nicht verbergen können – und kniff die Lippen zusammen. »Es tut mir leid«, schnatterte sie. »Mir ist so kalt.«

»Du musst leider alles ausziehen«, sagte er düster. »Du bist nass bis auf die Haut. Wenn in den nächsten fünf Minuten jemand vorbeifährt ...« Er blickte die Straße entlang, als wollte er alle herannahenden Kutscher beschwören, auf der Stelle anzuhalten und zu warten, bis Emma wieder bekleidet war.

Und dann machte er sich an die Arbeit. Auf einem Bein balancierend half sie ihm, ihre Strümpfe loszubinden, dann das Unterhemd über den Kopf zu ziehen.

Als sie nackt war, huschten seine Blicke über sie, aber er sah sie vor Kälte zittern und zog ihr rasch das trockene Hemd über.

»Ein zweites Paar Strümpfe habe ich nicht. Ich werde ohne gehen müssen.«

Schweigend half er ihr in den Unterrock, mit geübten, aber sanften Handgriffen. Dann zog er ihr das schwarz-weiße Halbtrauerkleid an und knöpfte es zu.

Fuhrwerke kamen derweil nicht vorbei. Was ein erstaunliches Glück war, denn zuvor war die Straße noch sehr belebt gewesen – alle Bauern und Reisenden nutzten den ersten trockenen Tag nach dem langen Regenwetter.

Nachdem Emma nun bekleidet war, hoffte sie, auch warm zu werden. Aber sie war doch zu sehr durchgefroren und hörte nicht auf zu zittern.

Luke zog sich den Mantel aus und legte ihn ihr um die Schultern. »Er ist nur von außen feucht.«

Er hatte recht. Innen war er warm und roch nach ihm. Sie hüllte sich darin ein, während er zur Karriole ging und die Decke holte, mit der sie sich seit Bristol warm gehalten hatten.

Diese legte er ihr noch zusätzlich um die Schultern, und dann zog er sie an sich, rieb ihr den Rücken, um sie zu wärmen, blickte dabei aber immer wieder zu ihrem zerbrochenen Wagen.

»Es sollte bald jemand vorbeikommen. Von dem lassen wir uns zum nächsten Arzt fahren.«

»So schlimm ist es gewiss nicht«, sagte sie. »Das ist nur ein Bluterguss.«

»Ein Bluterguss, mit dem du nicht stehen kannst?«, erwiderte er stirnrunzelnd. »Das glaube ich nicht.«

Sie begaben sich zum Wagen, Emma humpelnd auf Lukes Arm gestützt. Dort lehnte sie sich gegen das noch intakte Rad, während Luke die Pferde ausspannte.

Er war noch nicht damit fertig, als sie Hufschlag hörten. Eine vierspännige, doppelt bemannte Postkutsche nahte heran, die wesentlich schneller fuhr, als Luke es mit der Karriole gewagt hatte. Der Kutscher bremste die Pferde, sowie er das Wrack auf der Straße sah.

Luke unterbrach das Ausspannen und trat auf die anhaltende Kutsche zu, einen Schritt von dem Schlammloch entfernt, in dem die Achse gebrochen war.

Der Schlag ging auf, und fünf Männer sprangen heraus, um den Schaden zu besehen. Ihre neugierigen Blicke schweiften über die Karriole, dann über die nasse Unterwäsche, die auf der stark geneigten Sitzbank ausgebreitet lag, worauf sich ihre Aufmerksamkeit auf Emma verlagerte. Luke, der mit dem Kutscher sprach, hielt inne, sah die Männer und erfasste die Situation.

Mit drei langen Schritten war er bei Emma und hob sie auf den Arm wie schon zuvor. Ohne die fünf Passagiere weiter zu beachten, trat er erneut auf den Kutscher zu.

»Tut mir leid, aber ich hab noch mal meinen echten Namen genannt«, murmelte er an Emmas Ohr. Dann sagte er zu dem Kutscher: »Meine Begleiterin wurde bei dem Unfall verletzt.«

»Ich hoffe, es ist nichts Ernstes«, erwiderte dieser in mitfühlendem Ton, doch Emma sah seinen zudringlichen Blick und das Schimmern in seinen dunklen Augen. Er hielt sie offenbar für Lukes Mätresse.

Was sie im Grunde war.

»Wirklich, es ist nicht schlimm, nur ein gequetschter Fußknöchel.« Und zu Luke: »Bitte, lassen Sie mich herunter, Mylord.«

Luke ignorierte sie und sagte zu dem Kutscher: »Sie werden uns jetzt zum nächsten Arzt fahren.«

Der Mann zog die Brauen hoch. »Bedauere, Mylord. Ich bin aus London, weiß nicht mal, ob es in dieser Wildnis einen gibt.«

Der zweite Fahrer war inzwischen abgestiegen und stellte sich neben seinen Kollegen. »Wir sind eine Stunde von Belford entfernt. Dort gibt es eine Poststation mit Gasthaus. Da wird man Ihnen einen Arzt nennen können.«

Emma stöhnte im Stillen. Belford hatten sie vor einer ganzen Weile passiert. Jetzt würden sie tatsächlich zurückfahren müssen.

»Gut«, sagte Luke. »Dann fahren wir mit Ihnen.«

Die Männer halfen, die havarierte Karriole an den Straßenrand zu schieben. Sie banden die Pferde hinter der Postkutsche an und holten das Gepäck und verstauten es. Luke versicherte ihr, er habe ihre nasse Kleidung eingesammelt und in ihre Reisetasche gepackt. Schließlich setzten sich drei der Passagiere auf das Kutschendach, damit Luke und Emma eine Bank für sich hatten. Luke trug Emma hinein, setzte sie behutsam ans Fenster und nahm den Platz neben ihr ein.

Die Stunde wurde ihnen lang. Luke blickte drohend, sobald die zwei Passagiere Emma auch nur anschauten. Emma saß ganz still. Ihre Glieder waren taub vor Kälte, aber im Fuß pochte der Schmerz.

Belford lag nur fünfzehn Meilen südlich von Berwick-upon-Tweed. Nach allem, was sie heute durchgemacht hatten, waren sie lediglich fünfzehn Meilen weit gekommen. Und hatten nun keinen Wagen mehr. Emma hätte gern mit Luke besprochen, was sie jetzt tun würden, wollte das jedoch nicht im Beisein der fremden Leute tun.

Daher war ihre Erleichterung groß, als sie endlich in Belford aussteigen konnten. Im Nu hatte der Kutscher ein Bündel Briefe aus dem offenen Fenster der Poststation entgegengenommen und fuhr in einem Tempo an, dass der Straßenschlamm auf ihr Gepäck spritzte, das man auf die Straße gestellt hatte, wo Luke und Emma standen, sie auf einem Bein balancierend an Lukes Arm und er noch mit den Zügeln ihrer Pferde in der Hand.

Äußerst verärgert blickte Luke der Kutsche nach, dann auf seine Füße. Er atmete einmal tief durch und blickte auf. »Ich bedaure das sehr.«

Sie zog die Brauen hoch. »Was denn?«

»Wie sie dich angesehen haben.«

Ach das.

»Ich hätte ihnen weiß Gott gern das Grinsen ausgetrieben und musste sehr an mich halten.«

Sie lachte leise. »Ich bewundere deine Beherrschung, aber eigentlich waren das keine üblen Burschen.«

»Ich kann es nicht leiden, wenn dich einer so anstiert.« Er kniff die Augen zusammen. »Außer mir natürlich.«

Zwei Diener kamen aus dem Gasthaus und nahmen sich des Gepäcks an, ein weiterer führte die Pferde zum Stall und versprach, sie gut abzureiben und in eine saubere Box zu stellen.

»Ich werde mir wohl etwas rote Farbe besorgen«, murmelte Luke.

»Wozu denn das?«, fragte Emma verwundert.

»Dann schreibe ich an deine Stirn: Eigentum von Lord Lukas Hawkins. Wer beim Anstarren erwischt wird, wird sofort erwürgt.«

Sie lachte. »Ich bezweifle, dass das alles auf meine Stirn passt.« Insgeheim fand sie es aufregend, sein »Eigentum« zu sein. Was aber auch beunruhigend war, denn seit ihrer katastrophalen Ehe wollte sie nur noch sich selbst gehören.

Und tatsächlich war sie nicht Lukes Eigentum. Sie hatte ihm nichts versprochen, und er hatte ihr nichts versprochen. Außerdem glaubte sie nicht, dass sie sich je wieder mit der Idee, einem Mann zu gehören, anfreunden könnte. In ihrem bisherigen Leben war sie zuerst Eigentum ihres Vaters und dann Henrys gewesen. Nun war sie frei und selbstständig und traf ihre Entscheidungen allein. Und so gefiel es ihr.

Aber sie durfte sich derzeit nicht mit solchen Gedanken aufhalten. Sie mussten sich mit dringenderen Angelegenheiten befassen.

»Was werden wir jetzt tun?«, fragte sie leise, den Blick auf die Straßenbiegung gerichtet, hinter der die Postkutsche verschwunden war.

»Lass uns erst einmal ins Haus gehen. Du musst dich aufwärmen. Dann holen wir einen Arzt für deinen Fuß. Danach werde ich uns ein neues Fuhrwerk besorgen.« Er bedachte sie mit einem frechen Grinsen, bei dem ihr sogleich warm wurde. »Wenn alles gut geht, werden wir morgen schon weiterreisen können.«

11

Der Arzt drückte prüfend an Emmas Fuß herum. Sie biss die Zähne zusammen und beklagte sich nicht. Schließlich gab er bekannt, es handle sich um eine üble Verstauchung – das Rad habe nur einen Bluterguss hervorgerufen, die Verstauchung stamme von dem Aufprall beim Sturz, wo der Fuß verdreht worden sei. Sie selbst konnte sich an die Details des Geschehens nicht erinnern.

Der Arzt versicherte Luke, die Verstauchung werde in einigen Wochen ausgeheilt sein, solange sie den Fuß gehörig schonte. Er bandagierte ihn mit Leinenstreifen, wies sie an, das Bein hochzulegen, ordnete warme Umschläge an, die in regelmäßigen Abständen aufgelegt werden sollten, und gab ihr einen Gehstock.

Nachdem der Mann den Raum verlassen hatte, den sie im Blue Bell Inn gemietet hatten, stand Luke da und schaute finster zu ihr hin. Sie saß quer auf dem Bett mit dem Rücken an der Wand. Er hielt die Hände zu Fäusten geballt an den Seiten.

Er war wütend. Auf sich selbst. Weil er nicht gut genug auf sie aufgepasst hatte.

Wieder wurde ihm seine Unzulänglichkeit vor Augen geführt.

Ganz zu schweigen davon, dass er sie von Anfang an belogen hatte …

Er holte tief Luft. Jetzt musste er sich um ein Reisegefährt kümmern. Er lächelte sie an, aber es geriet recht verkrampft. »Eine Postkutsche.«

»Was?«

»Ich werde uns eine Postkutsche mieten, die uns nach London bringt.«

Sie schien zu überlegen, dann lächelte sie ihn schief an. »Das hätte mir in Bristol gefallen.«

Er runzelte die Stirn. »Aber jetzt nicht?«

»Unsere kleine Karriole ist mir wohl ans Herz gewachsen. Es tat mir leid, sie mit gebrochener Achse am Straßenrand zu sehen.«

Er setzte sich auf die Bettkante und nahm ihre zarte, kleine Hand in seine.

»Ich hätte sie nicht kaufen sollen. Ich hätte es besser wissen müssen.«

»Ich habe ganz England gesehen, von der Süd- bis zur Nordküste. Ich habe jeden Tag saubere, frische Luft geatmet. Die Reise war unvergleichlich. In Bristol habe ich ja nicht geahnt, wie sehr mir das gefallen würde.«

»Aber du wurdest hinausgeschleudert«, brummte er schroff.

»Mir ist doch nichts passiert.«

»Es hätte schlimm ausgehen können.« Sehr schlimm. Er sah es noch vor sich, wie sie durch die Luft flog und ins Wasser klatschte, das Rad hinterher – Teufel auch, den ganzen Nachmittag waren ihm diese Bilder durch den Kopf gegangen. Ihm war jetzt noch übel davon.

»Ist es aber nicht«, erwiderte sie. »Es geht mir gut, und zwar weil du so vorsichtig gefahren bist.«

Er hob ihre Hand an den Mund und küsste sie auf die Knöchel. »Ruh dich aus. Ich werde mich jetzt um die Weiterreise kümmern.«

Sie seufzte. »Also gut. Ich will an Jane schreiben, solange du fort bist.«

Er brachte ihr das Schreibzeug und legte alles so bereit, dass sie das Bett nicht zu verlassen brauchte. Dann nahm er seinen Mantel und ging.

Eine halbe Stunde später hatte er für neun Uhr am nächsten Morgen zwei Plätze in der Postkutsche nach London besorgt, die vor dem Blue Bell Inn abfahren würde.

Auf dem Rückweg fiel sein Blick auf den Pub gegenüber der Poststation, wo reger Betrieb herrschte, da die Zeit für das Abendessen gekommen war.

Er beschloss, etwas zu trinken, bevor er aufs Zimmer zurückkehrte. Nur ein Glas, dann würde er zu Emma gehen und sie vielleicht zum Abendessen in die Schankstube hinuntertragen.

Die Sonne ging unter, und ein Diener kam, um ihr die Lampen anzuzünden. Emma bat nicht, ihr ein Abendessen heraufzubringen, da Luke angedeutet hatte, sie könnten unten gemeinsam speisen.

Eine weitere Stunde verging. Und noch eine. Das nächste Zimmermädchen kam mit einem heißen Handtuch für ihren Knöchel. Emma nahm es dankend entgegen und schickte die junge Frau weg.

Inzwischen war Emma klar, wohin Luke gegangen war. Sie legte das Handtuch beiseite, humpelte zum Fenster und drückte die Stirn dagegen.

Dieser Mann löste zwiespältige Gefühle in ihr aus. Von ungetrübtem Glück bis zu tiefer Verzweiflung war alles dabei. Sie hätte nicht gedacht, dass sie so für einen Mann empfinden konnte.

Im Augenblick herrschte die Verzweiflung vor. Sie hasste es, wenn er sich getrieben fühlte, sie allein zu lassen. Während der Zeit in Berwick hätte er es jede Nacht getan, das war ihr klar, wenn sie ihn nicht im Bett vollauf beschäftigt hätte. Aber nun war die Schonfrist offenbar vorbei.

Auch heute Abend würde sie ihn liebend gern im Bett beschäftigen. Ihr Verlangen, das sie bei der Entkleidung an der zerbrochenen Karriole überkommen hatte, war im Lauf des Tages nicht verebbt. Es machte sich immer wieder auf köstliche Weise bemerkbar.

Ihre Wünsche würden diesmal zweifellos nicht erfüllt werden. Denn Luke war nicht da. Er saß in dem Pub gegenüber. Sie hatte bei ihrer Ankunft vor dem Blue Bell Inn bemerkt, wie er hinüberschaute.

Während sie nun am Fenster stand und in die schwarze Nacht blickte, ging ihre Verzweiflung in Zorn über. Kurz überlegte sie, hinüberzuhumpeln und ihn zu holen. Nein. Sie wollte ihm keine Szene machen und war doch zu wütend, um es nicht zu tun. Sie hatte gute Lust, ihn zu beschimpfen. Ihn zu ohrfeigen.

Die Glasscheibe war kalt wie ein Eisklotz. Es war niemand mehr auf der Straße, alle Leute waren schon daheim, um es sich dort behaglich zu machen. Nur Luke nicht.

Die flache Hand an die eisige Scheibe gedrückt, dachte sie, wie besitzergreifend sie ihm gegenüber war. Sie fühlte sich berechtigt, ihm vorzuschreiben, was er mit den Abenden anfangen sollte. In Wirklichkeit hatte sie kein Recht dazu. Im Grunde schuldete er ihr nichts. Er hatte ihr nichts versprochen. Er konnte tun, was ihm beliebte. Sich sogar mit einer anderen Frau vergnügen, wenn ihm danach war.

Ihr Herz sagte dennoch etwas anderes. Es war der Meinung, sie wären sich viel zu nahegekommen, um einander gleichgültig zu behandeln.

Ein gefährlicher Gedanke. Sie durfte sich nicht so stark auf ihn einlassen. Sie kannte ihn recht gut, hatte schon festgestellt, wie sehr er sich von anderen Männern unterschied – er war charmant und geheimnisvoll, witzig und sinnlich, fordernd und großzügig, zufrieden und doch auf der Suche nach etwas Rätselhaftem, von dem sie wünschte, sie könnte es ihm geben. Er machte sie wütend und faszinierte sie mit seiner Mischung aus Unbeschwertheit und Düsternis. Dabei hielt er so viel von sich verborgen, selbst jetzt noch.

Wie sollte eine Frau sich ihre Empfindungen verbieten?

Sie wartete noch Stunden. Ein Mädchen kam und brachte ihr noch feuchtes, gereinigtes Kleid und hängte es auf. Hoffentlich würde es über Nacht trocknen, denn sie würde früh packen müssen, wenn Luke tatsächlich die Postkutsche nehmen wollte, und es wäre fatal, wenn es Stockflecken bekäme.

Schließlich setzte sie sich wieder auf das Bett und legte das Bein hoch, wie der Arzt verordnet hatte.

Sie wartete. Und wartete. Und wurde wütender. Und tat sich selbst leid. Ihre Augen schwammen in Tränen, aber sie blinzelte sie weg.

Warum, Luke? Warum tust du dir das an? Und warum uns?

Sie zog sich das Nachthemd an und versuchte zu schlafen. Ein fruchtloses Unterfangen. Sie war zu aufgeregt. Zu wütend und gekränkt und verwirrt. Zu sehr mit Luke beschäftigt. Zum ersten Mal während ihrer gemeinsamen Reise fragte sie sich, ob sie mit gebrochenem Herzen enden würde.

Endlich, in den frühen Morgenstunden, kam er zurück. Emma hatte kein Auge zugetan. Sowie sie den Schlüssel im Schloss hörte, drehte sie sich auf die andere Seite und gab vor zu schlafen. Leise fluchend taumelte er ins Zimmer. Sie hörte ihn hinter sich zuschließen und sich ausziehen. Dann stieg er zu ihr ins Bett. Sie roch den Schnaps, und wieder kamen ihr die Tränen.

»Emma?«, fragte er schleppend und fand den Namen offenbar schwierig auszusprechen.

Sie kniff die Augen zu und gab keine Antwort.

Sein Mund schob sich in ihre Haare. »Mein schöner Engel«, lallte er. »Schlaf, mein Liebling.«

Da erst drangen die Tränen durch ihre zugekniffenen Lider und hinterließen eine heiße, nasse Spur auf ihren Wangen.

Am nächsten Morgen erwachte sie von dem Duft nach Rühreiern, Speck, geröstetem Brot und Kaffee.

Sie drehte und reckte sich. Bei der Erinnerung an die vergangene Nacht zog sich ihr Magen zusammen, doch sie rang sich ein gleichmütiges Gesicht ab, als sie Luke mit einem Tablett herankommen sah.

Er setzte sich auf die Bettkante, stellte das Tablett auf seinen Schoß und betrachtete sie mit einem Ausdruck unendlicher Zärtlichkeit. »Wie geht es deinem Fuß?«

Als sie ihn probehalber bewegte, flammte der Schmerz neu auf. »Unverändert.«

»Ich habe hier dein Frühstück.«

»Vielen Dank.« Sie setzte sich auf und rutschte bis an die Wand, damit sie sich anlehnen und das Bein ausgestreckt lassen konnte. Dabei gab sie sich Mühe, nicht vor Schmerz das Gesicht zu verziehen, wenn nur die Bettdecke gegen den Knöchel drückte.

Angesichts des Frühstücks riss sie erfreut die Augen auf. Auf dem Tablett standen zwei Tassen Kaffee – ihrer mit viel Sahne, wie sie es mochte –, dazu eine Platte mit Rührei und Speck, Röstbrot, süßem Brot und Butter.

»Damit du zu Kräften kommst«, sagte er, und seine Miene war die eines hoffnungsfreudigen Jungen.

Als sie zulangen wollte, fing er ihre Hand ab und drückte sie aufs Bett. »Ich will dich füttern.«

»Ich habe zwei gesunde Arme. Ich kann selbst essen.«

»Ich weiß. Aber ... heute Morgen möchte ich dich gern füttern.«

Sie wusste genau, was er gerade tat: Er wollte es wiedergutmachen.

Seufzend sagte sie: »So viel werde ich bestimmt nicht essen können.«

»Ich hoffe durchaus, du teilst mit mir.«

Sie nickte gezwungen lächelnd.

Er bestrich den Toast mit Butter und brach ein Stück für sie und eins für sich ab. Sie aßen Rührei und Speck von derselben Gabel, bis Emma angenehm satt war.

Luke trug das Tablett zum Tisch und setzte sich wieder zu ihr. Mit der Tasse in beiden Händen sah sie ihn an, während ihr alle möglichen Fragen durch den Kopf gingen. Auch Vorwürfe, denn die Erinnerung daran, wie sie sich während der Nacht gefühlt hatte, schwelte in ihr.

Sitzen gelassen, so hatte sie sich gefühlt.

Und so hatte er es vorausgesagt. Warum war sie überrascht? Dennoch fragte sie geknickt: »Warum bist du gestern Abend nicht wiedergekommen?«

Er schaute sie unergründlich an, dann sagte er: »Es tut mir leid.«

Konnte solch eine simple, lahme Entschuldigung all die düsteren Gefühle in ihr aufheben? Wohl kaum.

»Ich habe in der Schenke gesessen und nur daran gedacht, was für ein Lügner ich doch bin. Ich habe dich von Anfang an belogen.«

Ihr Herz schlug heftig.

»Ich kann dich nicht mehr anlügen, Em.«

»Worum geht es?«, fragte sie unsicher. Was jetzt? Was um alles in der Welt meinte er? War er verheiratet? Hatte das mit seinem geheimen Abstecher in Worcester zu tun?

Sie sah seinen Adamsapfel hüpfen, und plötzlich wirkte er sehr unsicher. »Letzten Sommer habe ich etwas erfahren. Etwas, das mein Leben verändert und zugleich die Rätsel meiner Vergangenheit gelöst hat.«

Er schluckte wieder, schaute auf die Bettdecke, dann sah er sie an. »Meine Mutter ist im April verschwunden, wie du weißt. Während unserer Suche bekam Trent mit Baron Stanley zu tun. Hast du schon mal von ihm gehört?«

»Nein.«

»Sein Landsitz liegt neben Ironwood Park. Er wollte seine Tochter Georgina mit Trent verheiraten und versuchte, ihn dazu zu zwingen.«

»Wie?«, fragte sie entgeistert.

»Er wusste etwas – etwas Skandalöses. Über meine Brüder Mark und Theo und über mich.«

Verwirrt schüttelte sie den Kopf. »Was denn?«

Er wandte den Blick zum Fenster, wo sie gestern Abend so lange gestanden hatte.

»Ich bin nur halb mit dem Herzog von Trent verwandt«, bekannte er niedergeschlagen. »Ein Halbbruder. Ich bin der illegitime Sohn der Herzoginwitwe und Baron Stanleys.«

Sie starrte ihn verständnislos an.

»Als Trent noch ein Säugling war, hatte meine Mutter eine kurze Affäre mit Stanley. Der alte Herzog wusste davon und war natürlich wütend, erklärte sich aber bereit, mich als seinen Sohn großzuziehen, und die Affäre wurde nicht weiter bekannt.«

»Gütiger Himmel«, murmelte sie. »Und ... und du hast davon nie etwas gewusst?«

Er schüttelte den Kopf. »Nein. Fast achtundzwanzig Jahre lang dachte ich, der Herzog von Trent sei mein Vater.«

»Oh Luke, das tut mir leid.«

»Keiner von uns wusste es. Nicht Trent, nicht meine Geschwister. Man hatte uns im Unklaren gelassen. Erst Stanley hat es uns letzten Sommer verraten, weil er Trent damit erpressen wollte.«

»Aber der hat die Baroness nicht geheiratet«, sagte Emma. »Er nahm das Hausmädchen.«

»Sarah, ja.« Luke lächelte schief. »Trent ist es gelungen, die Katastrophe von uns abzuwenden. Georgina Stanley ist eine unerträgliche Göre. Sie und mein Bruder hätten überhaupt nicht zueinander gepasst.«

»Miss Stanley ... ist also deine Halbschwester?«

»Ja.« Langsam drehte er den Kopf zu ihr. Sein tieftrauriger Blick stimmte sie weich.

Oh Luke.

Sein Leben lang zu glauben, man sei der Sohn eines Herzogs, um dann mit siebenundzwanzig zu erfahren, dass das nicht wahr war und dass man noch dazu ein uneheliches Kind war! Mit dem vermeintlichen Vater gar nicht verwandt. Und mit den Geschwistern nur halb. Und dass einem der Name gar nicht zustand.

Sie konnte sich gar nicht vorstellen, wie er sich danach gefühlt hatte.

»Ist das ... auch wirklich wahr?«, stammelte sie.

Einen Moment lang schloss er die Augen und biss die Zähne aufeinander. »Ja. Der Beweis war unwiderlegbar.«

»Und deine Brüder sind auch Söhne Stanleys?«

»Nein.« Seine Stimme klang belegt. »Die sind die illegitimen Söhne des alten Herzogs und einer seiner Mätressen. Stanley konnte auch das beweisen. Mit meinen zwei jüngeren Brüdern bin ich also gar nicht blutsverwandt. Sie sind nicht meine Brüder. Trent und Sam sind meine Halbbrüder, und Esme – wir wissen es nicht. Stanley hat auch ihre Legitimität infrage gestellt.«

»All das nur, um den Herzog zu erpressen.«

»Ja. Der Mann ist ein hinterhältiger Bastard.«

Und dieser war nun sein leiblicher Vater. Emma lehnte den Kopf an die Wand und schloss die Augen.

Luke seufzte schwer. »Du siehst also, ich habe dich diesbezüglich belogen, wer ich wirklich bin. Meine ganze Existenz ist eine Lüge. Mein Status als Erbe des Herzogs von Trent – ein Irrtum. Ich bin bloß ein Bastard, der vorgibt, etwas zu sein, was er nicht ist.«

Emma hielt die Augen geschlossen, und so saßen sie beide ein Weilchen still da.

Luke war noch immer Luke. Er war der Mann, den Emma bewunderte und begehrte, der sie auf manche Art verrückt machen konnte. Daran hatte sich nichts geändert. Sie verstand ihn jetzt aber besser. Jetzt hatte sie mehr Einblick in sein Wesen.

Emma machte die Augen auf. »Und du meinst, das könnte zwischen uns etwas ändern? Wie sollte es das?«

Luke kniff die Lippen zusammen und sah sie an. »Ich bin ein Hochstapler. Und von Natur aus schlecht. In Sünde gezeugt.«

Sie blickte ihn groß an. »Was redest du denn da?«

»Was ich besitze, verdiene ich überhaupt nicht. Ich beziehe eine Apanage aus dem herzoglichen Besitz, aber verdiene ich das überhaupt? Nein, nicht im Geringsten. Denn ich bin der Bastard eines miesen Bastards. Ich sollte gar nichts besitzen, doch ich habe ein Leben voller Müßiggang geführt, das ich mir nicht leisten kann, ohne das Geld eines toten Mannes zu nehmen, mit dem ich nicht verwandt bin.«

»Dein Bruder würde dir widersprechen!«

Er lachte bitter. »Du scheinst ja viel über ihn zu wissen.«

»Durch dich. Du hast mir von ihm erzählt. Ich weiß, dass ihr selten einer Meinung seid, aber ich sehe, dass er dir am Herzen liegt. Und du ihm offensichtlich auch. Ich denke, diese dumme Enthüllung schert ihn nicht im Geringsten.«

»Oh doch«, widersprach Luke leise. Er wandte sich ab und fuhr sich heftig durch die Haare.

Emma war bestürzt und wütend. Luke nahm das alles als Beweis, dass er ein unwürdiger Mensch war.

»Du Dummer.«

Luke blickte sie an. Sie rückte mühsam an ihn heran, ohne den Fuß allzu sehr zu bewegen, fasste ihn um den Hals und zog ihn zu sich heran. Sie küsste ihn auf den Mund, dann drückte sie das Gesicht an seine stoppelige Wange. Er hatte sich noch nicht rasiert.

»Lass dich davon nicht niedermachen, Luke. Das ändert überhaupt nichts daran, was für ein Mensch du bist.«

»Meinst du nicht?« Er klang bewegt.

»Nein.« Sie küsste ihn wieder und etwas härter. »Nein.« Und noch ein Kuss. »Das ändert nichts daran, was ich für dich empfinde. Oder was ich von dir denke. Das ändert nichts an dem, was in dir ist. Da drin.« Sie drückte die Handfläche an seine Brust.

Er nahm sie bei den Schultern. Seine blauen Augen leuchteten wie Saphire. »Jedes Mal, wenn ich mich mit Mylord ansprechen lasse, ist das gelogen. Ich bin nicht, für den du mich gehalten hast.«

»Doch, das bist du. Du bist genau der, für den ich dich hielt. Du bist der Mann, den ich begehre. Der Mann, den ich brauche. Jetzt.«

Sie raffte den Saum ihres Nachthemds hoch, ohne auf ihr schmerzendes Fußgelenk zu achten.

»Ich brauche dich«, wisperte sie und bedeckte sein Gesicht mit Küssen. Kurz hielt sie inne, um sich das Nachthemd über den Kopf zu ziehen. Dann warf sie es beiseite und war nackt und fühlte auch schon Lukes Hände an sich, der ihr über die Taille, den Bauch, die Brüste strich.

Sie lehnte sich zurück und zog ihn mit sich. Dabei griff sie an seinen Hosenschlitz. Seine Erregung wuchs, sowie sie ihn dort berührte, und sie wimmerte erwartungsvoll.

»Emma«, stöhnte er. »Ach, Emma.« Und dann übernahm er die Führung, stark und selbstbewusst, wie er es immer tat. Tief in ihrem Unterleib setzte ein Schauder ein und pflanzte sich in ihre Glieder fort. Sehnsuchtsvoll, begierig schmiegte sie sich an ihn. Schon in der Nacht hatte sie ihn gewollt, nach ihm geschmachtet, aber jetzt war ihr Verlangen noch gewachsen. Es drängte die Vernunft in den Hintergrund. Sie riss ihm die Hose von den Hüften, und er trat sie sich von den Beinen. Dann schlang sie die Arme um ihn.

»Ich brauche dich«, flüsterte sie. »Bitte, bitte, ich brauche dich.«

Mit einem heftigen Stoß war er tief in ihr. Sie keuchte, als ihr Körper ihn aufnahm, und sah zu ihm hoch. Sein leidenschaftlicher Blick ruhte auf ihr.

»Weiter, Luke. Ich will mehr.«

Leise stöhnend begann er, sich zu bewegen. Unter kräftigen Stößen neigte er den Kopf und stieß gleichzeitig die Zunge in ihren Mund und drückte mit einer Hand ihre Brust.

Und im Nu war sie am ganzen Körper angespannt. Sein Kuss, seine Berührung, seine Präsenz in ihr, all das zusammen erzeugte eine fast unerträgliche Lust, machte sie von Kopf bis Fuß straff gespannt wie eine Violinsaite, auf der Luke virtuos spielte, bis sie vor Lust vibrierte.

Er schmeckte nach Salz und nach Mann, mit einem Hauch

Kaffee vom Frühstück. Er war hart und warm. Jeder Stoß schien unglaublich tief zu gehen. Sie hatte das Gefühl, als berührte er ihre Seele.

Sie kam so heftig, dass ihr schwarz vor Augen wurde. Ihr Körper erbebte. Sie verdrehte die Augen und klammerte sich an sein Hemd wie eine Ertrinkende.

Doch er war da und hielt sie. Während die Wellen der Lust sie durchfluteten, wusste sie, bei ihm war sie sicher.

Langsam kehrte sie in die nüchterne Welt zurück, keuchend und mit Herzklopfen. Auch er atmete heftig, jeder Atemstoß blies ihr die Haare aus dem Gesicht. Sein Daumen strich über ihre empfindliche Brustwarze, und sie wand sich unter ihm. Die Nässe von ihrem Orgasmus spürte sie zwischen den Oberschenkeln, und er glitt weiter hart und tief in sie hinein, dass sie ihn in ihrer Mitte spürte.

Er hörte nicht auf. Er war unerbittlich, bewegte sich in ihr, als gehörte er dorthin und hätte keine Absicht, ihren Körper je wieder zu verlassen. Nach wenigen Augenblicken begann für Emma der süße Anstieg zum Gipfel erneut. Der Orgasmus kam scharf und heftig, und als er verebbte, wimmerte sie, erschlafft und befriedigt, unter Lukes anhaltender Wucht. Kurz darauf zog er sich aus ihr zurück, griff nach unten, und sie fühlte den warmen Samen auf ihrem Bauch, als er sich stöhnend ergoss.

Schwer, aber nicht zu schwer ließ er sich auf die Unterarme gestützt auf sie sinken. Sie legte die Arme um ihn und genoss es, die Männlichkeit seines Körpers an sich zu spüren. Ihr Gesicht lag an seiner Halsbeuge, und sie küsste ihn dort zärtlich, während er in ihre Haare keuchte.

Minuten später, als sie beide ruhiger waren, hob er langsam den Kopf, als wöge er eine Tonne.

»Hast du das ernst gemeint?«, fragte er. In dem Moment sah

er so jung und verletzlich aus, dass sie einen Kloß im Hals bekam. »Bin ich der Mann, für den du mich gehalten hast? Der Mann, den du willst?«

»Ja«, sagte sie heiser, aber bestimmt. »Ich schwöre bei Gott und beim Leben meiner Familie, das habe ich ernst gemeint. Jedes Wort.«

Er schloss die Augen und senkte den Kopf. Den Mund in ihren Haaren, schob er einen Arm unter sie und drückte sie an sich. »Du bist ein Engel«, sagte er leise.

»Nein, Luke, ich bin eine Frau, die dich mag, wie du bist.«

Und die sich vielleicht gerade in dich verliebt.

12

Vier Tage lang reisten sie mit Höchstgeschwindigkeit, wechselten häufig die Pferde und die zwei Postillione, die sie dafür bezahlten, dass sie auf dem Kutschbock saßen. Das Wetter war nicht das beste, aber Emma und Luke fuhren in einer geschlossenen Kutsche, und der Regen konnte sie nicht mehr beeinträchtigen.

Von Belford nach Darlington am ersten Tag, nach Doncaster am zweiten. Am dritten machten sie nähere Bekanntschaft mit dem Innern des Fuhrwerks. Emma saß dösend an Lukes Schulter gelehnt, seine Hand lag auf ihrem Oberschenkel. Langsam schob er sie aufwärts. Bei jedem Zoll wurde Emma wacher. Sie revanchierte sich, indem sie seinen Oberschenkel fasste. Als sie beide an der Leiste anlangten, blickte Emma auf, und ihre Lippen trafen sich zu einem langen, ausgiebigen Kuss.

Luke hob sie von der Bank und drückte sie vor sich auf die Knie.

»Mach mir die Hose auf«, befahl er. Seine Stimme war rau vor Erregung.

Sie schaute zum Fenster. Auf beiden Seiten waren die Vorhänge offen und ließen die Sonne herein.

Er zog die Brauen hoch. »Soll ich sie zuziehen?«

Fast hätte sie bejaht, aber sie überlegte es sich anders. Der Gedanke, jemand könnte sehen, was immer sie gerade taten, machte sie lüstern, war geradezu berauschend. Ein Bauer am

Straßenrand könnte zur vorbeifahrenden Postkutsche schauen und sie beim Liebesspiel sehen.

Ihr Herz klopfte schneller. Sie verstand zwar nicht, warum sie die Vorstellung so sehr erregte, aber es war so.

Erwartungsvoll kniete sie vor Luke und spürte das Holpern der Räder an den Schienbeinen. Langsam schüttelte sie den Kopf.

Seine Lippen krümmten sich zu einem Lächeln. »Gut. Jetzt knöpf mir die Hose auf.«

Sie tat wie geheißen und bebte vor Erregung.

Er war bereits hart. Ob von dem Kuss oder wegen der offenen Vorhänge, wusste sie nicht. Vielleicht hatte beides dazu beigetragen.

Absichtlich langsam schob sie die Knöpfe durch die Löcher und streifte mit den Fingerspitzen bei jeder Gelegenheit seinen Schaft. Dann stand die Hose offen.

Die Größe erstaunte sie jedes Mal neu.

Sie strich über die ganze Länge. Er erbebte. Fragend blickte sie zu ihm auf. Sie brauchte – wollte – Anweisung.

»Sag mir, was ich tun soll.«

»Nimm ihn mit beiden Händen, zuerst sacht, dann fester.«

Locker schloss sie die Finger darum. Seine Haut war so zart, und darunter war er hart wie Stahl.

»Gut«, murmelte er. »Jetzt fester, und dann beweg sie auf und ab. So.«

Er griff nach ihren Händen und zeigte es ihr. Seine Lider sanken flatternd herab. »Oh ja. So ist es gut. Genau so.«

Sie wollte ihn küssen, also tat sie es. Sie strich mit den Lippen über die Spitze, ohne mit den Händen innezuhalten. Sein salziger Geschmack war hier noch stärker.

Sie hatten so viele lüsterne Dinge miteinander getrieben, aber dieses Spiel fand sie besonders ungezogen, und das beschleunigte ihren Puls und ihren Atem.

Er stieß ein tiefes Brummen aus, als sie die Lippen über die Spitze schob, und das ermutigte sie. Sie leckte ihn, folgte mit der Zunge der Bewegung ihrer Hände.

Er griff in ihre Haare. Verschwommen hörte sie die Nadeln am Boden landen, und lächelte. Luke liebte ihre Haare, liebte es, die Finger darin zu vergraben.

Ihr Zopf löste sich, und er hielt ihren Kopf fest. »Das ist so gut, Em. Jetzt nimm ihn in deinen hübschen kleinen Mund.«

Sie tat es, nahm ihn so weit hinein, wie es ging, um ihn wieder rauszuziehen, und bewegte dabei die Zunge, während sie mit den Lippen Druck ausübte. Nun taten es ihre Lippen den Fingern gleich, bewegten sich über seinen Schaft, und ihre Zunge zollte der Eichel besondere Aufmerksamkeit, denn wann immer sie darüber leckte, straffte er die Finger in ihren Haaren.

Erregung durchströmte sie. Sie presste die Oberschenkel zusammen, um das wachsende Verlangen an deren Scheitelpunkt zu besänftigen. Ihr Körper wollte ihn, wollte dieses harte, heiße Geschlecht in sich fühlen, wollte die harten, schnellen Stöße, die tiefe, intensive Spannung, die nur Luke bieten konnte.

Sie begann zu wimmern, fühlte sich, als wollte sie sich aus ihrer Haut winden.

»Ja. Das ist so verflucht gut. Mach weiter solche Geräusche. Die sind herrlich.«

Inzwischen bewegte er seinen Schwanz in ihrem Mund, drückte ihn tief hinein, hielt ihren Kopf fest, um die Bewegung zu steuern. Sie wollte ihn ganz aufnehmen, ihn schlucken. Er war so hart und heiß, einfach köstlich. Wann immer sie ihn besonders tief aufnahm, stöhnte er anfeuernd.

»Ja, oh ja«, keuchte er. Während sie ihn mit dem Mund und der Hand bearbeitete, wurde er noch härter und länger. Fast fühlte sie das Pochen des Blutes und der Hitze in seinem

Schaft. Ihr Körper stand in Flammen – heiß, begierig und so offen für sein Eindringen.

Er griff ihr so heftig in die Haare, dass es fast wehtat, bewegte das Becken auf und ab, sodass sie sich nur seiner Führung zu überlassen brauchte. Sie entspannte sich, ließ ihn in ihren Mund stoßen, ließ ihn ihren Kopf halten.

Sie liebte es, so mit ihm verbunden zu sein, dass jeder Bewegungsimpuls von ihm kam.

Sie blickte ihn von unten herauf an. Der Ausdruck der Ekstase in seinem Gesicht löste in ihr eine Kontraktion aus.

»Em ... ich komme ...«

Sie stieß ein langes Wimmern aus. Er stieß in ihren Mund und hielt inne, hielt sie mit beiden Händen fest, sein Schaft pulsierte zwischen ihren Fingern und Lippen, und der salzige Samen floss auf ihre Zunge. Sie schluckte, bekam mehr und schluckte noch einmal.

Dann erschlaffte er am ganzen Leib und sie auch. Langsam zog sie ihn aus dem Mund und bedeckte ihn mit kleinen nassen Küssen.

Sie lag mit dem Kopf in seinem Schoß, bis er sie wieder auf die Bank hob. Neben ihm sitzend legte sie die Arme um seinen Hals und zog ihn zu sich heran zu einem wollüstigen Kuss. Sie wusste, er schmeckte seinen Samen an ihr, und fand das zugleich peinlich und erregend.

Am dritten Abend ihrer Fahrt in der Postkutsche – sie hatte ihn befriedigt und sich nachher rittlings auf seinen Schoß gesetzt, um ihrerseits Erlösung zu finden – hielten sie in Stilton. Als die Sonne am vierten Tag hinter einer dicken Wolkenschicht verschwand, erreichten sie den Schlagbaum am Hyde Park.

London. Endlich waren sie da.

Es war ein kalter Abend, der Himmel voller Wolken, die neuen Regen ankündigten. Die Postkutsche hielt am Cavendish Square vor Lukes Stadthaus. Emma kannte die Gegend ein wenig – bis zum letzten Jahr hatte ihr Vater ein Haus in der Nähe des Bedford Square besessen, der keine Meile weit entfernt lag.

Sie schaute an der schmalen Fassade hoch, es war ein dreigeschossiger, weiß getünchter Backsteinbau. Wo sie in London wohnen sollte, hatten sie noch nicht besprochen. Sein Haus war die naheliegende Wahl, nahm sie an, da sie beide wussten, dass es kein anderes Quartier für sie gab. Doch in Lukes Haus zu wohnen schien ihr ein großer Schritt zu sein.

Seine Hand schloss sich warm und groß um ihre. »Was hältst du davon?«, fragte er leise.

»Es ist hübsch.«

Das war es. Stattlich, aber nicht opulent. Es passte zu einem alleinstehenden Gentleman von Lukes Herkunft – wenn sie auch nicht makellos war.

Sie stiegen aus der Kutsche, und Luke gab den Postillionen Anweisungen, während Emma auf ihren Stock gestützt die Umgebung in Augenschein nahm. Die Gärten lagen an einer Seite der Straße, ein großer runder Flecken Grün inmitten der Stadt. Eng aneinander standen die Häuser rings um den Platz, Lukes Haus in der Mitte einer Häuserzeile, in der ein Haus wie das andere aussah.

Die Haustür öffnete sich, und ein Butler erschien auf der Schwelle. Er nahm Emmas Anblick gleichmütig auf, dann sah er zu Luke. Ruhig stand er da, den Blick auf seinen Herrn gerichtet, bis dieser mit den Postillionen fertig war. Während diese zur Rückseite der Kutsche gingen, um das Gepäck abzuladen, kehrte Luke zu Emma zurück.

Er nahm ihre Hand. Solch eine Geste der Zuneigung an solch einem öffentlichen Ort! Wahrscheinlich kannte er die Hälfte der Leute, die an dem Platz wohnten. Und sicherlich wussten mehr als die Hälfte von ihnen, wer er war. Luke war nicht nur der Bruder des Herzogs von Trent, sondern hatte auch einen Ruf in der Stadt, der sicherlich von diesem Stadthaus ausging.

Daher überraschte es sie, dass er nun ihre Hand hielt. Aber sie war froh darüber. Es beruhigte sie just in diesem Moment.

Er lenkte sie auf die Tür zu, und sie stiegen die wenigen Stufen hinauf, Emma noch leicht hinkend, obwohl die Verstauchung jeden Tag ein wenig abklang. Der Butler verbeugte sich. »Mylord«, sagte er tonlos.

»Baldwin«, grüßte Luke und wandte sich Emma zu. »Em, das ist Baldwin, mein einziger Diener. Baldwin, das ist Mrs. Curtis. Sie werden ihr denselben Respekt erweisen wie mir und ihre Anweisungen ebenso gewissenhaft befolgen wie meine.«

Emma riss die Augen auf. *Du meine Güte!* Doch Baldwins Miene blieb ausdruckslos. »Ja, Mylord. Guten Abend, Mrs. Curtis.«

Sie nickte und lächelte ihn an. Er machte Platz und ließ sie vorbei. Sie betraten einen kleinen Empfangsraum mit schwarzen und weißen Marmorfliesen und zweifachem Treppenaufgang. Luke zog Emma zur rechten Seite und sprach über die Schulter mit seinem Diener. »Seien Sie so gut und stellen Sie morgen eine Köchin ein. Ich werde die meisten Mahlzeiten hier einnehmen und möchte Ihnen die Arbeit nicht aufbürden.«

»Ja, Sir«, kam Baldwins trockene Stimme von hinten.

»Und ein Hausmädchen. Eines, das Ihnen im Haushalt hilft, aber auch die Aufgaben einer Zofe verrichten kann.«

»Ja, Sir.«

»Ich würde es vorziehen, dich an- und auszukleiden«,

raunte er Emma mit einem schändlichen Lächeln zu, »doch eine Zofe kann dir auch in anderen Dingen behilflich sein.«

Emma hatte vom Jugendalter an eine Zofe gehabt, sich im vergangenen Jahr allerdings daran gewöhnen müssen, die Dinge selbst zu tun. »Das ist nicht nötig«, erwiderte sie.

»Ganz im Gegenteil.« Und damit war das Thema erledigt.

Luke deutete im Vorbeigehen auf eine offene Tür. »Das Speisezimmer. Das habe ich ein Mal benutzt, als ich das Haus gerade gekauft hatte. Das dort ist mein Arbeitszimmer. Darin halte ich mich häufiger auf.« Er grinste sie an. »Von Zeit zu Zeit.«

Er deutete auf einen Durchgang am Ende des Korridors. Dahinter sah Emma einen kleinen Tisch und ein Fenster. »Der Frühstücksraum, und dorthinunter geht es zur Küche.« Er zeigte auf eine Treppe am Ende eines kurzen Flurs zur Rechten.

Er drehte sich um, und sie kehrten zur Treppe zurück. Im ersten Stock zeigte er ihr den Salon, der auf den Platz hinausging. Dann nahm er sie in sein Schlafzimmer mit. »Hier werden wir schlafen. Aber jetzt könnten wir Baldwin damit behelligen, uns etwas zu essen zu machen, was hältst du davon?«

Sie lächelte. »Eine ausgezeichnete Idee. Aber was ist dort oben?« Sie zeigte auf die Treppe zum nächsten Stockwerk.

»Es gibt noch einige Schlafzimmer im zweiten Stock und im Dachgeschoss die Dienerquartiere.«

Sie gingen nach unten und setzten sich in den Frühstücksraum, wo Baldwin ihnen eine einfache Mahlzeit aus geschmortem Rindfleisch, Äpfeln und einer Flasche Wein vorsetzte.

Seit einer Ewigkeit hatte Emma nichts so Gutes gegessen, fand sie. Vermutlich, weil sie das wochenlange Gasthausessen absolut leid war.

Beim Essen besprachen sie, wie sie an Roger Morton heranzukommen gedachten.

Sie beschlossen, am nächsten Tag nach Soho zu fahren. Vielleicht stießen sie auf jemanden, der ihnen einen entscheidenden Hinweis geben konnte. Wenn nicht, dann würden sie am Sonntag in die dortige Kirche gehen und sehen, ob seine Schwester mit ihrem irischen Gatten dort war. Das würde aber noch ein paar Tage warten müssen, da es erst Dienstag war.

»Und wenn wir ihn nicht finden?«, wisperte Emma. »London ist riesengroß. Es ist gut möglich, dass wir ...«

»Wir finden ihn, Emma«, versprach Luke, und sie hoffte, dass er recht behielt.

Am nächsten Tag fuhren sie nach Soho. Sie befragten jeden, den sie sahen – alle Leute, die sich regelmäßig dort aufhielten, vom Zeitungsjungen, der an der Ecke Oxford und Dean Street die *Times* verkaufte, bis zu der Orangenverkäuferin auf der Frith Street und dem Buchhändler am Soho Square.

Leider war ihre Beschreibung von Roger Morton nicht sehr nützlich – der Mann hatte braune Haare, braune Augen, war mittelgroß und hatte keine besonderen Merkmale. Das konnte jeder sein, von Henry Curtis bis zu Lukes jüngeren Brüdern.

Sie fragten auch nach der Schwester und ihrem Mann, aber da sie nicht mehr wussten, als dass der Gatte ein rothaariger Ire war und sein Name mit O anfing, ernteten sie nur desinteressierte Blicke und hin und wieder die Bemerkung, jeder Zehnte in Soho sei ein rothaariger Ire.

Nun fürchtete Emma erst recht, Morton niemals zu finden.

Luke dagegen blieb optimistisch. »Uns bleibt noch der Sonntag. Wir werden seine Schwester und ihren Mann in der Kirche antreffen.«

Emma bezweifelte das, verzichtete aber auf eine Äußerung und nickte. Es gab nun nichts weiter zu tun, als den Sonntag zu erwarten.

Am Donnerstag verbrachten sie die meiste Zeit im Bett. Am Nachmittag lernten sie die neue Köchin kennen und gingen zur Bond Street, um Garderobe zu kaufen. Luke bestand darauf, weil Emmas Kleider im Lauf der Reise nach Edinburgh sehr gelitten hatten. Beide waren nun mehr grau als weiß und hatten hässliche Flecke am Saum. Die Samtbänder des Halbtrauerkleides fransten inzwischen aus, und der Musselin war schon vor der Reise an manchen Stellen dünn gewesen. Nun war das Kleid gar nicht mehr tragbar.

Natürlich besaß Emma nicht die Mittel, um sich neu auszustatten. Zwar wollte sie Lukes Großzügigkeit nicht ausnutzen, konnte aber auch nicht im Unterrock durch London schlendern. Also nahm sie notgedrungen sein Angebot an und erlaubte ihm, ihr zwei neue Kleider zu kaufen, beide von feinerer Qualität, als sie selbst ausgesucht hätte.

Am Freitag statteten der Herzog und die Herzogin von Trent ihnen einen Besuch ab. Emma und Luke waren noch im Bett, als Baldwin an die Schlafzimmertür klopfte. Wie immer war sein Ton vollkommen gleichmütig. »Sir? Der Herzog und die Herzogin sind da. Sind Sie zu Hause?«

Luke richtete sich auf. Er hatte sich gerade eingehend Emmas Körper widmen wollen. Sie riss erschrocken die Augen auf. Du lieber Himmel. Der Herzog von Trent war im Haus, und sie waren völlig nackt.

Luke rollte mit den Augen. »Meinetwegen, Baldwin«, sagte er verärgert. »Lassen Sie sie in den Salon. Bieten Sie ihnen Erfrischungen an und was man sonst so macht.«

»Ja, Sir.« Sie hörten, wie Baldwin sich entfernte.

Zu Emma brummte Luke: »Das sieht meinem Bruder ähnlich, zu nachtschlafender Zeit hier aufzukreuzen.«

»Es ist zehn Uhr«, wandte Emma ein.

»Zu früh für Besuche.« Unwirsch seufzend rollte er sich aus

dem Bett und ging ins Ankleidezimmer. Emma stand nur zögerlich auf, da ihr deutlich bewusst war, dass der Salon gleich nebenan lag. Der Herzog und die Herzogin im Salon und sie splitternackt! Erschrocken blickte sie auf die trennende Zimmerwand.

Mithilfe der neuen Zofe zog sie sich so rasch es irgend ging eines der neuen weißen Musselinkleider an. Luke verließ das Zimmer, um den Besuch zu empfangen, während Delaney sich daranmachte, Emmas zerzauste Haare zu kämmen und in einem festen Nackenknoten zu bändigen.

Schließlich blickte Emma seufzend in den Spiegel. Ihre Wangen waren gerötet – ob von Lukes Aufmerksamkeiten, die er ihr eben noch hatte zuteilwerden lassen, oder ob vor Aufregung, weil sie den Herzog von Trent kennenlernen würde, wusste sie nicht.

Der Herzog von Trent, höchstpersönlich – Jane würde so neidisch sein!

Sie stand auf, strich ihren Rock glatt, straffte die Schultern und verließ das Schlafzimmer noch leicht hinkend und auf ihren Stock gestützt.

»Da ist sie«, sagte Luke in warmem Ton, als sie die Salontür öffnete. Er trat an ihre Seite, nahm ihre Hand und schob einen Arm um ihre Taille. Wieder war sie überrascht, weil er seine Zuneigung offen bekundete. Was sagte das wohl dem Herzog und der Herzogin?

Der Herzog hatte sich bei ihrem Eintreten erhoben. Er hatte etwa die gleiche Statur wie Luke, seine Haare waren aber ein paar Schattierungen dunkler, und seine Augen waren grün, Lukes dagegen blau.

Seine Gattin stand neben ihm, eine zurückhaltende Frau von schlankem Wuchs, die ein bis zwei Zoll kleiner war als Emma. Sie hatte schwarze Haare und blasse Haut. An der leichten Wölbung ihrer Leibesmitte sah man bereits, dass sie ein Kind erwartete. Ihre graublauen Augen schauten freundlich, und noch ehe sie ein Wort sagte, wusste Emma, dass sie die Herzogin mögen würde.

»Emma, das sind mein Bruder Trent und seine Frau Sarah.« Er hob ihre Hand. »Das ist … Emma.«

Nun, das entsprach nicht der Etikette, schon gar nicht, wenn man einen Herzog vor sich hatte. Emma schluckte schwer.

Doch beide lächelten sie an. »Ich freue mich, Sie kennenzulernen«, sagte die Herzogin. »Haben Sie etwas dagegen, wenn ich Sie Emma nenne?« Sie schoss Luke einen bezwingenden Blick zu. »Lord Luke ist nicht gerne förmlich. Aber möchten Sie vielleicht lieber anders angesprochen werden?«

»Oh nein«, antwortete Emma. »Emma ist mir recht. Sogar lieber. So wenige nennen mich Emma. Ich würde mich geehrt fühlen, wenn Sie mich so ansprechen, Euer Gnaden.«

Die Herzogin räusperte sich. »Dann müssen Sie mich Sarah nennen.«

»Danke«, sagte Emma erfreut. Sie schaute den Herzog an und sah Belustigung in seinen grünen Augen.

Das war doch weitaus besser als Missbilligung, fand sie. Damit hätte sie eher gerechnet, da Luke nach wie vor fest ihre Hand hielt und der Herzog immer wieder genau dorthin schaute. Das war … vollkommen unpassend.

Jedenfalls wurde das von manchen Leuten so empfunden. Augenscheinlich waren die Hawkins recht entspannt, wenn es um die gesellschaftliche Etikette ging.

»Wir hörten, du seist in der Stadt«, sagte Sarah zu Luke. »Darum sind wir gleich hergekommen.«

Luke lächelte sie an, seinen Bruder hingegen bedachte er mit einem argwöhnischen Blick. »Hattest du Glück bei der Suche nach unserer Mutter?«

Der Herzog schüttelte den Kopf. »Nein. Und du? Ich hörte, du warst im Norden.«

Luke zog die Brauen hoch. »Wo hast du das wieder her?«

»Ich habe meine Quellen.« Der Herzog zuckte die Achseln.

»Lässt du mich überwachen?« Lukes bislang milder Ton hatte eine gewisse Schärfe bekommen, und Emma erschrak.

»Nicht mehr«, bekannte der Herzog achselzuckend. »Ich habe den Mann abberufen, bevor du Bristol verlassen hast.«

Emma spürte förmlich, wie in Luke die Wut hochkam. Die Temperatur im Salon schien um zehn Grad zu steigen. Energisch drückte sie seine Hand.

»Warum?«, rief Luke aus.

Sarah trat einen Schritt auf ihn zu. »Wir waren nur um dein Wohlergehen besorgt, mein lieber Luke«, sagte sie und schenkte ihm ein entwaffnendes Lächeln, für das Emma sie umso mehr mochte.

Der Herzog räusperte sich. »Nun ja, jedenfalls beorderte ich meinen Ermittler nach London zurück, wo er aber auch nichts herausfand. Ich hatte gehofft, du wärst erfolgreicher.«

»Der Kerl mit der Narbe. Das war er, oder?«, fragte Luke mit schlecht unterdrückter Wut.

Der Herzog antwortete mit einem verhaltenen Achselzucken.

Luke blickte Emma frustriert an. Sie nickte ermutigend, worauf er sich zu entspannen schien. Mit höflicher Geste deutete er auf die braun-weiß gestreiften Sessel, die um einen niedrigen Tisch am Kamin standen.

»Setz dich, Trent. Das wird einige Minuten in Anspruch nehmen.«

Die vier nahmen dort Platz, Luke half Emma wie ein wahrer Gentleman in ihren Sessel und legte dann den Gehstock beiseite. Als sie es alle bequem hatten und Baldwin die Erfrischungen serviert hatte, schaute Luke fragend zu Emma. »Die Geschichte beginnt bei dir, Em, also solltest du vielleicht erzählen.«

Sie schlug die Augen nieder, nickte aber.

Und dann erzählte sie ihnen alles, von der unglückseligen Brautwerbung Henry Curtis', ihrer kurzen Ehe und Henrys gewaltsamem Tod, dem verschwundenen Vermögen ihres Vaters und ihrer Entdeckung, dass Colin Macmillan, Roger Morton und ihr verstorbener Mann miteinander in Verbindung gestanden hatten.

Sie erzählte, wie sie damals hörte, Lord Lukas Hawkins sei nach Bristol gekommen und habe sich nach ebendiesem Roger Morton erkundigt, und wie sie Luke in seinem Hotel ansprach und ihm vorschlug, sich bei der Suche nach Morton mit ihr zusammenzutun.

An der Stelle berichtete Luke weiter. »Wir haben Macmillan in Edinburgh aufgesucht.«

Der Herzog und die Herzogin saßen auf der Kante ihrer Sessel, der Tee, den Baldwin ihnen eingeschenkt hatte, stand vergessen auf dem Tisch. »Und?«, fragte der Herzog. »Was hat er gesagt?«

»Seine Geschäftsbeziehung mit Morton schien völlig legal zu sein. Er hat Morton Geld geliehen, das dieser in eine Brauerei investieren wollte, zusammen mit Emmas Mann, aber als Morton die Summe nicht zurückzahlen konnte, wurde Macmillan ungeduldig. Er drohte ihm mit rechtlichen Schritten, worauf Morton ... « Luke hielt inne und schaute Emma an.

»... meinen Mann ermordete«, schloss sie leise. »Er stahl das Vermögen meines Vaters und zahlte davon das Geld an Macmillan zurück.«

»Wir wissen noch nicht, was er mit dem restlichen Geld gemacht hat«, fügte Luke hinzu.

»Aber wo ist er jetzt?«, fragte die Herzogin.

»Mr. Macmillan vermutet ihn in London«, antwortete Emma.

»Mortons Schwester und ihr Mann leben in Soho oder in der Nähe«, erklärte Luke. »Darum nahmen wir an, Morton könnte sich auch dort aufhalten. Gestern sind wir dort gewesen, haben aber nichts herausbekommen. Er scheint recht unauffällig auszusehen.«

»Wir werden am Sonntag in Soho zur Messe gehen und hoffen, seine Schwester zu entdecken«, sagte Emma.

Sarah legte die Hände in den Schoß und lächelte sie optimistisch an. »Mir scheint, wir sind einen großen Schritt weitergekommen. Sicher werden wir bald alles wissen.«

»Das hoffe ich«, bekräftigte der Herzog.

»Ich auch«, pflichtete Luke bei. Die beiden Männer wechselten einen Blick, dann schauten sie weg. Zum ersten Mal fragte sich Emma, wie Brüder wohl untereinander ihre Zuneigung zeigten. Sie und Jane waren liebevoll zueinander, doch Männer waren so anders. An vielen kleinen Gesten und Nuancen des Tons war zu spüren, dass Luke und der Herzog einander viel bedeuteten und dass sich dennoch beide in der Gegenwart des anderen unbehaglich fühlten.

»Brauchst du am Sonntag meine Hilfe?«, fragte der Herzog.

»Nein!«, antwortete Luke viel zu heftig. Dann fügte er versöhnlicher hinzu: »Nein, Trent. Gestatte mir, das allein zu erledigen, sei so gut.«

»Natürlich«, sagte der Herzog sofort. »Aber wenn du irgendwelche Unterstützung ...«

»Brauche ich nicht«, unterbrach Luke scharf.

Der Herzog kniff den Mund zusammen, womit er Luke ein klein wenig ähnlich sah, fand Emma. Sie mochten nur Halbbrüder sein, aber sie waren deutlich spürbar miteinander aufgewachsen.

»In einer Stunde muss ich im Parlament sein«, sagte der Herzog an Sarah gewandt. »Ich bringe dich nach Hause zu Esme. Ihr beide habt Pläne für den Nachmittag, soviel ich weiß.« Dann an Luke gewandt: »Gib mir Nachricht, wenn du etwas erfährst.«

»Sehr wohl, Sir«, sagte Luke verkniffen.

Der Herzog rollte mit den Augen. »Lass die Albernheiten. Komm, Liebes.« Er streckte seiner Gattin die Hand hin und half ihr aus dem Sessel.

Sie lächelte Emma liebenswürdig an, und Emma war tief gerührt. Nachdem sie während der Reise schon Blicke geerntet hatte, als wäre sie die Hure Babylon, bekam sie von einer Herzogin, der sicherlich klar war, dass Emma mit ihrem Schwager ins Bett ging, ein aufrichtiges, herzliches Lächeln.

»Ich hoffe sehr, wir werden Gelegenheit haben, uns bald wiederzusehen«, sagte sie zu Emma.

»Das hoffe ich auch«, erwiderte Emma ganz ehrlich.

Der Herzog war reservierter. »Luke«, sagte er zum Abschied und neigte den Kopf vor Emma. »Mrs. Curtis.«

Offenbar hatte er ihren Namen aus dem Erzählten geschlossen. Das überraschte sie nicht. Er hatte aufmerksam zugehört.

Sie knickste. »Euer Gnaden.«

Er legte den Arm um seine Herzogin und verließ mit ihr das Haus.

Sowie sich die Tür hinter ihnen geschlossen hatte, stieß Emma einen Seufzer der Erleichterung aus.

Das waren also der Herzog von Trent und seine Gattin. Sie wusste noch gar nicht so recht, was sie denken sollte.

Jedenfalls waren sie ihr sympathisch. Hauptsächlich weil die beiden sie nicht zu verurteilen schienen.

Sie schaute zu Luke und stellte fest, dass er sie gespannt beobachtete. »Nun?«, fragte er.

Sie war sich nicht sicher, was er von ihr hören wollte, darum zuckte sie erst einmal die Achseln und antwortete zögernd: »Sie wirken ... nett.«

Lukes Brauen fuhren in die Höhe. »Nett? Wirklich? Ist das alles, was du über sie zu sagen hast?«

Als sie nickte, lachte er laut. Er nahm ihre Hand, zog sie aus ihrem Sessel und umarmte sie fest. »Nett, ja? Also, was meinst du wohl, warum mich diese Beschreibung meines Bruders aus deinem Munde so glücklich macht?«

Er schob die Nase an ihre straff zurückgebundenen Haare. »Die meisten Frauen, die Trent begegnen, sind beim ersten Anblick vernarrt in ihn. Ich war besorgt, du könntest auch so eine sein.«

»Wie bitte? Erstens ist er verheiratet ...«

Luke hielt ihr den Mund zu. »Aber es gibt gewisse Dinge an dir, die ich inzwischen verstehe, Emma. Und eines ist sicher: Du würdest einen Mann, in den du vernarrt bist, niemals als nett bezeichnen.«

Sie versetzte ihm scherzhaft einen Schubs. »Wie würde ich ihn denn bezeichnen?«

»Hm ...« Seine blauen Augen funkelten vor Freude. Er neigte sich heran und knabberte an ihrem Ohr. »Als fordernden Bastard vielleicht?«

Ein Schauder durchlief sie – denn genau das wollte sie. Von Luke. Auf der Stelle. Sie schaute ihn an. »Zurück ins Bett?«, wisperte sie.

»Oh nein.« Lukes Stimme klang so weich, sie brachte bei ihr jeden Nerv zum Kribbeln. »Wir werden weitermachen, wo wir aufgehört haben. Und zwar genau hier.«

Und nachdem er sie entkleidet hatte, beglückte er sie auf dem Boden des Salons mit süßem, stürmischem Liebesspiel.

13

In der Nacht wurde Emma wach, weil Luke aus einem Albtraum hochschreckte. Sie hatte tief und fest geschlafen und nahm nur am Rande wahr, dass er aufstand.

Die Zeit verging. Sie musste wohl wieder eingeschlafen sein, denn plötzlich war sie hellwach und merkte, dass sie allein im Bett lag.

Sie drehte den Kopf. Da stand er vor dem Waschtisch am anderen Ende des Zimmers. Der Mond schien durch die Vorhänge und tauchte ihn in silbriges Licht.

Sie lag still da und schaute verblüfft. Er stand nur in Unterhose da, die ihm tief auf den Hüften saß. Zum ersten Mal sah sie ihn mit nacktem Oberkörper. Er ging immer im Hemd zu Bett, und wenn er sich umzog, dann stets hinter einem Wandschirm oder wenn sie nicht im Zimmer war.

Sein Oberkörper war umwerfend, blass und unbehaart bis auf den dünnen Haarstreifen unterhalb des Bauchnabels und muskulös. Einmal hatte sie ihn gefragt, wieso er so stark sei, obwohl er ein müßiges Leben führte, und er hatte gelacht und erklärt, er reite jeden Tag, oft mehrere Stunden lang. Dann hatte er sie geküsst und hinzugefügt, ihr Spaß im Bett täte sein Übriges dazu.

Er wusch sich. Wasser rann in die Schüssel, als er den Waschlappen ausdrückte. Er rieb sich damit die Schultern und die Arme ab. Schließlich drehte er sich, und das Mondlicht fiel auf seinen Rücken.

Emma stockte der Atem.

Sein Rücken war voll wunder Stellen. Sie waren daumennagelgroß und rund, manche auch länglich oder tropfenförmig. Es waren mehr als zehn. Eine gerade Reihe davon verlief unter den Schulterblättern entlang, eine zweite Reihe verlief senkrecht neben dem Rückgrat.

Nein, das waren keine Wundstellen, begriff sie, als er sich voll ins Licht drehte. Das waren Narben. Sie waren flach und dunkler als die übrige Haut.

Was war ihm denn da zugestoßen?

Jetzt wusste sie, warum er sein Hemd nicht vor ihr auszog. Sein Oberkörper war schön, aber die Narben waren Schandflecke, die von Gewalt und Schmerzen zeugten.

Nachdem er sich gewaschen hatte, zog er das Hemd wieder an und setzte sich in einen der gepolsterten Lehnstühle. Dort saß er lange Zeit vollkommen still, den Ellbogen auf die Lehne gestützt, den Kopf in die Hand.

Schließlich hielt sie es nicht mehr aus. Sie schlüpfte aus dem Bett, zog sich ihren leichten Morgenmantel über und hinkte zu ihm.

Er sah betrübt auf. »Ich habe dich geweckt.«

Sie legte die Hand auf seine Schulter. »Kommst du wieder ins Bett?«, fragte sie mit belegter Stimme.

»Ich werde sowieso nicht schlafen können.«

»Willst du es nicht versuchen?«

Er schaute zögernd.

»Mir ist kalt«, murmelte sie. Das war nicht einmal gelogen. Sie fröstelte schon. »Kommst du mich wärmen?«

Sie wusste, er würde ihr das nicht abschlagen. Sie wollte ihn im Bett in die Arme schließen.

»Nur für ein Weilchen?«, bettelte sie.

»Natürlich«, sagte er leise.

Sie legten sich wieder ins Bett, und sie schlang die Arme um ihn und bedeckte seine Brust mit Küssen. Er drückte die Lippen in ihr Haar. »Schlaf jetzt, Em«, sagte er ruppig.

Doch sie konnte erst einschlafen, als er schlief. Es dauerte lange, aber schließlich hörte sie seine Atemzüge tiefer werden und erlaubte sich, auch zu schlummern.

Am Freitag nach einem späten Mittagessen erklärte Luke, er werde jetzt in seinen Club gehen. Er war monatelang nicht dort gewesen und wollte sich wieder einmal blicken lassen. Das sagte er zumindest Emma. In Wirklichkeit wollte er nicht bei ihr schlafen. Er wollte nicht aus einem Albtraum aufwachen und ihr mitleidiges Gesicht sehen.

Er sah wohl, dass ihr das nicht passte, denn sie schürzte die Lippen und senkte den Blick, ehe sie sagte: »Dann sehen wir uns später.«

Sein Verhalten war verabscheuungswürdig. Das war ihm klar. Und er hasste sich dafür.

Am nächsten Abend, am Samstag, verließ er jedoch wieder das Haus. Bei Boodles spielte er mit einigen außerordentlich langweiligen Männern Siebzehn und Vier und trank dabei ungeheure Mengen Brandy.

Am Ende hatte er zehn Guineen verloren. Das schien ihm verglichen mit einem weiteren Albtraum nicht der Rede wert.

Volltrunken wankte er nach Hause und in sein Schlafzimmer. Emma schlief. Ihre schönen üppigen Haare lagen auf dem Kopfkissen ausgebreitet. Er legte sich neben sie, so behutsam wie möglich, da die Welt unter ihm schwankte. Dann betrachtete er sie.

Emma. Er spielte an einer Locke herum. Sie hatte ihn angenommen wie noch kein anderer Mensch in seinem Leben.

Im Bett und außerhalb. Sie war so stark und auf süße Art fügsam.

Er ließ sich schwer ins Kissen sinken und blickte weiter auf ihre glatte Haut, die rotbraunen, hübsch gewölbten Augenbrauen.

In seiner Brust zog sich etwas zusammen. Er wollte Emma an sich ziehen und nie wieder loslassen.

Am Sonntag standen Luke und Emma früh auf, um in St. Anne in Soho am Gottesdienst teilzunehmen. In Soho gab es mehr als eine Kirche, wie sie erfahren hatten, und Emma hatte sich mit der Frage herumgequält, ob sie nicht doch besser in die katholische Kirche gehen sollten, da Mortons Schwager laut Macmillan Ire war.

Luke wandte ein, Macmillan hätte es sicherlich erwähnt, wenn Mortons Familie katholisch wäre. Daher gingen sie zur St. Anne in den Frühgottesdienst um acht Uhr – eine unchristliche Zeit Lukes Meinung nach.

St. Anne war eine schlichte rechteckige Backsteinkirche mit schmalen, hohen Fenstern. Das einzige vorstechende Merkmal war der quadratische Glockenturm, der gerade läutete, als Emma und Luke durch das Portal schritten.

Sie setzten sich in die letzte Reihe, damit sie die ganze Gemeinde überblicken konnten, die zweihundert Köpfe umfasste und dicht gedrängt auf den Bänken saß, und während der Priester herunterleierte, was er zu sagen hatte, musterte Luke eingehend dessen Herde.

Es gab nur zwei rothaarige Männer in Begleitung einer dunkelhaarigen Frau. Der eine saß in der dritten Reihe, wie es schien mit seiner gesamten Familie, die aus besagter Frau und wenigstens acht Kindern bestand. Das andere Paar war dem

Anschein nach kinderlos und saß in der Mitte auf der anderen Seite des Mittelgangs. Der Mann war sehr groß und beleibt und die Frau dünn und mittelgroß.

»Der Leib ist nicht für die Unzucht, sondern für den Herrn«, sagte der Priester. »So lehrt uns der Apostel Paulus. Um Unzucht zu verhüten, soll jeder Mann seine eigene Frau und jede Frau ihren eigenen Mann haben, denn es ist besser zu heiraten, als zu brennen.«

Luke wurde unruhig. Offenbar hatte der Priester entschieden, seine Predigt nicht nur auf das siebte Gebot und die Sünde des Ehebruchs zu beschränken. Luke sah Emma von der Seite an. Sie hielt die Hände auf ihrem Gebetbuch gefaltet und schaute vollkommen ernst.

Es beruhigte ihn schon, sie nur anzusehen.

Der Priester predigte ihnen, ihre Seele von Unreinheit zu befreien, und Luke verdrehte die Augen zum Himmel. Bevor er Emma kennengelernt hatte, hätte er diesem Gerede vielleicht zugestimmt und auf seine Sünden bezogen, die er begangen hatte.

Nun aber, da er neben ihr saß, fühlte er sich trotz der verdorbenen lustvollen Dinge, die sie miteinander getrieben hatten, reiner denn je. Er fragte sich, was der Priester davon hielte, dass Luke eine Frau ans Bett fesselte und seinen lüsternen Spaß mit ihr hatte und gerade das seine Seele reinigte.

Mit einer Ermahnung an die Männer seiner Gemeinde, sich eine kluge Frau zu nehmen, die sie daran hinderte, andere Frauen mit lüsternen Blicken anzusehen – was offenbar genauso sündig war wie der Akt der Unzucht selbst –, schloss der Priester seine Predigt.

Luke atmete erleichtert auf. Emma saß noch genauso ruhig da, nur ihre Mundwinkel zuckten.

Sie schaute auf ihr Gebetbuch und schlug es an einer Stelle

auf, wo ein Lesebändchen eingelegt war. Dann sah sie ihn lächelnd an, und Lukes Welt war wieder in Ordnung.

Nach dem Gottesdienst deutete Luke diskret auf das Paar, das ihm zuvor aufgefallen war.

»Ja«, raunte Emma, »die habe ich auch bemerkt.«

Sie begaben sich zum Ausgang. Da sie in der hintersten Reihe gesessen hatten, traten sie unter den ersten ins Freie und warteten. Schließlich kamen der rothaarige Mann und seine Frau heraus.

Emma holte tief Luft. »Bist du bereit?«

»Jederzeit.« Luke musterte das Paar und fragte sich, ob sie wohl etwas von Mortons ruchlosen Taten ahnten.

Das würde er bald wissen.

Sie folgten dem Paar in gemessenem Abstand, als es sich durch den Verkehr auf der Dean Street fädelte, um auf die andere Seite zu gelangen. Emma stützte sich auf ihren Stock, und er hätte ihr gern den Arm geboten. Doch wenn sie jemand so zusammen sah – nun, es würde nicht gut enden, denn er würde es nicht hinnehmen, wenn man in London über Emma tratschte. Daher hielt er respektvollen Abstand zu ihr und biss die Zähne zusammen. Hoffentlich verschlimmerte sich der Zustand ihres Knöchels nicht.

Als sie das Paar eingeholt hatten, rief Emma: »Verzeihen Sie bitte.«

Die beiden blieben stehen und drehten sich neugierig um. Emma hinkte die letzten zwei Schritte auf sie zu, gefolgt von Luke. Er überließ ihr gern das Reden, denn sie kam in derlei Situation sehr gut zurecht, wie sich gezeigt hatte.

»Verzeihen Sie bitte, dass ich Sie aufhalte«, Emma schenkte der Frau ein strahlendes Lächeln, »aber sind Sie nicht Roger Mortons Schwester?«

Die Angesprochene blickte ihren Mann an, der darauf die

Achseln zuckte. Dann sagte sie zu Emma mit tiefer, weicher Stimme: »Ja, ich bin Veronica O'Bailey. Das ist mein Mann Colm.«

Emma drückte sich ihr Gebetbuch an die Brust und schaute entzückt. »Ach, das ist wundervoll. Ich habe Sie in der Kirche gesehen und gehofft, Ihre Bekanntschaft zu machen, konnte Sie aber nicht so schnell einholen«, sie deutete auf ihren Fuß, »da ich mir kürzlich den Knöchel verstaucht habe.«

Mrs. O'Bailey runzelte die Stirn. »Sind Sie … mit Roger bekannt?«

»O ja. Wissen Sie, er war ein Geschäftsfreund meines Mannes. Ich bin Emma Curtis. Wie nett, Sie endlich kennenzulernen.«

Die O'Baileys verzogen keine Miene.

»Oh, wie dumm von mir«, sie drehte sich zu Luke um und winkte ihn heran, »das ist Lord Lukas Hawkins.«

Mrs. O'Bailey schaute ihn an wie eine Eule, dann knickste sie. »Es ist mir eine Ehre, Mylord.«

O'Bailey beugte seinen fülligen Oberkörper und wiederholte den Satz seiner Frau. Er hatte eine tiefe Stimme und einen ausgeprägten irischen Akzent.

»Lord Lukas ist ebenfalls mit Mr. Morton bekannt – durch seine Mutter, die Herzogin von Trent.«

Mrs. O'Bailey schaute entgeistert. »Tatsächlich?«, hauchte sie und war kaum zu verstehen. »Dann sind Sie mit dem Herzog von Trent verwandt, Mylord?«

Luke rang sichtlich um Gleichmut. »Ja, Madam«, sagte er, stolz auf seine Geduld. »Er ist mein Bruder.«

Mrs. O'Bailey riss die Augen auf und blickte ehrfürchtig zwischen Luke und Emma hin und her. »Du meine Güte. Ich habe ja nicht geahnt, dass Roger so angesehene Bekannte hat.«

»Wir hatten gehört, er sei in London«, sagte Emma. »Wir

würden ihm gern einen Besuch abstatten. Wäre es Ihnen wohl möglich, uns seine Adresse zu nennen?«

Wieder sah Mrs. O'Bailey ihren Mann an, der wiederum die Achseln zuckte. »Er hat ein Büro und ein Zimmer in Wapping«, sagte sie dann. »Wir haben ihn aber ein paar Monate nicht gesehen.«

»Würden Sie uns sagen, wo? Wir würden ihn so gern überraschen!«

»Natürlich.« Sie nannte eine Adresse in der Wapping High Street.

»Ganz herzlichen Dank«, sagte Emma überschwänglich.

Luke verbeugte sich vor. »War mir ein Vergnügen.«

»Ganz meinerseits, Mylord«, erwiderte Mrs. O'Bailey ehrfurchtsvoll. Ihr zurückhaltender Mann neigte nur den Kopf.

Emma und Luke standen auf dem Gehsteig und schauten ihnen nach, wie sie die Dean Street hinuntergingen.

»Sie wissen nichts von Mortons Schandtaten«, wisperte Emma.

»Ich halte sie auch für unschuldig. Dennoch sollten wir ihnen folgen. Bleib hier und schone deinen Knöchel. Ich komme zurück, sobald ich gesehen habe, wohin sie gegangen sind.«

Sie nickte. Luke folgte dem Paar unauffällig. Die O'Baileys bogen in zwei Seitenstraßen ab und verschwanden schließlich in einem sehr kleinen braunen Backsteinhaus, das zwischen zwei viel größeren stand.

»Das werden wir leicht wiederfinden, sollte es sich als nötig erweisen«, sagte Luke, als er wieder bei Emma stand.

Sie kehrten um und gingen zu einem Droschkenstand. »Warum hält er sich Räume in Wapping?«, fragte Emma. »Das ist doch am Hafen, nicht wahr?«

»Vielleicht sind das die, von denen Macmillan uns erzählt hat, und Morton hat sich entschieden, dort wohnen zu bleiben.«

»Aber er könnte sich doch jetzt etwas viel Vornehmeres leisten.«

Luke zuckte die Achseln. »Vielleicht verbirgt er seinen Reichtum. Vielleicht befriedigt ihn das Stehlen mehr, als den unrechtmäßig erworbenen Gewinn auszugeben. Komm, nehmen wir die Droschke dort.«

Damit ließen sie sich ohne Umweg in die Wapping High Street bringen. Dort fanden sie Roger Mortons Büro über einem der offenen Lagerhäuser.

Die richtige Tür erkannten sie nur, weil die Nummer 6 dick mit schwarzer Farbe darübergemalt war, wie Mrs. O'Bailey es beschrieben hatte. Sie standen in einem düsteren Korridor und blickten auf die Tür. Links und rechts davon gab es ein Fenster, aber die Scheiben waren mit schwarzer Farbe überstrichen.

Emma gruselte es. »Ich frage mich, was für Geschäfte er dahinter betreibt.«

Luke hatte gute Lust einzubrechen. Nachdem auf sein Klopfen niemand reagiert hatte, probierte er die Türklinke und versuchte, die Fenster hochzuschieben, aber alles war verriegelt. Da es Sonntagvormittag war, hielt sich in den Lagerhäusern vermutlich niemand auf. Es wäre ein Leichtes, eine Scheibe zu zertrümmern und einzusteigen.

Offenbar sah Emma ihm an, was er dachte, denn sie blickte ihn missbilligend an. »Nein. Wir werden warten.«

»Und wenn er nicht kommt?«

Sie seufzte. »Nun, irgendwann muss er hierherkommen. Wir werden morgen wieder herfahren, und wenn er dann nicht da ist, können wir den Vermieter nach Mortons Gewohnheiten fragen.«

Weil sie mit ihren Ermittlungen für heute fertig waren, kehrten Emma und Luke mit einer Droschke heim, dann verbrachten sie einen müßigen Nachmittag im Salon. Luke las, während Emma nähte. Wie häuslich! Geradezu zermürbend.

Luke sah sich genötigt, dem ein Ende zu machen.

Er legte die Zeitung weg, ging zu Emma und nahm ihr Nadel und Faden aus der Hand, bevor er sie nackt auszog und liebte. Er beugte sie über das Samtsofa und nahm sie von hinten, strich ihr über den makellos schönen Rücken und drang dabei tief und äußerst befriedigend in sie ein.

Emma lag über die Sofalehne gebeugt, die Brüste an das Samtpolster gedrückt. Lukes Hände wanderten über ihren Rücken, während er sich in ihr bewegte und die tiefsten und intimsten Stellen liebkoste.

Wie sie schon festgestellt hatte, gefiel ihr das sehr, wenn er sie auf diese Weise von hinten nahm. Das hatte etwas übertrieben Gefügiges an sich. Es war wundervoll lüstern, und durch den Winkel beim Eindringen strich er über eine Stelle, bei der sie sich wand und innerlich zusammenzog.

Sie drehte den Kopf zur Seite, die Wange an das weiche Sofakissen gedrückt. Ihre Finger krümmten sich um die Sofakante, als ihr Körper sich anspannte. Mit einem Schwall warmer Lustgefühle kam sie zum Höhepunkt und gab sich dem hin, bis sie erschlaffte. Er beugte sich über sie und flüsterte: »Ich sehe es gern, wenn du kommst. Ich liebe es, wenn dein Körper hilflos unter mir zuckt. Das ist so schön.«

Seine Stöße waren langsamer geworden, und jetzt bewegte er sich träge in ihrer heißen, feuchten und überaus empfindsamen Scheide. Er verlegte sich auf eine langsame Gangart, was bei ihm selten war, da er das kraftvolle, intensive Liebesspiel vorzog.

Er blieb tief gebeugt über ihr, die Brust an ihren Rücken gedrückt, und strich mit den Lippen über ihren Nacken. Emma schloss die Augen und gab sich den Empfindungen hin.

Erneut ging sie jenem Gipfel entgegen, aber diesmal mit einem langsamen, sanften Anstieg.

Sie lag auf Samt und ließ sich von ihm streicheln und reizen und virtuos liebkosen. Sie spürte alles – seine Länge, seine Breite, die Härte und jede Unebenheit.

Der Orgasmus begann mit einem leisen vibrierenden Lustgefühl tief im Schoß und wogte durch ihren ganzen Körper. Es war überwältigend.

Augenblicke später kam auch er und entließ seinen Samen auf ihrem Rücken. Dann hob er sie hoch. Sie hatte nicht mehr die Kraft, sich zu bewegen, darum lag sie schlaff über der Sofalehne, völlig erschöpft. Nach ein paar Augenblicken fühlte sie einen nassen Waschlappen am Rücken. Luke säuberte sie sanft, und als er damit fertig war, nahm er sie in die Arme und trug sie zur Chaiselongue, wo er ihr half, das Unterhemd anzuziehen. Dann setzte er sich neben sie.

Eine ganze Weile saßen sie da und plauderten leise über unwichtige Dinge. Sie hatte den Kopf an seine Brust gelegt und überlegte laut, ob es morgen wohl regnen würde, wenn sie nach Wapping fuhren. Und Luke überlegte laut, ihr einen zweiten Mantel zu kaufen, da der seidene bei dem Unfall doch einen Riss bekommen hatte. Einige Minuten lang rätselten sie, was die neue Köchin wohl zum Abendessen zubereiten würde.

Wie sich herausstellte, bestand es aus einer weißen Suppe mit Fadennudeln, Schweinskoteletts mit Rotkohl und gedünsteter Brunnenkresse sowie einem Pfirsichpudding als Dessert.

Es war einfach, aber köstlich. Baldwin hatte mit ihr eine gute Wahl getroffen. Auch Delaney machte ihre Arbeit sehr gut. Sie hatte Erfahrungen als Hausmädchen und als Zofe, ganz wie

Luke verlangt hatte. Das Beste an Delaney und der Köchin war jedoch, dass sie außerordentlich diskret waren und Emma mit größter Achtung und Höflichkeit begegneten. Sie fragte sich, was Baldwin wohl zu ihnen gesagt hatte.

Als Emma gut gesättigt vom Tisch aufstand, erhob sich Luke mit ihr. Sie ging die Treppe hinauf zum Salon, um weiter an dem neuen Unterhemd zu nähen. Wenn Luke darauf bestand, ihr neue Kleider zu kaufen, konnte sie wenigstens für die Unterhemden selbst sorgen.

Auf dem Weg nach oben verspürte sie eine gewisse Nervosität. Luke hatte an den letzten beiden Abenden das Haus verlassen und war erst in den frühen Morgenstunden betrunken zurückgekommen. Würde er heute auch wieder gehen? Und wie sollte sie darauf reagieren?

An der Tür des Salons drehte er sie sanft zu sich um. »Emma, ich gehe aus.«

Wie erwartet. Dennoch fühlte sie sich auf einen Schlag kraftlos.

Natürlich wollte er »ausgehen«. Das war unausweichlich, nicht wahr?

Sie versuchte, sich ein Lächeln abzuringen oder wenigstens etwas Geziemendes zu sagen, konnte aber beides nicht, und so nickte sie nur ruckartig.

»Bis später dann.« Er küsste sie auf die Stirn, drehte sich um und ging die Treppe hinunter, die er soeben erst mit ihr hinaufgestiegen war.

Verfluchter Mist!

Ein paar Augenblicke lang stand sie da und ballte die Hände zu Fäusten, unsicher, ob sie auf die Knie fallen und schluchzen oder ihre Sachen packen und gehen sollte.

Aber sie brachte es nicht über sich, ihn zu verlassen. Nicht ganz. Die Vernunft sagte ihr, dass sie nirgendwohin konnte, dass sie seine Hilfe brauchte, um Morton zu finden. Tief im Inneren wusste sie jedoch, sie hatte dafür noch andere Gründe. Luke war ihr wichtig geworden, sie hatte sich längst zu sehr auf ihn eingelassen. Sie konnte nicht kurzerhand gehen.

Sie war aber auch nicht gewillt, die Situation noch länger hinzunehmen. Genau das hatte sie bisher getan. Obwohl sie es nicht leiden konnte, wenn er spät betrunken heimkam, hatte sie es hingenommen. Sie hatte ihn ausgehen lassen, weil … Nun, sie wusste es nicht so recht. Weil er Albträume hatte. Weil er Narben auf dem Rücken hatte. Weil er etwas Schreckliches durchgemacht hatte und sich einredete, er könne nicht damit leben, ohne sich jeden Abend zu betrinken.

Und weil sie anfangs geglaubt hatte, es ginge sie nichts an und es sei nicht ihr Problem.

Nun war es zu ihrem Problem geworden, und es ging sie etwas an. Vielleicht sollte es nicht so sein, aber es war so. Sie und Luke waren einander zu nahe gekommen, als dass es anders sein könnte.

Emma drehte sich energisch um und betrat den Salon. Sie läutete nach Delaney. Mit ihr zusammen reinigte sie den Rest des Abends das nach vorn liegende Schlafzimmer im zweiten Stock.

Irgendwann in den frühen Morgenstunden wurde Emma von dem lauten Klopfen an ihrer Schlafzimmertür wach. »Emma? Em? Bist du da drin?«

Beim Wachwerden bemerkte sie als Erstes, dass er lallte. Nun, das kam nicht überraschend.

»Geh ins Bett, Luke«, rief sie müde.

»Kann nicht. Tür ist zu.«

»Geh in dein eigenes Zimmer. Dort ist die Tür nicht abgeschlossen.«

Ein, zwei Augenblicke lang war es still. Dann: »Em?«

»Hm?«

»Was machst du?«

Sie seufzte. »Ich schlafe heute Nacht hier. Von jetzt an jede Nacht, in der du dich lieber betrinkst, als bei mir zu bleiben.«

»Nein«, widersprach er ruppig.

»Doch.«

»Warum?«

»Ich kann das nicht mehr.«

»Was kannst du nicht mehr?«

Sie schwang die Beine aus dem Bett und fasste um die Bettkante. Schwer seufzend blickte sie zur Tür. Sie war jetzt hellwach.

»Ich kann nicht mehr wach im kalten Bett liegen und darauf warten, dass du heimkommst. Ich kann mich nicht andauernd fragen, warum du jeden Abend vor mir wegläufst. Warum ich dir nicht geben kann, was du brauchst. Und wie betrunken du diesmal heimkommen wirst.«

»Du gibst mir doch, was ich brauche.«

Nein. Offenbar nicht.

»Lass mich rein.« Er schlug einen schmeichelnden Ton an.

Sie schloss die Augen und schwieg.

»Bitte.«

Sie griff fester um die Bettkante. Es fiel ihr schwer, diesem Mann etwas abzuschlagen. Doch wenn sie überleben wollte, musste sie das tun. Das war zu wichtig. Sie musste stark sein. Wenn sie nicht alles in ihrer Macht Stehende tat, um diese Entwicklung aufzuhalten, würde Luke den Weg der Selbstzerstörung weitergehen. Sie konnte es nicht ertragen, ihm dabei zuzusehen.

»Emma, lass mich rein.«

»Nein«, sagte sie fest.

»Warum nicht?«

»Das sagte ich schon.«

»Ich brauche dich.«

»So sehr wie den Schnaps?«

»Mehr. Tausendmal mehr.« Seine Stimme schnappte über, und sie schloss die Augen. »Mach mir auf.«

»Nein«, stieß sie hervor.

»Ich will neben dir liegen.«

»Du bist achtundzwanzig Jahre lang ohne mich ausgekommen, Luke. Da wirst du heute Nacht sehr gut allein schlafen können.«

»Ohne dich ausgekommen? Das kann nicht dein Ernst sein«, erwiderte er barsch. Dann schmeichelte er ihr wieder. »Ich brauche dich.«

Sie raffte die Bettdecke in die Fäuste. »Du bist betrunken.«

»Nur ein bisschen.«

»Du sollst wissen, dass ich nicht tatenlos zusehen werde, wie du dich zerstörst.«

»Dazu könnte es zu spät sein.«

Ich weiß. Sie ließ den Kopf hängen und schaute in ihren Schoß.

Kurz war es still. Dann sagte er: »Du willst mir also meinen einzigen Trost nehmen?«

»Oh, ich bin eindeutig nicht dein einziger Trost, Luke.« Das klang viel bitterer als beabsichtigt.

»Aber du bist … du bist jetzt … meine …« Ihm fehlten die Worte. Nun ja, er war sturzbetrunken.

»Du bist mir wichtiger. Wichtiger als alles andere«, schloss er unbeholfen.

Hätte er das nüchtern zu ihr gesagt, hätte sie ihm vielleicht geglaubt. Jetzt aber wollte er damit nur erreichen, dass sie ihn in ihr Zimmer ließ. Er probierte jede Taktik, die ihm einfiel, um sie zu überreden. Sie stand auf und ging zur Tür, um sich dagegenzulehnen.

»Wenn das wahr ist, dann hör damit auf«, sagte sie durch die Tür. »Hör auf davonzulaufen.«

»Werde ich nicht mehr tun.« Das kam viel zu schnell. »Darf ich reinkommen?«

»Nein«, sagte sie sanft.

»Ich gehe nicht weg, bis du mich reinlässt.«

»Dann solltest du es dir bequem machen.« Denn jetzt wusste sie mit aller Klarheit, dass sie ihn nicht hereinlassen durfte. Es genügte nicht, ihm das Versprechen abzunehmen. Er musste zeigen, dass er es halten konnte – dass er es halten wollte.

Sie hörte ihn gequält seufzen, dann schien er sich vor die Tür zu setzen. »Meinetwegen«, sagte er. »Ich bleibe hier die ganze Nacht. Und bewache deine Tür.«

Sie setzte sich ebenfalls, lehnte sich mit dem Rücken gegen das Holz und schlug die Beine auf dem Teppich übereinander.

»Warum tust du das?«, wisperte sie. Da keine Antwort kam, hatte er es wohl nicht gehört.

»Trinken?«, fragte er dann doch.

»Ja.«

»Ah.« Er ließ den Kopf gegen die Tür fallen. »Es macht mich stärker.«

Obwohl spontan gereizt, verkniff sie es sich, ihren Ärger über diesen Unsinn laut werden zu lassen. Stattdessen fragte sie: »Wie denn?«

Nach kurzem Schweigen, das ihr in den Ohren zu dröhnen schien, sagte er: »Es hält die Albträume fern.«

»Inwiefern macht dich das stärker? Man kann Albträume nicht verhindern, und sie schwächen dich nicht.«

»Meine tun es. Manchmal denke ich ... denke ich, sie ... sie machen was mit mir ... machen mich wahnsinnig.«

»Wie?«

»Em«, stöhnte er. Sie sah seine frustrierte Miene vor sich. Die kannte sie schon.

Einerseits hätte sie ihn gern getröstet, ihm versichert, er brauche ihr das nicht zu erzählen. Andererseits war es eben doch notwendig. Sie musste es erfahren. Wie sollte sie ihm sonst helfen? Wie sollte er sich selbst helfen?

»Wie, Luke?«, drängte sie.

»Wenn ich aufwache, die ... die Angst, sie geht nicht weg. Manchmal vergehen Stunden, bis ich mir selbst glaube, dass er nicht mehr hinter mir her ist ...« Es klang halb erstickt. Jedes Wort schnitt ihr ins Herz. »Dass er mich nicht mehr umbringen kann.«

»Wer?«

»Mein Vater. Ach nein«, korrigierte er schnell, »nicht mein Vater, der alte Herzog, der Mann, den ich für meinen Vater hielt. Und obwohl ich weiß, dass er tot ist, glaube ich dann, er lebt noch und kommt mich holen, um mich umzubringen.«

»Und du kannst nicht aufwachen?«

»Ich bin ja wach, aber ich kann nicht ... ich kann ihn nicht zum Verschwinden bringen.«

Gütiger Himmel. Sie wollte so gern die Tür öffnen, ihn in die Arme nehmen, ihm sagen, es werde alles gut werden, sie sei für ihn da, sie werde immer da sein, wenn er aufwache, sie werde ihm helfen.

Das durfte sie aber nicht tun. Er musste um jeden Preis begreifen, dass er so nicht weitermachen durfte.

»Warum hast du seinetwegen Albträume?«, fragte sie sanft.

Schweigen.

»Er war grausam zu dir, nicht wahr?«

»Ich habe bekommen, was ich verdiene.«

»Das bezweifle ich.«

»So hat er es gesagt.« Luke wirkte so einsam, so verletzlich und klein. So hatte er noch nie geklungen. »Er sagte, er muss mich bestrafen. Er sagte, nur so könne man mich kurieren.«

»Kurieren wovon?«

»Von meiner angeborenen Bosheit.«

»Und du hast ihm geglaubt?«

»Ich war ein Knabe.«

»Aber du glaubst ihm noch immer, oder?«

Luke lachte bitter. »Ich war nicht gerade ein Ausbund an Güte.«

»Doch, das warst du.«

»Du kennst mich nicht sehr gut.«

»Du irrst dich.« Sie wusste sehr gut, wie viel Güte hinter der Maske des Schurken lag, die er zur Schau trug.

»Vielleicht«, sagte er leise.

»Der alte Herzog hat seinen Zorn über deine Mutter und Baron Stanley an dir ausgelassen.«

Er schwieg einen Moment lang. Dann: »So habe ich das noch nie gesehen.«

»Wie hast du es denn gesehen?«

»In seinen Augen war ich ein Bastard und darum ein schlechter Mensch. Und ich war in der Erbfolge der Zweite. Er wollte mich ehrlich kurieren für den Fall, dass ich eines Tages seinen Titel tragen muss.«

Emma war gleich bei dem ersten Satz hängen geblieben. »Du warst ein Bastard und darum ein schlechter Mensch? Was soll das heißen?«

»Um Himmels willen, das weißt du doch.«

»Nein, weiß ich nicht. Bitte erkläre es mir.«

»Bist du nie zur Kirche gegangen? Hast du die Glaubenslehre nicht gelesen? Es weiß doch jeder, dass uneheliche Kinder schlecht sind, weil sie die schlechte Natur ihrer sündigen Eltern geerbt haben.«

»Das ist Unsinn«, widersprach sie aufgebracht. »Alle Kinder werden unschuldig geboren.«

»Nein. Ich wurde als schlechter Mensch geboren, und der bin ich auch geworden. Wie der alte Herzog vorhergesagt hat.«

»Unsinn!«, rief sie energisch aus.

Wieder war er still. Dann sagte er: »Du bist eine sehr rechthaberische Frau.«

»Nur wenn ich recht habe.«

»Hast du denn recht, Em?«

»Ja.« Sie war so wütend, dass sie rotsah. Wenn der alte Herzog nicht schon tot wäre, würde sie ihn glatt erschießen. Wie konnte der Mann es wagen, ein unschuldiges Kind zu prügeln und ihm weiszumachen, es sei schlecht? Und sie hegte keinerlei Zweifel, dass die Narben an Lukes Rücken von ihm stammten.

Luke hatte sein Leben lang geglaubt, er könne kein guter Mensch sein und nie einer werden. Wie sollte ein Mensch damit leben können? Wie sollte ein Mensch, der das glaubte, glücklich werden können?

»Er hätte das nicht tun dürfen, Luke. Du warst ein Kind.«

»Ich war nie ein gutes Kind. Ich habe nie gehorcht. Ich konnte nicht stillsitzen wie meine Brüder. Ich habe Streit gesucht. Es wurde noch schlimmer, als ich zum Jüngling wurde. Ich habe hinter Scheunen die Mädchen geküsst. Ich habe mein Taschengeld verspielt. Ich war gehässig zu meinen Geschwistern.«

»Das kam zweifellos auch durch die Grausamkeit deines Vaters. Ich kenne dich gut genug und weiß, dass das keine angeborenen Charakterzüge von dir sind.«

»Meinst du das wirklich?« Er klang zögernd. Unsicher. Hoffnungsvoll.

»Das ist meine tiefste Überzeugung«, antwortete sie leise.

Eine Weile war er still. Vielleicht dachte er über all das nach. Dann: »Emma, darf ich reinkommen?«

Sie kniff fest die Augen zu, um die Tränen zurückzuhalten. Denn diesmal schmerzte es sie im ganzen Leib. »Nein.«

14

Am nächsten Morgen wachte Emma früh auf. Sie hatte kaum geschlafen – der Morgen graute schon, als sie Luke endlich überreden konnte, sich schlafen zu legen.

Als Erstes schlüpfte sie aus dem Bett und eilte zur Zimmertür. Ihr Fußgelenk tat kaum noch weh. Es war fast wie neu.

Sie schloss auf und fand Luke zusammengerollt am Boden liegen. Sie kniete sich hin. »Luke?«

Verwirrt und schläfrig blinzelte er sie an. Sie berührte ihn an der Wange. »Kommst du für eine Weile ins Bett?«

Einen Moment lang schaute er sie mit unergründlicher Miene an, dann sagte er mit kratziger Stimme: »Ja.«

Mit wackligen Beinen stand er auf, wie ein neugeborenes Fohlen.

Sie nahm ihn beim Arm und führte ihn zum Bett, half ihm beim Auskleiden und steckte ihn ins Bett. Dann beugte sie sich über ihn und gab ihm einen Kuss auf die Stirn wie einem Kind.

»Schlaf«, flüsterte sie.

Er griff nach ihrem Handgelenk. »Du kommst nicht ins Bett?«

»Nein.«

Er runzelte die Stirn, aber sie blickte ihn fest an, und schließlich ließ er sie los. Sie nahm ihren Morgenmantel, hängte ihn sich um die Schultern und zog leise die Tür hinter sich zu.

Sie ging nach unten in den Salon und setzte sich, die Knie an die Brust gezogen, in einen Sessel. So saß sie lange da und dachte über Luke nach, über ihr nächtliches Gespräch. Und was sie jetzt über ihn wusste.

War sie zu hart gewesen? Er hatte sich geöffnet und ihr alles erzählt – außer wie er zu den Narben gekommen war –, und sie hatte ihn unerbittlich abgewiesen.

Nein. Wenn sie ihn hätschelte, würde er keinen Grund sehen, sein Verhalten zu ändern. Sie hoffte jedenfalls, dass sie damit recht hatte. Einmal gestern Nacht, als er beharrlich um Einlass bettelte und sie es verweigerte, hatte sie sich gefragt, ob sie ihn auf unverzeihliche Weise kränkte. Ob sie genauso grausam war wie der alte Herzog.

Nein ... nicht derart grausam, dachte sie bitter. Nach dieser Nacht wusste sie, sie hatte noch nie jemanden gehasst, nicht einmal Roger Morton, aber den alten Herzog von Trent, den hasste sie.

Eine gute Stunde lang saß sie grübelnd da, dann erhob sie sich mit einem Seufzer und ging in Lukes Schlafzimmer, um sich anzukleiden. Sie rief Delaney und ließ sich von ihr frisieren. Als Luke danach noch nicht wach war, holte sie sich ihren Nähkorb und setzte sich damit in den Salon, um an ihrem Unterhemd weiterzunähen.

Es war fast Mittag, als Luke vollständig bekleidet in der Tür des Salons erschien. Emma hatte etliche Stunden still vor sich hin genäht, und bei dem Geräusch an der Tür schreckte sie hoch.

»Habe ich dich erschreckt?«

»Ja. Es war den ganzen Vormittag so still.«

Er schaute sie einen Moment lang an. Dann kam er zum Sofa, wo sie saß, hob ihr Kinn an und gab ihr einen Kuss auf den Mund. »Bist du bereit, nach Wapping zu fahren?«

So sollte es also sein. Sie würden nicht über die vergangene

Nacht sprechen. Einerseits war sie erleichtert. Andererseits verwirrt. Sie musterte ihn genau und fragte sich, ob er sich überhaupt an das Gespräch erinnerte. Wenn ja, so gab er das durch nichts zu erkennen.

»Hast du gefrühstückt?«, fragte sie.

Kurz verdunkelte sich seine Miene, um sich gleich wieder aufzuhellen. »Ich habe keinen Hunger«, antwortete er ruhig und gleichmütig.

Sie seufzte leise und legte ihr Nähzeug weg. Vielleicht erinnerte er sich doch.

»Ich bin bereit. Ich hole nur meinen Mantel.«

Mortons Büro und seine Wohnräume in Wapping lagen fünf Meilen vom Cavendish Square entfernt. Als Luke sich neben Emma in die Droschke setzte, überlegte er, sich eine Kutsche zu kaufen. Er hatte noch nie eine besessen. Das war bisher nicht nötig gewesen. Er hielt sich immer ein bis zwei Pferde und war damit überallhin geritten.

Aber jetzt wohnte Emma bei ihm. Sie sollte weder zu Fuß noch in schmutzigen Mietwagen in London unterwegs sein. Sie sollte ihren eigenen Wagen und einen Kutscher haben.

Er blickte sie aus den Augenwinkeln an.

Und wurde ertappt.

Sie wandte sich ihm sanft lächelnd zu.

Es zog ihm den Magen zusammen. Sah er da Mitgefühl in ihrem Blick? Er wollte ihr Mitgefühl nicht.

Warum hatte er in der Nacht bloß so viel erzählt? Er hatte sie unbedingt im Arm halten wollen, hatte unbedingt in ihr Zimmer gewollt. Er hatte alles ausprobiert außer Zorn – wie könnte er auf Emma zornig sein? Sie hatte jedes Recht, ihn auszusperren. Er hatte sich benommen wie ein Schwächling, wie ein Idiot.

Nun hatte er ihr lauter Dinge anvertraut, die ihn in sehr schlechtem Licht erscheinen ließen. Er wollte vor ihr nicht als schwacher, verschüchterter Dummkopf dastehen.

Die arglose Ehrfurcht, die sie ihm im Bett entgegenbrachte, zog er ihrer mitleidigen Miene bei Weitem vor. Oder die Verzückung, wenn sie vor Lust schrie. Oder das schläfrige, zufriedene, vertrauensvolle Gesicht, das sie hatte, nachdem sie beide zum Höhepunkt gekommen waren.

Er setzte sich ein wenig anders hin. Wahrscheinlich war es nicht gerade geschickt, jetzt daran zu denken. Am liebsten nähme er sie jetzt gleich auf der Kutschbank, und da Wapping nur ein kurzes Stück entfernt lag, wäre auch das nicht das Klügste.

Besser, er dachte an die vergangene Nacht. Das hatte die gleiche Wirkung wie ein Eimer Eiswasser.

Er war ein ausgemachter Dummkopf.

Emma legte die Hand auf seine und drückte sie. Er holte tief Luft, dann erwiderte er die Geste.

Ein paar Minuten später erreichten sie das Lagerhaus in Wapping. An einem Montag war in der Gegend viel mehr Betrieb. Die Londoner gingen ihren Geschäften nach. Matrosen, Kaufleute, Boten, Diener, alle waren auf der Straße unterwegs.

Luke half Emma aus der Droschke. Sie hatte ihren Gehstock nicht dabei, hinkte aber kaum noch. »Wie steht's mit deinem Fuß?«, fragte er, als sie auf das Lagerhaus zuhielten.

»Er ist fast verheilt, meine ich. Es tut kaum noch weh.«

Emma zog in einem fort die Aufmerksamkeit der Männer auf sich. Er wusste, warum. Sie war schön. Ihre hübschen Kurven brachten jeden Mann auf lüsterne Gedanken. Und ihr Gesicht – das herzförmige Gesicht, die großen goldbraunen Augen und dieser Mund, wie geschaffen für …

Er wollte sie am liebsten wegsperren vor all den bewundernden Blicken. All den lasziven Gedanken.

Aber was dachte er sich dabei, ihr gegenüber so besitzergreifend zu sein? Was zum Teufel war in ihn gefahren?

Wo sollte das hinführen?

Es war schon zu weit gegangen. Viel zu weit. Und dennoch konnte er nicht darauf verzichten. Und wollte das auch nicht. Er wollte das bis zum Letzten auskosten. Und er hoffte verdammt noch mal, dass sie nicht nach Bristol zu Vater und Schwester zurückkehrte.

Sie betraten das Lagerhaus, gingen an den Kisten schleppenden Arbeitern vorbei und zu dem Treppenaufgang an der Seite. Zwei Treppen stiegen sie hinauf und betraten den Korridor im zweiten Stock.

Vor Mortons Tür angelangt zögerten sie. Dahinter war es genauso dunkel und still wie gestern. Luke klopfte. Es kam keine Antwort.

Verflucht noch eins ... wenn Morton gerade wieder so ein Ding drehte wie bei Emma, dann war es gut möglich, dass er sich monatelang von London fernhielt.

Emma schnaubte frustriert. »Lass uns mit dem Vermieter sprechen.«

Er nickte angespannt. Sie stiegen die Treppe hinunter und erfuhren, der fragliche Mann heiße Merrow und sei unten in einem der größeren Büros zu finden.

Das war eine Gelegenheit, wo besser Luke das Reden übernahm. Emma schien derselben Meinung zu sein, denn sie blieb hinter ihm zurück, als er sich diesem Merrow näherte, einem dicken Mann mit schütterem Haar von etwa achtundvierzig Jahren.

Merrow blieb einsilbig, bis Luke seinen Namen nannte, dann wurde der Mann sogleich gesprächig.

»Oh ja, Roger Morton hat die Nummer sechs da oben gemietet«, sagte er.

»Wohnt er ständig hier?«

»Nein, das nicht. Er scheint zwei oder drei Mal in der Woche hier zu übernachten. Und er arbeitet häufig in seinem Büro.«

»Ist er kürzlich hier gewesen?«, fragte Luke.

»Letzte Woche war er mal da, ich bin sicher, dass ich ihn gesehen habe.«

»Sind Sie bereit, uns in seine Räume zu lassen?«

In diesem Punkt war Merrow empfindlich. »Bedaure, Sir. Das kann ich nicht tun. Es sei denn, Sie hätten eine richterliche Anordnung.«

Luke schnaubte. »Also gut. Dann geben Sie uns doch durch einen Boten Nachricht, wenn Morton das Gebäude betritt.«

»Das scheint mir vernünftig«, sagte Merrow und erklärte sich bereit, einen seiner Boten zu schicken.

»Gut«, sagte Luke. »Dann erwarten wir ihn.«

Als sie Merrows Büro verließen, bemerkte Luke einen Mann, der sich auf dem Gang an die Wand lehnte. Sowie er stehen blieb, um näher hinzusehen, wandte sich der Mann ab, aber nicht schnell genug, denn Luke sah noch die Narbe an seiner Wange.

Und da wusste er genau, wer der Kerl war. In Bristol hatte er ihn mal von Weitem gesehen, an dem Morgen, nachdem er Emma kennengelernt hatte, und auch einmal auf Ironwood Park im letzten Sommer, wo er aus Trents Arbeitszimmer kam.

»Trent«, brummte Luke, und in ihm kochte die Wut hoch, dass er kaum Luft bekam.

Emma schaute ihn überrascht an. »Bleib hier«, zischte er und ging zu dem Kerl hin. Er packte ihn am Kragen und stieß ihn hart gegen die Wand. Emma schnappte erschrocken nach Luft.

Empört versuchte der Mann, Luke von sich zu stoßen.

»Mein Bruder hat Sie geschickt«, sagte Luke ihm auf den Kopf zu.

»Lassen Sie mich los, wenn ich bitten darf, Mylord.«

Aha, der Kerl kannte ihn also. Luke ließ ihn los, blieb aber dicht vor ihm stehen. »Wie heißen Sie?«

»Grindlow«, antwortete der Mann mit gerötetem Gesicht. Er griff sich an den Kragen und rückte seine Halsbinde zurecht.

»Warum folgen Sie mir?«, fragte Luke, obwohl er die Antwort kannte.

»Auf Anweisung des Herzogs, Sir.«

Luke fluchte im Stillen. Er hatte Trent gebeten, sich nicht einzumischen, und trotzdem hatte er seinen Mann geschickt, damit er Lukes Schritte beobachtete. Sein Bruder traute ihm offenbar überhaupt nichts zu.

Einen Moment lang war Luke zu wütend, um etwas zu sagen, und biss die Zähne aufeinander. »Halten Sie sich von mir fern, Grindlow«, verlangte er dann. »Sagen Sie meinem Bruder, ich wüsste, was er will. Sagen Sie ihm, ich hätte Sie erwischt und er soll sich gefälligst aus meinem Leben heraushalten.«

Grindlow zog die Brauen zusammen. »Äh, also gut, Sir. Ich werde es ihm sagen.«

Luke nickte knapp und trat einen Schritt zurück. Dann wandte er sich ab und ging zu Emma. »Verschwinden wir von hier«, sagte er leise und nahm sie bei der Hand.

Ihre Hand wirkte sofort beruhigend auf ihn. Der harte Klumpen Wut in seiner Brust löste sich auf. Und nachdem er dem Droschkenkutscher zunächst befohlen hatte, ihn zu Trents Haus zu bringen, damit er hineinstürmen und seinen Bruder zur Rede stellen konnte, besann er sich auf halber Strecke anders und entschied, es wäre viel befriedigender, heimzukehren und mit Emma ins Bett zu gehen.

An dem Abend fühlte Luke wieder den starken Drang auszugehen. Als würde er mit einer Seilwinde zum Club gezogen. Oder sonst wohin, wo man starke Getränke servierte.

Nach dem Abendessen blickte er zu Emma auf.

Sowie sie seine Miene sah, bat sie: »Bleib bei mir, Luke.«

Wie könnte er? Er wusste, was passieren würde.

»Em«, sagte er leise, »betrunken bin ich ein besserer Mensch als in meinen Albträumen.«

»Der beste ist der wahre Mensch in dir. Nicht der vom Alkohol gedämpfte.«

Resigniert schloss er die Augen, bereit zu ertragen, was immer auf ihn zukäme. »Ich werde es versuchen.«

Sie schenkte ihm das herzliche, breite Lächeln, nach dem er verrückt war, und fühlte sich ein wenig besser.

Später in der Nacht fuhr er aus einem Traum hoch. Er hörte das Zischen brennender Haut. Der Gestank von verbranntem Fleisch stach ihm in die Nase. Diesen würde er nie vergessen. Er hasste ihn. Er drehte und wand sich, um der glühenden Spitze zu entgehen, und stöhnte vor Angst und Schmerzen.

»Luke. Luke!«

Nein, nein, nicht schon wieder. Nicht zweimal in einer Nacht. Ihm brannten jetzt noch die Stellen vom letzten Mal.

Ihn streifte etwas am Rücken. Instinktiv riss er den Arm hoch, um sich zu wehren, und traf jemanden.

Er hörte den spitzen Schrei einer Frau und begriff, dass noch jemand bei ihnen im Zimmer war. Jemand sah dabei zu! Von Scham überwältigt krümmte er sich zusammen. Niemand sollte ihn so sehen.

»Luke, schsch. Dir passiert nichts.«

Die Stimme kam ihm vage bekannt vor. Irgendwoher. Aber er wollte nicht zuhören, denn sie log. »Geh weg«, murmelte er bockig.

»Ich gehe nicht weg«, erwiderte sie energisch.

Und jetzt begriff er. *Emma.*

Was machte sie hier?

Und dann wurde ihm bewusst, dass er in seinem Schlafzimmer in seinem Haus am Cavendish Square war. Er war erwachsen, und Emma lag neben ihm.

Aber noch immer roch er verbranntes Fleisch und hörte das Zischen. Er fühlte es sogar, und verflucht, es tat weh.

»Luke! Wach auf!«

Blinzelnd strengte er die Augen an, bis er Emma scharf sah. Sie beugte sich zur Lampe hinüber, um sie anzuzünden. Ihre schönen Haare hingen in wirren Locken herab. Er hatte ihr selbst den Zopf beim Liebesspiel gelöst.

Aber warum war sie hier?

Und ... oh Mann, ihre Wange. Er sah das rosa Abbild seiner Finger darauf. Er hatte sie geschlagen, weil er dachte, sein Vater beugte sich über ihn mit der brennenden Zigarre. Bestürzung schnürte ihm die Kehle zu. Auf seiner Brust lastete ein Druck, als stünde ein Pferd darauf. Sein Herz klopfte viel zu schnell. *Ich muss hier raus.*

Zitternd und nach Atem ringend taumelte er aus dem Bett. Er fand seine Hose und zog sie hastig an. Emma redete mit ihm, doch durch das Rauschen in seinen Ohren verstand er kein Wort. Er hatte ihr wehgetan, sie geschlagen, seinen Engel.

Er hatte ja gewusst, das würde nicht gut gehen. Was hatte er sich bloß dabei gedacht? *Oh Gott, verdammt, oh Gott.* Halb flehte er zum Himmel, halb fluchte er.

Sie schlang die Arme um ihn, hielt ihn fest. Und endlich verstand er, was sie sagte. »Nein! Ich lass dich nicht gehen.«

Er erstarrte, blieb stocksteif stehen, damit er sie nicht wieder schlug. Wie eine Statue stand er da, aber wie eine zitternde Statue. Das Zittern ließ sich nicht unterdrücken.

Sie hielt ihn von hinten fest und drückte die Wange an seinen Rücken. Er zuckte, weil seine Brandmale dabei schmerzten.

Nein. Nein, verflucht, sie schmerzten nicht. Die waren alt und längst verheilt. Sie konnten nicht mehr schmerzen. Sein Geist spielte ihm einen Streich, gaukelte ihm eine alte Erinnerung als ein Geschehen der Gegenwart vor.

Er atmete tief durch. Die Schmerzen ließen ein wenig nach. Er schloss die Augen und atmete bewusst ein und aus, sagte sich immer wieder, das sei nicht real.

Emma streichelte seine Brust, redete beruhigend auf ihn ein, doch er war zu sehr darauf konzentriert, Wahn und Wirklichkeit zu unterscheiden, als dass er ihr zuhören konnte.

So standen sie ein Weilchen da. Langsam konnte Luke wieder ruhig atmen und fand in die Wirklichkeit zurück. Als er glaubte, sich wieder in der Gewalt zu haben, ließ er die Hände sinken, die ihm an der Knopfleiste der Hose erstarrt waren.

Es dauerte noch ein paar Minuten, ehe er Emmas Arme sanft von sich löste und sich zu ihr umdrehte.

Erleichtert blickte sie zu ihm auf. »Geht es dir besser?«

Der rote Handabdruck auf ihrer Wange war noch immer zu sehen. Es zog ihm die Brust zusammen.

Langsam hob er die Hand und strich mit den Fingerspitzen über ihr Gesicht. »Ich ... habe dir wehgetan.«

»Nicht der Rede wert.«

»Ich habe dich geschlagen.«

»Du hast geträumt, Luke. Du hast etwas Schreckliches geträumt und dachtest, ich würde dir etwas tun. Ich hätte dich nicht anfassen sollen.«

»*Ich* hätte *dich* nicht anfassen sollen.«

Sie nahm sein Gesicht in beide Hände. »Hör mir zu. Es ist nicht schlimm. Ich spüre es nicht einmal mehr.« Ihre Miene wurde weich. »Aber geht es dir wieder gut? Du fühlst dich kalt an.«

Jetzt erst merkte er, dass er fror.

»Komm wieder ins Bett«, lockte sie schmeichelnd.

Er trat von ihr weg und schaute zum Bett hinüber.

»Du starrst es an, als könnte es dich beißen«, meinte sie. »Es ist nur ein Bett, Luke. Dir passiert nichts. Komm, lass dich von mir wärmen. Komm in meine Arme.«

Sie hatte recht. Das dumme Bett würde ihn nicht beißen. Trotzdem bewegte er sich zögernd und musste sich zwingen, zum Bett zu gehen. Emma knöpfte den einen Knopf auf, den er geschlossen hatte, drückte ihn auf die Bettkante und zog ihm die Hose aus. »Leg dich hin«, befahl sie.

Er schnaubte und sah sie schief an. Doch sie blieb fest. Also legte er sich hin. Sie deckte ihn zu, ging zur anderen Seite und schlüpfte zu ihm. Er drehte sich zu ihr, und sie schmiegte sich an ihn.

Das Gesicht an ihre zerzausten Haare gedrückt, atmete er tief ein und aus. Sie roch so gut.

»Ich will dir nicht wehtun«, sagte er schroff. »Bei all meinem rüpelhaften Benehmen, das ich an den Tag lege, habe ich eine Grenze gezogen: Ich werde nicht grob zu einer Frau.«

»Ich weiß. Aber du kannst – du darfst – dir nicht die Schuld geben. Du warst nicht du selbst.«

Das machte es nur wenig besser. Er seufzte. Natürlich hätte er das niemals mit Absicht getan. Trotzdem lag es ihm auf der Seele.

»Du hast Angst gehabt«, wisperte sie. »Vor ihm?«

Er schloss die Augen. »Ja.«

»Ich hasse ihn«, stieß sie vehement hervor. »Ich hasse ihn zutiefst.«

»Er ist tot, Em.«

»Ja, aber nicht in deinem Herzen.«

Darauf sagte er nichts.

»Hast du diese Albträume schon dein Leben lang?«, fragte sie nach kurzem Schweigen.

»Nein. Eine Zeit lang nach seinem Tod. Und dann erst wieder seit Kurzem.«

»Wann hat es wieder angefangen?«

Das wusste er genau. Wie auch nicht? »Vergangenen Sommer. In der Nacht nachdem ich erfahren hatte, wer mein wirklicher Vater ist.« Die Enthüllung hatte die Schleusentore geöffnet und die schmerzlichen Erinnerungen herausgelassen.

Emma drückte sich noch fester an ihn. »Kannst du schlafen?«

»Ich weiß es nicht«, sagte er ehrlich. Gewöhnlich machte er sich nach einem Albtraum gar nicht erst die Mühe, es zu versuchen. Aber letzte Woche war er hinterher, nachdem sie ihn aus dem Sessel ins Bett geholt hatte, doch eingeschlafen. Vielleicht würde es ihm wieder gelingen.

»Versuch es«, murmelte sie.

»Es tut mir leid.«

»Du kannst nichts dafür.«

Er wollte ihr wirklich gern glauben. Doch in ihm sträubte sich etwas und sagte ihm, es sei sehr wohl seine Schuld. Alles sei seine Schuld. Und er solle sie verlassen, bevor sie nicht mehr zu retten wäre, denn der Herzog habe recht: Er sei von Natur aus schlecht.

Am Ende fegte er diese Stimme beiseite. Emma hatte gesagt,

es sei nicht seine Schuld, und sie hatte ihm noch nie etwas vorgemacht.

Mit diesem beruhigenden Gedanken schlief er ein.

Morton fand sich erst eine Woche später wieder in Wapping ein. Ein Bote kam zu Lukes Haus und teilte mit, er habe Morton kurz vor Mittag ankommen sehen. Er sei in seinem Büro und arbeite.

Luke und Emma wechselten einen Blick. Endlich war es so weit. Luke würde erfahren, was seiner Mutter zugestoßen war. Emma würde erfahren, was aus dem Geld ihres Vaters geworden war.

Es könnte jedoch schwierig werden, das war Luke bewusst. Er hätte sich überlegen können, Trent oder Sam um Hilfe zu bitten, aber nach seinem Zusammenstoß mit Grindlow war er umso mehr entschlossen, die Sache allein in die Hand zu nehmen. Während Emma noch oben war, um ihren Mantel zu holen, ging Luke ins Arbeitszimmer und lud seine Pistole.

Natürlich hatte er nicht vor, einen Schuss abzugeben. Wenn er Morton umlegte, würde dieser alle Informationen mit ins Grab nehmen. Doch um ihn einzuschüchtern, war sie äußerst nützlich.

Die Fahrt mit der Droschke, die bei geringem Verkehr eine Dreiviertelstunde gedauert hätte, kostete sie an diesem Dienstagmittag über eine Stunde. Und diese brachten sie angespannt schweigend zu.

Als sie endlich ankamen, standen Emma Schweißperlen auf der Stirn, obwohl es kalt war. Luke wischte sie ihr sanft weg und lächelte sie beruhigend an.

Er musste die Sache zum Erfolg führen. Emma zuliebe. Wenn er das Vermögen ihres Vaters wiederbeschaffen könnte, würde er sie für einiges entschädigen, was er ihr zumutete. Vielleicht bewiese er damit auch – ihr und sich selbst –, dass er ihrer würdig war.

Ihrer würdig? Da musste er fast selber lachen.

Sie stiegen die Treppe hinauf. Luke stützte Emma ein wenig, obwohl sie meinte, von der Verstauchung fast nichts mehr zu spüren. Dann standen sie vor Mortons Tür und zögerten. Luke holte tief Luft.

»Bist du bereit?«

»Jetzt oder nie«, murmelte sie.

Er klopfte an die Tür. Es blieb still. Er klopfte noch einmal fester und hörte ein gedämpftes »Moment bitte«.

Mit Emma an seiner Seite wartete er. Endlich wurde geöffnet.

Emma schnappte laut nach Luft und zog damit den Blick des Mannes auf sich, der vor ihnen stand. Roger Morton hatte dunkle Haare und dunkle Augen und eine unauffällige Statur, wie man ihn Luke beschrieben hatte. Er trug ein weißes Hemd und eine schlichte schwarze Weste mit schwarzen Posamentenknöpfen.

Morton riss die Augen auf und wurde blass.

»Emma?«, brachte er krächzend hervor. Sein Blick huschte hin und her, als suchte er einen Fluchtweg.

Woher konnte Morton sie kennen? Luke schaute sie fragend an. Sie stand da wie zur Salzsäule erstarrt.

»Verdammte Scheiße«, zischte Morton, sprang zwischen Luke und Emma durch und rannte, so schnell er konnte, den Korridor hinunter.

Luke setzte ihm nach und brüllte: »Halt! Stehen bleiben!« Emma folgte einige Schritte hinter ihm.

Dann hörte er sie aufschreien. Er schaute über die Schulter und sah, dass sie gestürzt war und dass ihr die Tränen übers Gesicht strömten. Er machte kehrt.

»Nein, nein!«, schrie sie. »Ihm nach, Luke. Halte ihn auf!«

Luke zögerte. Aber sie schrie, er solle laufen, und so tat er es. Er rannte ihm nach und die Treppe hinunter, wo Morton vor zwei Augenblicken verschwunden war.

Unten angelangt, sah er ihn durch das Tor des Lagerhauses laufen, die weißen Hemdsärmel leuchteten zwischen den dunklen Mänteln der Passanten. Kurz darauf gelangte auch Luke ins Freie.

Er blieb stehen. Vor dem Lagerhaus waren viele Leute und Fuhrwerke unterwegs. Hastig blickte er sich nach allen Seiten um. Er sah niemanden in Hemd und Weste. Es herrschte zu viel Betrieb. Morton war in der Menge verschwunden.

Luke ballte die Fäuste und fluchte, was ihm den empörten Blick einer alten Frau einbrachte.

Mit schweren Schritten stieg er die Treppe wieder hinauf. Er hatte nicht damit rechnen können, dass Morton sofort flüchtete. Das war allerdings bemerkenswert.

Wieso hatte Morton Emma erkannt, obwohl sie ihn nicht kannte? Vielleicht hatte Curtis ihn einmal auf sie aufmerksam gemacht, ohne ihr Wissen.

Er eilte zu ihr. Sie stand aufrecht, aber auf einem Bein, und da wusste er schon, sie hatte sich den Fuß erneut verstaucht. Verflucht noch eins. Das war wirklich nicht nach Plan verlaufen.

»Du … hast ihn … nicht … erwischt?« Nach fast jedem Wort hielt sie vor Schmerzen inne.

»Nein.«

Sie erbleichte und starrte zum Lagerhaustor, durch das Morton geflüchtet war.

»Das ist nicht weiter schlimm«, meinte Luke. »Irgendwann muss er zurückkommen, und dann sind wir besser vorbereitet. Was ist mit deinem Fuß?«, fragte er.

Sie starrte ihn an, als hätte sie kein Wort verstanden.

»Hast du so starke Schmerzen?«, fragte er sehr besorgt.

»Luke …«

»Stütz dich auf mich.« Er schob den Arm um sie. Sie war steif wie ein Brett.

»Du verstehst nicht«, wisperte sie.

Er stutzte alarmiert. Ihr Ton war … seltsam. »Was ist denn?«

»Luke«, hauchte sie, »das war nicht Roger Morton. Das war Henry. Mein … Mann.«

15

Emma ließ sich von Luke tragen und in die Droschke setzen. Auf der Rückfahrt saß sie stumm und starr neben ihm.

Sie fühlte sich wie betäubt.

Als sie am Cavendish Square ankamen, hob er sie vom Sitz und trug sie an sich gedrückt zum Haus. Baldwin öffnete ihnen gleichmütig wie immer.

»Mrs. Curtis hat sich den Fuß erneut verstaucht«, sagte Luke. »Holen Sie sofort einen Arzt.«

Das war völlig unnötig, aber nicht einmal das konnte sie aussprechen.

Henry … Henry war am Leben. Ein Jahr lang hatte sie um ihn getrauert, trotz allem. Er war also gar nicht tot. Sie hatte Morton des Mordes verdächtigt, doch Henry war die ganze Zeit quicklebendig gewesen.

Aber vielleicht hatte es nie einen Henry gegeben. Oder nie einen Roger Morton. Konnten sie ein und dieselbe Person sein?

Wie es sich auch verhielt, sie war keine Witwe. Ihr Ehemann war nicht gestorben. Sie dachte an die Predigt in St. Anne am vorletzten Sonntag über das siebte Gebot. Sie hatte mit Luke in Sünde gelebt, aber jetzt war diese Sünde noch schlimmer.

Ehebrecherin.

Luke trug sie die Treppe hinauf und legte sie aufs Bett. Er zog sich den Mantel aus – in der Innentasche steckten die Papiere, die sie aus Mortons, nein, Henrys Büro mitgenommen hatten. Die Tür hatte noch offen gestanden, und so hatten sie die Räume durchsucht, bevor sie sich auf den Heimweg machten. In einer Tasche voll schmutziger Männerkleidung hatten sie ein Bündel Papiere gefunden.

Nachdem er seinen Mantel über eine Sessellehne gelegt hatte, kam er zu ihr. Er zog die Schleife ihres Umhangs auf, streifte ihn ihr behutsam ab und legte ihn beiseite.

Er sagte kein Wort, und dafür war sie dankbar. Sie wollte nicht reden – nicht mit ihm und auch mit sonst niemandem.

Er wandte sich ihrem Stiefel zu, schnürte ihn behutsam auf und zog ihn vom Fuß, rollte ihren Strumpf ab. Sie sah ihm benommen zu.

Als er den Strumpf beiseitegelegt hatte, schaute er sie an. »Tut es sehr weh?«

Sie schüttelte den Kopf.

»Gut.« Er setzte sich näher zu ihr. »Das war also dein Mann?«, fragte er leise.

Sie setzte zu einer Antwort an, aber es kam kein Wort heraus. Schließlich nickte sie.

Luke war wortkarg. Vielleicht gingen ihm die gleichen Gedanken durch den Kopf wie ihr. »Also hat man Curtis' Leiche gar nicht gefunden?«, fragte er schließlich.

Sie schüttelte den Kopf. Man hatte den Avon flussabwärts abgesucht, aber ohne Erfolg. Das sei oft so, hatte ihr die Polizei damals gesagt. Die Leiche könne längst ins Meer getrieben sein.

»Oh Em.« Er sprach leise, klang niedergeschlagen. »Er hat seinen Tod vorgetäuscht, damit er mit dem Geld deines Vaters entkommen kann.«

Und damit er sie nie wiederzusehen brauchte. Damit er nicht mehr den Ehemann zu spielen brauchte, den sie so naiv genommen hatte.

Plötzlich fühlte sie sich bleischwer. So schwer, als könnte sie in dem Bett versinken und hätte nie wieder die Kraft, sich daraus zu erheben.

»Er muss mich wirklich verabscheut haben«, sagte sie. Sie klang wie ein Reibeisen. »Und … und der ist nun mein Ehemann. Bis dass der Tod euch scheidet … Das war alles eine Lüge. Er hat mich von Anfang an belogen. Nicht mal sein Tod war echt. Ich habe ihn betrauert. Was für ein Mensch tut so etwas?« Sie blinzelte gegen die Tränen an.

Luke schüttelte den Kopf, als könnte er es auch noch nicht fassen. »Ein ganz widerlicher Bastard«, antwortete er leise.

Sie konnte die Tränen nicht mehr zurückhalten. Ganz plötzlich löste sich etwas in ihrer Brust und setzte die zurückgehaltenen Gefühle frei. Sie beugte den Kopf und fing an zu schluchzen.

Sie weinte um ihre verlorene Unschuld. Und weil sie so dumm und vertrauensselig gewesen war. Weil Jane deswegen keine zweite Ballsaison erlebt hatte. Weil Papa und Jane ihr letztes Geld zusammengekratzt hatten, damit sie sich ein Halbtrauerkleid kaufen konnte, das völlig sinnlos gewesen war. Sie weinte um alles, was ihre Familie verloren hatte, nur weil sie auf Henry Curtis hereingefallen war.

Und sie weinte um Luke. Weil er seine Mutter verloren hatte, den einzigen Menschen, der sich bemüht hatte, ihn zu verstehen. Sie weinte wegen der Grausamkeiten seiner Kindheit und weil er sich selbst so geringschätzte.

Sie liebte ihn so sehr. Für ihn empfand sie ganz anders als für ihren Mann zum Zeitpunkt der Hochzeit.

Luke nahm sie in den Arm und wiegte sie, murmelte ihr tröstende Worte ins Haar.

War Henry auch nur ein Mal so liebevoll gewesen? So freundlich? Nein, nie.

Bei dieser Erkenntnis weinte sie noch heftiger.

Sie achtete nicht darauf, wie lange sie so dasaßen, aber irgendwann hatte sie keine Tränen mehr. Still und schlaff lag sie in seinem Arm. Er trocknete ihr die Wangen und putzte ihr die Nase.

»Es wird allmählich spät«, sagte er.

Jetzt erst fiel ihr auf, dass es dämmrig geworden war. Sie hatte stundenlang geweint, und Luke war nicht von ihrer Seite gewichen.

Plötzlich war sie verlegen. Hitze stieg ihr ins Gesicht, und sie setzte sich auf, verzog aber gleich vor Schmerzen das Gesicht, weil sie den Fuß bewegt hatte. »Es tut mir leid«, murmelte sie.

»Nicht doch«, widersprach er. Er schob ihr eine Locke hinters Ohr, die einer Haarnadel entwischt war. »Du brauchst dich für nichts zu entschuldigen. Hast du Hunger?«

Sie wollte Nein sagen – sie würde keinen Bissen hinunterbekommen. Ihr Magen fühlte sich an wie ein Ziegelstein. Aber Luke musste hungrig sein, darum nickte sie schwach.

»Sehr gut. Und der Arzt wartet im Salon …«

»Du meine Güte!«, hauchte sie. Der wartete vielleicht schon weiß Gott wie lange. »Wann ist er gekommen?«

Luke zuckte die Achseln. »Das ist unwichtig.«

Sie war bestürzt. »Warum hast du mir das nicht gesagt?«

»Wir waren anderweitig beschäftigt, Em. Komm. Wir werden ihn jetzt empfangen.«

Er trug sie in den Salon, wo der Arzt auf und ab ging. Nach der Untersuchung tat er kund, sie habe sich das Gelenk erneut verstaucht, bandagierte ihr den Fuß und wies sie an, das Bein drei Tage lang ununterbrochen hochzulegen. Sie dürfe auf keinen Fall laufen, und wenn sie danach wieder auftreten könne, müsse sie wenigstens einen Monat lang am Stock gehen. Und Treppen dürfe sie während dieser Zeit überhaupt nicht steigen.

»Kann einer Ihrer Diener sie tragen?«, fragte der Arzt an Luke gewandt. »Wenn nicht, schlage ich vor, Sie lassen ihr für die fragliche Zeit ein Zimmer im Erdgeschoss herrichten.«

»Ich werde sie tragen«, sagte Luke freundlich.

Als der Arzt gegangen war, ließen sie sich das Abendessen servieren. Es wurde eine schweigsame Angelegenheit. Emma stocherte in ihrem Essen und brachte nur ein paar winzige Bissen hinunter. Luke sah es natürlich – er blickte mehrmals zu ihrem Teller, doch er verzichtete auf eine Bemerkung. Dafür war sie ihm dankbar.

Nach dem Essen begaben sie sich in den Salon. Luke machte keine Andeutung, ob er später ausgehen würde. Als die Stunde heranrückte, wurde sie nervös.

Schließlich blickte sie von ihrer Näharbeit auf. Er las in einem Buch über Gartenbau. Sie fand das so liebenswert, dass sie ihn gestern, als sie ihn zum ersten Mal damit sah, geneckt hatte. Mit hochgezogenen Brauen hatte er sie angeschaut. »Ich finde es eben fesselnd«, hatte er gesagt, und sie hatte gelacht.

Bei der Erinnerung bekam sie einen Kloß im Hals. »Luke?«

Er sah von seinem Buch auf. »Hm?«

»Du weißt ... ich kann ... heute nicht bei dir schlafen, nicht wahr?«

Er starrte sie an. Dann klappte er das Buch zu und legte es sehr langsam beiseite. »Hast du vor, zu deinem Mann zurückzukehren? Möchtest du die eheliche Beziehung wiederaufnehmen?«

Bei der Vorstellung wurde ihr schon übel. »Nein.«

»Dann kannst du heute bei mir schlafen.«

»Nein. Das kann ich nicht. Wirklich nicht.« Sie hatte Henry Treue gelobt. Obwohl sie nun wusste, wie er wirklich war, konnte sie sich nicht überwinden, das Gelöbnis wissentlich zu brechen. Sie blickte in ihren Schoß auf ihre verkrampften Hände. »Es tut mir leid.«

»So geht es nun zu Ende?«, fragte er leise.

»Was meinst du damit?«

»Mit uns beiden, Emma?«

Sie öffnete den Mund, um Ja zu sagen, schwieg aber doch. Sie senkte den Blick. »Dränge mich nicht, darauf zu antworten.«

Er schnaubte.

»Bitte ... lass mir Zeit. Ich habe gerade erst entdeckt, dass ich noch verheiratet bin. Dass ich ...« Sie stockte.

»Ich will dir keine Zeit lassen«, sagte Luke düster. »Ich will mit dir ins Bett gehen und dich so lange und so heftig lieben, dass du all das vergisst und erkennst, dass du mir gehörst. Schon seit der ersten Nacht in Bristol.«

Sie schloss die Augen. Denn das wollte sie am liebsten auch. Aber ... das durfte sie nicht tun. Sie schüttelte den Kopf.

»Sturkopf«, murmelte er. »Also gut. Ich lasse dir Zeit, weil du im Augenblick durcheinander bist. Aber ich bin kein geduldiger Mann. Und wenn ich dich leiden sehe, fällt es mir sehr schwer, die Finger von dir zu lassen.«

Ihr gelang nur ein schwankendes Lächeln.

Sie liebte ihn so sehr. Warum erst jetzt?

Und jetzt durfte sie es ihm nicht einmal sagen.

Er seufzte. »Ich muss dir etwas sagen. Ich hatte gehofft, wir hätten das Rätsel heute schon gelöst, aber leider ist das nicht so. Und nun muss ich London für ein paar Tage verlassen.«

Bestürzt und verunsichert sah sie ihn an. »London verlassen?«

»Ich muss am Freitag in Worcester sein.«

Sie wurde nervös. »Warum?«

»Aus demselben Grund wie letzten Monat, als wir dort waren.«

Da war es wieder, das Geheimnis von Worcester.

»Und das ist notwendig? Jetzt? Jetzt, da wir wissen, dass Roger – Henry ganz in der Nähe ist?«

Einen Moment lang schwankte er. »Ich habe ein Versprechen zu halten, Em. Du kannst das im Augenblick nicht verstehen.«

»Oh doch«, sagte sie bitter, »ich weiß, was ein Versprechen ist. Viel zu gut.«

»Das stimmt. Ich meinte, du wirst diese spezielle Situation erst verstehen, wenn du sie mit eigenen Augen siehst.«

»Du willst es mir nicht erklären? Du willst mich weiter mit dieser Heimlichtuerei quälen?«

Er stutzte. »Verzeih, ich wollte dich nicht quälen. Ich hoffe vielmehr, du begleitest mich«, sagte er sanft.

»Meinst du, ich soll dich nach Worcester begleiten und im Gasthaus bleiben und mit lauter wüsten Gedanken, was du wohl gerade machst, im Zimmer auf und ab laufen?«

Er sah sie erstaunt an. »War es beim letzten Mal so?«

Sie nickte.

»Nun. Nein. Ich dachte, diesmal nehme ich dich mit, damit du siehst, was ich dort tue.«

Drei Tage später fuhren sie am Vormittag auf ein hohes, verschnörkeltes schmiedeeisernes Tor zu. Die Reise hatte zwei Tage gedauert. Da Emma nicht laufen konnte, trug Luke sie überallhin.

Sie waren beide nicht gut aufgelegt. Ihn nicht anrühren zu dürfen machte sie verrückt. Und sie tat es tatsächlich nicht – nun ja, außer in der Kutsche. Sie war eingeschlafen und mit dem Kopf auf seinem Schoß wieder aufgewacht, und er hatte sie wohl die ganze Zeit schützend festgehalten. Sie hatte darauf bestanden, in getrennten Zimmern zu übernachten, und diesmal war er der Forderung zähneknirschend nachgekommen.

Sie wusste noch immer nicht, worum es bei der Fahrt nach Worcester ging. Er war wortkarg geblieben und hatte nur wiederholt, sie müsse es selbst sehen – er könne es ihr nicht angemessen erklären.

Während der Reise hatten sie die meiste Zeit damit verbracht, über den Papieren aus Henrys Büro zu grübeln. Nun da Emma sich von dem Schreck, Henry lebendig vor sich zu sehen, erholt hatte, war sie mehr denn je darauf aus, ihn zu finden und vor Gericht zu bringen.

Die Papiere umfassten Briefe und diverse Verträge: über den Kauf eines Hauses und einer Kutsche, den Kauf und die Anlieferung eines Rennpferdes sowie einiger Möbel und eines orientalischen Teppichs.

Der Name Henry Curtis kam in keinem vor. Die wenigen, die eine Unterschrift trugen, waren mit Roger Morton unterzeichnet, was Emma in der Annahme bestärkte, dass Henry Curtis ein Deckname war.

Oh, wie sehr er sie betrogen hatte!

»Das alles hat er mit dem Geld meines Vaters erworben – aber wo befinden sich die Sachen?«, überlegte Emma laut, nachdem sie eine weitere Quittung gelesen hatte.

»Wir müssen seinen eigentlichen Wohnsitz finden«, sagte Luke. »Denn in Wapping war nichts davon.« Nach kurzem Schweigen fragte er: »Wo hat er gewohnt, als er um dich warb?«

»Ganz in unserer Nähe ... das war ...« Sie versuchte, sich zu erinnern. »Ich glaube, es war die Percy Street.« Sie zuckte die Achseln. »Da wird er schon längst nicht mehr wohnen. Nach unserer Heirat hat er diese Räume aufgegeben und ist nach Bristol gezogen.«

»Ja, aber wir sollten den Vermieter befragen und vielleicht auch die Nachbarn. Die könnten darüber etwas wissen.«

In den Briefen ging es hauptsächlich um Spielschulden und geschäftliche Vereinbarungen. Die betreffenden Leute mochten ebenfalls wissen, wo er tatsächlich wohnte.

Bis zu ihrer Ankunft in Worcester am Abend hatten sie sich einen Plan zurechtgelegt. Mortons Büro ließen sie bereits von jemandem beobachten. Sollte Morton sich dort wieder blicken lassen, würden sie diesmal besser vorbereitet hinfahren. Luke würde seinen Bruder Sam um Hilfe bitten – über den Herzog war er noch immer zu aufgebracht. Sam war Soldat gewesen und war es gewohnt, mit Männern wie Roger Morton fertigzuwerden.

Und Luke hatte ihr mit düsterer Miene gesagt, nächstes Mal werde er sie nicht wieder nach Wapping mitnehmen und sie dadurch in Gefahr bringen. Nächstes Mal werde sie zu Hause bleiben.

Emma wusste, es hätte keinen Sinn, Einwände zu erheben. Außerdem kam sie sich sehr stümperhaft vor. Sie hatte eigens ihre Pistole nach Wapping mitgenommen und nach ihrem Sturz in den Mantelfalten nach der Tasche gefummelt, in der sie steckte, aber bis sie die Waffe endlich in der Hand gehalten hatte, waren ihr Mann und Luke längst weg gewesen.

Während Luke und Sam darauf warten sollten, dass Morton in Wapping gesehen wurde, würden sie systematisch die in den Papieren genannten Leute aufsuchen und befragen.

Luke und Emma quartierten sich in Worcester wieder in demselben Gasthaus ein wie letzten Monat. Emmas Zimmer lag neben Lukes, und als sie sich fürs Bett bereitmachte, hörte sie seine Zimmertür knarren.

Bestürzt hielt sie inne. Nein ... vielleicht ging er doch nicht in den Pub. Vielleicht wollte er ihr nur Gute Nacht sagen?

Oder … nun, ein anderer Grund, weshalb er sein Zimmer verlassen sollte, fiel ihr nicht ein.

Doch er kam nicht an ihre Tür.

Er stieg die Treppe hinunter. Lange lag sie im Bett und konnte nicht einschlafen. Sie rang mit sich, ob sie ihn vom Trinken abhalten sollte. Aber wie könnte sie das? Sie hatte kein Recht mehr, ihm zu sagen, was er tun und lassen sollte. Sie durfte ihn nicht mehr nach einem Albtraum in die Arme nehmen. Sie durften sich nicht mehr berühren. Sie gehörte einem anderen Mann.

So einsam hatte sie sich noch nie gefühlt. Noch nie so hoffnungslos elend.

Am folgenden Morgen nahmen sie die Straße in Richtung London, und nach einer halben Stunde hielten sie auf das schmiedeeiserne Tor zu.

Sie hielten davor an. Dort standen bereits ein halbes Dutzend Wagen, und etliche Pferde waren am Zaun angebunden.

»Das ist Bordesley Green«, sagte Luke.

Sie spähte durch das Gitter, während Luke mit ihrem Kutscher sprach. Durch das Tor blickte man auf einen weitläufigen Rasen, auf dem Leute in Grüppchen spazieren gingen. Der Rasen umgab ein großes, dunkles Haus gotischen Stils. Wäre nicht strahlendes Wetter gewesen, hätte sie es als düster und abweisend empfunden.

Luke kam zur anderen Seite des Wagens und hob sie heraus. »Stütz dich mit dem ganzen Gewicht auf mich«, sagte er streng. »Ich möchte nicht, dass sich der Fuß wieder verschlimmert.«

Sie willigte ein, nahm ihren Stock in die Hand und schob den Arm um ihn. Er fasste sie um die Taille, um sie zu stützen.

»Wo sind wir hier?«, fragte sie, den Blick auf das dunkle Gebäude gerichtet.

»Das ist eine Irrenanstalt«, antwortete er knapp. »Komm.«

Er nickte dem Mann am Tor zu, der ihnen daraufhin öffnete. Langsam spazierten sie den Kiesweg entlang, der auf das Haus zuführte.

»Ist heute Besuchstag?«, fragte sie leise.

»Ja. Immer am zweiten Freitag eines Monats.«

»Und du kommst jeden Monat hierher?«

»Ja, aber erst seit August.«

Sie gingen an den Spaziergängern auf dem Rasen vorbei, und sie konnte nun die Bewohner der Anstalt von den Besuchern unterscheiden. Verwandte und Freunde, dachte sie. Die Anstaltsbewohner waren nicht einheitlich gekleidet, dennoch waren sie leicht als solche zu erkennen. Sie redeten und bewegten sich anders als ihre Besucher. Ihr Mienenspiel war weniger zurückhaltend und leichter zu deuten. Da war ein Mann von vierzig Jahren, der auf den Zehen wippte und strahlte wie ein Junge am Weihnachtsmorgen. Da war eine junge Frau, die wild mit den Armen schlenkerte, während ein Mann und eine Frau in begütigendem Ton auf sie einredeten.

Emma seufzte. »Wen besuchen wir, Luke?«

Er gab keine Antwort. Als sie auf die Haustür zutraten, öffnete ihnen eine Frau von strengem Äußeren. »Freund Luke«, grüßte sie in nüchternem Ton. »Ich freue mich, dich wiederzusehen.«

»Die Freude ist ganz meinerseits, Freundin Hannah«, erwiderte er.

Emma gab sich Mühe, ihre Überraschung zu verbergen. Die Frau war offenbar Quäkerin, und Luke schien ihre Art des Umgangs gelassen hinzunehmen.

Die Quäkerin schaute Emma neugierig, aber nicht unfreundlich an.

»Das ist meine Freundin Emma.«

Die Frau nickte höflich, dann wandte sie sich Luke zu. »Er

freut sich schon sehr, dich zu sehen. Er hat die ganze Woche von nichts anderem geredet.«

Luke schmunzelte. »Wo ist er?«

»Im Zeichensaal. Ich bringe euch hin. Hier entlang.«

Hannah ging voraus und einen langen dunklen Gang hinunter. Sie blickte über die Schulter zu ihnen und sagte: »Seid nicht überrascht, wenn ihr hineingeht. Wir geben den Idioten gern die Freiheit, sich auszudrücken … und sie machen gern Gebrauch davon.«

Emma wurde es ein wenig bang. Wen besuchten sie? Einen Idioten? Was hatte das zu bedeuten? Es war beunruhigend, überhaupt nicht zu wissen, was sie erwartete.

Hannah blieb vor einer Tür stehen und wählte von einem großen Schlüsselring, den sie auf der Brust hängen hatte, einen Schlüssel aus, um aufzuschließen. »Wartet hier«, sagte sie und schlüpfte hinein. Einen Moment später öffnete sie die Tür weiter und lächelte sie an. »Kommt herein.« Und über die Schulter rief sie: »Freund Bertram, da möchte dich jemand besuchen.«

Emma trat ein. Solch einen Raum hatte sie noch nie gesehen. Es war in der Tat ein Saal – ursprünglich vielleicht der große Salon des Hauses –, und er hatte Farbspritzer und Flecke, wohin man schaute. Der Holzboden war bunt bemalt in Schwarz, Rot, Grün und verschiedenen Blautönen mit Tupfen und Spiralen, großen Vierecken, Streifen aller Breite und Schlangenlinien.

Einige farbfleckige Staffeleien standen im Saal verteilt. Hinter einer kam ein dicker blonder Mann hervor und strahlte sie an, sowie er sie sah.

»Luke!«, rief er. »Luke, Luke, Luke, Luke, Luke.« Er ließ seinen Pinsel fallen, sodass ihm die gelbe Farbe auf die nackten Füße spritzte, und schlenderte auf Luke zu.

»Bertram!«, grüßte Luke fröhlich.

Emma beobachtete ihn aufmerksam, um zu sehen, ob seine Fröhlichkeit gekünstelt war. Aber das war nicht der Fall, dessen war sie ganz sicher. Luke freute sich wirklich, diesen Mann zu sehen.

Bertram umarmte ihn stürmisch und brachte sie beide ein wenig ins Taumeln. Lachend hielt er Luke in seinen dicken Armen und drückte ihn. Luke grinste Emma dabei an. »Bert, das ist meine Freundin Emma. Emma, das ist Bertram, mein Bruder.«

Sein ... *Bruder?* Sie blickte zu Hannah, die die Begrüßung wohlwollend verfolgt hatte.

»Emma!« Bertram drückte Luke noch einmal fester an sich.

»Lass mich los, Mann«, forderte Luke gutmütig. »Du quetschst mich noch tot.«

Bertram tat es sofort und fasste sich an die Brust. »Nicht quetschen, nicht quetschen«, sagte er hastig und undeutlich. Er war fast nicht zu verstehen.

Luke legte eine Hand auf seine Schulter. »Du darfst mich drücken, Bruder, aber nicht zu feste, in Ordnung?«

Bertram nickte mehrmals und lächelte breit. Seine Zähne waren sehr klein, als hätte er alle Milchzähne behalten.

Emma musterte ihn. Er sah ... sonderbar aus, das Gesicht ungewöhnlich flach. Er war einige Zoll kleiner als Luke, etwa so groß wie sie selbst, und hatte weiche Körperkonturen. Seine Haut war blass und teigig, sein Gesicht rund, die Nase klein, die Augen an den äußeren Winkeln schräg nach oben gerichtet. Er sah recht jung aus, aber seine Züge waren so glatt und weich, dass sein Alter schwer zu schätzen war.

Die Augen hatten aber eine gewisse Ähnlichkeit mit Lukes – sie hatten das gleiche strahlende Blau. Auch seine Haare waren dunkelblond wie Lukes.

Er trug ein weißes Hemd und eine schwarze Wollhose, beides war mit Farbe bespritzt. Sie sah, dass Luke sich an ihm mit Farbe beschmiert hatte, doch es schien ihn nicht zu ärgern.

»Gewöhnlich gehen wir draußen spazieren und spielen auf dem Rasen, Bert, aber Emma hat einen verstauchten Fuß. Hast du etwas dagegen, wenn wir heute einmal hierbleiben?«

Bertram schaute Emma mit großen Augen arglos an. Insofern waren sie ganz und gar nicht wie Lukes. Sein Blick fiel auf ihren Gehstock. »Verstauchten Fuß?«

»Ich bin umgeknickt«, erklärte sie lächelnd. »Ich darf eigentlich überhaupt nicht laufen.«

»Da sonst niemand im Zeichensaal ist, dürft ihr hierbleiben, wenn ihr wollt«, sagte Hannah. »Vielleicht kannst du deinen Freunden deine Bilder zeigen, Freund Bertram.«

Bertram senkte den Blick und zappelte verlegen mit den Füßen, während er bis über die Ohren rot wurde. »Oh.«

Seine plötzliche Schüchternheit rührte Emma. »Ich würde sie sehr gern sehen«, sagte sie zu ihm.

Luke schoss ihr einen erleichterten Blick zu. »Ich auch, Bert.«

Bertram sah auf, zögerte aber noch.

»Gut. Ich muss mich jetzt um die anderen Besucher kümmern«, sagte Hannah. »Wenn ihr etwas braucht, zögert bitte nicht, uns anzusprechen. Freund Bertram, sei nett zu deinen Gästen.«

»Danke, Freundin Hannah«, sagte Luke.

Hannah verließ den Saal und schloss leise die Tür.

»Was für ein erstaunlicher Saal«, sagte Luke und blickte sich staunend um. »Ich wusste gar nicht, dass du ein Maler bist.«

»Ich male gern.« Bertram tat, als hielte er einen Pinsel und brächte mit schwingender Bewegung die Farbe auf die Leinwand.

»Willst du uns eins deiner Bilder zeigen?«, fragte Emma.

Er drehte sich um, und sie folgten ihm zu der Staffelei, hinter der er vorhin gestanden hatte. Er stellte sich davor und runzelte die Stirn.

Sie traten neben ihn.

»Sieh an«, sagte Luke.

»Das ist hübsch«, meinte Emma.

»Blumen«, erklärte Bertram schüchtern.

Tatsächlich waren es gelbe Narzissen auf einer grünen Wiese mit einem blauen Himmel darüber. Es war ein buntes, fröhliches Bild und recht gut gemalt. Das hätte Emma einem Idioten nicht zugetraut.

»Schöne gelbe Blüten. Und mit Orange. Da muss man Rot mit Gelb mischen.« Darauf erging sich Bertram in einer Beschreibung aller Farben, die er in dem Bild verwendet hatte, in seiner hastigen, undeutlichen Sprechweise, und zeigte ihnen dabei seine Farbtöpfe. Emma kam gar nicht so schnell mit, wie er redete.

»Sehr gut«, sagte Luke schließlich mit echter Bewunderung und klopfte Bertram auf die Schulter. »Du bist wirklich ein begabter Maler, Bruder. Kannst du uns noch mehr Bilder zeigen?«

Bertram strahlte ihn an. Dann wandte er sich von der Staffelei ab und eilte zu einer hinteren Wand, wo viele Bilder lehnten. Er kniete sich hin und begann, sie auf dem Boden zu verteilen.

»Alle meine, von mir gemalt«, erklärte er und blickte grinsend auf.

Luke überflog sie kurz und zog die Brauen hoch. »Es gibt keinen Stuhl im ganzen Saal«, sagte er zu Emma. »Kannst du auf dem Boden sitzen?«

»Aber gewiss.«

Er half ihr, sich vor die ausgebreiteten Gemälde zu setzen, und ließ sich neben ihr nieder. Bertram reichte ein Bild nach dem anderen herüber, und Luke hielt sie hoch, sodass sie sie gemeinsam betrachten konnten.

Darunter waren viele Gartenansichten mit bunten Blumen, Bäumen, Sonnenschein, alle mit kühnem, dickem Pinselstrich gemalt. Es gab auch Gebäude auf den Bildern, eine Scheune zum Beispiel und eine vereinfachte Darstellung von Bordesley Green, das hier heiter und einladend erschien, nicht düster. Die Betrachtung all der fröhlichen Gemälde erfüllte Emma mit einem eigentümlichen Wohlbefinden.

Und dann hielt Luke ein weiteres Haus in die Höhe. Es war offensichtlich ein vornehmes Haus, ein erhabener roter Backsteinbau mit einem Portikus. Luke rang sichtlich um Gleichmut, während er es musterte. Schließlich schaute er Emma an. »Der Landsitz der Stanleys.«

Jetzt begriff sie, wie Bertram mit ihm verwandt war. Er war kein Hawkins, sondern ein weiterer missachteter Sohn des Barons.

Und deshalb besuchte Luke ihn erst seit letztem August – da hatte er erfahren, dass Stanley sein wirklicher Vater war. Da musste er auch von Bertram gehört haben.

»Mamas Zuhause«, korrigierte Bertram seinen Bruder. »Und Klein Georgie ist da drin.« Er zeigte auf ein winziges Fenster.

»Georgina«, erklärte Luke leise. »Unsere Schwester.«

Emma nickte nur. Ihre Kehle war wie zugeschnürt, sie hätte gewiss kein Wort herausbekommen.

Bertram ging die Gemälde durch, die noch an der Wand lehnten, und zog ein kleines hervor. Es zeigte einen hübschen blonden Säugling mit blauen Augen, der auf einer Decke lag und ein molliges Fäustchen reckte. Bertram drückte das Bild Emma in die Hand. »Georgie«, sagte er und zeigte auf das Kind.

»Sie ist sehr schön«, stellte Emma fest.

Luke verzog höhnisch den Mund, besann sich aber sofort

und machte ein freundliches Gesicht. Dann zeigte er auf ein anderes Bild. »Was ist das?«

Emma sah zu, wie die Brüder sich über weitere Gemälde unterhielten, und staunte über die unbeschwerte Kameradschaftlichkeit. Sie kam nicht umhin zu bemerken, dass Luke sich in Gegenwart Bertrams viel wohler fühlte als beim Herzog von Trent.

Der Herzog war sein Halbbruder mütterlicherseits, Bertram sein Halbbruder väterlicherseits. Luke und Trent waren miteinander aufgewachsen, Bertram kannte er erst seit August.

Emma fand es bemerkenswert, wie mühelos man sich mit manchen Menschen verstand, während es mit anderen schwierig blieb, obwohl man sich die größte Mühe gab.

Sie blieben mehrere Stunden bei Bertram, unterhielten sich und lachten miteinander. Sie teilten das Mittagessen, das sie mitgebracht hatten. Bertram wollte ihnen unbedingt den Garten hinter dem Haus zeigen, daher half Luke ihr die Treppe hinunter und setzte sie auf eine Bank. Bertram pflückte kleine rosa Blumen und steckte sie ihr ins Haar.

Und dann ging der Besuchstag zu Ende. Sie verabschiedeten sich. Luke umarmte seinen Bruder. Es war verblüffend zu sehen, dass ein Adliger wie Luke sich so liebevoll benahm, andererseits hatte Emma schon am eigenen Leib erfahren, was für ein liebevoller Mensch er war.

Luke trug sie zur Kutsche und setzte sie hinein. Sie machte es sich bequem, während er dem Kutscher Anweisungen gab.

Augenblicke später stieg er ein und setzte sich neben sie, und die Kutsche rollte an. Es war Nachmittag, doch es wurde so früh dunkel, dass es ihnen wie Abend vorkam.

Er drehte den Kopf zu ihr. Seine Miene war unergründlich. »Nun?«

Sie lächelte ihn an. Dabei betastete sie ihre Frisur und zog sich eine Blüte heraus. »Er ist reizend, Luke. Ich verstehe, warum du dein Versprechen, ihn zu besuchen, unbedingt halten willst. Aber«, fügte sie langsam hinzu und drehte die Blüte zwischen den Fingern, »ich verstehe nicht, warum du mir nicht eher davon erzählt hast. Du lieber Himmel, warum nicht letzten Monat, als du hingefahren bist?«

Er lehnte den Kopf an das weiche Samtpolster. »Hm. Und was hätte ich sagen sollen? Dass ich einen geistig beschränkten Halbbruder habe, der in einer Irrenanstalt lebt? Das würde ihm doch gar nicht gerecht werden. Bert ist ...« Er schüttelte den Kopf. »Ich habe es mir damals auch ganz anders vorgestellt, als ich ihn zum ersten Mal besuchte. Ich dachte, ich treffe auf einen Menschen, der sabbert und vollkommen schwachsinnig ist. Aber dann habe ich ihn erlebt und ...« Er stockte.

»Und?«, drängte sie.

Er schaute sie ernst an. »Ich bin noch nie einem Menschen mit reinerem Herzen begegnet«, sagte er. »Er ist so unschuldig und ... und voller Lebensfreude. Ich empfinde ihn, wie soll ich es nennen, als wohltuend.«

»Und er scheint das umgekehrt auch so zu empfinden.«

»Wie sich jetzt herausstellt, ist er auch noch ein begabter Maler«, sagte Luke nachdenklich. »Das hätte ich am allerwenigsten erwartet. Ich habe daran gedacht, ihn von dort wegzuholen und bei mir wohnen zu lassen. Damit er Familie um sich hat anstelle von fremden Menschen.« Luke sah sie aufmerksam an, als sollte ihm keine Regung ihres Gesichts entgehen.

Sie nickte.

»Andererseits zweifle ich an der Idee. Er scheint doch meistens zufrieden zu sein. Nur manchmal kommt er mir für einen Moment einsam vor. Wenn ich ihn nach Hause mitnähme und dann meinen gewohnten Geschäften nachginge, würde er sich dann auch einsam fühlen?«

»Das weiß ich nicht«, antwortete Emma. »Aber ich bin mir sicher, es würde ihm gefallen, dich in seiner Nähe zu haben.«

»Außerdem wäre er in London, einer lauten Stadt. Seine Gemälde zeigen, wie sehr er die Natur liebt, Gärten unter freiem Himmel. Würde ihn die städtische Umgebung nicht dämpfen?«

Emma schaute ihn an. Luke, der sich selbst als schlechten Menschen bezeichnete, sorgte sich in Gedanken um das Glück eines Bruders, den er erst seit vier Monaten kannte und nur einmal im Monat sah. Und dessen Eltern offenbar entschieden hatten, ihn aus der Familie auszusondern und zu ignorieren. Von denen war heute niemand zu Besuch dort gewesen.

Sie konnte nicht anders, sie nahm Lukes Hand, küsste ihn auf die Knöchel und verweilte kurz, um den Geruch des Leders einzuatmen.

»Du brauchst das nicht jetzt zu entscheiden«, sagte sie sanft. »Die Pfleger von Bordesley Green sind sehr einfühlsam und auf das Wohlergehen ihrer Schützlinge bedacht. Ich bin mir sicher, Hannah wird dir dabei helfen. Vielleicht kannst du ihn erst einmal für wenige Tage nach London mitnehmen, um zu sehen, ob er dort glücklich sein kann.«

»Meinst du?«

In dem Moment wirkte Luke so jung und eifrig, so sehr von dem Wunsch beseelt, für seinen Bruder das Richtige zu tun. Am liebsten wollte sie ihn in die Arme schließen und festhalten.

Doch sie war eine verheiratete Frau. Sie schluckte den aufsteigenden Zorn hinunter und ließ seine Hand los. »Ja, durchaus.«

Und sie wusste vor allem, dass es für Bertram Stanley ein großes Glück war, Lukas Hawkins zum Bruder zu haben.

16

Sie übernachteten auf Ironwood Park. Es lag in günstiger Entfernung zu Bordesley Green, sodass sie bei Einbruch der Dunkelheit ankamen.

Als er ihr diese Absicht eröffnete, zog Emma die Brauen hoch und dachte daran, wie rundheraus er den Besuch abgelehnt hatte, als sie damals die Gegend durchquerten. Aber Luke lachte nur. »Letzten Monat waren meine Geschwister allesamt hier. Jetzt sind sie fort. Wir werden das alte Mausoleum ganz für uns allein haben.«

Das klang nicht verlockend. In der Tat, als sie durch das Tor des Anwesens fuhren und dem langen kurvenreichen Weg folgten, wirkte der große graue Bau unter den violetten Abendwolken düster und abweisend.

Doch sowie sie aus der Kutsche stiegen, hob Luke sie schwungvoll auf die Arme und trug sie auf die Stufen zu. Eine alte weißhaarige Haushälterin öffnete die wuchtige Haustür. Sowie sie die Besucher sah, strahlte sie vor Freude.

»Na, wenn das nicht Lord Lukas ist. Ich dachte mir schon, dass ich Sie heute Abend sehe, Mylord.«

Luke zog die Brauen hoch. »Tatsächlich?«

»Aber gewiss. Der Herzog sagte, Sie kämen einmal im Monat durch unsere Gegend und könnten uns mit Ihrer Anwesenheit beehren.«

Luke schaute Emma überrascht an. »Manchmal könnte man ihn glatt für allwissend halten«, brummte er. Am Ende der

Treppe angelangt, stellte er Emma auf die Füße. »Mrs. Hope, das ist Mrs. Curtis. Sie hilft uns bei der Suche nach meiner Mutter. Mrs. Curtis, das ist Mrs. Hope, die Haushälterin.«

Mrs. Hope schien die unvollständige Erklärung kritiklos hinzunehmen. Sie knickste. »Sehr erfreut, Mrs. Curtis.«

»Guten Abend«, sagte Emma.

»Sie hat sich den Knöchel verstaucht«, bemerkte Luke außerdem. »Ziemlich übel.«

Mrs. Hope schnalzte mit der Zunge. »Dann ist sie hier richtig, Mylord. Denn ich habe ganz sicher eine Salbe dafür.«

Mrs. Hope ging voraus und informierte Luke über dies und jenes. Emma bestaunte die weite Marmorhalle und die großen Gemälde entlang des Korridors. Mrs. Hope geleitete sie in den opulenten Salon und sagte Emma, sie werde sogleich mit der Salbe kommen.

Sie eilte geschäftig hinaus. Emma schaute ihr sprachlos hinterher, während Luke ihr zu einem der zwei verschnörkelten Sofas half.

»Meine Güte«, murmelte Emma. »Ich hätte nie gedacht, dass eine einzelne Person ein so kolossal kaltes Haus so einladend machen kann.« Dann zwinkerte sie. »Ich hoffe, du nimmst es mir nicht übel ...«

»Nicht im Geringsten.« Luke lachte. »Ich war es, der von einem Mausoleum sprach, nicht wahr? Und ja, Mrs. Hope hat eine sehr herzliche Art. Sie ist hier, seit ich ein kleiner Junge war. Manchmal erscheint sie mir der einzige Lichtstrahl in dem düsteren Haus.«

Kurz darauf wurden ihnen Erfrischungen gebracht. Dann kam Mrs. Hope mit einer lindernden Salbe, die sie Emma sanft in den Knöchel massierte. In einem ungewöhnlich großen Speiseraum nahmen sie das Abendessen ein. Emma trank hinterher ein Glas Sherry im Salon, Luke hielt sich an den Portwein – Sherry schien das einzige starke Getränk zu sein, das er nicht mochte.

Schließlich kam Mrs. Hope, um sie zu ihren Zimmern zu geleiten, und brachte einen Diener mit, der Emma die Treppe hochtragen sollte, doch Luke blickte den Mann drohend an. »Nein. Das tue ich selbst.«

Mit einem freundlichen Nicken entließ Mrs. Hope den Diener und ging voraus zu dem Gästezimmer, das für Emma bereitgemacht worden war. Luke setzte sie in einen Polstersessel, während ein Hausmädchen das Gepäck hereintrug, ein anderes eine Schüssel zum Waschen, ein drittes einen Krug Wasser und ein viertes das Bett aufschlug.

Als das alles erledigt war, gingen die Mädchen hinaus. Luke und Mrs. Hope blieben noch.

»Kann ich Ihnen noch etwas bringen, Mrs. Curtis?«, fragte Mrs. Hope.

»Oh nein, danke. Ich danke vielmals für alles, was Sie getan haben, obwohl wir uns vorher nicht angekündigt hatten«, sagte Emma mit Nachdruck.

»Selbstverständlich, liebe Mrs. Curtis.« Damit ging Mrs. Hope hinaus und schloss die Tür hinter sich, als wäre es nicht weiter bemerkenswert, dass Luke allein bei Emma im Schlafzimmer blieb.

Emma schaute zur Tür. »Sie scheint es nicht zu missbilligen, dass ich mitgekommen bin.«

Luke zuckte die Achseln. »Wenn das ihre Art wäre, hätte sie die Stellung bei uns nicht sehr lange behalten.«

»Meine Güte«, murmelte sie, als sie sich in dem Zimmer umsah. Das Gästezimmer – eines von vielen, wie sie erfuhr – war einfach, aber elegant mit elfenbeinfarbenen Stoffen und Goldverzierungen eingerichtet.

»Wirst du zurechtkommen?«, fragte Luke in sanftem Ton.

Sie blickte ihn an. »Ja«, antwortete sie, und es klang rauchiger als beabsichtigt.

»Ich vermisse dich, Em«, sagte er leise. Langsam streichelte er mit einem Fingerknöchel ihre Wange. Die einfache Berührung trieb ihr Wärme ins Gesicht und in die Glieder.

»Ich dich auch«, murmelte sie.

Er neigte sich zu ihr und flüsterte an ihrem Ohr: »Weißt du, wie gern ich dich in mein Zimmer mitnehmen und dich ans Bett fesseln möchte? Ich würde dich zum Schreien bringen.«

Ihr stockte der Atem. Ihr wurde heiß.

»Ich vermisse dich«, sagte er wieder und legte eine besondere Betonung hinein. »Bist du zu einer Entscheidung gelangt?«

»Einer Entscheidung?«

»Ob du deinen Mann verlassen willst. Ob du zu mir zurückkommst. In mein Bett.«

»Ich bin nicht mit ihm zusammen, wie du siehst.«

»Aber auch nicht mit mir.«

Sie schaute ihn mit großen Augen an und schwieg.

»Mit dir zusammen zu sein, ohne dich anfassen zu dürfen, das treibt mich in den Wahnsinn.«

Sie machte es auch verrückt. Aber das durfte sie ihm nicht sagen.

»Lass uns zuerst Henry finden«, sagte sie. »Das wird uns bald gelingen. Ich weiß es.«

Sie wusste nicht, ob sie ihr Treuegelöbnis je brechen könnte. Aber sie musste auf alle Fälle mit ihm sprechen und begreifen, warum er das alles getan hatte, dann erst konnte sie nach vorn blicken.

Luke schaute zu Boden, dann sah er sie wieder an. »Für dich, Em. Nur für dich.« Er drehte sich um und ging. Bei einem

Blick über die Schulter sagte er: »Ich werde dir ein Mädchen heraufschicken.«

Er ging und schloss die Tür.

Und sie schickte ein Stoßgebet zum Himmel, dass sie ihn nicht verlieren würde, bevor sie wieder klar denken konnte.

Sie war eine verheiratete Frau. Sie gehörte einem anderen Mann. Wenn Henry entdeckte, was Luke und sie getan hatten, konnte er Luke verklagen. Er konnte ihn vernichten. Und Luke hatte in seinem Leben schon genug erlitten.

Sie schaute zur Tür. Es war nicht mehr zu ändern, sie fühlte sich bereits unauflöslich mit Lord Lukas Hawkins verbunden.

Sie wollte ihn nicht verlieren.

Zwei Tage später kamen sie wieder in London an. Nur leicht auf Lukes Arm gestützt – ihrem Knöchel ging es von Tag zu Tag besser, sodass sie sich nicht mehr von ihm tragen lassen musste – stieg Emma die Stufen zur Haustür hinauf und sah auf, als Baldwin die Tür öffnete.

»Guten Tag, Baldwin«, sagte Luke.

Baldwin machte ein grimmiges Gesicht. Eine so starke Regung hatte Emma bei ihm noch nicht gesehen. Luke wohl auch nicht, denn er blieb auf der Stelle stehen, als er den Blick seines Butlers sah.

»Was ist los?«, fragte er ahnungsvoll.

»Zwei Beamte von der Bow Street sind hier, Sir. Sie haben einen Durchsuchungsbefehl für diese Räumlichkeiten. Ich sagte, Sie kämen am Nachmittag heim und sie sollten warten. Damit waren sie einverstanden.«

»Einen Durchsuchungsbefehl?«, wiederholte Emma verständnislos.

»Warum?«, fragte Luke.

»Es scheint, sie suchen nach irgendwelchen Beweisen«, brummte Baldwin missbilligend. »Mehr weiß ich nicht. Sie wollten nichts sagen.«

»Wo sind sie?«, fragte Luke.

»Im Salon, Sir.«

»Bleib hier«, sagte Luke zu Emma und schritt ins Haus. Emma sah ihn die Treppe hinaufgehen.

»Worum mag es da gehen?«, fragte sie den Butler argwöhnisch.

»Ich weiß es wirklich nicht, Mrs. Curtis«, antwortete er und schluckte schwer. »Bitte kommen Sie herein und warten Sie auf seine Lordschaft.«

Sie stand noch vor der Haustür. Es war kalt, der Wind fegte über den Platz, und abgestorbene Blätter hatten sich in jedem Winkel angesammelt. Sie schaute zu den Bäumen, wo nur noch einzelne hartnäckige Blätter hingen. Der Winter war da.

Sie umfasste ihren Stock und hinkte ins Haus. Die Postillione trugen hinter ihr das Gepäck herein, entfernten sich rasch und ließen sie mit Baldwin in dem kleinen Hausflur allein.

Die Finger um den glatt polierten Griff ihres Stocks gekrümmt, schaute sie die Treppe hinauf, von wo man gedämpfte Männerstimmen hörte. Sie wäre gern hinaufgeeilt, um zu erfahren, worum es ging, doch Luke hatte sie gebeten, unten zu bleiben. Sie starrte ihren Stock an, balancierte auf einem Fuß und wartete mitten im Flur, ohne zu wissen, wie lange das dauern könnte. Baldwin stand bei ihr, schweigend und verlässlich.

Minuten später kam Luke gefolgt von den zwei Beamten die Treppe herunter. Er war zornig, das war ihm deutlich anzusehen. Seine Miene wurde sanft, sowie er Emma dort warten sah.

»Komm«, raunte er, legte einen Arm um sie und zog sie zu sich. »Wir gehen in den Salon hinauf. Du darfst nicht länger stehen. Baldwin, bitte bringen Sie uns Erfrischungen. Wir haben den halben Tag in einer schaukelnden Kutsche verbracht.« Er würdigte die zwei Beamten keines Blickes, als sie sich an ihm vorbeischoben und auf die Küche zuhielten.

»Worum geht es?«, fragte sie flüsternd, sobald sie die Männer die Treppe hinablaufen hörte.

Er neigte sich an ihr Ohr und antwortete ebenso leise: »Sie suchen nach Beweisen. Wir können nichts anderes tun, als zu warten.«

Sie blickte ihn stirnrunzelnd an. »Was für Beweise denn?«

Er half ihr in den Sessel, in dem sie am liebsten saß – den weichen braunen samtbezogenen, in dem sie zu verschwinden schien.

Seine Miene war finster. »Ich weiß es nicht. Sie wollten nichts sagen.«

»Oh … Luke«, hauchte sie. »Hast du … irgendetwas getan?« Vielleicht hatte er in einer betrunkenen Nacht etwas Schreckliches …

Er schüttelte den Kopf. »Ich weiß nicht.« Er wandte sich ab und fuhr sich durch die Haare. Dann ging er ihr den Fußschemel holen.

Sie hob das Bein an, und er fasste um ihre Wade, schob ihr den Schemel darunter und bettete ihren Fuß behutsam auf dem Polster.

»Glaubst du, es ist erst kürzlich passiert?«

Er schüttelte den Kopf. »Das kann nicht sein. Ich habe nichts Ungehöriges getan, seit ich dir in Bristol begegnet bin. Teufel auch, ich hab nicht mal eine Wette abgeschlossen.«

»Und wenn du … betrunken warst?«

»Nein.«

»Also muss es um etwas gehen, das weiter zurückliegt. Fällt dir irgendetwas ein?«

Noch vor ihr kniend blickte er sie fest an. »An die Zeit möchte ich mich lieber nicht erinnern, Em.«

Sie streckte die Hand nach ihm aus, und er nahm sie. »Glaub mir«, sagte er leise. »Ich weiß nicht, was ich getan haben könnte, das mir zwei Büttel der Bow Street mit einem Durchsuchungsbefehl ins Haus bringt.«

»Ich glaube dir.« Sie sah ihm in die Augen und fügte sanft hinzu: »Ich werde dir immer glauben.«

Seine Mundwinkel bewegten sich ein wenig nach oben, und er küsste ihre Hand, bevor er aufstand.

Delaney kam mit einem Tablett und brachte die Erfrischungen. Emma und Luke starrten auf das Gebäck und die anderen Leckerbissen, die die Köchin zubereitet hatte.

Sie rührten weder die Speisen noch den Tee an, der neben zwei Tassen in der Kanne dampfte. Emma dachte nur an die beiden Polizisten, die das Haus durchsuchten, und war sich sicher, ihr Magen würde rebellieren, wenn sie auch nur einen Bissen zu sich nähme. Wie es aussah, empfand Luke genauso.

Sie brauchten nicht lange zu warten. Keine fünf Minuten, dann flog die Tür auf.

»Mylord, wir verhaften Sie wegen des Diebstahls von sechshundert Pfund von Lord Winchell. Sie werden jetzt mit uns gehen.«

Emma erschrak. »Wie bitte?«

Luke schüttelte den Kopf. »Sie haben den falschen Mann. Ich kenne keinen Lord Winchell.«

»Dennoch befindet sich ein gefälschter Kaufvertrag über den angeblichen Kauf eines Vollblutpferdes in Ihrem Besitz. Lord Winchell hat bemerkt, dass Sie ihn betrogen haben, nachdem Ihr Agent seinen Wechsel genommen hatte und dann nicht mit dem versprochenen Tier zu ihm kam«, sagte einer der Polizisten, ein dunkelhaariger Hüne. »Sie kommen jetzt mit, Sir. Entweder Sie gehen freiwillig mit, oder wir wenden Gewalt an. Die Wahl liegt bei Ihnen.«

»Das ist absurd«, erwiderte Luke empört. »Ich weiß überhaupt nichts von der Sache.«

»Wir haben den Kaufvertrag gefunden.«

Emma begriff. Der Kaufvertrag über ein Pferd, das Roger Morton in Newmarket verkauft hatte, war unter den Papieren in seinem Büro gewesen, die Luke und sie mitgenommen hatten … Emma erinnerte sich vage, dass einer der Männer, die Luke und sie hatten aufsuchen wollen, nur mit »Winchell« unterschrieben hatte.

Morton war für die Verhaftung verantwortlich.

Emma stand auf, Luke im selben Moment mit ihr. Die Polizisten nahmen ihn jeder an einem Arm.

Luke schaute Emma in die Augen. »Ich habe nichts gestohlen«, knurrte er.

»Ich weiß.«

»Das hat das Gericht zu entscheiden«, warf einer der Polizisten grimmig ein.

Sie war stark. Luke ebenfalls. Das war nur wieder eine von Mortons ruchlosen Intrigen. Doch sie hatte seine Masche durchschaut. Damit war jetzt Schluss. Diesmal würde sie ihn nicht davonkommen lassen.

Die Polizisten führten Luke ab. Er war offenbar so perplex, dass er sich ohne weitere Einwände fügte. Aber in der Tür drehte er sich zu ihr um. »Bleib hier.«

»Was? Aber ich kann nicht …«

»Vertrau mir«, sagte er ruhig und bestimmt. »Ich werde mich dieser lächerlichen Anklage entledigen und bald nach Hause kommen.«

Und dann schoben ihn die Polizisten aus dem Haus. Die Tür fiel ins Schloss, und Emma war allein in dem schrecklich stillen Salon.

Die Beamten der Bow Street hatten alle Papiere Mortons mitgenommen. Emma war wütend auf sich selbst, weil sie keine Abschriften angefertigt hatte. Aber wann hätte sie die auch machen sollen?

Sie saß im Salon, als die Dämmerung Einzug hielt, und fragte sich, wohin man Luke gebracht hatte. Nach Newgate? Musste er die Nacht in Gesellschaft von Schwerverbrechern in einer feuchtkalten Zelle verbringen?

Würde er heute Nacht Albträume haben? Der Gedanke, er könnte in dem Zustand unter wildfremden Menschen aufwachen, war ihr furchtbar.

Baldwin kam herein, um die Lampen anzuzünden und im Kamin das Feuer zu schüren. Er fragte, ob er das Abendessen heraufbringen lassen solle, und als sie zögerte, sagte er ruhig: »Ich werde Ihnen ein leichtes Mahl bringen, Mrs. Curtis. Sie brauchen eine Stärkung.«

Eine kleine Weile später trug er ein Tablett mit Essen herein zusammen mit einem Brief, der während ihrer Abwesenheit gekommen war.

»Für Sie, Ma'am«, sagte er. »Er kam heute Morgen.«

»Ich danke Ihnen, Baldwin.«

Geistesabwesend riss sie den Brief auf ... Gütiger Himmel, sie wollte nichts lieber, als sofort nach Newgate aufzubrechen und Lukes sofortige Entlassung zu verlangen. Doch sie würde damit nichts erreichen. Womit denn? Was könnte sie tun?

Vielleicht bei diesem Lord Winchell vorsprechen ... und sich auf dem Pferdemarkt in Newmarket erkundigen. Mehr ließe sich erst einmal nicht unternehmen. Gleich morgen früh würde sie aufbrechen.

Meine liebste Schwester,
ich hoffe, Du bist wohlauf, wenn Du meinen Brief in Händen hältst. Überdies hoffe ich, Du hast große Fortschritte erzielt in der Angelegenheit, mit der Du befasst bist.

Ich möchte Dich nicht mit weiteren Sorgen belasten, aber der Arzt unseres Vaters weigert sich nun, ihn weiter zu behandeln, solange er sein Honorar nicht bekommt, denn wir haben ihn nicht bezahlt. Das Geld ist verbraucht. Ich habe den Schreibtisch aus dem Arbeitszimmer letzte Woche verkauft, aber das Geld musste ich den Handwerkern geben, die das Loch im Dach reparieren mussten, von dem ich dir in meinem letzten Brief schrieb.

Vielleicht werden wir als Nächstes auf unseren Tee verzichten. Das tue ich gewiss lieber, als Mamas Schmuck zu versetzen. Ich habe mit Papa jeden Tag Tee getrunken, wie du es auch getan hast, und es scheint die einzige Zeit des Tages zu sein, wo ein bisschen Leben in ihn zurückkehrt. Die restliche Zeit ist er wie immer, wenn nicht gar ein wenig teilnahmsloser und matter als gewöhnlich. Und die Schwellung seines Leibes hat zugenommen, da der Arzt ihm keine Medizin mehr gibt.

Du wirst gewiss sehr beschäftigt sein, liebe Schwester, aber wir brauchen Dich hier. Ich fürchte um Papa. Ich fürchte unsere Gläubiger. Gestern kam ein Mann und behauptete, Papa schulde ihm viel Geld, und drohte, uns das Haus wegzunehmen. Das Haus ist alles, was wir noch haben, Em. Was soll aus uns werden, wenn wir es verlieren?

Es tut mir leid. Ich fürchte, ich lasse Dich meine Melancholie zu sehr spüren. Ich wünsche Dir von Herzen, dass Du in jener Sache Erfolg hast, aber ich fühle mich hilflos in diesem einsamen Haus und warte ungeduldig auf eine gute Nachricht von Dir.

Ich werde weiter für Dich beten – für uns alle.

Deine Dich liebende Schwester

Jane

Emma starrte voller Verzweiflung auf den Brief. Sie wusste, welchen Mann Jane meinte: Mr. Childress. Henry hatte zungenfertig, wie er war, Childress und ihren Vater überredet, Geld in ein Kohlebergwerk zu investieren. Keinen Monat später verschwand er mit dem Geld von Childress und ihrem Vater. Dieses Kohlebergwerk hatte es gar nicht gegeben.

Ihr wurde klar, dass ihr Vater genauso sehr von Henry eingenommen gewesen war wie sie. Er hatte ihm vertraut. Schon vor ihrer Heirat war Henry mit Investitionsplänen auf ihren Vater zugekommen, und der – offenbar ebenso naiv wie sie – hatte ihm gegeben, was er wollte.

Wie sollte sie auf Janes Brief antworten? Sie war sich nicht sicher, ob sie es über sich brächte.

Sollte sie schreiben: *Liebe Jane, Henry ist am Leben! Stell Dir vor! Er hat seinen Tod vorgetäuscht und ist mit dem Geld unseres Vaters abgehauen …?*

Oder: *Liebe Jane, nun ja, Henry ist nicht nur am Leben, sondern hat auch den Bruder des Herzogs von Trent einsperren lassen für einen Diebstahl, den er zweifellos selbst begangen hat …*

Der Herzog von Trent. Gewiss würde der helfen können.

Sie schloss die Augen. *Nein.* Luke wollte den Herzog in seine Angelegenheit nicht einbeziehen. Aber er hatte noch drei andere Brüder auf der Hawkins-Seite. Da gab es Sam, den Ältesten – dieser war beim Militär gewesen, und Luke hatte ihr erzählt, er erledige Geheimaufträge im Dienst der Krone. Und es gab die beiden jüngeren, Theodore und Markus. Von denen hatte Luke nicht viel erzählt, außer dass sie in Cambridge wohnten.

Sam war in diesem Fall der Richtige. Wenn sie ihn denn fände. Sie wusste nur, dass er in London wohnte. Vielleicht kannte Baldwin die Adresse.

Sie rief nach dem Butler. Augenblicke später kam er in den Salon. »Ja, Ma'am?«

Sie sah ihn einen Moment lang an, dann sagte sie leise: »Ich brauche Ihre Hilfe, Baldwin.«

Er nickte ungerührt. »Selbstverständlich. Was kann ich für Sie tun?«

»Ich muss die Hawkins darüber informieren, was passiert ist. Aber seine Lordschaft ... nun, ich zögere, den Herzog einzubeziehen. Wissen Sie, wo der älteste Bruder wohnt, Mr. Samson Hawkins?«

»Nein, Ma'am.«

Sie seufzte frustriert. »Wie kann das sein?«

»Ich kenne Mr. Hawkins, Ma'am. Er ist ein sehr verschwiegener, zurückhaltender Mann. Ich nehme an, kaum jemand weiß, wo er wohnt.«

»Wie steht es mit Lord Markus und Lord Theodore? Kennen Sie deren Adresse?«

»Nicht genau, Ma'am. Sie wohnen in Cambridge. Aber im Gegensatz zu Mr. Hawkins haben sie keinen Grund, ihre Adresse geheim zu halten. Sie werden leicht zu finden sein.«

»Aber ... Cambridge ...« Sie rieb sich die Schläfen mit den Fingerspitzen. »Wie lange dauert die Fahrt dorthin?«

»Fast einen Tag.«

Der Gedanke, dass Luke dann so lange im Gefängnis ausharren müsste ...

Sie wusste wenigstens, wo der Herzog wohnte. Am St. James's Square. Ganz in der Nähe.

Luke könne für sich selbst sorgen, hatte er einmal gesagt, und sie bezweifelte das nicht. Aber wenn sie sich noch eine Minute länger vorstellte, wie er in einer Zelle schmachtete, und alles nur, weil sie Morton auf ihn aufmerksam gemacht hatte, dann würde ihr das Herz brechen. Sein Bruder war ein Herzog, ein außerordentlich mächtiger, einflussreicher Mann. Er würde Luke helfen. Das wusste sie genau.

Und dennoch ... Luke wurde so wütend, sobald Trent sich in seine Angelegenheiten einmischte.

Also dann nach Cambridge.

Natürlich hatte sie nicht das Geld, um eine Postkutsche für sich allein zu mieten. Sie würde zu anderen Reisenden einsteigen und Baldwin um das Geld bitten müssen. Wenigstens fuhr die Postkutsche schnell.

Und dann fiel ihr die Lösung plötzlich ein – Lukes Schwester, Lady Esme! Sie wohnte auch im Haus des Herzogs am St. James's Square. Sie würde wissen, wo Sam wohnte.

Endlich hatte Emma einen annehmbaren Plan.

Am nächsten Morgen – sie hatte sich die ganze Nacht im Bett hin und her gewälzt und sich gefragt, wie es Luke wohl gerade erging – wartete sie so lange, wie sie es eben aushielt. Dennoch war es erst kurz nach zehn, als sie beim Herzog von Trent vor der Tür stand.

Das könnte ein riesiger Fehler sein, gestand sie sich ein, als sie die Hand hob, um zu klopfen. Nach wenigen Augenblicken öffnete ihr der Butler die Tür. Er sah sie fragend an. »Ja?«

»Guten Morgen. Ich bin Mrs. Curtis, eine ... eine ... Freundin von Lord Lukas. Ich würde gern mit Lady Esme sprechen.«

Ach, wie unbeholfen hörte sie sich an! Was würde Lady

Esme davon halten, dass die Geliebte ihres Bruders am frühen Morgen bei ihr vorsprach?

»Bitte warten Sie. Ich werde sehen, ob sie zu Hause ist.«

Emma wartete. Und wartete. Händeringend schritt sie auf dem kleinen Treppenabsatz auf und ab und war mit ihrer Geduld bald am Ende. Einige Minuten später öffnete der Butler erneut die Tür.

»Lady Esme wird Sie empfangen. Bitte folgen Sie mir.«

Erleichtert seufzend folgte sie ihm in einen Salon mit hellblauen Tapeten und königsblauen Polstermöbeln. »Bitte warten Sie hier, Ma'am. Lady Esme wird gleich kommen.«

Wieder vergingen einige Minuten. Emma war rastlos. Sie wanderte um einen Kartentisch herum, auf dem ein Schachspiel aufgebaut war. Das Spiel war unterbrochen worden – und wie es aussah, würde Weiß gewinnen.

Sie ging zum Fenster und schaute auf den Platz hinaus, wo schon recht viel Verkehr herrschte, als hinter ihr die Tür aufging. Sie drehte sich um. Eine junge dunkelhaarige Dame kam herein, gefolgt von der jungen Herzogin.

Emma rang sich ein Lächeln ab, als Sarah sie miteinander bekannt machte.

»Ich freue mich, Sie kennenzulernen, Lady Esme«, sagte Emma. Sie war vom Aussehen der Dame ziemlich überrascht. Sie sah weder dem Herzog noch Luke ähnlich. Sie hatte einen südländischen Teint, und ihre Augen waren dunkelbraun, ihre Haare fast schwarz.

»Ganz meinerseits«, erwiderte diese. Ihrer verwirrten Miene nach zu urteilen, wusste sie jedoch nicht, wer Emma war.

Emma stellte sich Luke in einer feuchtkalten, schmutzigen Zelle vor und die zweifellos gewalttätigen Männer, mit denen er sie teilen musste. Sie musste sofort zur Sache kommen. Halb hatte sie erwartet, dass die Herzogin dabei sein würde, und sich schon überlegt, wie sie Esme um ein Gespräch unter vier Augen bitten könnte.

Luke war in Gefahr. Jetzt war nichts wichtiger als seine Sicherheit.

Sie befeuchtete sich die Lippen und versuchte, nicht auf die Herzogin zu achten. »Lady Esme, ich fürchte um Ihren Bruder, Lord Lukas.«

Lady Esme riss die Augen auf. Sie warf Sarah einen erschrockenen Blick zu.

»Kommen Sie, lassen Sie uns Platz nehmen«, sagte die Herzogin und deutete mit einladender Geste zu den Sesseln und Sofas. »Hätten Sie gern eine Erfrischung, Mrs. Curtis?«

»Nein, vielen Dank.« Emma schritt zu einem Sessel und setzte sich, obwohl sie sich innerlich dagegen sträubte. Sie wollte nicht stillsitzen, sie wollte zum Gefängnis eilen und Luke herausholen.

»Ich bin hier, um Sie um Hilfe zu bitten, Mylady, in einer dringenden Angelegenheit, die Ihren Bruder betrifft.«

Wieder blickte Esme, die auf dem Sofa gegenübersaß, zu Sarah.

»Am besten könnte sicher der Herzog helfen«, sagte Sarah.

Emma schluckte schwer. Woher sie die Kraft nahm, der Herzogin offen ins Gesicht zu blicken, wusste sie nicht, doch sie tat es. »Vergeben Sie mir, Sarah, aber Seine Gnaden und Lord Lukas ... stehen in einem angespannten Verhältnis zueinander. Ich bin mir nicht sicher, ob er es begrüßen würde, wenn ich den Herzog in dieser Angelegenheit um Hilfe bitte.«

Wenn es nach Emma ginge, würde sie ihn sogar auf Knien bitten, allerdings nur als letztes Mittel.

Sarah nickte und sagte ruhig: »Ich kenne Lord Lukas schon viele, viele Jahre, Mrs. Curtis. Glauben Sie mir, wenn ich Ihnen sage, dass ich Ihre Bedenken verstehe.«

Emma seufzte erleichtert.

»Aber«, fügte die Herzogin hinzu, und ihr Blick wurde streng. Zum ersten Mal sah Emma einen eisernen Willen hinter ihrem freundlichen Benehmen. »Wenn er in Gefahr schwebt, muss der Herzog davon erfahren. Sie kommen nicht immer blendend miteinander aus, aber mein Mann liebt seinen Bruder von ganzem Herzen.«

Emma bekam ein Lächeln hin. »Das weiß ich. Und sein Bruder liebt ihn genauso.«

Die Herzogin zog die Brauen hoch, und Emma wusste, was sie dachte: *Nun, das zeigt er aber nicht gerade deutlich, nicht wahr?*

Einen Moment lang blickten sie einander an, und keine wollte zurückweichen. Lady Esme schaute ernst zwischen ihnen hin und her.

Schließlich war sie es, die das Schweigen brach. »Darf ich mit ihr sprechen, Sarah?«

Die Herzogin schaute Emma noch einen Moment lang schweigend an, dann nickte sie knapp, entschuldigte sich und verließ den Salon.

Mit einem weiteren Seufzer sah Emma sie hinausgehen, dann wandte sie sich Lady Esme zu, die sie erwartungsvoll mit zusammengezogenen Brauen anblickte.

Emma hatte den Eindruck, dass diese junge Frau auf schonende Höflichkeit keinen Wert legte. Und darüber war sie froh. Sie kam sogleich zur Sache. »Mylady, ich fürchte, Luke ist in ernster Gefahr.«

Esme zog die Brauen hoch, als Emma den in der Familie gebräuchlichen Vornamen benutzte. Aber der Herzog und die Herzogin wussten doch sicher von ihrer intimen Beziehung mit Luke? Wenn Esme darüber jetzt noch nicht im Bilde war, so hätte sie es gewiss bald erfahren. Auf jeden Fall war Emma darüber hinaus, den Schein wahren zu wollen.

»Ich muss Ihren Bruder Samson finden«, fuhr sie fort. »Ich denke, er ist vielleicht der Einzige, der hier helfen kann.«

Nun war es Esme, die sie abwägend ansah. »Helfen, wobei?«

Emma faltete die Hände im Schoß und antwortete: »Luke aus dem Gefängnis zu holen.«

17

Eine halbe Stunde später kamen Esme und Emma bei einem kleinen Stadthaus in einem bürgerlichen Viertel an. Von einem Diener wurden sie in Samson Hawkins' Arbeitszimmer geleitet, einen kleinen, schäbig anmutenden Raum mit einem großen, abgenutzten Schreibtisch. Als sie eintraten, stand Mr. Hawkins auf.

Er war dunkelhaarig, groß und breitschultrig, noch einige Zoll größer als Trent und Luke. Auch sein Teint war ein wenig dunkler als der seiner Brüder, seine Augen hatten das gleiche dunkle Braun wie Esmes.

Den Blick auf seine Schwester gerichtet, ging er um den Schreibtisch herum und nahm ihre Hände. Er vergeudete keine Zeit mit einer förmlichen Begrüßung. »Esme, warum kommst du her? Was ist passiert?«

»Sam, das ist Mrs. Curtis, eine Freundin von Luke. Mrs. Curtis, das ist Mr. Hawkins, mein Bruder.«

Samson Hawkins richtete seinen Blick auf Emma, und sie fühlte sich sogleich verwundbar und entblößt. Eins war klar: Dieser Mann redete nicht um den heißen Brei herum.

Seine Stimme klang schroff. »Mrs. Curtis, womit kann ich Ihnen helfen?«

Sie holte langsam und tief Luft und wappnete sich. »Vielen Dank, dass Sie mich empfangen, Mr. Hawkins. Ich möchte Sie in der Tat um Ihre Hilfe bitten. Denn Luke ist verhaftet worden.«

Mr. Hawkins zeigte keinerlei Regung. »Was wird ihm vorgeworfen?«

»Er soll Lord Winchell um sechshundert Pfund betrogen haben.«

»Ich verstehe.«

»Gestern Abend wurde er festgenommen«, fuhr Emma fort. »Ich weiß nicht, wo er ist oder was weiter geschehen wird, aber wir müssen ...

»Hat er es getan?«

Überrascht hielt sie inne. »Nein!«, fauchte sie dann. »Natürlich nicht.«

»Sind Sie sicher?«

Wut schäumte in ihr hoch, schneller, als sie sie zurückdrängen konnte. Es war immer ihre Überzeugung gewesen, dass eine Familie ihre Angehörigen bedingungslos und tatkräftig unterstützen sollte. Luke bekannte sich als Schurke und Wüstling, dennoch hatte er in ihren Augen familiäre Loyalität verdient.

Verweigerten seine Geschwister ihm etwa ihr Vertrauen? Wenn das so war, erklärte das vieles. Dann nahm es nicht wunder, dass die Wunden seiner Kindheit nie verheilt waren.

Sie verschränkte die Arme vor der Brust und schaute den großen Mann böse an. »Allerdings.«

Sein Gesichtsausdruck änderte sich nicht, doch er zog die Brauen hoch. »Sie werden mir vergeben, Mrs. Curtis, aber wie Sie inzwischen vermutlich wissen, gibt sich mein Bruder Trinkexzessen und anderen Ausschweifungen hin. Ein Trinker kann im betrunkenen Zustand ein ganz anderer Mensch sein als nüchtern.«

Tränen brannten ihr in den Augen und machten ihr das Sprechen schwer, doch sie hielt sie zurück. »Luke ist kein Trinker«, erwiderte sie scharf und sehr bestimmt. Luke trank, um den grausamen Tatsachen seines Lebens zu entfliehen, aber im Grunde war er so wenig ein Trinker wie sie selbst.

Mr. Hawkins zog die Brauen noch weiter in die Höhe. »Ach, meinen Sie?«, fragte er trocken.

»Ja, das meine ich.«

Mr. Hawkins blickte sie prüfend an – die Verwandten des Herzogs von Trent teilten sich wohl diese unangenehme Angewohnheit. Alle versuchten, in sie hineinzusehen und ihre Motive zu erkennen. Das mochte sie nicht, und Mr. Hawkins' ruhige Musterung ihrer Person trug nichts dazu bei, ihren Zorn zu beschwichtigen. Er kochte weiter unter der Oberfläche.

Sein Blick fiel auf ihre an den Seiten geballten Fäuste, dann deutete er auf einen Stuhl vor dem Schreibtisch. »Bitte setzen Sie sich. Sie müssen mir alles sagen, was Sie über das Geschehen wissen.«

Hölzern ging sie zu dem Stuhl und ließ sich darauf nieder. Nur vage nahm sie wahr, dass Mr. Hawkins zur Tür schritt und anordnete, einen Stuhl für Esme zu bringen.

Sie war so aufgebracht. Sie hasste es, dass sie Luke gegen seinen eigenen Bruder verteidigen musste und dass nur eine einfache Frage – *Hat er es getan?* – ihren Beschützerinstinkt anstachelte.

Gleichwohl sagte die Stimme der Vernunft in ihr, wenn auch ziemlich leise, dass sie überreizt und erschöpft war und darum auf Mr. Hawkins' nüchterne Frage zu heftig reagierte.

Ein Diener stellte einen Stuhl für Esme hin, auf dem sie Platz nahm. Mr. Hawkins ging hinter den Schreibtisch und setzte sich ihnen gegenüber.

»Nun«, sagte er mit diesem enervierend unergründlichen Gesichtsausdruck, »erzählen Sie mir, was passiert ist.«

Sie berichtete, dass die Beamten der Bow Street in Lukes Haus warteten, als sie mit ihm von Bordesley Green zurückkehrte, von den Papieren, die sie in Mortons Büro gefunden hatten, und dass die Beamten den Kaufvertrag für einen ausreichenden Beweis hielten, um Luke festnehmen zu können.

»Sind Sie sicher, dass sie sich auf den Vertrag bezogen, den Sie in Mortons Besitz fanden?«, fragte Mr. Hawkins schließlich.

»Was könnten sie sonst gemeint haben?«, fragte sie verärgert. »Auf jeden Fall waren die Papiere nicht mehr da, als ich später danach schaute. Da war das die naheliegende Schlussfolgerung.«

»Haben die Beamten Ihnen das Beweisstück gezeigt? Haben Sie es mit eigenen Augen gesehen?«

»Nein, aber ...«

»Sie mögen Mortons Papiere als mögliche Beweisstücke beschlagnahmt haben, aber der eigentliche Beweis konnte auch woanders herstammen«, gab Mr. Hawkins zu bedenken.

»Nein«, widersprach Emma stur. »Das können Sie unmöglich glauben. Es gibt kein anderes Beweisstück. Allenfalls die falsche Behauptung meines durchtriebenen Ehemanns.«

Jene fürchterlichen, finsteren Brauen gingen schon wieder in die Höhe. »Warum halten Sie an diesem Gedanken derart stark fest? Sie kennen meinen Bruder noch nicht lange, Mrs. Curtis. Was macht Sie so sicher, dass er unschuldig ist?«

»Er ist ein guter Mensch«, antwortete sie mit unterdrückter Wut.

»Hm. Luke selbst würde das vermutlich als Erster bestreiten.«

Ihr schmerzte die Brust vor lauter Wut, und sie schoss Samson Hawkins tödliche Blicke zu. »Weil ihm das so oft eingeredet wurde, dass er es selbst glaubt«, hielt sie ihm kalt entgegen. »Diese Lüge wurde ihm buchstäblich eingebläut, als er noch ein Kind war, und die glaubt er bis heute.«

Esme hatte bei dem Satz scharf Luft geholt, doch Emma

ignorierte das. Sie wusste sehr wohl, dass sie sich allzu unverblümt ausdrückte, aber sie war um Lukes willen zu zornig, um den Zensor in eigener Sache zu geben. Sie klang bitter und anklagend, als sie fortfuhr: »Er gibt sich die größte Mühe, sich seiner Familie als tüchtig und zuverlässig zu zeigen, doch ständig wird ihm von seinen Geschwistern zu verstehen gegeben, er sei nichts wert. Jeden Tag ist er nahe daran, sich aufzugeben, aber sein Gewissen erlaubt ihm das nicht. Und seine Familie macht ihn noch immer glauben, er sei ein Versager.«

»Das ist nicht wahr!«, hauchte Esme.

Emma erhob sich mit wackligen Beinen. »Vielleicht sollte ich Sie doch nicht um Hilfe bitten. Ich wusste nicht, wie wenig Sie zu ihm halten.«

»Mrs. Curtis«, schnauzte Mr. Hawkins, »setzen Sie sich!«

Sie griff um die Stuhllehne. Der Impuls, sich dem harten Befehlston dieses Mannes zu fügen, war stark, aber sie hielt stand. »Nein. Entweder Sie versprechen, Ihrem Bruder auf jede erdenkliche Art zu helfen, oder Sie lassen mich gehen, damit ich es selbst tun kann. Aber ich werde es nicht dulden, dass Sie seine Unschuld anzweifeln.«

Als sie ihn anblickte, bemerkte sie, dass er blass geworden war und sie erstaunt anstarrte, nicht verärgert, wie sie erwartet hatte.

Sie drehte den Kopf zu Esme. Diese schaute in ihren Schoß und blinzelte heftig, als müsse sie Tränen zurückhalten.

Als sie Emmas Blick spürte, sah sie auf. »Eingebläut?«, fragte sie, und eine Träne glitt ihre Wange hinunter.

Esme war viel jünger als Luke – war vermutlich noch sehr klein gewesen, als der alte Herzog das Zeitliche gesegnet hatte. Aber konnte sie es wirklich nicht wissen?

Emma schaute zu Mr. Hawkins, der auf seine Schwester gar nicht achtete. Er starrte Emma sprachlos an.

»Sie haben es nicht gewusst?«, fragte sie.

Mr. Hawkins schüttelte den Kopf. »Nein«, antwortete er schroff.

Jetzt war Emma sprachlos. Brüder mussten so etwas doch voneinander wissen.

»Wer … wer hat ihm das angetan?«, fragte Esme leise.

Also hatte er es niemandem erzählt. Dass er die Misshandlung sein ganzes Leben allein mit sich herumgetragen hatte, machte sie fassungslos.

Sie schloss die Augen und sah den blonden kleinen Jungen vor sich, verängstigt und allein, der sich an niemanden wenden konnte, der verbergen wollte, was der Vater ihm antat, und dafür von seiner Familie nur noch mehr Schelte bekam. Kein Kind sollte diesen Teufelskreis aus Schmerz und Angst ertragen müssen.

Dann stellte sie sich vor, wie er die ganze Nacht und den Morgen als einsamer Mann in einer dunklen kalten Zelle in Newgate zugebracht hatte. In dem Moment wollte sie nichts so sehr, wie ihn dort rausholen und in die Arme schließen.

Und ihn nie wieder loslassen.

Aber da drängte sich natürlich ihr Ehemann in ihre Gedanken, der an dieser Situation die Schuld trug.

Sie öffnete die Augen und blickte Lady Esme an, eine junge, behütete Frau, aber Emma hatte nicht vor, ein Blatt vor den Mund zu nehmen. »Es war der alte Herzog von Trent, Ihr Vater. Offenbar machte er ein Ritual daraus, Luke zu bestrafen. Doch es war mehr als Strafen. Er hat ihn misshandelt, gequält. Haben Sie die Narben auf seinem Rücken nicht gesehen? Der ist davon übersät.«

Esme schlug sich ihre behandschuhte Hand vor den Mund und unterdrückte einen Laut des Entsetzens. »Grundgütiger!«, knurrte Mr. Hawkins mit finsterer Miene.

Emma erzählte weiter. »Der Herzog gedachte, ihm das Böse damit auszutreiben. Er redete Luke ein, er sei ein schlechter Mensch. Luke glaubt das seitdem und sieht in allem, was er tut, den Beweis dafür. Ihn quälen schreckliche Albträume. Er leidet jeden Tag darunter, was dieser Mann ihm damals angetan hat.« Und zu Mr. Hawkins gewandt: »Vor allem Sie sollten wissen, wie sehr der alte Herzog seine unehelichen Söhne verachtete. Hat er Ihnen nicht dieselbe Behandlung angedeihen lassen?«

Das war eine äußerst zudringliche Frage. Unerträglich zudringlich sogar, denn sie kannte den Mann erst seit Minuten. Doch Emma war über derlei Rücksichtnahme hinaus.

»Nein«, stieß Mr. Hawkins hervor, »hat er nicht.«

Also hatte Luke als Einziger unter der grausamen Rache des alten Herzogs gelitten. Emma kniff die Lippen zusammen und wandte sich zum Gehen.

»Ich kann nicht länger bleiben«, sagte sie. »Ich vergeude nur Zeit. Er braucht sofort Hilfe.«

»Warten Sie, Mrs. Curtis«, sagte Mr. Hawkins heiser. »Sie müssen wissen, dass ich meinem Bruder helfen werde. Ich werde alles tun, was ich kann. Bitte bleiben Sie.«

Emma blickte über die Schulter zu ihm zurück. Er war aufgestanden und sah wahrhaft besorgt aus. Auch Esme stand. Sie rang die Hände und sah sie flehend an.

Emma zwang sich, zu dem Stuhl zurückzukehren.

»Kommen sie mit, Euer Lordschaft.«

Argwöhnisch stand Luke von dem stinkenden Zellenboden auf.

Die ganze Nacht und den halben Tag über hatte er sich in eine Ecke gedrückt. Es war verflucht kalt in diesem Bau, und während der paar Stunden, da die Sonne durch das winzige vergitterte Fenster geschienen hatte, hatte er sich in den Lichtfleck gestellt, um ein wenig warm zu werden.

Er konnte enge Räume nicht ertragen. Der Herzog sperrte ihn früher oft für Stunden in einen Schrank ein, nachdem er ihn geprügelt hatte, und ließ ihn erst wieder heraus, wenn er sicher war, dass Luke sich gefasst hatte und nicht beim Nächstbesten mit der Wahrheit herausplatzte. Oft bestrafte ihn auch die Gouvernante, weil er »weggelaufen« war, ohne es ihr zu sagen. Aber deren Stockschläge auf seine Fingerknöchel waren nichts verglichen mit der Peitsche seines Vaters.

Luke hatte in der vergangenen Nacht unruhig geschlafen, war immer wieder aus Albträumen hochgeschreckt, zitternd und schwitzend, obwohl es in der Zelle eiskalt gewesen war.

Einmal nach einem Traum hatte er so schweres Herzklopfen, dass er glaubte, es würde ihn umbringen. Die Wände kämen auf ihn zu und würden ihn zerquetschen. Er sagte sich in einem fort, das sei unmöglich, er werde nicht sterben, aber sein Körper war nicht zu überzeugen.

Schließlich ließ das Gefühl nach, und er schlief wieder ein, nur um eine Stunde später aus dem nächsten Albtraum aufzuwachen.

Jetzt war es später Nachmittag. Inzwischen war er seit vierundzwanzig Stunden in dieser Zelle eingesperrt, die nur neun mal sechs Fuß maß. Noch länger konnte er das nicht ertragen, das war sicher. Es würde ihn wahnsinnig machen.

Aber eigentlich spielte das keine Rolle. Wurde er für unschuldig befunden, würde man ihn freilassen. Andernfalls würde man ihn hängen. So oder so würde er nicht mehr lange in der Zelle bleiben.

Die vergitterte Holztür öffnete sich quietschend, der Wärter kam herein.

Luke blickte in das faltige unfreundliche Gesicht. »Werde ich vor den Richter geführt?« Den ganzen Tag hatte er ungeduldig auf diesen Moment gewartet, damit er das Gericht von seiner Unschuld und seiner Absicht, sie zu beweisen, in Kenntnis setzen konnte.

»Nee«, brummte der Mann. »Sie werden entlassen.«

Argwöhnisch blickte Luke ihn an, doch der Mann wandte sich mit einem schroffen »Kommen Sie!« ab und führte ihn einen langen Gang hinunter. Luke schauderte, als sie an den Gitterfenstern der dicken Holztüren vorbeigingen, aus denen ihm manche Hände entgegengestreckt wurden. Aus einigen Zellen hörte man Stöhnen und Weinen.

Der Wärter schloss am Ende des Ganges die Tür auf. Sie führte ins Freie. »Dann guten Tag, Mylord«, sagte er und bedeutete ihm hinauszugehen.

Luke stutzte. Das war alles? Er war frei? Er zog die Brauen hoch. Seit er die Zelle betreten hatte, hatten ihm die Gefängniswärter bei jeder Gelegenheit Geld abgeknöpft. Er hatte für eine Einzelzelle bezahlt. Er hatte bezahlt für Wasser und für Essen. Für Geld hatten sie ihm die Fesseln abgenommen und das schmutzige, zerrissene Bettzeug gewechselt. Und jetzt ließ ihn der Wärter gehen, ohne weitere Bezahlung zu erwarten?

Luke beschlich ein ekelhafter Verdacht. Das war zu schnell gegangen. Zu leicht. Das stank nach Trents Einmischung.

Zähneknirschend trat er durch die Tür auf einen Hof mit festgestampfter Erde. Hinter ihm schloss sich dröhnend die dicke Holztür.

Zehn Schritte entfernt stand die Kutsche seines Bruders. Das goldene Wappen an der Seite war deutlich zu sehen.

Natürlich. Eigentlich war er nicht überrascht. Angespannt schritt er auf die Kutsche zu, und Trent stieg aus.

Entschlossen näherte Luke sich seinem Bruder. Sein Herz fühlte sich an wie ein Stein.

Das musste Emmas Werk sein. Aber warum? Er hatte sie nur um eine simple Sache gebeten – sie sollte ihm vertrauen. Doch das hatte sie nicht getan, sondern war zu Trent gegangen.

Denn Trent war immer Herr der Lage. Trent war *besser*.

Sein Bruder kam ihm ein paar Schritte entgegen. Einen Moment lang blickten sie sich an. Luke wusste, er sollte wütend sein, ihn wegen der Einmischung anschnauzen.

Doch es war Emma, die ihn verraten hatte. Und das war, als ob man ihm etwas aus dem Leib risse. Er hatte gar nicht die Kraft, mit seinem Bruder zu streiten.

Trent deutete auf die Kutsche. »Ich bringe dich nach Hause.«

Luke nickte. Er ging zur anderen Seite, stieg ein und glitt auf die Sitzbank. Trent klopfte ans Dach, und die Kutsche rollte an.

Luke saß ganz still und starrte geradeaus. Was sollte er zu Emma sagen, wenn er zu Hause ankam? Würde sie überhaupt da sein?

Da er den Blick seines Bruders spürte, drehte er den Kopf.

»Ich bedaure das sehr«, sagte Trent.

Luke schaute verständnislos. Was meinte er damit?

»Was mein Vater dir angetan hat.«

Luke erstarrte am ganzen Leib. Er konnte sich nicht rühren, nicht reagieren, nicht Luft holen. Sein Brustkorb war wie eingefroren.

»Ich wusste das nicht, Luke.« Trent klang fast, als wäre er den Tränen nahe. Aber Blödsinn, Trent würde seinetwegen keine Träne vergießen. Ihm schien wohl nichts einzufallen, was er noch sagen könnte, darum wiederholte er sich. »Es tut mir leid.«

Luke drehte den Kopf weg und schaute aus dem Fenster. Er konnte nicht sprechen. Seine Kehle konnte keinen Laut hervorbringen. In dem Moment wollte er nichts mehr, als aus der Kutsche zu springen und wegzulaufen. Vor allem. Doch das wäre Torheit. Er war ein erwachsener Mann. Er würde bleiben und seinen Bruder ertragen, seine Werturteile ... oder sein Mitgefühl. Was immer Trent gerade austeilte.

Doch Trent sagte nichts mehr. Er schaute ebenfalls aus dem Fenster und trommelte mit den Fingern auf dem Oberschenkel. Wie Emma.

Emma.

Luke schloss die Augen. Sie hatte Trent sein intimstes Geheimnis verraten. Er hatte sich noch nie so verraten gefühlt.

Es fiel kein weiteres Wort. Luke wollte nicht mit Trent reden. Er wollte gar nicht wissen, wie Trent ihn freibekommen hatte. Wahrscheinlich war er zu Winchell gegangen und hatte ihm sechshundert Pfund übergeben.

Das Entscheidende war, Luke hatte es nicht selbst tun können. Wie immer hatte Trent sich vorher eingemischt und sein Problem gelöst, womit er wieder einmal bewies, dass Luke ein Nichtsnutz war.

Und dabei hatte Emma ihm verraten, was Luke ihr anvertraut hatte, das eine beschämende Detail aus seinem Leben, das er nie jemandem enthüllt hatte außer ihr.

Er schloss die Augen. Er wollte ihr wirklich nicht gegenübertreten ... seine Wut schwelte zu dicht unter der Oberfläche. Doch er würde es tun müssen.

»Wie viel bin ich dir schuldig?«, fragte er schließlich.

Trent winkte ab. »Mach dir deswegen keine Gedanken.«

Luke schnaubte.

Gleich würden sie am Cavendish Square halten. Es waren keine drei Meilen von Newgate bis dahin.

»Ich mag sie«, sagte Trent.

Luke ballte die Hände zu Fäusten. »Wen?« Aber natürlich wusste er, wer gemeint war.

»Mrs. Curtis.«

»Sie ist verheiratet«, stieß er hervor, als erklärte das alles. Was es natürlich nicht tat.

»Vielleicht nicht«, überlegte Trent. »Wenn der Mann in Wirklichkeit Roger Morton heißt, dann hat er sie in betrügerischer Absicht geheiratet, und die Ehe ist ungültig. Sie kann annulliert werden, und du kannst sie nehmen.«

»Was soll das heißen? Ich soll sie heiraten?«

»Ja«, sagte Trent. »Ich meine, das solltest du tun.«

Luke sah ihn verdattert an. Trent hatte noch nie mit ihm über eine seiner Mätressen gesprochen, geschweige denn eine Heirat vorgeschlagen.

Trent sah ihn ernst an, als die Kutsche vor Lukes Haus hielt. »Sie liebt dich, Mann. Du wärst dumm, sie gehen zu lassen.«

Emma wartete schon auf ihn. Sie riss die Tür auf und hinkte ihm entgegen, so schnell sie mit dem verstauchten Knöchel gehen konnte.

Niedergedrückt stieg Luke aus. Ihm war, als hätte sich sein Körpergewicht in der letzten halben Stunde vervierfacht.

Gewöhnlich war Emma in der Öffentlichkeit darauf bedacht, den Schein zu wahren. Sie unterließ es, ihn zu berühren, außer wenn sie sich wegen des Knöchels auf ihn stützen musste, und war sich stets bewusst, dass man sie beim vertraulichen Miteinander sah. Das alles schien ihr jetzt gleichgültig zu sein. Sie eilte auf ihn zu und warf die Arme um seinen Hals.

»Oh Luke«, hauchte sie, das Gesicht an seine Brust gedrückt. »Ich hatte solche Angst um dich.«

Er versteifte sich und ließ die Arme an den Seiten hängen. Sowie sie das merkte, trat sie einen Schritt zurück. Vorsicht schlich sich in ihre Züge, als sie ihn forschend ansah. »Komm«, sagte sie, »gehen wir ins Haus.«

Er nickte knapp, dann schaute er zu seinem Bruder, der sie beide beobachtete und stumm fragend die Brauen hochzog.

In seine Beziehung mit Emma hatte Trent seine Nase schon zu tief reingesteckt. Luke blickte ihn kopfschüttelnd an: *Jetzt nicht.*

Trent nickte. »Gib mir Bescheid, falls du heute noch etwas brauchst. Ich werde dann morgen zu dir kommen, damit wir alles Weitere besprechen.«

Oh nein, ganz bestimmt nicht. Doch das sagte Luke nicht. Er wandte sich ab und folgte Emma ins Haus. Zum ersten Mal machte er keine Anstalten, sie zu stützen.

Es hätte sich so gehört. Doch er konnte sich nicht überwinden. Dazu war er im Augenblick zu wütend auf sie. Was vermutlich mal wieder zeigte, was für ein Arschloch er war.

Sie führte ihn die Treppe hinauf in sein Schlafzimmer. Die Diener waren bemerkenswert abwesend. Ein heißes Bad war vorbereitet und saubere Kleidung für ihn bereitgelegt.

Trotz des Umstands, dass er vierundzwanzig Stunden lang im Dreck gesessen hatte, war er nicht in der Stimmung, sich in die Wanne zu begeben.

Gleichwohl folgte er ihr ins Zimmer und schloss die Tür hinter sich. »Geht es dir gut?«, fragte sie ihn. »Wurde dir etwas angetan?«

»Nein«, antwortete er tonlos. Und das genügte als Antwort auf beide Fragen, befand er.

Sie schlug die Augen nieder. »Es tut mir leid, Luke. Ich weiß, du wolltest nicht, dass ich jemanden um Hilfe bitte ... schon gar nicht Trent.«

Wenigstens wusste sie, warum er wütend war, und spielte nicht die Unschuldige.

»Warum hast du es dann getan?«, fragte er so scharf, dass sie zusammenzuckte.

»Ich habe es ja vermeiden wollen. Ich habe mich an Mr. Hawkins gewandt, an Samson. Ich habe ihm gesagt, du wolltest das allein regeln, zumindest ohne Trent, doch er bestand darauf, ihn zu informieren. Da er Lord Winchell persönlich kennt, könne er die Situation rasch beheben, meinte er. Ich wollte dich nur so schnell wie möglich aus der Zelle befreien. Ich konnte kaum richtig denken, solange ich dich in dieser Gefahr wusste.«

Luke ballte die Hände zu Fäusten. Er blickte sie an. »Wirklich? Du bist zu Sam gegangen? Du bist zu Sam gegangen und hast ehrlich geglaubt, er würde Trent außen vor lassen?« Offensichtlich verstand sie überhaupt nicht, wie es in seiner Familie zuging. Jeder wandte sich an Trent. Egal, womit.

Jetzt sah er den ersten Trotz in ihren Augen aufflackern. »Nichts war wichtiger, als dich aus dem Gefängnis zu holen.«

»Und darum hast du gegen meinen ausdrücklichen Wunsch verstoßen.«

»Ich habe durchaus nach einer anderen Möglichkeit gesucht ...«

»Ich hatte dich gebeten, mir zu vertrauen, Emma. Mir. Letztendlich hast du das nicht getan. Mehr ist dazu nicht zu sagen.«

Sie schaute tief bekümmert. »Es tut mir leid.«

»Du weißt, wie ich darüber denke. Ich habe ausdrücklich erklärt, wie sehr es mich beeinträchtigt, wenn Trent sich in mein Leben einmischt. Ich hätte das Problem allein gelöst, aber nicht einmal du hast mir die Gelegenheit dazu gegeben.«

»Ich ... habe Angst um dich gehabt«, hielt sie ihm kleinlaut entgegen.

»Hast du ihm deshalb auch erzählt, was ...« Luke schluckte mühsam, dann überwand er sich. »Was sein Vater mit mir gemacht hat?«

»Das habe ich ihm nicht erzählt«, widersprach sie erschrocken.

Er blickte sie skeptisch an.

»Oh Luke«, wisperte sie. »Es ist mir herausgerutscht, als ich mit Mr. Hawkins und Lady Esme sprach. Die haben es wohl Trent erzählt. Es tut mir so leid.«

Teufel noch mal. Jetzt wusste es bald die ganze Familie. Esme hatte wahrscheinlich schon an Theo und Mark geschrieben und ihnen alles haarklein berichtet.

»Ich dachte, sie wüssten es«, wisperte sie. »Mir kam gar nicht in den Sinn, dass sie völlig ahnungslos sein könnten. Ich ... ich war deswegen sehr aufgebracht, zu nüchterner Überlegung gar nicht fähig.«

Er sah Emma mit neuen Augen. Ihr Verrat brannte in seiner Brust.

»Ich kann das nicht«, sagte er ausdruckslos. Kalt.

»Luke«, flehte sie, »bitte. Es tut mir so l...«

Er schnitt ihr das Wort ab. »Ich verlasse das Haus. Du brauchst nicht aufzubleiben.«

Er kehrte ihr den Rücken zu und ging.

»Lauf nicht weg, Luke. Nicht heute.«

Er ignorierte ihr Flehen und verließ das Zimmer. Ohne seine stinkende Kleidung zu wechseln, ging er die Treppe hinunter, begab sich kurz ins Arbeitszimmer, um seine Pistole zu holen, und ging durch die Hintertür zum Stall, wo er sein Pferd sattelte. Dann ritt er in die Dunkelheit.

Er schlug nicht den Weg zu seinem Club ein. Er suchte keinen Pub,, keine Spielhölle, kein Hurenhaus auf. All die Etablissements, die gewöhnlich seine erste Wahl waren, um die Klingen in seinem Innern stumpf zu machen, ließ er heute links liegen. Gerade heute, wo sie besonders tief schnitten.

Denn heute Nacht würde er sich Roger Morton holen.

Eine Weile stand Emma in Lukes Schlafzimmer und blickte reglos auf die Tür, fassungslos, weil er so zornig war, weil er abrupt gegangen war, weil sie unfähig war, ihn zurückzuhalten.

Ihr Herz schlug heftig, ihre Brust schmerzte.

Er war zornig auf sie. Konnte sie es ihm verübeln? Sie hatte seinen dringendsten Wunsch missachtet. Sie hatte Sam alles erzählt, und dieser wollte sich dann nicht davon abbringen lassen, zum Herzog zu gehen. Und schlimmer noch, sie hatte Lukes Geheimnis preisgegeben – dass er es um jeden Preis für sich behalten wollte, war ihr erst klar geworden, nachdem sie vor seinen beiden Geschwistern damit herausgeplatzt war.

Die Stunden vergingen quälend langsam. Sie solle seinetwegen nicht aufbleiben, hatte er gesagt, aber sie wartete trotzdem auf ihn. Was konnte sie anderes tun? Sie wusste nicht, wo er jetzt war. Höchstwahrscheinlich in seinem Club, aber so gern sie hingegangen wäre, um mit ihm zu reden, so wenig Zweck hätte dies, denn man würde sie als Frau nicht hineinlassen.

Sie ging in ihr Zimmer im zweiten Stock und ließ sich von Delaney beim Auskleiden helfen. Dann lag sie zitternd im Bett und starrte an die weiße Decke. Dieses Zimmer würde ihr immer kalt und einsam vorkommen. Es war karg, hatte weiß getünchte Wände und nackte Eichendielen, kam ohne Teppich und Wandschmuck aus, denn Luke benutzte den zweiten Stock nicht und hatte selten, wenn überhaupt Gäste über Nacht.

Aber das war nicht der eigentliche Grund. Luke hatte in diesem Zimmer nie bei ihr geschlafen, sie nicht geliebt, sie nicht in seinen Armen gewärmt. Darum empfand sie es als kalt und einsam.

Sie spürte seine Abwesenheit schmerzlich wie eine offene Wunde, seit die Beamten der Bow Street ihn gestern mitgenommen hatten.

Während sie nun im Kalten lag, einsamer denn je, gestand sie sich etwas ein, das sie nun schon tagelang beiseitegeschoben hatte.

Sie wollte Luke in jeder Hinsicht. Es spielte für sie keine Rolle mehr, dass sie mit einem anderen verheiratet war. Sie brauchte Luke ... und war zutiefst überzeugt, dass er sie auch brauchte. Sie wollte die Frau an seiner Seite sein, mit ihm durch dick und dünn gehen. Sie wollte ihm helfen, die alten Wunden zu heilen, und er sollte ihr helfen, über ihre Verletzungen hinwegzukommen. Er hatte schon viel dafür getan. Seit sie mit ihm zusammen war, fühlte sie sich so selbstsicher wie nie. Und geliebt und beschützt.

Luke machte sie heil.

Wenn sie mit ihm ins Bett ginge, würde sie wissentlich eine schlimme Sünde begehen – eine, die sie immer besonders verabscheut hatte. Doch Henry war für sie ein Jahr lang tot gewesen. Als sie ihn dann diese paar Augenblicke lebendig vor sich stehen sah, war er für sie endgültig gestorben. Daran gab es für sie keinen Zweifel mehr – Henry war für sie in jeder Hinsicht gestorben. In den Augen des Gesetzes mochten sie noch verheiratet sein, aber er würde nie wieder ihr wahrer Ehemann sein.

Sie musste an den Priester in Soho denken, an seine Predigt über Ehebruch, und fühlte sich dabei ganz elend. Sie schloss die Augen und betete um Nachsicht.

So lag sie stundenlang wach und lauschte auf jedes Geräusch, das von unten zu hören war. Nachdem auch die Dienerschaft zu Bett gegangen war, wurde es vollkommen still. Und Luke kam nicht.

18

Emma erwachte von einem Kratzgeräusch an der Zimmertür. Sie fuhr hoch. Endlich, Luke war nach Hause gekommen und wollte zu ihr. *Gott sei Dank.*

Sie sprang aus dem Bett und eilte zur Tür, zog den Riegel beiseite und riss sie auf mit klopfendem Herzen. Wenn nötig, würde sie auf die Knie fallen und ihn um Verzeihung bitten.

»Luke, ich …« Der Satz erstarb ihr auf der Zunge.

Da stand nicht Luke auf der Schwelle, sondern Henry – *Morton*. Mit grimmiger Miene stand er da und hielt eine Pistole auf ihre Brust gerichtet.

»Emma«, sagte er leise, »mach keinen Lärm, sonst schieße ich, ich schwöre es dir.«

Sie erschrak und starrte ihn an. »Was … was willst du hier?«, stammelte sie.

Er bedachte sie mit einem verkrampften, heuchlerischen Lächeln. »Wir müssen miteinander reden.«

»R-reden?« Ihr Blick glitt zur Waffe. Sein Zeigefinger war bereits um den Abzug gekrümmt. Ein Zucken und sie hätte ein Loch in der Brust.

»Ja, reden. Aber nicht hier. Du musst mitkommen.«

»Jetzt?«, hauchte sie.

Er lachte lautlos. »Ja, jetzt. Glaubst du, das ist ein Höflichkeitsbesuch? Es ist zwei Uhr früh, Herrgott noch mal.«

Ihre Gedanken überschlugen sich. »Ich muss … mich anziehen.«

Ungehalten schob er das Kinn vor. Das Kinn, das sie zärtlich in die Hand genommen hatte, als sie noch glaubte, ihn zu lieben …

Nein, daran durfte sie jetzt nicht denken. Dieser Mann war ihr fremd geworden. Eigentlich immer fremd gewesen.

Er schwieg für einen langen Moment. Dann nickte er. »Also gut. Zieh dich an. Aber fix. Ich gebe dir fünf Minuten. Und mach keinen Lärm, Emma, denn ich will nicht gezwungen sein«, er wedelte mit der Pistole, »abzudrücken. Aber wenn es sein muss, werde ich es tun.«

»Verstehe«, murmelte Emma. Sie glaubte es ihm. Er sah zerzaust aus, sein Halstuch zerknittert. Sein Gesichtsausdruck war der eines verzweifelten Mannes, der zum Äußersten entschlossen war.

»Nun geh!« Er deutete mit dem Lauf zum Kleiderschrank, machte aber keine Anstalten, sich zurückzuziehen und ihre Intimsphäre zu wahren.

Sie nahm ihren ganzen Mut zusammen. »Würdest du … würdest du bitte draußen warten?«

Sein Blick schoss zum Fenster. »Ich denke, nein.«

»Nimmst du wirklich an, ich würde aus dem Fenster springen? Wir sind im zweiten Stock. Ich würde mir den Hals brechen.«

Er knirschte hörbar mit den Zähnen. »Du hast noch vier Minuten. Versuch gar nicht erst, die Tür zu verriegeln. Sonst wirst du es bereuen.«

Er ging hinaus und zog die Tür bis auf eine Handbreit zu. Sie wusste, er stand unmittelbar dahinter, einen Fuß auf der Schwelle, damit sie sie nicht zudrücken konnte. Er war darauf gefasst hereinzustürmen, sollte sie etwas zu seinem Nachteil unternehmen.

Hastig zog sie sich Unterhemd und Kleid an, dann griff sie

zu ihrem schwarzen Umhang mit dem Hermelinbesatz, denn er hatte zwei in die Seitennähte eingelassene Taschen, und wie an dem Tag, als sie ins Hafenviertel gefahren waren, nahm sie ihre Pistole aus der Schublade und steckte sie ein.

Sie schloss den Mantelhaken über der Brust und trat auf die Tür zu, als Henry – *Morton* – sie aufstieß. Kurz musterte er sie, und offenbar zufrieden trat er beiseite und bedeutete ihr mit einer knappen Kopfbewegung vorauszugehen.

»Du gehst die Treppe hinunter und zur Hintertür raus. Vor dem Stall wartet eine Kutsche. Und mach keinen Laut.«

»Wohin bringst du mich?«

»Wo wir sicher sind.«

Sicher? Das klang nicht gut. Es klang, als sollte es für ihn sicher sein, nicht für sie. Sie begriff. Er würde sie nicht hier töten – das wäre für ihn zu riskant. Stattdessen wollte er sie irgendwohin bringen, wo es für ihn »sicher« war, und sie dort beseitigen. An einem Ort, wo man von ihrem Tod nicht auf ihn schließen würde. Wie konnte er das tun? Eine Frau ermorden, um die er einmal geworben hatte?

»Bist du nun auch ein Mörder, Henry?« Das rutschte ihr heraus, ehe sie sich besinnen konnte.

»Nein«, sagte er, wich ihrem Blick jedoch aus. »Geh schon.« Er deutete zur Treppe. Sie stieg hinunter, und er folgte dichtauf. Deutlich fühlte sie die Mündung des Pistolenlaufs an ihrem Rücken. Sie verließen das Haus durch die Hintertür.

Es war kalt draußen, der Himmel wolkenlos. Der Mond schien hell, und über ihr leuchteten Millionen Sterne.

Morton stieß sie zu der wartenden Kutsche.

Ihre Pistole schlug ihr beim Gehen beruhigend gegen den Oberschenkel. Ihr wurde ein wenig übel, als ihr einfiel, dass sie die Waffe gar nicht zu handhaben wusste. Sie hatte noch nie mit einer Pistole geschossen.

Dennoch: Sie würde abwarten bis zu einem Moment, wo er mit Gegenwehr am wenigsten rechnete, und dann die Waffe hervorziehen. Dann war er hoffentlich in einer Lage, wo ihm nichts anderes übrig blieb, als sie gehen zu lassen. Hoffentlich würde sie nicht schießen müssen.

Ihre Übelkeit wurde schlimmer. Sie war froh, dass sie nichts zu Abend gegessen hatte, denn jetzt käme es ihr gewiss wieder hoch.

Morton öffnete den Kutschenschlag, und sie stieg ein. Als sie sich umdrehte, um sich hinzusetzen, fiel ihr Blick auf das offene Fenster des Speisezimmers. Morton hatte die Scheibe eingeschlagen und war eingestiegen. Sie hatte kein Glas klirren hören, und die Diener offenbar auch nicht. Es musste wohl einen Kniff geben, um dabei Lärm zu vermeiden, und außerdem lag im Speisezimmer ein großer Teppich, sodass die Scherben weich gefallen waren.

Morton stieg hinter ihr ein und zog den Schlag zu. Im nächsten Moment fuhr die Kutsche los. Emma rutschte ans Ende der Bank, möglichst weit von Morton weg.

Dieser hielt weiterhin die Pistole auf sie gerichtet, die Hand auf den übereinandergeschlagenen Knien aufgestützt.

»Ich könnte dich jetzt umbringen«, sagte er leise. »Es wäre ganz einfach. Und es würde alle Schwierigkeiten beseitigen. Begreifst du das? Dass ich alle meine Probleme mit dir zusammen loswerden kann?« Er seufzte, als wäre es grausam von ihr, ihn in diese unhaltbare Lage zu bringen.

»Nein, du wirst deine Probleme damit nicht los«, widersprach sie zuversichtlich. »Luke wird dich verfolgen.«

»Lord Lukas Hawkins?«, höhnte er. »Von dem hörte ich zuletzt, er säße wegen Betrugs im Gefängnis. Die Beweise gegen ihn sind eindeutig. Ich bin sicher, man wird ihn hängen.«

Also wusste er noch nichts von Lukes Entlassung. Er zog

die Brauen hoch. »Den Galgen hat er verdient, meinst du nicht auch? Meine Frau in sein Haus zu holen wie eine gemeine Hure …« Er schnaubte empört.

Emmas Magen zog sich zusammen.

»Aber von dir hätte ich das auch nicht erwartet, Emma.«

»Ich war verwitwet«, zischte sie. Dann kniff sie die Lippen zusammen und weigerte sich, noch das Geringste dazu zu sagen. Vor diesem Menschen brauchte sie sich gewiss nicht zu rechtfertigen. Stattdessen fragte sie ruhig: »Das ist also dein Ziel? Lord Lukas hängen zu lassen für ein Verbrechen, das er nicht begangen hat, und dann mich zu töten, damit dich niemand mehr anzeigen kann? Aber du bist doch kein Mörder, das hast du selbst gesagt.«

»Ich kann aber auch nicht zulassen, dass du mich anzeigst. Verstehst du nicht? Hier heißt es, du oder ich.«

»Und wenn ich dich nicht anzeigen würde?«, fragte sie ruhig. Sie hasste diesen Mann zutiefst. Es erfüllte sie mit Abscheu, wie er davon sprach, ihr das Leben zu nehmen, als ginge es um eine geschäftliche Angelegenheit. »Ich verlange lediglich, dass mein Vater sein Geld zurückbekommt.«

Er lachte schallend.

»Und Luke – Lord Lukas braucht die nötigen Informationen, um seine Mutter zu finden. Gib uns einfach unser Geld und die Informationen, und wir lassen dich in Frieden.«

»Aber du bist meine Frau, Emma. Oder hast du das schon vergessen?« Sein Ton war weich.

»Du bist tot, Henry. Oder hast *du* das vergessen?«

Er schaute sie verblüfft an. Ja, sie hatte sich in der Zwischenzeit verändert. Die Umstände hatten sie gezwungen, stark zu werden. Sie war jetzt eine tatkräftige Frau, eine, die ein Jahr lang für das Überleben ihrer Familie gesorgt hatte.

Hoffentlich würde Morton das Ausmaß ihrer neuen Stärke

bald kennenlernen. Nämlich wenn sie ihn zwang, das Geld ihres Vaters zutage zu fördern und die Herzoginwitwe noch dazu. Und wenn sie ihn für seine Schandtaten verhaften ließ.

»Wie bist du an diesen Hawkins geraten?«, fragte er. »Hast du gedacht, du kannst dir den Bruder eines Herzogs angeln, um das Vermögen deines Vaters zu schonen?«

»Damit hat das nichts zu tun.« Sie hielt sich am Griff des Kutschenschlags fest, als sie über eine tiefe Wagenspur rumpelten. »Er kam nach Bristol, um einen gewissen Roger Morton zu suchen, und ich ebenfalls, also ...«

»*Du* hast nach Morton gesucht?«

»Du bist nicht so spurlos verschwunden, wie du geglaubt hast, Henry. Du hast welche von Mortons Papieren zurückgelassen. Über ein Jahr lang habe ich geglaubt, er hätte dich umgebracht.«

Er zog die Brauen hoch.

»Lord Lukas und ich sind der Spur nach London gefolgt.«

»Wo ihr irgendwie mein Büro entdeckt habt.«

»Also bist du Roger Morton«, murmelte sie. »Welcher ist der echte Name? Bist du Henry oder Roger? Oder sind beide Namen falsch?«

Er zog ein unwilliges Gesicht, dann zuckte er die Achseln, als fände er es plötzlich unerheblich, ob sie die Wahrheit kannte oder nicht. Was sie in ihrem Verdacht bestärkte, dass er plante, sie zu ermorden. »Mein wirklicher Name ist Roger Morton.«

Sie atmete erleichtert aus. Sie war sich ziemlich sicher gewesen, alles hatte darauf hingedeutet. Dennoch traf es sie, dass er in betrügerischer Absicht um sie geworben hatte. Vom ersten Moment an hatte er ihr etwas vorgespielt.

»Du bist trotzdem meine Frau«, brummte er jetzt.

»Sei bitte nicht scheinheilig.«

Er kniff seine dunklen Augen zusammen. »Du hast ihn in dein Bett gelassen, stimmt's?«

»Das geht dich nichts an.«

»Da wäre das Gericht aber anderer Meinung.«

»Meinst du? Möchtest du etwa gegen Luke ein Gerichtsverfahren anstrengen? Nachdem du mich unter falschem Namen geheiratet, deinen Tod vorgetäuscht und meine Familie beraubt hast?« Sie schnaubte verächtlich. »Würde das Gericht unsere Ehe überhaupt für gültig ansehen?«

»Henry Curtis hat existiert, Emma. Ich kann wieder in seine Rolle schlüpfen. Ganz leicht.«

»Das möchtest du?«, fragte sie und hörte, wie bitter sie klang. »Mit mir nach Bristol zurückkehren und unser altes Leben wiederaufnehmen?«

Darauf schaute er mürrisch. »Natürlich nicht. Dieses monotone Einerlei war nichts für mich.«

Offensichtlich.

»Wo ist unser Geld, Henry? Oh, verzeih, *Mr. Morton.*«

Seine Miene wurde ausdruckslos. »Euer Geld? Ich weiß nicht, wovon du redest.«

»Von dem Geld, das du meinem Vater gestohlen hast.«

»Ich habe nichts gestohlen.«

»Du gibst also zu, dass du mich unter falschem Namen geheiratet und deinen Tod vorgetäuscht hast, aber du willst behaupten, meinen Vater nicht bestohlen zu haben? Wenn du es nicht des Geldes wegen getan hast, warum dann? Meinetwegen jedenfalls nichts. Du bist ein Lügner und ein Dieb.«

Er betrachtete sie mit halb gesenkten Lidern. Wie eine Schlange, die noch abschätzt, ob sie den Störenfried vor ihrem Nest angreifen soll, dachte sie.

Sie blickte auf die Pistole, die nach wie vor auf sie gerichtet war, und holte langsam und tief Luft. Ja, er wollte sie töten. Er wartete nur auf den rechten Augenblick und den passenden Ort, damit er sich hinterher als Unschuldigen hinstellen konnte. Er war ein abgefeimter, hinterlistiger Lügner. Das durfte sie keinen Moment vergessen, auch wenn er noch immer so aussah wie der Mann, den sie einmal zu lieben glaubte. Sie durfte sich nicht noch einmal von ihm einwickeln lassen.

»Ich schlage vor, du hörst jetzt mal auf, mich zu beschuldigen, Emma. Ich glaube nicht, dass du in der richtigen Position dafür bist.« Er blickte demonstrativ auf seine Pistole.

Sie atmete tief durch. Er würde sie sicher nicht während der Fahrt durch London erschießen. Selbst mitten in der Nacht gäbe es Zeugen, und das wäre für ihn von Nachteil. Andererseits war er auch bisher nicht immer vorsichtig gewesen. Er hatte den Tod Henry Curtis' vorgetäuscht, aber in dessen Wohnung Papiere mit dem Namen Roger Mortons zurückgelassen. Er war ein Verbrecher, allerdings nicht der umsichtigste.

Wenn sie ihn zu sehr verärgerte – woran sie nicht zweifelte –, würde er sie auch mitten in London erschießen. Zu seinem Nachteil ... und zu ihrem.

Sie kaute auf der Unterlippe. »Dann sei so gut und verrate mir eins«, sagte sie sanft. »Worum ging es bei dieser Sache mit der Herzogin von Trent?«

Morton grinste schief und lehnte sich entspannt gegen das Rückenpolster, hielt aber die verflixte Waffe weiter auf sie gerichtet. »Das Weib ist ein wahrer Zankteufel, wusstest du das?«

Sie schüttelte den Kopf.

»Warum fragst du? Heißt es etwa, ich hätte sie entführt und beseitigt?«

»Da ist sich niemand so sicher«, murmelte sie.

»So war es überhaupt nicht.« Er lachte spöttisch. »Ich habe sie einen Monat lang ertragen, weil ich einem alten Mann Geld schuldete. Er erließ mir die Schuld im Austausch für meine Dienste.«

»Ah … eine Wette, also? Wie damals, als du gewettet hast, ich würde innerhalb von drei Monaten ein Kind erwarten?«

Er zog die Brauen hoch. »So ähnlich, ja. Also hat Van Horne sein Geld verlangt?«

Sie blieb still, faltete fest die Hände im Schoß, um ihm nicht an die Gurgel zu gehen. »Das hat er.«

Er runzelte die Stirn. »Wie viel war es noch gleich? Hundert Guineen?«

»Fünfhundert«, brachte sie heiser hervor.

»Ah.« Morton machte eine wegwerfende Geste. »Ja, diese Wette war so ähnlich. Als er anbot, mir die Schuld zu erlassen, wenn ich ihm dafür die Herzogin bringe, schien mir das eine einfache Sache zu sein. Außerdem dachte ich zu dem Zeitpunkt, es könnte ganz unterhaltsam werden. Ich brauchte ein bisschen Aufmunterung.«

»Wer war der Mann?«

»Ein alter Zigeuner.« Morton schüttelte den Kopf. »Er hatte das Benehmen eines englischen Gentlemans, aber von allen Schurken seines Volkes war er gewiss der übelste.«

»Also hast du die Herzogin entführt?«

Er schnalzte mit der Zunge. »Entführt? Aber nicht doch, Emma«, erwiderte er gedehnt. »So war es ganz und gar nicht. Sie kam ganz freiwillig mit, nachdem sie einmal aufgehört hatte, mir ihre Vasen an den Kopf zu werfen.«

Emma schaute verwirrt. »Aber … wieso das?«

»Das ging mich nun wirklich nichts an. Aber soweit ich mitbekommen habe, war sie mal seine Geliebte. Und er wollte sie zurückhaben.«

»*Wie bitte?*«

»Überrascht dich das etwa?«

Den Blick in den Schoß gesenkt, ging sie in Gedanken durch, was Luke ihr von seiner Mutter erzählt hatte. Die Herzogin hatte viele Liebhaber gehabt und mindestens zwei uneheliche Kinder bekommen. Warum sollte unter ihren Liebhabern nicht auch ein Zigeuner gewesen sein?

»Warum ist er nicht selbst zu ihr gegangen?«

»Ha, du klingst schon wie sie. *Warum ist er nicht selbst zu mir gekommen?* So hat sie mich angekreischt. Sagen Sie ihm, ich komme nicht. Da muss er mich schon holen. Aber das konnte er nicht, deshalb hatte er mich ja damit beauftragt. Schließlich konnte ich sie überzeugen mitzukommen.«

»Du hast sie nach Wales gebracht?«

»Ja, nach Cardiff.« Er blickte sie mit dunklen Augen an. »Ganz nah bei meiner Emma. Ich habe ab und zu nach dir gesehen, weißt du.«

Ihr wurde schlagartig heiß vor Zorn. Dann hatte er zweifellos auch gesehen, wie sie nach und nach die Möbel verkaufen musste. Er hatte keinen Finger gerührt, um ihr die Situation zu erleichtern. »Dazu hattest du kein Recht«, fauchte sie.

»Darüber lässt sich streiten«, erwiderte er ruhig.

»Du kannst wohl kaum Rechte geltend machen, wenn du zu der Zeit ... von Rechts wegen verstorben warst.«

Er zuckte bloß die Achseln. Er fand es wohl nicht lohnend, darüber zu streiten. Auch wenn er sich jetzt noch als verheiratet betrachtete, würde er es jedenfalls nicht mehr sein, sobald er sie erschossen hatte.

Sie wechselte das Thema. Mit diesem war nichts zu gewinnen. Aber um Lukes willen wollte sie erfahren, was aus seiner Mutter geworden war.

»Du hast sie also nach Cardiff gebracht. Was ist dann passiert?«

»Wir haben auf den Zigeuner gewartet. Und der hat sich

mächtig Zeit gelassen. Ich denke, er wollte mich so lange wie möglich mit dieser launischen Xanthippe quälen. Er hat mich erst von ihr erlöst, als ich schon fast so weit war, sie zu erwürgen.«

»Wie hieß der Mann?«

Einen Moment lang blickte er sie an. Dann kam er erneut zu dem Schluss, dass es wohl keine Konsequenzen hätte, wenn er es ihr verriet. »Sein englischer Name war Steven Lowell. Wie er sich in seiner eigenen unchristlichen Sprache nannte, weiß ich nicht.«

Emma prägte sich den Namen ein. »Er kam also und hat die Herzogin abgeholt. Wie hat sie ihn empfangen?«

»Ich war bei dem trauten Wiedersehen nicht dabei«, antwortete er trocken. »Lowell fing mich auf der Straße ab und sagte, er brauche mich ab sofort nicht mehr. Ich habe Cardiff auf der Stelle verlassen. Ich hatte genug von der Stadt.«

»Weißt du, wohin er mit ihr wollte?«

»Natürlich nicht. Ich nehme an, er reist mit ihr herum. Tun das Zigeuner nicht? Ziehen die nicht von einer Wiese zur andern und schlagen ihr Lager auf, ohne danach zu fragen, wem sie gehört?«

»Du sagtest doch, er habe das Benehmen eines Gentlemans. Darum dachte ich, er hätte irgendwo ein Haus.«

Morton schnaubte. »Das bezweifle ich.« Er machte eine wegwerfende Geste. »Aber es spielt keine Rolle. Ich habe mit den beiden nichts mehr zu schaffen. Es ging nur darum, von der Wettschuld befreit zu werden.«

Und was war mit dem Geld, das er Emma schuldete? Ihr lag eine bissige Bemerkung auf der Zunge, doch sie verkniff sie sich. Es hätte keinen Sinn. Morton hatte alles zugegeben außer diesem abscheulichen Verbrechen und schien nicht geneigt, es jetzt zu gestehen.

Von all seinen Verbrechen war es wohl dieses, wofür man ihn am Ende hängen würde. Da gestand er es nicht mal einer Frau, die er in Kürze umbringen wollte.

Sie nickte und rückte sich auf ihrem Platz zurecht, um das tröstliche Gewicht in ihrer Manteltasche zu spüren. Wann sollte sie die Pistole einsetzen? Sicher wäre es unklug, sie jetzt zu ziehen, wo er seine noch in der Hand hielt.

Sie biss die Zähne zusammen. Ihre Angst machte sie allmählich unsicher. Immer wieder musste sie an Luke denken. Wenn er betrunken am frühen Morgen heimkehrte, würde er zu ihrem Zimmer hinaufsteigen? Sie hatte die Zimmertür offen gelassen, damit er sofort bemerkte, dass sie fort war. Was würde er daraus schließen, wenn er das zerwühlte Bett sah?

Wenn er noch wütend auf sie war, würde er dann überhaupt hinaufgehen? Und selbst wenn, was konnte er denn tun? Sie wusste nicht, wohin Morton mit ihr fuhr, und Luke konnte es erst recht nicht wissen.

Sie schloss die Augen. Die Trennung von Luke fühlte sie als brennenden Schmerz in der Brust, der mit der Entfernung stärker wurde. Sie durfte nicht darauf zählen, dass er die Verfolgung aufnahm.

Tief im Innern wusste sie ohne jeden Zweifel, dass er es tun würde, sobald er das leere Bett sah. Auch wenn er sie schon oft allein gelassen hatte und jetzt wütend auf sie war, sie war ihm wichtig. Ganz sicher.

Er würde die Verfolgung aufnehmen, wenn er irgend konnte. Er würde sie retten. Diese schlichten Gedanken beruhigten sie, obwohl ihr die Stimme der Vernunft sagte, dass er wahrscheinlich nicht kommen würde.

19

Luke hatte Morton in London nicht aufgetrieben. Er war zu dessen Büro gefahren, hatte eine der geschwärzten Scheiben eingeschlagen und alles durchwühlt. Er fand noch mehr Namen und Adressen – darunter auch eine, die ihn aufmerken ließ: die Adresse des Hauses, das Morton gekauft hatte. Es befand sich in der Gemeinde von Chiswick, ein paar Meilen außerhalb von London.

Nachdem er das Lagerhaus verlassen hatte, ritt er nach Soho zum Haus von Mortons Schwester. Obwohl es inzwischen später Abend war, empfing sie ihn in ihrem ärmlichen Salon und servierte ihm Tee, vermutlich den Rest vom Nachmittag.

»Ich bedaure außerordentlich, Sie um diese Stunde zu stören«, sagte er zu Mrs. O'Bailey, »aber ich muss Sie dringend einiges fragen, das Ihren Bruder betrifft.«

»Natürlich, Mylord. Was möchten Sie wissen?«

Leicht befremdet blickte er sie an. Das rasche Entgegenkommen mochte verdächtig erscheinen, andererseits gab es dafür eine einfache Erklärung: Er war der Bruder des Herzogs von Trent.

Heute Abend hatte er nicht die Kraft, sich darüber zu ärgern.

Er fragte, ob sie von Mortons Geschäften in Bristol etwas wisse. »Nein, Sir«, sagte sie. »Ich wusste gar nicht, dass er in Bristol zu tun hat.«

»Haben Sie mal den Namen Henry Curtis gehört? Er war ein Geschäftspartner Ihres Bruders.«

»Nein, Sir.«

»Glauben Sie, die Investitionen Ihres Bruders waren erfolgreich?«

Darüber schien sie einen Moment nachzudenken. »Nun«, sagte sie dann, »das nehme ich an, aber wir haben kaum darüber gesprochen.«

»Wohnt Ihr Bruder ausschließlich in London?«

»Ja, Mylord. Außer wenn er geschäftlich verreist.«

»Was für Geschäfte sind es denn, die ihn aus London wegführen?«

»Ich weiß es nicht genau, glaube aber, dass es um Bergbau geht.«

Die Frau war ein so schlichtes, ehrliches Gemüt, er brachte es nicht über sich, ihr die Wahrheit zu sagen. Er wollte nicht derjenige sein, der ihr Bild von dem anständigen, hart arbeitenden Bruder zerstörte. Sonst hätte er ihr sagen müssen, dass Morton ein Betrüger war, den er an den Galgen bringen wollte.

Er dankte ihr und ging. Draußen schaute er in die Richtung, wo es zum Cavendish Square ging – und zu Emma –, doch er ritt nicht nach Hause. Noch nicht. Das wollte er erst tun, wenn er einen handfesten Beweis gefunden hatte, den sie gegen Morton verwenden konnten.

Sie.

Emma hatte sich über ihn hinweggesetzt. Sie hatte ihm nichts zugetraut, und sie hatte einen schweren Vertrauensbruch begangen. Er sollte schäumen vor Wut.

Aber sie hatte sich entschuldigt, ganz aufrichtig – so gut kannte er sie. Und gegen seinen Willen, trotz aller Verbitterung, hatte er ihr verziehen. Scheinbar hatte sie ihn milder gemacht.

Er liebte sie. Wie könnte er der Frau, die er liebte, lange böse sein?

Sosehr ihn der Verrat noch schmerzte, war er doch im

Grunde überzeugt, dass sie nur aus Angst und Sorge um ihn so gehandelt hatte.

Anstatt zum Cavendish Square zurückzukehren, ritt er zu Sams Haus. Er hegte nicht das Verlangen, Trent gegenüberzutreten, aber er wollte sich mal mit Sam unterhalten.

Er band sein Pferd an und klopfte an die Haustür. Der Diener öffnete und führte ihn in das Arbeitszimmer. Wie immer saß Sam am Schreibtisch und schrieb, wahrscheinlich einen Bericht über einen erledigten Geheimauftrag. Er sah erstaunt auf, als Luke eintrat, stand aber nicht auf, um ihn zu begrüßen.

Luke verzichtete ebenfalls auf Etikette. Er ging zielstrebig auf den freien Stuhl zu und ließ sich seufzend darauf nieder.

Es gab keinen Grund, um den heißen Brei herumzureden. »Sie hat es dir gesagt.«

Sam wusste sofort, wovon die Rede war.

»Das tat sie«, bestätigte er freundlich.

»Und du hast es Trent gesagt.«

Sam nickte. Er legte die Feder hin und stützte das Kinn auf die Hände.

»Warum?«, fragte Luke.

»Ich fand, er sollte es erfahren.«

»Das sehe ich anders.«

Sam lächelte schief. »Das war offensichtlich, da du dich zwanzig Jahre lang nicht herabgelassen hast, es ihm – oder einem anderen von uns – zu erzählen.«

Luke fasste hart um seine Knie. »Das war mein Problem, mit dem ich allein fertigwerden musste.«

Sam schnaubte. »Du warst noch ein Kind.«

»Du auch«, gab er zurück.

»Aber ich war älter«, erwiderte Sam. »Ich hätte dich beschützen können.«

Luke blickte innerlich stöhnend zum Himmel.

Sam kniff die Lippen zusammen. »Es ist die Pflicht der gesamten Familie, ein Kind zu beschützen. Wir haben dich im Stich gelassen.«

Luke rutschte nervös auf dem Stuhl hin und her und fühlte sich mit jedem Moment unwohler. Er schaute in den Schoß, halb überwältigt von einem Gefühl, das er nicht benennen konnte. Er holte tief Luft. »Ich bin hier, um ...« Seine Stimme schwankte. Er räusperte sich und setzte neu an. »Ich werde es nicht dulden, dass darüber gesprochen wird. Die Sache ist lange her. Es ist vorbei.«

»Nicht für dich offenkundig. Mrs. Curtis sagt, du hast Albträume.«

Luke schloss die Augen. Noch eine Indiskretion. »Lass es gut sein, Sam.«

»Meinetwegen«, sagte Sam viel zu bereitwillig. Als Luke die Augen öffnete, sah er Sams Augen funkeln. »Ein Rat nebenbei, Luke: Du musst aufhören, alles, was Trent für dich tut, herabzuwürdigen.«

»Was soll das heißen?«, fragte Luke.

»Alles, was er für dich tut, entspringt tiefer Zuneigung. Aber das scheinst du nicht zu sehen. Selbst wenn er es arrangiert, dich von einem Verbrechen freisprechen zu lassen, für das man gehängt wird, findest du zweifellos eine Möglichkeit, ihm das vorzuwerfen. Die Wahrheit ist jedoch, er hat heute das Parlament nur aus einem einzigen Grund eher verlassen und alles Menschenmögliche dafür getan, damit du von der Anklage freigesprochen wirst. Und das hat er getan, weil du sein Bruder bist. Er liebt dich.«

Das Wort Liebe traf Luke bis ins Mark. In Sam Hawkins' Haus wurde damit nicht gerade um sich geworfen.

Er starrte in das unergründliche Gesicht seines Bruders.

»Verzeih Trent«, sagte Sam ruhig. »Er bringt seine Liebe nicht immer auf die erträglichste Weise zum Ausdruck und neigt dazu, dich auf die Palme zu bringen. Teufel noch mal, du bringst ihn auch gern auf die Palme. Aber er meint es gut. Dass sein Vater dich misshandelt hat, hat ihn umgehauen.«

»Ich ... ich wollte das nicht ...«, stieß Luke hervor.

»Was willst du dann?«

»Er sollte überhaupt nicht davon erfahren.«

»Dafür ist es jetzt zu spät«, sagte Sam in selten sanftem Ton. »Er weiß es. Esme ebenfalls, und zweifellos werden auch Theo und Mark es bald erfahren. Du wirst damit leben müssen.«

Luke warf frustriert die Hände hoch.

»Warum wühlt dich das denn derart auf, Luke? Denkst du, du stehst damit schwach da? Wir hielten dich deswegen nicht für einen ganzen Mann?«

Die Frage traf ihn wie ein Schlag in die Magengrube. Er starrte seinen Bruder an. »Vielleicht.«

»Das ist Unsinn«, erklärte Sam rundheraus. »Du warst noch ein Junge.«

»Genau. Das ist alles lange her. Darum will ich mich damit jetzt nicht länger aufhalten, und ihr solltet es auch nicht tun.«

»Dein Vater hat dich brutal misshandelt.«

»Nicht mein Vater«, widersprach Luke rasch.

»Dann eben der Mann, den du für deinen Vater gehalten hast. Solche Wunden heilen nicht so schnell.« Sams sonst so ausdruckslose Augen waren voller Mitgefühl. Er wusste, was es hieß, ständig einzustecken. Vielleicht nicht auf dieselbe Art wie Luke, aber er hatte auf dem Schlachtfeld gestanden und war verwundet worden. Zwei Ehefrauen und ein Sohn waren ihm gestorben.

»Wie lebst du damit, Sam?«, fragte Luke.

»Von einem Tag auf den anderen«, antwortete er leise. »Ich

kann nicht sehr weit vorausdenken. Wenn ich nur an heute denke, kann ich es ertragen.«

Es war seltsam, aber Luke hatte das Gefühl, als könne er seinen gleichmütigen Bruder jetzt erst richtig verstehen. Sam hatte es im Leben schlimmer getroffen als ihn. Luke wollte sich nicht einmal vorstellen, wie es ihm ginge, wenn Emma ums Leben käme. Er wusste nur, er würde ein für alle Mal wahnsinnig werden.

»Manchmal kommt es mir vor, als ob ich wahnsinnig werde«, sagte Luke leise. »Als ob *er* mich in den Wahnsinn treibt.«

»Ich weiß«, sagte Sam. »Das tut er ganz sicher, in deinem Kopf. Er will dich ins Tollhaus bringen. Aber du schlägst ihn schon so lange immer wieder zurück, da habe ich keine Zweifel, dass du ihn irgendwann besiegst. Erst recht, da du jetzt Mrs. Curtis hast.«

Luke fuhr auf. »Was ist mit Mrs. Curtis?«

Sams Miene wurde ein wenig weicher. »Ach komm, Luke ...«

»Was ist mit ihr?«, beharrte Luke.

»Sie ist eine Löwin.«

Luke blickte argwöhnisch. »Was soll das heißen?«

»Sie war bereit, jeden mit Klauen und Zähnen anzufallen, der dir Übles nachsagt. Sie hat hart für dich gekämpft und mit großer Leidenschaft.« Sam klang beeindruckt.

»Tatsächlich?«

»Ja. Und ich dachte, sie bringt mich um, als ich sagte, wir müssen damit zu Trent gehen. Sie flehte mich an, es nicht zu tun. Doch im Interesse der Zweckdienlichkeit gab es keine andere Wahl. Ich musste Sarah und Esme bitten, sie zu beruhigen. Dennoch lief sie den ganzen Nachmittag auf und ab wie eine Löwin im Käfig. Und als Esme und ich sie zum Cavendish Square brachten, fauchte sie uns an, wenn auch nur einer von uns deinen Namen in den Mund nahm.«

Luke merkte überrascht, wie sich seine Mundwinkel nach oben zogen. »Tatsächlich?«, sagte er weich, und seine Liebe für Emma durchströmte ihn warm. Er wollte heim zu ihr. Ihr sagen, wie sehr er sie liebte. Sie bitten, ihm seinen Zorn zu verzeihen.

Jedoch hing das Problem ihres Ehegelöbnisses und ihre Weigerung, es wissentlich zu brechen, wie eine dunkle Wolke über ihnen. Auch wenn er zu gern sofort mit ihr ins Bett gehen und sie bis zum Morgen lieben wollte, die Tatsache blieb bestehen, dass sie ihm nicht erlaubte, sie zu berühren.

Und da blieb noch die Sache mit Roger Morton. Wer immer der Kerl eigentlich war, Luke musste ihn finden und den Fall ein für alle Mal lösen.

»Trent sagte, wenn Morton sie unter falschem Namen geheiratet hat, würde die Ehe annulliert werden. Ist das wahr?«, fragte er Sam.

»Ja. Aber nach allem, was passiert ist, meinst du nicht, Morton wird sowieso gehängt? So oder so ist es gleich. Am Ende wird sie frei sein.«

Es ist keineswegs gleich, dachte Luke. Wenn Morton als ihr Ehemann an den Galgen käme, würde sie das Stigma tragen, die Witwe eines Verbrechers zu sein, ganz zu schweigen davon, dass sie als verheiratete Frau Lukes Geliebte gewesen war. Und wie er Emma kannte, würde sie glauben, sie müsse noch ein Jahr Trauer tragen, bevor sie wirklich sein werden konnte.

Wenn die Ehe dagegen annulliert würde, wäre sie frei und unbefleckt. Sie würde sich nicht als Ehebrecherin fühlen. Sie würde ein neues Leben beginnen können.

Luke musterte das Gesicht seines Bruders. »Du auch?«, fragte er leise. »Du meinst auch, ich sollte sie heiraten?«

»Natürlich. Du wärst dumm, es nicht zu tun. Du hast in deinem Leben zwar viele dumme Entscheidungen getroffen, mein lieber Bruder, aber ich denke, so dumm bist du nicht, dass du dir diese Frau durch die Lappen gehen lässt. Sie ist eine wackere Person. Sie wird dir zur Seite stehen und für dich kämpfen. Und das Beste von allem: Sie liebt dich.«

Schon wieder dieses Wort.

Verdammt.

Luke wurde es langsam zu viel. Er sollte gehen. Er hatte heute Abend noch viel zu erledigen, und es war schon spät. Er stand auf.

»Ich hoffe, du reitest nach Hause, um sie um ihre Hand zu bitten«, sagte Sam leise lächelnd.

»Noch nicht. Ich reite nach Chiswick. Morton hat dort ein Haus gekauft. Vielleicht erwische ich den Kerl da.«

»Ich nehme an, du willst auf keinen Fall, dass Trent und ich mitkommen.«

Luke griff hart um die Kante der Stuhllehne. Im ersten Moment war er zu bewegt, um zu sprechen. Dann sagte er: »Lass mich das allein tun, Sam.«

»Ich hoffe, du kriegst es in deinen Dickschädel rein, dass wir dir nicht helfen wollen, weil wir dich für unfähig halten, sondern weil du uns am Herzen liegst. Ich weiß, das ist eine ganz fremde Vorstellung für dich, aber es ist eine natürliche Regung bei Menschen, denen zu helfen, die sie sehr schätzen. Versprich mir, dass du das im Hinterkopf behältst.«

Luke konnte sich nicht rühren, geschweige denn solch ein Versprechen abgeben.

Sam seufzte. »Heute Nacht werden wir uns von Chiswick fernhalten. Aber wenn du bis morgen Mittag nicht zurück bist, kann uns keine Armee der Welt mehr aufhalten. Hast du verstanden?«

»Ich werde Morton stellen, das verspreche ich dir«, brachte Luke mühsam hervor. »Danach finde ich unsere Mutter.«

Sam seufzte. »Ich hoffe, so wird es sein, Luke. Ich hoffe es zutiefst.«

Es dauerte fast eine Stunde, bis Luke bei der Adresse in Chiswick ankam. Er ritt eine lange, überwucherte Auffahrt entlang, froh über den wolkenlosen Himmel und den Mondschein. Ein Stück vom Haus entfernt zügelte er sein Pferd. Es war ein großes Haus, das früher einmal prachtvoll gewesen war, aber jetzt heruntergekommen aussah. Der Putz blätterte ab, der Rasen war zur Wiese geworden. Es lag still und dunkel da. Wenn dort jemand wohnte, dann schlief er jetzt wahrscheinlich.

Luke stieg aus dem Sattel, band sein Pferd hinter ein paar Bäumen an und schlich um das Haus herum zur Rückseite. Er achtete darauf, wohin er trat, und hielt sich im Schatten, um nicht gesehen zu werden, sollte gerade jemand am Fenster stehen. Nach allem, was er sah, als er ein Loch in die Schmutzschicht an den Fensterscheiben wischte und nach drinnen spähte, war das Haus unbewohnt.

Er probierte die Türen – die alle abgeschlossen waren – und die Fenster eines nach dem anderen. Endlich fand er eines, das sich zwei Zoll weit hochschieben ließ, griff um den Rahmen und stemmte es weiter auf. Dann schwang er ein Bein übers Fensterbrett und sprang in den Raum.

Er landete in der Hocke auf dem Boden einer großen Küche. In der Mitte stand ein langer Tisch, darauf ein paar umgedrehte Stühle, alles mit einer dünnen, gleichmäßigen Schmutzschicht bedeckt. Als er einen Schritt ging, wirbelte er Staub auf, und ein kleines Tier, dessen Bezeichnung ihn nicht interessierte, huschte über den Holzboden.

Die Küche bestätigte seine Vermutung, dass hier niemand wohnte. Es war ein großes Haus, dem man mit viel Arbeit wieder zu Eleganz verhelfen könnte. Das war vermutlich Mortons Absicht. Mit dem Geld von Emma Vater wollte er sich ein stattliches Heim herrichten.

Luke durchsuchte es systematisch. Er ging durch jeden Raum, von den Korridoren im Erdgeschoss mit ihren gestreiften Tapeten und verkratzten Böden bis zu den Salons und Schlafzimmern mit den verrußten Kaminen und den Dienerquartieren unter dem Dach.

Drei der Räume waren bemerkenswert. Der erste war ein ehemaliger Ballsaal, in dem Möbel und andere Gegenstände gestapelt und mit großen Staublaken zugedeckt waren. Als Luke die Laken anhob, fand er lauter Neues von feinster Machart, vergoldete Spiegel, griechische Statuen und Vasen, Teppiche aus dem Orient.

Hier hatte Morton also gelagert, was er von dem gestohlenen Geld erworben hatte.

Der zweite war einmal eine Bibliothek gewesen. Die Möbel einschließlich der Bücherregale waren gleichfalls in der Mitte gestapelt. Seltsamerweise war an einer Wand die Tapete entfernt und die Wand gestrichen worden. In dem dritten Raum war an einer Wand dieselbe weiße Farbe verwendet worden. Er musste als Salon gedient haben. Ein eingestaubtes Klavier stand noch darin, dem mehrere Tasten fehlten, und in einer Ecke hatten sich die Ratten aus alten Zeitungen ein Nest gebaut.

Luke stieg zu den Dienerquartieren hinauf. Es war vollkommen still, geradezu unheimlich still. Er tastete sich durch die Dunkelheit und war erleichtert, sobald er einen nach Westen liegenden Raum betrat, wo der Mond hereinschien.

Schließlich kehrte er nach unten zurück und dachte fieberhaft über verschiedene Möglichkeiten nach, wie er Morton, wenn der das nächste Mal hier aufkreuzte, stellen könnte.

Plötzlich hörte er ein Geräusch und hielt inne. Er horchte. Da war es wieder – es kam von draußen.

Genauer gesagt von der Rückseite des Hauses, und es klang ganz nach Hufschlag und einer Kutsche, die über unebenen Boden rumpelte. Luke lief in die Küche zu dem offenen Fenster, durch das er eingestiegen war, und spähte vorsichtig hinaus.

Der dunkle Umriss einer kleinen Kutsche kam ins Blickfeld, als sie um eine Wegbiegung fuhr. Sie hielt vor den ehemaligen Stallungen. Diese hatte er durchsuchen wollen, nachdem er mit dem Haus fertig war.

Der Kutscher blieb steif auf dem Kutschbock sitzen. Ein Mann stieg rückwärts aus und hielt eine Hand ausgestreckt. Luke erschrak. Der Mann hielt eine Pistole in der Hand, wie im Mondlicht zu erkennen war, und gab damit einem anderen Insassen der Kutsche zu verstehen, er solle aussteigen.

Unwillkürlich griff Luke an seine Pistole, die in seiner Tasche steckte.

Rocksäume erschienen in dem offenen Schlag, ein Damenfuß wurde auf die oberste Stufe gesetzt, und dann erschien sie, und Luke fuhr der Schreck in alle Glieder.

Verfluchter Bastard! Morton hatte Emma.

Luke beobachtete die beiden und war so angespannt, dass er sich kaum rühren konnte. Sie sprachen etwas, aber auf die Entfernung war es für ihn nicht zu verstehen. Morton deutete zum Stall, dann wandte er sich dem Kutscher zu, gab Anweisung, der Kutscher nickte, wendete und fuhr den Weg zurück, den er gekommen war.

Lukes Finger krallten sich um das Fensterbrett. Er konnte Emmas Gesicht nicht erkennen. Das wollte er unbedingt sehen, er wollte wissen, wie es ihr ging.

Doch sie kehrte ihm jetzt den Rücken zu und ging zum Stall,

Morton dicht hinter ihr. Vermutlich hielt er die Pistole auf sie gerichtet.

Zum Teufel mit dem Bastard.

Luke würde nicht tatenlos zusehen, wie dieser Verbrecher seiner geliebten Emma etwas antat.

»Schieb den Riegel beiseite«, befahl Morton, als Emma vor der Stalltür stand. Sie gehorchte, da er weiterhin mit der Pistole auf sie zielte.

Sie hatte durch das Kutschenfenster nicht viel sehen können, als sie auf das Haus zugefahren waren. Sie waren eine lange, schmale, kurvige Straße entlanggekommen. Erst als die Kutsche gehalten hatte, konnte sie durch Mortons Fenster das Haus und durch das ihre den Stall sehen. Wo sie waren, wusste sie nicht.

Sie atmete ruhig, um ihre Angst in Schach zu halten. Die Zeit wurde für sie nun knapp. Sollte sie ihre Pistole aus der Tasche ziehen und ihn erschießen, bevor er sie erschießen konnte?

Nein, dafür bin ich nicht schnell genug, dachte sie und spürte, dass die Angst sie bald übermannen würde. Wenn er nur mal für einen Augenblick dieses teuflische Ding woandershin richten würde …

Doch das tat er nicht. Er blieb wachsam, ließ sie kaum einen Moment aus den Augen.

»Was hast du vor?«, fragte sie atemlos.

»Geh nur hinein, Emma.«

Sie tat es. Sie spürte altes Stroh unter ihren Schuhsohlen.

»Geh in die hinterste Box.«

Oh Himmel. Sein Ton gefiel ihr gar nicht. Tief und rau klang er. Auf wackligen Beinen ging sie weiter, bis ans Ende des Stalls. Es war dunkel, aber ihre Augen hatten sich schon daran gewöhnt. Sie sah die Umrisse eines Strohballens.

»Setz dich hin«, sagte Morton darauf deutend, »mit dem Gesicht zu mir.«

Sie gehorchte und blickte zu ihm hoch. Sein Gesicht war verspannt, seine Hand mit der Waffe zitterte.

»Du ... lässt mir ... keine Wahl, Emma«, stieß er hervor. »Leg dich auf den Ballen. Auf den Bauch.«

Er wollte ... sie einfach erschießen.

Lieber Gott.

»Bitte«, wisperte sie. Es war zu spät, um die Pistole zu ziehen, dennoch schob sie die zitternde Hand zur Manteltasche. Das war ihre letzte Chance.

»Du hast mich so weit gebracht«, sagte er mit heiserer, seltsam klingender Stimme. »Das ist nicht meine Schuld. Ich bin kein Mörder, aber du zwingst mich dazu, hörst du? *Du.*«

»Nein«, sagte sie. »Du bist kein Mörder ... Henry. Ich kenne dich.« Sie log, aber sie wusste sich nicht anders zu helfen, als auf ihn einzureden, damit ...

»Leg dich hin«, befahl er scharf. Erbarmungslos hielt er ihr die Waffe vors Gesicht.

Sie gehorchte. Sie legte sich auf den Bauch. Das Stroh stach ihr durch die Kleidung in die Haut.

»Ich würde dich nicht verraten«, wisperte sie.

»Dafür ist es zu spät, nicht wahr, Emma? Der verfluchte Herzog von Trent weiß schon von mir. Mir bleibt nichts anderes übrig, als dich zu eliminieren. Danach fällt mir schon etwas ein, wie ich seinen Verdacht auf dich lenken kann.«

Luke würde das bestimmt nicht glauben. Wenn sie jetzt sterben musste, dann würde sie es mit der Gewissheit tun, dass er an ihre Unschuld glaubte.

Aber sie durfte sich nicht umbringen lassen. Luke brauchte sie. Sie brauchte ihn.

Sie drehte sich wieder um. Morton trat auf sie zu. Der Lauf

der vermaledeiten Pistole näherte sich ihrer Stirn. Jetzt drückte er die Mündung an ihre Schläfe.

Am ganzen Leib zitternd fummelte sie mit den Fingern nach der Taschenöffnung. Sie fand einfach nicht hinein. Sie saß auf einer Mantelfalte, blockierte sie.

Morton spannte den Hahn, und sie holte erschrocken Luft, als sie das metallische Knacken hörte. Lieber Himmel, dachte sie verzweifelt. Wie wenig sie über Schusswaffen wusste! Seine Pistole war die ganze Zeit über gar nicht schussbereit gewesen. Sie hätte eine Chance gehabt, ihn zu erschießen. Wahrscheinlich wäre es ihr gelungen.

Aber jetzt war es zu spät.

Sie sah ihn an, hoffte wider alle Vernunft, er werde es nicht tun.

Luke, dachte sie, ich liebe dich. Bitte glaub mir, ich liebe dich ...

Sie hörten die Schritte gleichzeitig. Im nächsten Moment schlug die Stalltür gegen die Wand.

Morton stellte sich seitlich, versuchte aus dem Augenwinkel zu sehen, wer da kam, ohne den Kopf drehen zu müssen, was jedoch unmöglich war. Schließlich gab er auf und blickte doch zur Stalltür.

Emma hob den Hintern an, um an die Tasche heranzukommen, und wühlte in den Mantelfalten. Gerade als sie mit den Fingern an nacktes Metall stieß, stürmte ein großer Mann in die enge Box. Sein silberner Pistolenlauf schimmerte in der Dunkelheit.

»Luke!« Ihre Stimme schnappte über vor Erleichterung und Angst.

Morton warf sich auf ihn. Sie sah eine Pistole fallen. Die Männer prügelten sich keuchend, taumelten über den strohbedeckten Boden, bis einer den anderen umriss.

»Aufhören!«, schrie sie und hob ihre eigene Waffe, aber sie durfte nicht schießen – die Männer rollten sich raufend hin und her, sie könnte den Falschen treffen.

Morton kam auf die Knie hoch, die Augen erschrocken auf ihre Waffe gerichtet. Ehe sie reagieren konnte, riss er den Arm hoch. Er hielt eine Pistole und zielte auf sie. Schon wieder.

Plötzlich geschah alles ganz langsam, als würde die Zeit in dem Stall gebremst, und Emma sah scharf wie ein Adler jede Kleinigkeit, sah Morton die Augen zusammenkneifen, sah ihn den Zeigefinger am Abzug krümmen.

Ihr eigener zitternder Zeigefinger spannte den Hahn ihrer Pistole.

»Nein!«, brüllte Luke, laut wie der Knall eines Schusses, und Emma fuhr erschrocken zurück. Er warf sich vor sie, schlug ihr die Waffe aus der Hand und riss sie mit. Der Aufprall auf dem Boden trieb ihr den Atem aus der Lunge, und ein viel lauterer Knall dröhnte ihr in den Ohren. Durch Luke ging ein schrecklicher Ruck.

Oh Gott, er hat ihn getroffen!

Morton hat Luke erschossen!

Da polterte etwas zu Boden. Mortons Pistole? Luke lag schwer auf ihr, sie selbst der Länge nach im Stroh. Sie konnte Morton nicht sehen. Luke stöhnte, und sofort war sie alarmiert.

»Luke!« Sie tastete ihn hektisch ab. Mit einem Schmerzenslaut glitt er von ihr herunter, und ihre Rechte war nass von Blut.

Luke versuchte, auf die Knie zu kommen, hatte aber nicht mehr die Kraft. Schon stürzte Morton mit wutverzerrtem Gesicht auf ihn zu.

In dem Moment fuhr Luke halb mit dem Oberkörper hoch und hob den Arm, eine Pistole – Emmas Pistole – in der Hand.

Der Schuss war ohrenbetäubend. Morton taumelte zwei Schritte rückwärts, plumpste auf den Hintern, sackte zusammen und regte sich nicht mehr.

Luke ließ Emmas Waffe fallen, dann sank auch er zu Boden. Hastig drehte Emma sich zu ihm herum.

»Luke ... Luke, wo hat er dich getroffen?«

Seine Lider flatterten. »Emma«, krächzte er und streckte kraftlos die Hand nach ihr aus. »Geht es dir gut?«

»Mir ja, aber dich hat er angeschossen ...« Heiße Tränen strömten ihr übers Gesicht. »Wo ... wo ...?«

»Weiß nicht ... mein Magen ... es brennt ...«

»Bleib still liegen.« Sie schaute zu Morton. Es war nicht zu erkennen, wo er getroffen war. Er regte sich nicht und gab auch keinen Laut von sich. Also war er bewusstlos oder tot.

Sie hoffte auf Letzteres.

»Bleib still liegen. Ich werde Hilfe holen. Ich bin bald wieder da.«

Er griff nach ihrem Handgelenk. »Em ... bleib bei mir. Ich brauche dich, Em.«

Was er brauchte, war ein Arzt. Sanft machte sie sich los.

»Brauch dich bei mir ...«

»Ich liebe dich«, stieß sie leise hervor. »Ich bin bald zurück. Warte hier.«

Seine Lider sanken herab.

»Warte auf mich, Luke!«, befahl sie energisch.

Er verlor das Bewusstsein. Sie schluckte den Schluchzer hinunter, der aus ihrer Kehle aufstieg, stand auf und hastete aus dem Stall, verzweifelt, weil sie ihn allein lassen musste. Wenn er starb, während sie fort war, würde sie nie darüber hinwegkommen.

Sie raffte alle ihre Kraft zusammen und rannte zum benachbarten Anwesen.

20

Luke erwachte am frühen Morgen, als die Sonne ins Zimmer schien. Seine Seite schmerzte, aber nur noch dumpf. Drei Wochen waren vergangen, seit Morton ihn angeschossen hatte. Die Kugel hatte seine Magenwand gestreift und andere Organe verfehlt, um Haaresbreite, wie ihm die Ärzte mitgeteilt hatten.

Seine Genesung war schmerzhaft und nur langsam vorangegangen, doch Morton war es schlechter ergangen. Luke hatte ihn nicht tödlich verletzt, sondern in die Schulter getroffen. Nachdem der Arzt, der Luke als Ersten versorgte, sich um Mortons Wunde gekümmert hatte, war der wegen etlicher Verbrechen – sie reichten von Dokumentenfälschung bis zu Entführung – verhaftet und ins Newgate-Gefängnis gebracht worden.

Durch den Schmutz in der Zelle fing die Wunde an zu eitern, und es kam zu einer Blutvergiftung, an der Morton nach sieben Tagen starb.

Zuvor jedoch wurde seine Ehe mit Emma annulliert, weil er sie unter falschem Namen geheiratet hatte. Luke hatte es Trent zu verdanken, dass das so schnell gegangen war. Sein Bruder nahm die Sache in die Hand, da Luke ans Bett gefesselt war und Emma ihn versorgte.

Als Trent kam, um ihnen die gute Nachricht zu überbringen, verlor sich endlich der Schmerz aus Emmas Blick, der sich in dem Moment, da sie ihren Ehemann lebendig vor sich stehen sah, darin festgesetzt hatte. Und vielleicht zum ersten Mal in seinem Leben nahm Luke es seinem Bruder nicht übel, dass er seine Nase in eine Angelegenheit steckte, die ihn nichts anging.

Vielleicht würden sie doch in Zukunft besser miteinander auskommen. Luke hoffte es jedenfalls.

Er fühlte eine süße Freude in sich aufsteigen und drehte den Kopf zu der Frau, die neben ihm lag. Sie war auch schon wach, lag aber ganz still und schaute ihn mit ihren schönen goldbraunen Augen an.

»Ich habe gar nicht gemerkt, dass du aufgewacht bist«, murmelte er.

»Ich habe die Bettdecke rascheln hören.«

Er lächelte sie an. In jener Nacht in Mortons Stall war sie weggerannt, um Hilfe zu holen, aber danach nicht mehr von seiner Seite gewichen.

Teufel noch mal, er liebte sie wirklich und wahrhaftig. Sie hatte ihm das Leben gerettet. In mehr als einer Hinsicht.

»Der Arzt sagt, ich darf heute aufstehen«, erinnerte er sie.

Ihr Lächeln war so strahlend wie der Sonnenschein. »Ich weiß. Bist du denn auch so weit?«

»Und ob! Das weißt du. Ich möchte am liebsten sofort aus dem Bett.«

Sie zog die Brauen hoch. »Ich dachte, wir warten damit, bis deine Geschwister kommen.«

Diese besuchten ihn jeden Tag. Sogar Theo und Mark waren von Cambridge gekommen. Sams Worte über brüderliche Liebe gingen Luke noch immer im Kopf herum. Nun erst konnte er dankbar anerkennen, auf welch unterschiedliche Weise seine Geschwister ihre Zuneigung für ihn bekundeten.

Trent mit tatkräftiger Unterstützung, wie der Annullierung der Ehe, Sarah mit mütterlicher Aufmerksamkeit, Sam mit seiner unerschütterlichen, nüchternen Art. Esme zeigte ihre rastlose Sorge und schrieb leidenschaftlich in ihr Tagebuch, das sie stets mit sich herumtrug. Theo und Mark plauderten an seinem Bett über unsinniges Zeug, erzählten Witze, über die er lachte, bis die Wundnaht zu ziehen begann, und baten ihn immer wieder, sie mit der Geschichte zu unterhalten, wie er »Emma gerettet und den heimtückischen Roger Morton besiegt« hatte.

Bei alldem war Emma an seiner Seite und bewies ihre Liebe auf stille, beständige Art.

»Ich will nicht warten«, sagte er jetzt. »Ich will es mit dir zusammen tun. Ich will in den Salon gehen und meine Familie dort empfangen, nicht hier.«

Sie grinste ihn an. »Das ist eine wunderbare Idee. Sie werden glücklich sein, dich auf den Beinen zu sehen.«

Er war zweifellos so weit. Schon seit einer Woche war er rastlos und begierig gewesen aufzustehen, doch der Arzt hatte Nein gesagt – die Wunde müsse noch mehr verheilen. Und wie seit jener Nacht bestand Emma darauf, die Anweisungen des Arztes genauestens zu befolgen.

Sie schlüpfte aus dem Bett, kam zu ihm herum, und langsam setzte er sich auf. Seine Seite zog dabei, aber sie schmerzte nicht. Emma griff ihm unter einen Arm, um ihn zu stützen, doch er wusste sehr gut, dass er zu schwer für sie war. Es war ohnehin nicht von Belang, er war sehr gut imstande, aus eigener Kraft aufzustehen.

Genauso langsam schwang er die Beine über die Bettkante. Er trug seine Unterhose und das Hemd, wie jede Nacht.

»Sehr gut«, sagte sie freudestrahlend.

Er grinste zu ihr hoch.

»Tut es weh?«

»Überhaupt nicht.«

»Gut. Baldwin hat deine Kleidung gestern Abend schon herausgelegt. Kann ich dir beim Anziehen helfen?«

In den vergangenen drei Wochen war das schwierig und schmerzhaft gewesen. Emma hatte für ihr Leben gewiss genug Blut und rohes, nässendes Fleisch gesehen. Bei aller Pflege war es ihm gelungen, seinen Rücken weiterhin vor ihr zu verbergen. Manchmal hatte er sie gebeten, sich umzudrehen, wenn Baldwin ihm aus dem Hemd half und ihn wusch, und sie hatte es bereitwillig getan, allerdings nicht ohne den Anflug einer gekränkten Miene zu zeigen.

Aber heute ... heute war der erste Tag seines neuen Lebens – jedenfalls hoffte er das. Und heute war der Tag, wo er ihr auch das letzte Stück von sich zeigen wollte.

»Ja. Bitte hilf mir beim Ankleiden.«

Nur für einen Moment ließ sie sich ihre Überraschung anmerken. »Ich lasse Wasser und Tücher bringen, damit du dich waschen kannst.« Dann blickte sie ihn ruhig an. »Lass mich das für dich tun, Luke. Du wirst dich dann viel besser fühlen.«

Da lag eine tiefere Bedeutung in ihren Worten. Er verstand. Sie hatte nie etwas dazu angemerkt oder sich beklagt, aber sie wusste so gut wie er, dass er sein Hemd in ihrer Gegenwart aus einem bestimmten Grund anbehielt.

»Also gut«, sagte er. Plötzlich bekam er Herzklopfen. Der einzige Mensch, der die Narben auf seinem Rücken gesehen hatte, war Baldwin, und dieser hatte diskret dazu geschwiegen.

Kurz ließ Emma ihn allein, um nach Delaney zu läuten und dann mit ihr zu sprechen. Kurz darauf brachten Baldwin und die Zofe Waschwasser, Seife, Lappen und Handtücher.

»Oh Sir«, rief Delaney erfreut aus, als sie Luke sitzen sah. »Wie schön, Sie so munter zu sehen!«

»Danke, Delaney«, sagte er. Er blickte zu Baldwin und

meinte, bei seinem gleichmütigen Diener den Hauch eines Lächelns zu sehen.

»Soll ich Sie waschen und ankleiden, Mylord?«, fragte er.

»Nein. Miss Anderson wird das tun.« Emma ließ sich seit der Annullierung der Ehe mit ihrem Mädchennamen anreden.

»Sehr wohl, Sir«, sagte Baldwin sachlich. Delaney und er gingen hinaus und zogen leise die Tür hinter sich zu.

Emma lächelte ihn an, während er noch starr auf der Bettkante saß. Er musste erst die Angst und Scham zurückdrängen, die in ihm aufstiegen. Aber unter Emmas Lächeln entspannte er sich, fühlte er sich ermutigt.

Sie deutete auf sein Hemd. »Lass mich das tun.«

Gemächlich und behutsam löste sie die Schleife am Kragen, dann griff sie zum Saum und zog es hoch.

Luke saß stocksteif da. Teufel noch mal. Er war sich nicht sicher, ob er das jetzt konnte.

»Heb die Arme hoch«, murmelte sie. Ihre Stimme war so sanft.

Mit außerordentlicher Willensanstrengung tat er es. Sie zog ihm das Hemd über den Kopf und legte es auf einen Stuhl. Als sie zurückkam, prüfte sie den Verband. »Gut. Es hat nicht geblutet.«

Sie wandte sich ab, tauchte den Lappen ins heiße Wasser und zog ihn mehrmals über die Seife.

Als sie sich herumdrehte und Anstalten machte, Luke mit dem Waschlappen abzureiben, fing er ihr Handgelenk ab und hielt sie auf.

»Em ...« Seine Stimme klang hell und dünn.

Ihr lieblicher Busen hob und senkte sich unter einem schweren Seufzer. Sie blickte ihm ernst in die Augen. »Ich weiß es doch, Luke.«

Verständnislos neigte er den Kopf zur Seite.

»Ich weiß, warum du in meinem Beisein nie das Hemd ausgezogen hast.«

»Was? Woher?«, krächzte er.

»Ich habe dich einmal gesehen. Kurz nachdem wir in London angekommen waren. Du hattest einen Albtraum gehabt und hast am Waschtisch gestanden und dich gewaschen.« Sie hielt inne und sagte dann mit belegter Stimme: »Da habe ich die Narben gesehen.«

Sprachlos starrte er sie an, von einem einzigen lauten Gedanken beherrscht: *Sie hat es gewusst. Die ganze Zeit schon weiß sie es.*

Sie fasste an sein Kinn und strich mit dem Daumen über seine stoppelige Wange. »Ich habe nichts dazu gesagt, weil ich dir Zeit lassen wollte. Ich wusste, du würdest irgendwann mit mir darüber reden, aber eben wenn du dazu bereit bist.« Und nach einigem Zögern fragte sie leise: »Willst du es jetzt?«

»Ich ...« Er musste sich räuspern. »Ich weiß nicht«, antwortete er heiser. Er senkte ihren Arm und ließ sie los. Sie legte den Lappen in die Schüssel, setzte sich neben ihn an seine unverletzte Seite und schmiegte sich an ihn. »Das war der alte Herzog, nicht wahr? Er hat die Narben verursacht.«

»Ja.«

»Du hast mir erzählt, er hat dich verprügelt. Aber das ... das war etwas anderes.«

»Ja.« Seine Stimme klang so trocken und brüchig wie totes Laub unter einem Stiefelabsatz.

»Was hat er getan?«

Er stieß den Atem aus und schloss die Augen. »Er hat mich verbrannt.« Aus seiner Stimme klang der verängstigte Junge in ihm, der das damals erleiden musste.

»Wie?«

»Mit seiner Zigarre«, sagte er leise. Angst und Scham tobten in ihm. Er wollte das niemandem erzählen. Zum Teufel, er hatte es nie getan, obwohl er manchmal vermutete, dass seine Mutter es erraten hatte. Aber nicht einmal sie sprach ihn je darauf an.

Emma wimmerte gequält und drückte sich an ihn.

»Er sagte, das hätte zwei Gründe. Erstens könne er meine Schlechtigkeit wegbrennen. Zweitens sollte mir immer bewusst bleiben, dass ich dem Hause Trent gehöre. Keinem anderen.«

»Oh Luke.«

»Darum haben die Brandmale die Form eines T. Er wollte mich brandmarken.« Das Sprechen fiel ihm allmählich leichter. »Er hat das Zeichen nicht vollenden können, er ist vorher gestorben. Darum ...« Ein Laut der Verbitterung kam aus seiner Kehle. »Darum habe ich jetzt ein unvollständiges T auf dem Rücken. Nun, jedenfalls hat er meine Schlechtigkeit nicht wegbrennen können, aber eines ist ihm gelungen: Ich werde nie vergessen, dass ich das Zeichen des Hauses Trent auf dem Rücken trage.«

Sie schauderte. »Und das überträgst du irgendwie auf den neuen Herzog. Obwohl der nicht einmal wusste, was der alte Herzog dir angetan hat.«

»Ja«, gab Luke zu. »Jedes Mal, wenn ich ihn sehe, muss ich daran denken, was sein Vater getan hat. Dass er mich besitzt, dass ich praktisch lebenslänglich sein Sklave sein werde.« Er schluckte schwer. »Ich versuche immer, die beiden nicht in einen Topf zu werfen, denn Trent hatte nichts damit zu tun. Aber es gelingt mir nicht mehr, sobald ich ihn sehe, und dann ...« Er schüttelte den Kopf.

»Es muss schwer sein, Trent anzublicken und in seinem Gesicht den alten Herzog zu sehen.«

»Ja.« Genau das war es.

»Wie alt warst du, als er ... dich verbrannt hat?«

Leise stöhnend senkte er den Kopf und fuhr sich durch die Haare. »Er fing damit an, als ich fünf oder sechs Jahre alt war. Alle paar Monate fügte er mir eine neue Brandwunde zu, wenn die vorherige verheilt war.« Luke biss die Zähne zusammen, weil er an die Schmerzen denken musste, an die furchtbare Angst, die ihn packte, sobald er in seines Vaters Arbeitszimmer befohlen wurde. »Er sagte ... er sagte, ich soll es immer fühlen, es soll brennen, wenn mein Hemd darüberstreicht. Dadurch würde es besser wirken.«

»Er war wahnsinnig«, stellte Emma nüchtern fest. »Ein wahnsinniger Bastard.«

Er schob die Nase in ihre Haare. »Das habe ich nie gedacht«, murmelte er. »Ich habe ihm geglaubt.«

»Du warst ein Kind und leicht zu beeindrucken. Er war dein Vater, ein Herzog, von allen geachtet.«

»Du bist der erste Mensch, der mir sagt, dass er vielleicht wahnsinnig war ...«

»Nicht vielleicht. Er war es!«

»Inzwischen fange ich an zu glauben, dass er mich für die Affäre meiner Mutter mit Stanley bestraft hat. Dass das vielleicht doch gar nichts mit mir zu tun hatte.«

»Wie sollte das etwas mit dir zu tun haben? Du warst ein unschuldiges Kind.« Die beiden letzten Worte sprach sie mit ernster Eindringlichkeit, als wollte sie sie ihm einschärfen.

Er drückte ihr einen Kuss auf die Stirn und atmete ihren Geruch ein. Sie roch so gut. Frisch und lieblich und inzwischen so vertraut.

Irgendwie glaubte er ihr. Wenn es ihre Absicht gewesen war, ihm die Worte einzuschärfen, dann war es ihr gelungen.

Eine Weile blieben sie so sitzen, und als sie sich schließlich von ihm löste, drehte er ihr den Rücken zu und bot ihr seinen hässlichen narbigen Anblick.

»Willst du mich waschen?«, fragte er leise.

»Immer.« Sie holte den Waschlappen, und mit zarten Strichen wusch sie ihm den Oberkörper, angefangen beim Rücken, und dabei küsste sie behutsam jede Stelle, die sie gewaschen hatte.

Er schloss die Augen. Seit Wochen hatten sie sich nicht geliebt – nicht, dass sein Körper nicht auf sie reagiert hätte, aber die Schmerzen waren in den ersten vierzehn Tagen zu stark gewesen, und in der dritten Woche hatte Emma unerbittlich darauf bestanden, die Wunde müsse erst vollständig verheilt sein.

Jetzt wollte er sie. Sein Puls pochte zwischen seinen Beinen, und sein Schwanz wurde hart und drückte gegen die Unterhose. Ihre Küsse wurden auch härter, und als sie ihn anstupste, damit er sich umdrehte und sie ihn vorne waschen konnte, waren ihre Wangen gerötet und ihr Blick gesenkt. Er fand sie atemberaubend schön.

Sie wusch ihn und trocknete ihn ab, dann griff sie an den Bund seiner Unterhose und blickte ihn unter gesenkten Wimpern an. »Ich möchte dich befriedigen.«

Sie schauten einander in die Augen und hielten dabei inne. Dann nickte er. »Ja. Bring mich zum Samenerguss. Mein Körper braucht dich. Ich möchte in dir kommen.«

Ihre Wangen wurden noch roter. Sie öffnete seine Unterhose und beugte den Kopf hinunter. Sein Schwanz zuckte bei der ersten Berührung mit ihren Lippen, das zarte, heiße Gefühl, wenn sie den Mund darauf drückte, sandte Lustgefühle durch den ganzen Körper. Auf eine Hand gestützt, griff er in ihre Haare und hielt sie fest. »Ja, Em. So ist es gut. Streichele mich mit deiner Zunge. Das fühlt sich verdammt gut an.«

Sie leckte ihn mit langen, heißen Zungenschlägen. Er war so prall, so dick, und jede Berührung mit ihrem Mund machte ihn härter. Er wollte ihn sofort in sie versenken.

Er war verrückt nach ihr. Nach jeder noch so kleinen Stelle ihres Körpers.

Er griff ihr noch fester ins Haar, als sie den Mund öffnete und sein Schwanz hineinglitt. Er stöhnte. »So ist es gut, mein Engel, nimm ihn in den Mund. Tiefer. Ja, so.«

Sie packte ihn am Ansatz und schob die Hand hin und her, während ihre Lippen als fester Ring der Lust gleichzeitig darüberglitten. Fest, ganz heiß und nass.

Er stöhnte, als heiße Wellen von seinem Schwanz in ihm aufstiegen. Sie gab mit ihren langen Gleitbewegungen den Rhythmus an, aber er wollte die Gewalt darüber haben. Die Hand in ihren Haaren, hielt er sie an, dann stieß er ihn in ihren Mund und in ihre Hand.

Sie nahm ihn auf, tief in ihren weichen feuchten Mund. Es war dermaßen erregend! Sie entspannte sich und ließ ihn den Rhythmus bestimmen.

Das liebte er so an ihr. Er liebte ihre Stärke und Treue, ihre Leidenschaft und Klugheit ... und ihre Bereitwilligkeit.

Das war die Frau, mit der er zusammen sein wollte. Für immer.

»Ich liebe dich«, murmelte er, während er in ihren Mund stieß. »Ich liebe dich, Emma.«

Sie konnte nicht antworten, das Bekenntnis nicht erwidern. Seine Eier zogen sich zum Körper hin, und unten an der Wirbelsäule ballte sich die Erregung zusammen. Gleich würde er kommen.

Laut keuchend zog er ihn aus ihrem Mund. Ein wenig Samen tröpfelte von der Spitze. Als sie sich niederbeugte, erlaubte er ihr, ihn abzulecken, und schloss die Augen bei dem fast schmerzlichen Lustgefühl.

»Ich ... will ... in dir sein«, stöhnte er.

Er legte sich zurück und zog sie mit sich. Sie kroch zu ihm

aufs Bett. Sie war noch im Nachthemd, aber darunter hatte sie nie etwas an.

»Setz dich auf mich«, befahl er heiser.

Sie setzte sich rittlings auf ihn, ihre heiße, feuchte Mitte glitt über ihn. Sie war bereit für ihn. Ihn im Mund zu haben hatte sie erregt.

»Ich will dir nicht wehtun«, keuchte sie.

»Tust du nicht«, versprach er. »Lass mich in dich. Jetzt.«

Sie nahm ihn und führte ihn an den Eingang. Beide stöhnten, als er in ihren üppigen Körper eindrang. »Gott, Em, du bist so nass, so eng«, murmelte er und schloss unter dem Ansturm der Erregung die Augen.

Sie nahm ihn in ihrer heißen Scheide auf, und als sie sich nach vorn beugte, streifte ihn ihre Brust unter dem Nachthemd. Wenn dabei ihre Brustwarzen über seine strichen, brummte er genießerisch. Er packte ihren Hintern, hob sie an und rammte sie auf sich herab. Obwohl er unten lag, überließ sie sich seiner Führung.

Sie nahm sein Gesicht in beide Hände, schob die Finger in seine Haare und ergab sich seinen Bewegungen. Sie wurde enger, und er stieß sich aufwärts in sie hinein, strich über ihre empfindlichsten Stellen.

Sie wurde enger und enger, wimmerte leise, wann immer er besonders tief eindrang. Wie liebte er die kleinen Laute, die sie beim Liebesspiel von sich gab!

Und dann spürte er das rhythmische Zucken, und sie kam in einem heißen Schwall, ihre Muskeln zogen sich um seinen Schwanz zusammen. *Verflucht.* Er konnte es nicht mehr zurückhalten. Er stieß heftig in sie hinein, dann spritzte er in sie und stieß einen heiseren Schrei aus. »Emma!«

Sein Körper entließ seinen Samen in einem heißen Strom. Luke hatte keine Gewalt über seine wilden, schnellen Stöße, während er sich in sie ergoss und die Wogen der Erregung über ihm zusammenschlugen.

Schwer sank sie auf ihn – selbst diese leichte Bewegung ließ ihn schaudern, aber die Wunde an der Seite tat nicht weh. Ein weiterer Beweis, dass sie fast verheilt war.

Sie lagen still, beide erzitterten ab und zu unter nachträglichen Erregungsschauern.

Schließlich murmelte sie: »Du bist in mir gekommen.«

Er drehte den Kopf und stieß mit den Lippen an ihr Ohr. Er küsste sie darauf. »Ja. Ist dir das recht?«

Sie rückte ein wenig ab, damit sie ihn ansehen konnte. Er schaute in ihre schönen Augen.

»Ja, Luke. Mehr als das. Ich …« Errötend wandte sie den Blick ab.

»Was?«

Ihr Atem strich über seinen Hals. »Ich hoffe, du kommst jetzt jedes Mal in mir. Das ist …«

»Erotisch?«, fragte er.

»Ja. Erotisch. Und … noch so viel mehr.«

Er verstand. Sie waren so viele Male zusammen gewesen, aber noch nicht so. In ihr zu kommen war fast so etwas wie ein Gelöbnis. Ein stilles Versprechen, das er ihr gab. Eine Verpflichtung. Die Bestätigung, dass sie zu ihm gehörte und er für sie sorgen würde, egal, was käme. Er hoffte, dass sie das verstand. Er glaubte, sie tat es.

Es klopfte an der Tür.

Nach einem Seufzer rief Luke: »Was gibt es?«

»Ihre Familie ist da, Sir«, sagte Baldwin.

»Alle?«

»Ja, alle«, bestätigte Baldwin trocken.

»Also gut. Bringen Sie sie in den Salon. Wir kommen gleich.«

Es dauerte jedoch ein wenig länger als gedacht. Emma kleidete ihn sorgfältig an und gab sich besondere Mühe bei seinem Halstuch. Jede Falte sollte perfekt sitzen. Ein Lächeln zuckte in seinen Mundwinkeln, während er fügsam dasaß und sie sich abmühte.

Dann rief sie Delaney herein, damit diese ihr beim Ankleiden half, obwohl er insistierte, er wolle sich bei ihr revanchieren. Er lenkte erst ein, als sie versprach, das dürfe er tun, wenn sein Verband endgültig überflüssig wäre.

Nachdem sie schließlich beide gewaschen, angekleidet und frisiert waren, erhob sich Luke aus dem Sessel, in dem er eine halbe Stunde auf sie gewartet hatte. Er spürte wieder das Ziehen der Wunde, aber keinen Schmerz. Noch einmal zog er Emma eng an sich. So hielt er sie gern. Am liebsten hätte er sie nicht mehr losgelassen.

Seine Familie wartete im Salon: Trent und Sarah, Esme, Sam und Theo und Mark. Alle standen auf, als Emma und er eintraten, und Mark begann zu klatschen. Die anderen fielen in den Applaus ein. Luke spürte, dass er rot wurde.

»Gütiger Himmel, ich bin kein Kind«, brummte er. »Ich kann seit über fünfundzwanzig Jahren laufen.«

»Ach, Luke«, sagte Sarah lächelnd und verschränkte die Hände über ihrem wachsenden Bauch, »ich bin so froh, dich wieder auf den Beinen zu sehen.«

Trent kam und klopfte ihm auf den Rücken, Sam half ihm, sich auf dem Sofa niederzulassen. Theo, der jüngste unter den Brüdern, der noch jungenhaft unschuldig wirkte, fragte: »Tut es noch weh?«

»Überhaupt nicht«, versicherte Luke.

Sie machten es sich beim Tee bequem, bedienten sich von den süßen Plätzchen, die die Köchin gebacken hatte, und plauderten behaglich. Luke schaute in die Runde, von Esme, der Jüngsten, bis zu Emma, die ihn gerade bewundernd anschaute.

Das passte. Denn er bewunderte sie genauso.

Zum ersten Mal waren sie alle beieinander. Er hatte das gewollt. Er hatte das sogar geplant.

Seine Geschwister und er sprachen über ihre Mutter viel gelöster als in den vergangenen Monaten. Emma hatte ihnen alles berichtet, was sie aus Morton herausbekommen hatte, und die schreckliche Vermutung, sie könnte tot sein, stand nun nicht mehr im Raum.

»Es geht ihr gut«, sagte Esme. »Das glaube ich wahrhaftig.«

Alle pflichteten ihr bei. Zwar galt es noch immer, sie und diesen Lowell zu finden, aber Luke war ein großer Stein vom Herzen gefallen. Seine Mutter war am Leben. Und hoffentlich glücklich, wo immer sie jetzt war.

»Ich würde es ja zu meiner persönlichen Aufgabe machen, sie zu finden«, sagte Sam, »wenn ich nur könnte …« Seufzend schaute er zu einem der Fenster, die auf den Platz hinausgingen.

Alle wussten, was er meinte. Am nächsten Morgen würde er im Dienst der Krone zu einem neuen Auftrag aufbrechen müssen und wusste nicht, wann er nach London zurückkehren würde. Wenn er den Auftrag vernachlässigte, um seine Mutter zu finden, wäre das nichts Geringeres als Vaterlandsverrat.

»Wir werden die Suche übernehmen«, versprach Trent.

»Jederzeit«, pflichtete Mark bei, und Theo nickte.

»Aber sie ist am Leben«, sagte Luke, »das ist das Wichtigste. Und ich hoffe, dieser Zigeuner ist das, was sie will.«

Mark zuckte die Achseln. »Unsere Mutter ist launisch. Im Augenblick mag sie ihn wollen. Aber es würde mich nicht wundern, wenn sie dieser Tage auf Ironwood Park vorfährt und es wortreich bedauert, dass sie uns in Sorge versetzt hat.«

Esme knurrte, worauf sich alle Blicke auf sie richteten. »Wenn sie das tut, erwürge ich sie.«

»Da sind wir schon zwei!«, pflichtete Theo bei.

Luke lachte, als sich ihm das Bild aufdrängte, wie seine zwei sanftesten Geschwister ihrer Mutter an den Hals fuhren. Die anderen lachten mit, sogar Trent.

Als das Gelächter verebbte, holte Luke tief Luft und stand auf, worauf alle überrascht verstummten.

Er hob die Hand und bat um Ruhe, obwohl ihn schon alle still anschauten. »Ich habe euch etwas zu sagen und möchte, dass ihr alle zuhört.«

Plötzlich schlug sein Herz so schnell, dass ihm die Sicht verschwamm. Er blinzelte heftig und musste sich erst mal beruhigen. Er würde tun, was er sich vorgenommen hatte. Für Emma und für sich selbst. Und er würde dabei verdammt noch mal nicht in Ohnmacht fallen.

Das war seine Chance, glücklich zu werden, und die würde er mit beiden Händen ergreifen.

Verwirrt schaute Emma zu Luke hoch. Groß und stattlich stand er da, in seinem Frack, der sich um seine breiten Schultern schmiegte, und der bestickten Weste und dem schneeweißen Halstuch, das zu binden sie sich so große Mühe gegeben hatte. Sie hatte seiner Familie beweisen wollen, dass auch Luke tadellos aussehen konnte. Und tadellos sah er in der Tat aus. Er sah auch frisch und stark aus, denn die Blässe der vergangenen drei Wochen war einer leichten Röte gewichen.

Lächelnd schaute sie ihn an und wartete. Sie wusste nicht, was er ihnen mitteilen wollte, aber sein Anblick machte sie stolz. Er wirkte zuversichtlich, gesund … und männlich. Im Augenblick war von dem mürrischen, zornigen Mann, den seine Familie zu oft vor sich gehabt hatte, nichts zu bemerken.

Das war ein Mann, der sie stolz machte. Und sie wusste, er würde auch seine Familie stolz machen. Seine Geschwister sprachen noch immer davon, wie er Roger Morton angegriffen hatte. Wie er sich schützend vor sie geworfen hatte. Dass er die Kugel für sie abgefangen, ihr das Leben gerettet hatte.

In ihren Augen war er ein Held. Für Emma war er der Mann, den sie sich immer erträumt hatte.

Er sah zu ihr herunter, und ihre Blicke trafen sich. Auffordernd streckte er die Hand nach der ihren aus. Sie entsprach der Bitte, und er umschloss kraftvoll ihre Finger.

»Emma«, begann er mit rauer Stimme, »ich muss das hier und jetzt tun, da meine Geschwister alle hier versammelt sind.«

Sie zog die Brauen zusammen. »Was …?«

Er drückte ihre Finger, und sie verstummte. »Vor zwei Monaten war ich eine verlorene Seele. Ich wusste nicht, wer ich bin und wohin ich gehöre. Und dann bin ich dir begegnet.«

Sie hielt den Atem an.

»Du warst freundlich, aber bestimmt, sanft, aber resolut. Und sehr, sehr schön. Manchmal habe ich mich gefragt, ob du vielleicht ein Produkt meiner Fantasie bist.«

»Luke«, widersprach sie mit dünner Stimme, doch er hob die Hand und gebot ihr zu schweigen.

»Du bist mein Engel, Emma. Du hast mir geholfen, meinen Weg zu finden. Von dir habe ich gelernt, ein Mann zu sein und zu lieben.«

Während Emma zu ihm aufsah, trat alles andere, der Salon, die Familie, in den Hintergrund. Sie sah nur ihn, spürte nur den festen Griff seiner Hand, die Zuneigung in seinem Gesicht, den klaren Blick reiner Liebe in seinen blauen Augen.

»Ich liebe dich, Emma«, sagte er. »Wenn wir zusammen

sind, geht es mir gut«, er holte bebend Luft, »und ich bin ganz bei mir.«

Sehr langsam, um seine frische Narbe nicht zu sehr zu dehnen, ließ er sich auf ein Knie nieder und nahm ihre Hand nun in beide Hände. »Ich weiß, ich bin ein schwieriger Mensch, launisch und aufbrausend. Es ist nicht leicht, mit mir zusammenzuleben. Du weißt das, denn du hast mich in meinen dunklen Stunden erlebt. Aber du hast mich zum Licht geführt. Deinetwegen will ich ein besserer Mensch sein. Und durch dich glaube ich, dass ich das sein kann. Ich werde nie aufhören, dich zu lieben, Em. Vom ersten Moment an warst du die einzige Frau für mich. Das wird sich nie ändern. Du bringst mir Frieden, du bringst mir heitere Unbeschwertheit.«

Er beugte den Kopf, zog ihre Hand an seine Lippen und küsste sie. Dann blickte er auf, und seine blauen Augen leuchteten.

»Sei die Meine, Emma«, bat er mit heiserer Stimme. »Ich will dich. Für den Rest meines Lebens. Werde meine Frau.«

Ein paar Momente lang herrschte Stille. Die beiden Wörter *meine Frau* klangen in Emmas Ohren nach.

Seine Frau werden.

Sie glitt vom Sofa auf die Knie, sodass sich ihre Röcke um sie bauschten.

»Ja«, sagte sie. Ohne zu zögern, ohne die geringste Unsicherheit. Anders als bei ihrer ersten Heirat kannte sie nun ihr Herz. Luke war für sie wie die Luft zum Atmen.

Sie schaute in sein schönes Gesicht, seine unwiderstehlichen Augen. »Ich liebe dich so sehr, Luke. Ich möchte nichts so sehr, wie deine Frau zu sein.«

»Em …«, krächzte er. Er schlang die Arme um sie, und sie hielt ihn fest und genoss ihr freudiges Herzklopfen.

Lukes Frau. Ein Leben mit Luke … Luke in ihrem Bett für

den Rest ihres Lebens. Sie schaute zu ihm hoch und bekam einen zärtlichen, besitzergreifenden Kuss.

Mein, hieß der Kuss. Für immer mein.

Und das war sie. Sein. Für immer. Er hatte recht, es würde nicht einfach werden. Sie hatten noch nicht all ihre Probleme gelöst. Er bekam noch immer Albträume und neigte dazu, davor wegzurennen und zu trinken. Doch er hatte ihr gezeigt, dass er bereit war, das zu ändern. Ihrer Ansicht nach gehörte das zur Liebe dazu: Kompromisse zu schließen und sich weiterzuentwickeln.

Jetzt hörte sie Stimmen, und peinlich berührt wurde sie gewahr, dass sie die Anwesenheit seiner Geschwister vollkommen vergessen hatte.

Luke weigerte sich, sie schon freizugeben. Verlegen spähte sie über seine Schulter, sah aber nur lächelnde Gesichter.

Und alle traten näher, Trent und Sarah, Sam, Mark, Theo und Esme. Sarah und Esme halfen Emma aufzustehen, während die Brüder Luke auf die Beine halfen.

Das Beglückwünschen und Gelächter, Umarmen und Schulterklopfen dauerte ein Weilchen. Bei alldem waren sich Emma und Luke ihres neuen mächtigen Bundes intensiv bewusst – eines Bundes, den keiner von ihnen brechen würde.

Epilog

Einer Eingebung folgend fuhren Luke und Emma noch einmal zu dem Anwesen in Chiswick, das Morton gekauft hatte. Luke nahm Handwerker mit, die in den zwei großen Räumen die frisch gestrichenen Wände einschlagen sollten.

Sowie der erste Putz bröckelte, fiel Geld aus der Wand. Alles in allem fanden sie achttausend Pfund dahinter versteckt.

Das war nur ein Drittel von dem Geld, um das Morton Emmas Vater betrogen hatte. Aber Mark hatte sich angeboten, Mortons Geschäfte unter die Lupe zu nehmen, und versichert, sie würden vermutlich noch einmal die doppelte Summe gewinnen, wenn sie dessen Besitztümer verkauften – von denen die meisten in dem alten Ballsaal gestapelt waren.

Sie würde nicht mehr alles verlorene Geld zurückbekommen, aber genug. Genug, damit Emmas Vater sein altes Leben in Bristol wiederaufnehmen konnte.

Zwei Tage nachdem sie das Geld gefunden hatten, heirateten Luke und Emma mit einer Sondererlaubnis in London. Das war der schönste Tag in Emmas Leben. Zu sehen, wie Luke in der Kirche vor Gott und seiner Familie seine Liebe bekannte, machte Emma zutiefst glücklich. Mit Tränen in den Augenwinkeln sprachen sie ihr Ehegelöbnis.

Sie waren verheiratet. Sie waren eins.

Gleich am nächsten Tag fuhren sie in ihrer eigenen Kutsche nach Bristol. In einer zweiten Kutsche folgten ihnen der angesehenste Herzspezialist von London sowie drei Diener. So kamen sie an einem verschneiten Wintertag vor dem väterlichen Haus an.

Die Tage nach Lukes Heiratsantrag waren die glücklichsten in Emmas Leben gewesen, aber beide wurden ernst, als sie das Haus sahen, denn es bot einen trübseligen Anblick.

Unter dem Schirm, den der Kutscher aufgespannt hatte, stieg Emma aus und hakte sich bei Luke unter. Sie stiegen die Stufen zu der hohen schwarzen Haustür hinauf und klopften.

»Es ist sonderbar, hier anzuklopfen, wo ich so lange zu Hause gewesen bin«, raunte sie Luke zu.

»Du könntest auch einfach so hineingehen.«

»Nein«, widersprach sie leise. »Mein Zuhause ist jetzt bei dir.«

Es war Jane, die ihnen öffnete. Sie sah erschöpft und dünn aus und hatte dunkle Augenringe und herabgezogene Mundwinkel. Als sie sah, wer vor der Tür stand, warf sie mit einem Freudenschrei die Arme um ihre Schwester.

»Oh Emma! Du bist zu Hause! Du hast mir so gefehlt!«

Emma drückte ihre Schwester. »Du mir auch.«

Es dauerte einige Augenblicke, ehe Jane sich so weit gefasst hatte, dass sie Emmas Begleiter und die anderen Leute wahrnahm, die sich vor der Haustür eingefunden hatten. Errötend sah sie zu Luke auf.

»Ich bitte um Verzeihung«, sagte sie. »Sie sollten nicht hier draußen in der Kälte stehen. Bitte kommen Sie herein.«

Alle betraten den Flur des Hauses, wo Emma sie miteinander bekannt machte. Sie hatte ihrer Schwester zuletzt geschrieben, während Luke mit der Schusswunde im Bett lag. Zu der Zeit hatte Luke darauf bestanden, ihrer Familie hundert Pfund zu schicken, um die dringendsten Ausgaben und Schulden zu decken. Doch das war vor dem Heiratsantrag gewesen. Und vor der Eheschließung. Bevor sie in Chiswick das Geld gefunden hatten.

»Jane«, sagte sie jetzt, »ich möchte dir Lord Lukas Hawkins vorstellen, meinen Ehemann.«

Jane war für einen Moment sprachlos. Ihr Blick huschte zwischen Luke und Emma hin und her. Lächelnd nahm Luke Emmas Hand, und sie grinste ihre Schwester an.

»Mach den Mund zu, sonst fängst du dir eine Fliege«, neckte sie. Das hatte ihre Mutter immer zu ihnen gesagt.

Jane fand die Sprache wieder. »Es ist Winter, da gibt es keine Fliegen«, sagte sie und gab damit die Widerworte, die Emma seinerzeit einen Schlag auf den Allerwertesten eingebracht hatten.

Emma schmunzelte, und Janes Miene wurde weich. »Dann … gratuliere ich von Herzen«, sagte sie. »Ich bin überrascht, aber ich habe schon an deinen Briefen gesehen, dass du starke Gefühle hegst …«

»Genau wie ich«, sagte Luke und drückte Emmas Hand.

»Das freut mich sehr«, erklärte Jane.

»Ist Papa in seinem Schlafzimmer?«, fragte Emma. »Wir wollen ihm die Neuigkeit überbringen.«

Jane nickte lächelnd. »Er wird glücklich sein, dich wiederzusehen.«

Sie gingen hinauf. Emmas Herz zog sich zusammen, als sie den Raum betrat. Luke blieb an der Tür, während sie ihren Vater begrüßte. Er war klein und sah zerbrechlich aus, seine Haare waren weiß geworden, sein Gesicht geschwollen von der Wassersucht.

Er schien sie nicht gleich zu erkennen. Dann hellte sich seine Miene auf. »Emma«, sagte er mit dünner Stimme, die nichts mehr mit der gemein hatte, die früher einmal durch seine Werft in Bristol dröhnte, »du bist zu mir heimgekehrt.«

Sie beugte sich hinunter und umarmte ihn. »Ich habe dir etwas mitgebracht.«

»Wird es mir gefallen?«, fragte er.

»Ich denke ja.«

Zunächst stellte sie ihm jedoch Luke vor. Ihr Vater war vorsichtig, aber freundlich, und Luke – du lieber Himmel, ihr Herz machte Freudensprünge, als sie zusah, wie er sich gegenüber ihrem Vater benahm: So höflich und ehrerbietig hatte sie Luke noch nicht erlebt. Nun ja, der Mann in dem Bett war ihr Vater, und Luke hatte zuvor erklärt, er wünsche sich sehr, ihr Vater werde ihn gut leiden können.

Dann stellte sie ihrem Vater den Arzt vor, der für seine ausgezeichnete Arbeit an herzkranken Patienten berühmt war.

Zu guter Letzt ließ sie von den Dienern die große Tasche hereinbringen, in die sie das Geld ihres Vaters gepackt hatten.

»Zwölftausend Pfund, Papa. Das ist zwar nicht alles, was du verloren hast, aber wir werden es noch vermehren.«

»Ich habe schon gehört, dass ihr Morton gefunden habt«, sagte er atemlos, »doch von dem Geld ... habe ich nichts gewusst ... Allmächtiger, Emma.« Er sah sie an, als sähe er sie zum ersten Mal, und sein Blick war ungewöhnlich klar. »Du siehst prachtvoll aus.«

Nach Lukes Lächeln zu urteilen war er ganz seiner Meinung.

Später nahmen sie mit Jane zusammen eine Mahlzeit ein, die ihre Londoner Köchin zubereitet hatte. Offensichtlich hatte Jane lange nichts so Gutes mehr gegessen, denn sie verzehrte alles mit großem Appetit. Hinterher begaben sie sich in den Salon, wo sich der Arzt zu ihnen gesellte.

Er sagte, ihr Vater leide nicht nur an der Wassersucht, sondern auch an Melancholie. Die Wassersucht könne er behandeln mit einer exakt dosierten Gabe von Digitalis und gewissen anderen Heilmitteln, und er sei zuversichtlich, dass sich die Gesundheit ihres Vaters in dieser Hinsicht bessern werde.

Die Melancholie hatte nach dem Tod ihrer Mutter eingesetzt und sich nach dem Diebstahl des Vermögens sehr verschlimmert. Auch die Hilflosigkeit, die aus beidem erwuchs, hatte ihren Teil dazu beigetragen. Nachdem sich der Arzt längere Zeit mit seinem Patienten unterhalten hatte, entwickelte er einen Heilungsplan. Er verordnete ihm Umgang mit Menschen außer Haus und tägliche Spaziergänge, die Teilnahme an Gesellschaften und die Anschaffung neuer Möbel, um wenigstens den Anschein zu erzeugen, dass das Haus von lebendigen Wesen bewohnt war.

Als der Arzt zum Ende gekommen war, erklärten Luke, Emma und Jane einhellig, alles zu tun, was für die Genesung des Vaters förderlich war.

Sie begannen damit noch am selben Abend und halfen ihm hinunter in den Salon. Er legte sich auf das Sofa, eingepackt in Decken, und dann spielte er mit seiner ältesten Tochter nach sehr langer Zeit wieder einmal Schach.

Emma und Luke blieben in Bristol bis zum Frühjahr, als der Schnee schmolz, die Sonne kräftiger und wärmer schien und die ersten Narzissen ihre fröhlichen gelben Blüten entfalteten.

Zusammen mit Jane hatten sie das Haus wieder in den alten prachtvollen Zustand versetzt. Emmas Vater war auf dem langen Weg der Genesung, wenn er auch nie wieder der kräftige Mann mit der dröhnenden Stimme werden würde, den sie aus ihrer Kindheit kannten.

Inzwischen besuchte Bertram sie einmal im Monat. Beim ersten Mal war er nur für eine Nacht geblieben, schließlich dehnte sich sein Besuch auf eine Woche aus. Und nun würde er sie zusammen mit Jane und ihrem Vater nach London begleiten. Jane würde jetzt endlich ihre zweite Ballsaison erleben dürfen.

Vor ein paar Tagen hatten sie Nachricht von Sarah erhalten, die einen gesunden Jungen zur Welt gebracht hatte. Er hieß Lukas Samson Hawkins, nach den zwei älteren Brüdern des Herzogs. Trent und Sarah hatten sie gebeten, Taufpaten zu werden, daher würden Emma und Luke bei ihrer Rückkehr in London als Erstes der Taufe beiwohnen.

Danach wollte Luke mit Trent besprechen, wie sie die Suche nach ihrer Mutter angehen sollten. In seinem Brief hatte Trent angedeutet, er habe Hinweise auf den Aufenthaltsort von Steven Lowell. Es schien, als würden sie die lang vermisste Herzoginwitwe bald wiedersehen.

Emmas Familie sah der Reise nach London freudig erregt entgegen, besonders ihr Schwager Bertram, der angefangen hatte, Jane in verschiedenfarbigen Kleidern zu malen und ihr vorzuschlagen, welche Farben sie beim Ausgehen tragen sollte.

»Janie«, pflegte er zu sagen, »Himmelblau ist die richtige Farbe für dich. Blau ist so hübsch.« Aber am nächsten Tag änderte er seine Meinung und schlug Lavendel vor, dann Butterblumengelb, dann Zartviolett ... Bertram liebte Farben.

Das Band zwischen Luke und Emma war mit den Monaten stärker geworden, sie waren einander noch näher gekommen. Luke hatte Albträume gehabt. Sie hatten sich gestritten. Aber Lukes und Emmas leidenschaftliche Liebe und Treue gerieten nie ins Wanken.

Nun standen sie an einem schönen Frühlingstag Hand in Hand vor dem Haus, wo die Diener eifrig ihren Aufgaben nachgingen und die Abreise vorbereiteten, indem sie ihr Gepäck in die Kutschen luden. Emma hob das Gesicht zur

Sonne und atmete tief die warme Luft ein. Dann schaute sie Luke an, der sie anlächelte.

»Nach London«, sagte sie.

»Nach London«, stimmte er zu.

»Nach Hause.« Sie hörte selbst, dass sie überrascht klang. Er drückte ihre Hand.

»Ist London jetzt dein Zuhause?

»Ja. Ich habe es vermisst, mit dir in deinem Haus zu wohnen.«

Er beugte sich herab und küsste sie sanft auf den Mund. »Ich habe das auch vermisst. Ich habe an mein Bett gedacht. An alles, was ich darin mit dir getan habe. Und was ich in Zukunft mit dir tun werde.«

Sie schauderte und flüsterte: »Wirst du mich wieder an die Bettpfosten fesseln?«

»Ganz bestimmt. Mit Seidenschnur und kunstvollen Knoten werde ich dir Arme und Beine fesseln und es dann die ganze Nacht mit dir treiben.«

»Oh ...«, hauchte sie, weil eine warme Welle der Erregung in ihr aufstieg.

Ein freches Funkeln kam in seine Augen. »Du willst mich, nicht wahr?«

»Luke ...«

»Hier und jetzt. Du willst, dass ich dich auf der Stelle nehme. Dich kommen lasse.«

Sie riss die Augen auf und schaute sich hastig nach allen Seiten um. »Hier sind überall Leute.«

Er machte eine wegwerfende Geste. »Die geben doch gar nicht auf uns acht, mein Engel. Komm mit. Wir gehen ein bisschen spazieren.«

Er nahm sie fest bei der Hand und zog sie hinters Haus und in den Garten. Einige der Blumenzwiebeln, die ihre Mutter vor

Jahren eingepflanzt hatte, trieben noch immer Blüten und bildeten zwischen den gestutzten Büschen und auf dem Rasen hübsche Farbsprenkel.

Luke drückte sie gegen die Hauswand und ging vor ihr auf die Knie, hob ihre Röcke an und huldigte ihrem Geschlecht mit dem Mund, bis sie die Leute vor dem Haus vergaß. Bis sie alles vergaß außer Luke und ihrer Lust.

Er schob die Finger in sie hinein und streichelte sie, während er mit der Zunge über ihre empfindlichste Stelle wirbelte.

Sie begann mit den Hüften zu zucken, und leise Schreie entkamen ihrer Kehle. Sie kam so gewaltig, dass sie es vom Scheitel bis zu den Zehen spürte, und auf die immense Erregung folgte eine tiefe innere Ruhe.

Als es vorbei war, gaben ihre Knie nach, aber Luke fing sie auf. Noch einmal drückte er sie mit dem Rücken gegen die Wand und befahl: »Heb die Beine um meine Taille.«

Sie gehorchte, und ihre Röcke bauschten sich zwischen ihnen. Er legte seinen Schwanz an ihren Eingang und schob ihn mit einem harten Stoß hinein. Emma biss in seine Schulter, um nicht aufzuschreien.

Während er sie an die Wand drückte, bewegte er sich in ihr mit wuchtigen Stößen, die Hände um ihren Hintern gelegt, den Blick auf ihr Gesicht geheftet.

»Luke«, stöhnte sie. »Luke.«

Er wurde noch härter, seine Stöße noch kräftiger. Sein Körper war so fest, so wunderbar stark.

»Ich liebe dich, mein Engel«, keuchte er. Und dann hielt er still und kam in ihr. Sie schlang die Arme um ihn und öffnete sich, um alles von ihm in sich aufzunehmen. Sie wollte nicht weniger als alles von diesem Mann – und das gab er ihr.

Schließlich entspannte er sich, ließ sie sacht auf den Boden herunter und zog sich aus ihr zurück.

Ihre Röcke fielen über ihre Fußknöchel, und als er die Stirn an ihre legte, knöpfte sie ihm die Hose zu.

Sie nahm sein Gesicht in die Hände und zog seinen Mund zu einem Kuss heran. Dann sagte sie lächelnd: »Nach London?«

»Nach London.«

Hand in Hand gingen sie ums Haus herum nach vorn, wo Bertram ihnen entgegenhüpfte, in der Hand das Paar Schuhe, das er glaubte verloren zu haben, und Jane kam herbeigeeilt, um über einige Details der Reisevorbereitungen zu sprechen, und ihr Vater, schwer auf seinen Stock gestützt, fragte Luke etwas zu den Pferden, die er für die Fahrt ausgewählt hatte.

Luke und Emma lächelten einander verstohlen an, und dann wandten sie sich ihrer zusammengewürfelten Familie zu, beide mit demselben glücklichen und befriedigten Grinsen.

Danksagung

Mein herzlicher Dank gilt:

Selina McLemore und Michele Bidelspach, meinen großartigen Lektoren,

Kate McKinley, die meine Schriftstellerlaunen ertragen hat,

Cindy Benser, die Tippfehler findet wie keine Zweite,

meinen Kindern, die eine so verrückte Mutter ertragen,

meinem Mann, der ein Fels in der Brandung ist,

und meinen Lesern, die mich jeden Tag anspornen.

Drei Bücher, drei Brüder, drei Helden – der verführerische erste Band der House of Trent-Trilogie

Jennifer Haymore
HOUSE OF TRENT
- DER HERZOG
Roman
Aus dem amerikanischen
Englisch von
Angela Koonen
384 Seiten
ISBN 978-3-404-17498-0

Wie kann sie nur noch schöner geworden sein? Sarahs Anblick trifft Simon Hawkins, den Herzog von Trent, wie ein Schlag in den Magen. Drei Jahre lang hat er sich von der Tochter des Gärtners ferngehalten, da ihr niedriger Stand jede Beziehung verbietet. Jetzt zwingt ihn das mysteriöse Verschwinden seiner Mutter zurück auf den Landsitz der Familie – und damit auch in Sarahs Gegenwart. Und mit jeder Sekunde wächst die Versuchung, seinen Anstand zu vergessen und sich einen Kuss zu stehlen. Und noch einen. Und noch einen ...

»Emotional, sinnlich und bezaubernd.« ROMANTIC TIMES

Bastei Lübbe

Dunkle Geheimnisse und verbotene Liebschaften – das fesselnde Finale der House of Trent-Trilogie

Jennifer Haymore
HOUSE OF TRENT
- DER SPION
Roman
Aus dem amerikanischen
Englisch von
Angela Koonen
368 Seiten
ISBN 978-3-404-17500-0

Ein ohrenbetäubender Schuss. Ihr Ehemann bricht zusammen. Ein Fremder zieht sie aus ihrem Versteck ... Alles geschieht so schnell, dass Élise kaum versteht, was passiert. Eigentlich wollte sie herausfinden, ob ihr brutaler Ehemann ein Verräter ist. Stattdessen muss sie seine Ermordung mitansehen. Der Mörder entpuppt sich als britischer Spion, der sie nun ebenfalls für eine Verräterin hält. Élise weiß nicht, was sie tun soll. Nur eins ist ihr klar: Sie ist Sam Hawkins, dem Spion mit den sanften Händen und dem brennenden Blick, ganz und gar ausgeliefert ...

»Haymore brilliert mit ihren Liebesromanen.« ROMANTIC TIMES

Bastei Lübbe